冬行意

折姜

冬行意 著

上

江苏凤凰文艺出版社

图书在版编目（CIP）数据

折姜.上/冬行意著.——南京：江苏凤凰文艺出版社，2024.1
ISBN 978-7-5594-7271-7

Ⅰ.①折… Ⅱ.①冬… Ⅲ.①长篇小说-中国-当代 Ⅳ.① I247.5

中国版本图书馆 CIP 数据核字 (2022) 第 209280 号

折姜.上

冬行意 著

出版统筹	曾英姿
责任编辑	张　倩
特约编辑	唐　慧
装帧设计	阿　和
出版发行	江苏凤凰文艺出版社
	南京市中央路 165 号，邮编：210009
网　　址	http://www.jswenyi.com
印　　刷	湖南天闻新华印务有限公司
开　　本	880mm×1230mm 1/32
印　　张	10
字　　数	317 千字
版　　次	2024 年 1 月第 1 版
印　　次	2024 年 1 月第 1 次印刷
书　　号	ISBN 978-7-5594-7271-7
定　　价	46.80 元

江苏凤凰文艺版图书凡印刷、装订错误，可向出版社调换，联系电话 025 - 83280257

目录
c o n t e n t s

第一章 /001
梦里不知身是客

第二章 /033
千里寻医

第三章 /065
灯下陈愿

第四章 /092
弄巧呈乖

第五章 /119
冬去春来

目录
c o n t e n t s

第六章 /154
别离终有时

第七章 /190
重逢亦恨晚

第八章 /228
天定良缘

第九章 /262
少年心事

第十章 /301
入骨相思知不知

第一章
梦里不知身是客

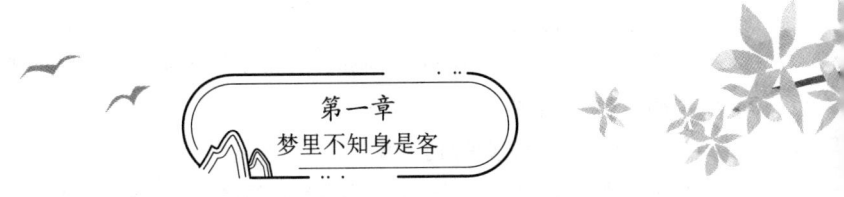

冬末,邺城突降大雪。

一夜之间,大雪封城,想进城的进不来,想出城的出不去,早起赶路的赶了个寂寞,街上行人怨声载道。

因为这场大雪,姜娆一家滞留下来了。

姜宅,一个丫鬟正端着一只做工精细的瓦罐,往姜娆的院子走。

瓦罐里热气腾腾,盛着刚煨好的乳鸽汤。

到了以后,她向守夜丫鬟通报道:"老爷让我为姑娘送乳鸽汤来。"

守夜丫鬟打着哈欠,呼吸间直冒白气:"怎的这么早?"

"昨日姑娘说要下雪,想要出城,老爷不信,与姑娘争论了几句,不算愉快。谁料今天真的大雪封城。老爷觉得愧疚,就叫厨房炖了姑娘爱喝的乳鸽汤,要好好给姑娘赔个不是。"

丫鬟口中的老爷是宁伯府姜家四爷,姜行舟。

他婚前风流不羁,婚后却因顾家和宠妻出了名,有了女儿后,更是个名副其实的"女儿奴"。这种为了讨女儿的欢心,小题大做的事,他没少做过,下人们也就都习以为常,见怪不怪了。

守夜丫鬟给她开了门,轻声道:"姑娘还没醒,你先把汤放进去,记得轻点儿声。"

室内烧着地龙,温暖如春,暖得人身上发热,越发衬得外面雪花肆虐,天气恶劣。

丫鬟放下了乳鸽汤,一出门脸上就扑来冰冷的雪花,寒风刀子似的割人。

她忍不住低声抱怨道:"若是听姑娘的话便好了,回京的事也不会耽误,就不用在这里挨冻了。"

守夜的丫鬟回头关上门,道:"可昨天艳阳高照,谁能看出来要下雪啊?"

"姑娘不就看出来了?"

两个人议论着,往屋里扫了一眼。

榻上,猫儿似的蜷着一个人,云鬓丹唇,睡意正浓。乌黑柔亮的头发绸缎一样落在枕上,肌肤白净到似要与外头枝头上的落雪争一争。不管从哪个角度看,都是毫无瑕疵的美人。

金陵姜府多美人,这是大昭公认的事实。姜娆从小就是个眉眼精致可人的美人坯子,可惜她六岁就与云游四方的父亲一道离开了故乡金陵,时间久了,渐渐被人淡忘,即使她一年比一年出落得妩媚动人,在提到姜府的美人时,也鲜少有人提起她。

只有在姜家伺候的下人知道自家姑娘有多好看,就算闭眸睡着时,也像是从画里走出来的小人儿。

十三岁的年纪便出落成这样,可以想象她日后会是怎样的绝色。

这会儿,她的两弯黛眉死死皱着,舒展不开,看上去心烦意乱。

姜娆睡得很不安稳。因为近来她做了好几次噩梦……竟然次次都成真了!

第一次是她梦见了家中的马匹受惊发疯。一开始她只当那是一个寻常噩梦,次日却听到父亲坠马受伤的消息。

后来就是这场大雪。

眼下,她又被一场噩梦缠住了。梦里依稀是破晓时分,天色昏暗,还下着雪,有丫鬟高喊着"少爷被人欺负了"冲了进来。

她口中的少爷是姜娆的亲弟弟,姜谨行。

他的个性与名字背道而驰,淘气且冲动,很能惹是生非,乃爬墙上屋的优秀苗子。奈何他才七岁,年纪太小,欺负不了旁人不说,反倒常常被人欺负。

姜娆向来爱护自己这个弟弟,听说他受了委屈,忙带人赶过去。

雪地里,她见到了和弟弟起冲突的那个人——一个十四五岁的少年。

弟弟说,是那个人喂了她家的马吃了不该吃的东西,才害她爹爹受了伤。

姜娆顺着弟弟指着的方向看去,只见一个衣裳破烂的少年站在一旁。他的身上混着血水与泥污,大冬天的,浑身湿透,乞丐一样狼狈,唯独一双眸子十分清亮,只是里头没有半点儿温度和人情味,反而冷冰冰,恶狠狠的,戾气十足，像极了小狼饮血时残忍的眼神。

少年站在马棚外，手里拿着的就是让马吃了就会发疯的草药，却嘴硬不肯承认，更不肯说出背后主使的人是谁。

被她带来的下人摁在雪地里拷打审问时，还死咬嘴唇一声不吭，觉不出疼一般，只一双长眸红得似要滴血，死死地盯着她看。

姜娆被他小狼一样凶狠的眼神盯得头皮发麻，赶紧带姜谨行离开了那儿。

后来，却找到了令她家马发疯的真凶不是少年，另有其人。

姜娆满怀愧疚地回去寻他，他却消失，再也找不到了。

直到几年后，她被人五花大绑，扔到了一个坐着轮椅的男人脚下。

男人一身玄色大氅，肤色冷白，高高在上，邪魅的气质与漂亮的面孔在男子中极其少见，长眸睥睨间，仿佛阅尽人间冷暖，阴冷的目光里，流转着令她熟悉又害怕的狠厉寒芒。

她看了好几眼才认出他——曾经狼狈倒在雪地里的小乞丐，如今却群仆簇拥，锦衣华服，一脸淡漠地端坐在上首，身姿挺拔，丰神俊逸，宛如神祇。

短短几年，他就成长为一个位高权重，谁都得罪不了的人。

报复她的手段，更是疯狂而残忍……

姜娆猛地惊醒，额头冷汗涔涔。

噩梦初醒，心有余悸，她仿佛死过一次，重新活过来一样，心脏像被人死死掐住许久，又骤然松开。心还是麻木的，窒息与绝望的感觉仍旧缓慢地在胸口郁积。

方才那场梦，太可怕了。

她抬头看了一眼窗外，天还没有完全亮，雪花簌簌地飘落到地上。

姜娆的心跳声"怦怦"地加快了。

方才那场梦境里，也是同样的天气。天刚刚破晓，天际光线暗淡，看得人心口发慌。

这时，房门"吱呀"一声响，一个丫鬟披着一肩雪冲了进来，上气不接下气地喊："姑娘，少爷在外面被人欺负了！"

有那么一瞬间，姜娆以为自己还在做梦。

破晓天，冲进来的丫鬟，这分明都是刚刚梦里的场景。

她抬起头，看向那个丫鬟，瞳仁中映入了一张刚刚梦中见过的脸。

姜娆的呼吸一滞，身子针扎般抖了一下，问道："谨行，他在哪儿？"

"在……在驿馆旁的马棚外头。"

驿馆旁，马棚外，和她梦里也是一样的。

也就是说，刚才那场梦，还是个预知梦，梦境预示的，就是这天会发生的事情……

姜娆慌忙掀开被子，焦急地说道："快带我过去！"

昨日大雪似饕餮，一夜吞吃了世间所有颜色，白色铺天盖地，无边无际，直到乍然闯入了一抹红色人影。是姜娆，她正披着件红色斗篷，往马棚的方向跑。

她跑得很急，披风的系带松垮着，被吹向身后，衣摆被风吹得鼓起来，猎猎作响。

她一路都在想马棚那边会是怎样一种景象。

要是弟弟还什么都没做，她就直接把他带走，离那个少年要多远有多远。

可要是弟弟已经把人给得罪了……

姜娆一阵头疼。依着少年未来睚眦必报的性子，若是弟弟已经得罪了他，她不知道还能不能改变被报复的命运。

她越想，就越发有了不好的预感。之前几次噩梦，就算提前知晓，也都没能改变最后的结局，万一这次也不能……

姜娆远远地就看见马棚外聚集着一群人，里面有她的弟弟、她家的下人，可她偏偏没见到梦中的那个少年。

她仔细搜寻了一圈后，忽地倒吸一口冷气——被人群包围着，倒在地上的那个人，远远地看不真切，但似乎就是那个少年。

她不由得放缓了脚步。

雪地上，散落着一些草渣和一根木棍做成的粗糙拐杖。

而她的弟弟正掐着腰，高声指挥着下人："把这桶冷水给我泼下去，我看他醒不醒！"

姜娆听得心脏都在抖，赶紧冲过去挡在了少年的前面："住手！"

仆人闻言停住动作，高高举起的水桶顿在半空。

姜娆气喘吁吁地跑上前，看着那桶差点儿就全部倒在少年身上的冰水，立刻明白了为何梦境中的少年浑身湿透了。

她要是晚来一会儿，估计他就是一身湿了。

还好，她来得及时。不然大冬天的，一桶凉水全部浇到他的身上，得多刺骨。

仅仅是想象，她便打了个冷战。

这一想让她格外心惊。她垂眸看着少年的脸。

他一头乌发凌乱，高挺的鼻梁上沾着血迹，额头一片乌青，狭长漂亮的眸子紧紧闭合，冷白的肌肤在冰天雪地的映衬下，透出一股死人一般的森冷气息。

如此苍白病弱的模样，将姜娆吓得脸色都白了几分，她慌忙伸手探了探他的鼻息。

还好，活着。

他身上的雪花都落了厚厚的一层，不知倒在雪地到底有多久了。

寒冬腊月，他身上只有一件单薄的粗布衣衫，还破破烂烂的，连胳膊都遮蔽不住，一截消瘦的小臂光裸在外，被冻得青紫。那一身破烂的粗布衣衫，怕是让她家的下人拿来当抹布都嫌弃。

这么冷的天，这个人怎么沦落到了这种处境？

姜娆解下自己的披风盖到他的身上，语气严厉地问自己的弟弟："他怎么晕倒了？"

"你打的吗？"姜娆颤声问。

姜谨行揉着鼻子，十分委屈："我没打到他，都是他在打我！他突然就晕了，和我没关系。"

他才几岁的年纪，不过小团子一个，扎在雪地里，又是气闷又是恼火地跺脚："你快看他手里的草药！就是这种药让马发疯，就是他害我们爹爹受伤的！"说完，他看了地上晕倒的少年一眼，补充道，"我怀疑，他是装的。"

姜娆忽视弟弟的后半句话，看了一眼少年的手心，里面确实握着一把草药。

梦里的她先是因为他比弟弟年长，先入为主地以为是他在欺负她弟弟，后来又因为他手里握着草药，相信了弟弟的说法。

可是，就算他手里有草药，也不能说明他就是凶手。

姜娆懊悔起梦中自己太冲动了。

少年的手背上，冻伤皲裂的伤口纵横交错，有的裂口很深，一看就很疼。

来之前她还想着带弟弟赶紧离开，这会儿看他这么可怜，她的心里十分不忍。

哪管他未来地位多么崇高，现在的他只是一个孱弱无助，昏过去的小可怜，瘦得像是好多天没吃过饭，被人欺负了也无法还手。

姜娆心里满是怜惜与愧疚，她对姜谨行说："他是真的晕过去了，不是假的。"

闻言，姜谨行不满地噘起嘴："阿姐，你不是说等找到给马下药的人，爹爹受的罪也让害爹爹的人尝一遍吗？现在我找到坏人了，我们该报仇了！"

姜娆被噎。

这确实是她说过的话。

她爹爹坠马后在床上躺了一个多月，如今才能勉强下床行走。那时看着平日里挺拔健朗的爹爹被人害得虚弱地躺在床上，她气极了，才说了这样的狠话。

但冤有头，债有主，即使想要惩戒坏人，也不该惩戒到无关的人身上！

思及此，姜娆歉疚地看了少年一眼，看着他此刻虚弱可怜的样子，脑中不由得浮现出他长大以后的模样——两肩宽阔厚实，坐姿挺拔，身材高大，将一身玄色大氅穿得十分气派。

可他偏偏是个可怜的残疾人，永远不能站起来。

原来，是因为她才成了那样？

姜娆的心颤了颤。

"动手吗，阿姐？"眼前突然横过来一根手腕粗的木棍，是姜谨行递过来的。

姜娆沉默了。

她和弟弟怕不是拿了话本子里那种到处给主人公使坏的恶毒姐弟的剧本。

一想到这种角色在话本子里的存活时间，姜娆的心里顿时警铃大作，不再和姜谨行理论对与错，果断地说道："他不是坏人，我要带他回去。"

姜娆将人带回自己的院子，叫丫鬟去烧了热水来，浸湿帕子，亲自给少年擦拭掉脸上和脖子上的血迹与泥污。

血迹和泥污一擦去，他立体漂亮的五官就显了出来。鼻梁高挺，眼眸窄长，眼尾上挑，眼睫很长，肤色苍白，有一种病弱美人的气质。

只是现在的他还没完全长开，瘦削的下巴与闭合的浓密睫毛显出几分可怜与不谙世事的模样，与日后他那傲气凌人、心狠手辣的模样相差甚远。

姜娆擦拭到他的颈上时，手忽地一顿——那里盘曲着几道丑陋的疤痕。最长的那条，从他右肩的肩胛骨上，顺着脖颈向前，一直蜿蜒到锁骨顶端。

好像是用最狠毒的手法留下的鞭伤，初时也许深可见骨，愈合后形成了蜈蚣一样的疤痕。姜娆只扫一眼便觉触目惊心，拿着湿帕子的手轻轻抖了一下，不敢再碰下去。

她擦拭的动作越发放轻放柔。

被她吩咐下去请大夫的丫鬟，从地上捡起一物，对姜娆说道："姑娘，这是不是他的荷包？掉在这儿了。"

姜娆视线扫过去。荷包很旧，边缘已经磨损，图案上全是鲜血干涸后的痕迹，盖住了荷包最初的颜色，血迹斑驳骇人。

看着血迹，姜娆有些反胃。她皱了皱眉，道："是他的荷包，去将这荷包洗净吧。"

她给少年拢了拢被子，然后才出门去找姜谨行。

为了她把少年带回来这件事，小家伙已经生了一路闷气了。

他急着要给爹爹报仇，见她偏袒"凶手"，气得连她都不爱搭理了。

不能让弟弟一直误会下去，不然就算她把少年带回来了，弟弟还是会来找他麻烦。

她还打算等少年醒了，好好道歉，解释清楚这场误会。

若少年不生气最好，若是他生气，或者气狠了，便将他当祖宗供着，哄着，一直哄到他消气的那天为止。

姜娆出了门，却被姜谨行吓了一跳。

小胖子像根萝卜似的蹲在屋门外的雪地里，肉乎乎的手指摁着地上的雪，动作凶狠，一肚子气全撒在了雪上。

他认定少年是害他父亲坠马的凶手，见姐姐细致入微地照顾坏人，气得肺都要炸了。

此刻，姜谨行的腮帮子气鼓鼓的，就像一只小河豚。

见姜娆出来找他，他的目光里满是责怪与恼怒，闹着脾气说："我没有你这种识人不清,认贼作父的姐姐!"

"识人不清的并不是我。"姜娆缓步走到了他的身边,与他面对面蹲着。

姜娆年纪也不大,半年以后才满十四岁生日,偏偏就喜欢在七岁的弟弟面前装大人模样。她的小脸板了起来,故作老成道:"还有,'认贼作父'用在这里不对,'指鹿为马'还好一些。你可以不学无术,但是不要胡乱用词,容易招人笑话。"

姜谨行被她说得小脸通红,反驳道:"谁敢笑话我!"

"我。"

姜谨行的气焰弱下去,不再说话,又一次气成河豚。

姜娆捧着弟弟的脸看了半天,问他:"被打得疼不疼啊?"

姜谨行:"哼!"

姜娆伸出手揉了揉他肉嘟嘟的脸颊,说道:"别生气了。是你冤枉了别人,还要把人的腿给打断,确实你该挨打。你听阿姐的,给马下药的人,当真不是他。"

姜谨行并不信她,反而心里苦闷,气得想哭。他站了起来,缓缓地打了个哭嗝,说道:"怎么就不是他了?!他人在马棚,药也在他手里!他还想继续害爹爹!"

姜娆随他站了起来,并道:"我已经派人出去找了,等找到真凶,你便会信我了。"

她梦见了下药的真凶是这里的一个屠夫,已经派人去找,会抓到凶手的。

姜谨行正在气头上,根本没把她的话听进去,只道:"就是你看错了,我要去找爹爹,让爹爹来把他赶走!"

他气鼓鼓地冲向院子外。

姜娆看着他气呼呼的背影,无奈地摇了摇头。

屋内,容滓吃力地睁开了眼睛。

之前被血粘住的眼皮居然变得轻盈了许多,他抬手蹭了一把,指腹上干干净净,没有沾染任何的污迹。

有人帮他擦拭过脸庞。

他的眼里闪过一丝疑惑,微微抬眸扫了一眼四周。

这是一个陌生的房间。寒风与落雪被隔绝在了闭紧的窗外，屋内暖融融的。所有的摆设整齐干净，屏风后两列博古架上堆满了小册子与书籍。

棉被柔软舒适，像攒了几天的阳光一样温暖。容渟的瞳仁却像是看到了什么脏东西一样瞬间冷了下来，抓住被子，下意识地就将它整条掀起！

没有针、没有虫子。

他的动作顿住，皱了皱眉，陷入沉思。

这是哪儿？

少年漂亮的脸上全是猜忌与警惕。

他动了动自己的腿，酸胀、刺痛，疼得他想将两条腿截断。

他已经接连好几天这样了，没有钱买药，只能强忍着疼痛，照着之前宫里的老大夫开的方子，一瘸一拐地出门采药。

原本这日运气不算差，找到了几株能用的，路上却遇到一群不知来路的人，冲出来与他理论，非说他是凶手，对他拳脚相加。

他还没来得及解释清楚，便两眼一黑，晕倒在地。

去年秋猎时被人有意"误伤"的两条腿，已经许久未得到医治，伤情加重，他最近时常疼晕过去。他本以为这次晕过去，就是死路一条了，却没想到……会出现在这个陌生的地方。

容渟忍着疼想下床，虽只是一个简单的起身动作，却让他额头上渗出豆大的汗珠，青筋暴起。

竟然……比他出门寻药时还要更疼。稍稍一动，骨缝里便像是有千万只蚂蚁啃噬，根本提不起丝毫的力气。这两条腿已经无法支撑他行走了，难道就此成了一个废人？

容渟眼神黯然，咬着牙，强撑着继续尝试。

屋外，姜娆费了好大的力气才追上她的弟弟。

得益于她梦里先知，她派出去抓凶手的下人回来得及时，正押着凶手送去给她爹爹审问。

真相大白。

姜慎行瞬间觉得自己从捉贼小能手变成了血口喷人的小蠢蛋。

小家伙异常难堪，头都抬不起来了，直想把自己埋进雪里不再见人。

安抚好弟弟，姜娆才回到自己院里，正巧遇上去洗荷包的丫鬟回来。

那荷包里还有一块玉符，看上去是它的主人珍视的东西。姜娆小心地将那玉符收好，让丫鬟将荷包晾起来。

想着少年苍白病弱的脸庞和他那比宣纸还要单薄的身材，她又唤了个丫鬟过来。

当时，少年手里拿着的那种草药，虽然不能给马食用，给人吃了却没什么事。饥荒年间，常有人挖这种草药用以充饥。她猜那少年是因为饥饿才去挖这种草药的，便吩咐丫鬟去让厨房做些点心送来。

做完这些，她从醒来时就起伏不定的心绪总算略微平静下来。

她心想着，事情已经开始朝着与梦境完全不同的方向发展了，结果应该……会变得不一样吧？

身后，屋内忽然传来一声响动。

那少年醒了？

意识到这点，姜娆连忙推门而入，正巧与少年四目相对。

本该在榻上躺着的人，这会儿一只手吃力地扶住榻边，正半屈着右腿膝盖，以一种十分艰难的姿势跪在榻边。

他抬眸看她的那一眼，目光如有利刃。

一如梦境中那样，他的视线牢牢地锁在她身上，瞳仁深处翻涌着暴戾的情绪，只是比梦里少了恨意，多了警戒与防备。

他就像那种深夜藏匿在草丛里的毒蛇，警惕着行人，嗞嗞地吐着信子，静待着攻击的时机。

昨晚梦境最后的那些画面，令姜娆本能地对这个睚眦必报的少年感到害怕。

怎么就招惹上了他？

她只能勉强撑起笑意来，先解释清楚这天的事："今天的事是个误会。我弟弟误会你是害我们爹爹坠马的凶手，才和你起了争执。"

她的笑容是苦的，平日听上去软糯的嗓音，这会儿也因为害怕变了调子："今日这事儿，是我们误会了你，对你不住，该补偿你。"

想起梦里的他对待别人的那些残暴手段，她半步一挪，半步一挪地靠近了他。

而少年闭了闭眼,既然站不起来,索性席地坐下,并没有理会她,只是身上那种嗜血的气息稍稍有所收敛。

这并不能让姜娆放下心来。她还是迈着小碎步挪啊挪,悄无声息地挪到了离少年两步远的位置,然后停住。

这距离已经是她的极限了,可能也是他能接受的极限。

梦境中,那个阴鸷可怕的男人,对所有的人都是一副厌恶至极的态度。

姜娆偷偷扫了两眼他的腿。

刚才那声动静,像是他从榻上摔下来了。

他似乎根本无法靠自己站起身来。

看来梦里也不是她伤了他的腿,遇到她之前,他的腿就有问题了。

姜娆的良心好过了不少,却也真的可怜他。

她见过他在梦里受困于轮椅时的孱弱与疯态,像是猛兽,被困于牢笼之中。

却没想到,他那么早就受了伤。

十四五岁,最是意气风发的年纪,他的腿⋯⋯是怎么成了现在这样的?

见少年的嘴唇有些泛白,她倒了一杯水,放在他的旁边。

"给你喝。"她道。

少年却连动都没动,甚至目光都不曾移向那水杯分毫。

姜娆不懂他为什么不拿,明明他看上去渴得要命。

这时,去厨房的丫鬟送了点心进来。

被做成十二生肖形状的点心整整齐齐地码在琉璃做的八角食盒内,气味香甜诱人。

丫鬟放下点心后,退了出去。

姜娆清楚地看到少年的喉结微微动了一下。可真等到她把点心放到他面前时,他却还是那副不为所动的样子。

面庞俊美冷清,像天上的少年仙君,脱离了尘世的七情六欲,不食人间烟火。

但他是人,不是神仙,是人就要吃东西。

姜娆大起胆子,捏了只小兔形状的点心出来,问道:"你要吃吗?"

她将点心往他面前递了递,动作和神情都十分小心翼翼。

容涥扫了她一眼。

女孩的五指白净，纤细的指尖捏在那只小兔子的肚子上，使得小兔子的肚子微微陷进去。

糯米做的点心白润绵软，里头的豆沙还热着，香气扑鼻。

他的目光闪躲，咬紧后槽牙，似在隐忍，僵持片刻后，才微微抬了抬修长的手指。

一直在盯着他看的姜娆立刻把握住机会，把点心迅速塞到了他的手心，又在一旁眼巴巴地看着，等着他吃。

容淳却把手里的点心分成了两半，将其中一半递给了姜娆。他道："你先吃。"

他的声音比起同龄人来要哑上许多，低低的，很沉稳，也很好听，只是听上去有些虚弱。

姜娆愣了愣。分给她吃？这么好心？

可他看她的目光也并不友善啊。

看着他那警惕防备的样子，电光石火间，姜娆明白了什么——他信不过她，他要她先试试这点心有没有毒。

怪不得水也不喝。

这防备心也太重了吧？

姜娆低下头，神色郁闷地咬了一口点心。她咀嚼的时候头垂得很低，两腮鼓鼓的，看上去也像糯米团子一样。

被怀疑的滋味并不好受，好心被当作了驴肝肺，她心里有些恼火。

没等他发话，她气呼呼地主动伸手捞过身旁的杯子喝了一口，然后在他的注视下将水全部喝光。

她往下咽着点心，仰着小巧的下巴，抬头看了他一眼，好像在说："你看看，你看看，我还活着吧。"

她湿漉漉的眼睛仿佛会说话，即使她没出声，他也仿佛听到了她在心里"哼"了一声。

点心没毒，水也没毒。

容淳的眼睛里依旧没有温度。

他将那半块点心捏在长指间，慢条斯理地看着。

即使他现在饿得发狂，眼里却没有显出半点儿迫切。

有些东西虽然看上去诱人,却会要人的命。

宫闱深,人心毒。

他从小就知道,要么忍受饥饿,要么迎接失败与死亡。

若不是知道这些,他岂会苟活到现在?

一直看着她咽下了点心,他才缓慢抬手,试探性地轻咬了一下。

一盒点心容滽总共吃了不过四个半块,其余的都进了姜娆的肚子。

他的脸上始终像笼着寒霜,没什么表情。

姜娆倒是吃得开心。

她一贯爱吃甜食,这点心合她口味,又因为和少年坐在一起分着点心吃,好像两个人的关系有多亲密似的,渐渐地,她心里那根恐惧的弦就松了,只剩惬意和放松。

直到她想拉少年起来,伸出手去,却被少年避开,她才恍然想起自己面对的是谁。她默默缩回手去,扫了一眼他苍白脸色,说道:"我去帮你请位大夫吧?如果可以,你先在我们府上住着吧,这样比较方便。"

却遭到了对方冰冷的拒绝:"不必。"

姜娆:"还是见一见大夫……"

容滽抬眸看她。他的眼眸狭长,虽然漂亮无比,但不笑时总给人一种拒人于千里之外的感觉。

他的视线扫过她的眉眼,语气还是冷冰冰的:"我要回去。"

姜娆一噎,问道:"你的家在哪里?"

"城西。"

回去就回去吧,姜娆没有强留,吩咐丫鬟去将前段时日父亲坠马后用的轮椅找了出来。

一旁,容滽扫了她一眼,又垂下双眸,目光阴翳。

他这两条腿已经废得如此彻底了吗?竟叫她一眼看出了他的腿伤。

庭院雪深,轮椅才出去,轮子便深陷雪中。

姜娆试了试,以她的力气,往前推异常艰难,她刚想叫个丫鬟过来,少年却像是猜到她要做什么一样,忽地睁开了眼,道:"我只想叫你一个人送我。"

他的嗓音放缓,很好听,语气像在求人。

他从用完点心到现在，一直很安静，安静得和梦里那个暴虐易怒的人截然不同，完全像另外一个人。

央求人时，甚至还带着点儿那种年纪还小，撒娇要糖吃的小孩儿的情态。两眼闭合时睫毛长而浓密，十足的乖顺与可怜，很招人疼。

姜娆一时怔住，转眼又想起他刚才吃点心的模样，想起他未来残忍暴虐的举动。

连喝一口水都得小心试探的人，如此多疑，敏感且心防深重，哪会如外表那么单纯呢？

他的身体虚弱是真的，但可怜兮兮地央求人，怕是有别的目的。

许是她个头不高，力气也不大，几乎对他构不成任何威胁，他才只让她去送他。

心里有了这个想法，姜娆试探着把手指搭在轮椅上。

少年的身体立时往前倾，与她拉开距离。

果然，这连碰一下都不让的态度……

姜娆确认了内心的猜测。

这摆明了还在厌恶着她，防备着她啊。

姜娆心头有种说不出来的失落与难过，推着他出了门。

邺城的家家户户早早清扫掉各自门前堆积的雪，中央的道路被清扫得平整开阔，推着轮椅在路上走，倒是没有姜娆想象中那么艰难。

这少年的家与她家府邸相距不远，一路上，她走得不快，但脚步一直没停，嘴巴也没闲着，一直在说着话。

"我代我弟弟向你赔礼道歉，今日的事，是他误会了你。前些日子我们爹爹的马匹被人喂了草药，发狂将我爹爹甩下马背，导致他右腿摔伤，在床上躺了几十天才好。我弟弟见你手里有那种草药，又见到你在马棚旁边，误会你是要再来下药的凶手。他那么冲动，我回去会教训他的，当真。你以后有什么事，若是喊我，我一定来。"

少年一直没怎么回应，最多应一声"嗯"，不冷不热，听不出情绪，辨不明真心。

但姜娆把这当成了好兆头，柔声说着："那你以后记得找我。"

少年没有应答。

身后忽然传来了嘻嘻的笑声,一个个头高大,壮如小山,做仆人打扮的人朝这儿走来。

他一身酒气,一见到他,容滓就厌恶地皱起眉。

那个人晃荡到他们身边停住,扫了容滓一眼,戏谑道:"哟,这不是我家家小少爷吗?"

小少爷?

姜娆低头看了一眼,方才雪地里,她看他穿着打扮,还以为他是穷苦人家的小孩儿,日后得了什么机遇才飞黄腾达,却没想到他这时就有仆人。

只是……他这仆人怎么穿得比他还要体面?

那个人也看到了姜娆,眼前一亮。

姜娆跟着父亲一路来了邺城,在邺城已经停留了三个月有余,行事低调,不声张,未曾宣扬过他们是谁。

可连县令都把他们奉为座上宾,这里的人即使不知道他们是谁,大概也能猜到他们的身份尊贵,面对姜娆,便不自觉生出几分讨好的心思。

这人也是。

他一改方才游手好闲,嬉皮笑脸的模样,手脚勤快地将轮椅拉到了自己这边,很殷勤地同姜娆搭话道:"小的名叫汪周,是在小少爷身边伺候的。小少爷今日不在家,可急死我了,我都出门找了一天了,多谢您把他送回来。"

姜娆却没有立刻信他的话。

虽说她一直被家里保护得很好,但她不是傻子。

眼前这个人说他出门找了一天,但看看他这模样——酒气熏天,嬉皮笑脸,出门找人,找出了一身酒气?

说谎。

她看了轮椅上坐着的少年一眼,想听听他会说什么。

她没想过他还有仆人,俗话说打狗也要看主人,他不说,她总不能自作主张替他管教他的下人。

但少年始终低着头,冷漠无言,像是事不关己一样。

他不表态,那她就没法管了。

可她又不放心这个半路冒出来的仆人。

他的小主人在冰天雪地里受冻,他出去喝酒,这叫玩忽职守。

这让她怎么放心把人交给他?

姜娆拒绝了汪周,亲自把少年送回到他家门前才停下来。

汪周一路上一直跟着,先一步去开了门,眨眼间就从屋里推出了一个破破烂烂的轮椅,一看就不常用。

他拂去上面的蛛网,笑着说:"让小少爷用这个吧。"

姜娆摇了摇头,正想说可以把她家的轮椅留在这里,看上去结实一些,容淳却点了点头。

姜娆有些尴尬。

她周围的人大多宠她,她还是第一次遇见这么冷漠、难以接近的人。

离开前,她转头看着一路跟在他们身后的圆脸男人,叮嘱道:"你家小少爷腿上有伤,你仔细看顾着他,吃穿用度和衣食住行均要小心着些,莫再将他一个人晾在街上了。"

汪周一个劲儿地谄媚笑着应了。

姜娆对这个人没什么好感。

她不再理他,转头看向容淳,同他说道:"我走了,你记得,有事找我,我一定来。"

推着轮椅行走了一路,她的脸上热得浮起了一层薄红。

离开后,姜娆不放心地回头望了一眼,见少年在看她,微微弯了一下嘴唇。

她那白净柔嫩、略带婴儿肥的脸颊上,梨涡陷下去,浸在白日明亮的光线里,甜得像是泡了梅子酒。

"一定要记得我说的话,有事记得找我。"

姜娆看了一眼那个不负责任的汪周,朗声朝容淳喊道:"我会管你的!"

人在光里行走,活泼而亮眼。

容淳目光微动,很快就意识到自己的失神,不自然地将脸扭向一旁。

那个叫汪周的仆人见姜娆的背影远了,冷笑了一声,松开了握住轮椅的手,自己大摇大摆地进屋,搜刮掉了屋里最后剩的那点儿碎银,很快又出来了。

他无视容淳,径自向城中的商区走去,去那里寻欢作乐。

他就没把容淳当成主子。

虽说他知道自己伺候的这位是京城不知道哪户大人家里的公子,对方是因为两条腿受伤才被送到了邺城这种地方静养,可他听说,这家伙只是个庶子,生母早逝,又不得主母喜欢,十分不受宠。

两条腿受着重伤,还被扔到邺城这种偏僻得连寻医问药都难的地方,说好听了,这叫静养,实际上,几个月来无一人过问他,摆明了是要叫他在这里自生自灭。

跟着这种主子,一丁点儿前途都没有,还不如趁他没死,多刮点儿油水。

等他死了,一卷铺盖帮他收了尸,也算是仁至义尽。

两扇门被汪周用力摔上,冰冷的雪花迸溅到了容淳脸上,沾在他的睫毛与鼻梁上。

他的眼神连一点儿波动都没有,甚至都没有抬手去拂,任由雪花沾在他长长的睫毛上。

他只是习以为常了。

他低垂着眸子,长指转动着轮椅,往前移动。

只是等他的视线无意间落到腰际,脸色却变了——荷包,不见了。

荷包里装着的玉符自然也不见了。

那玉符是他身上唯一值钱的东西。

是他母亲留给他的遗物,他身无分文的时候,都没有动过这个玉符的念头。

容淳的脑海里霎时闪过姜娆的身影。

他早该知道的。

容淳倦怠地闭紧双眸,自嘲地勾了一下嘴角。回想自己方才片刻的失神,他只觉得分外荒唐、可笑。

大半个时辰过去,姜娆才到家。

姜娆平日里养尊处优,平日出门大多有轿子抬着,一去一回走了这么长的路,还没回到家,她就有些腿脚发酸,推着轮椅的胳膊也酸。

真不知梦里的那些罪,她是怎么忍受下来的。

回了家,她第一件事就是回榻上歇着,小脸埋在枕头上,像一株夏日里被暴雨压塌的荷叶,没骨头一样慵懒,胳膊都不爱抬。

丫鬟明芍替她脱下了沾满雪泥的棉缎鞋,看着她这副倦懒的样子,怜惜又不解。

"看把姑娘累得。刚刚随便叫个随从去送便是,何苦劳累自己?姑娘这亲力亲为的程度,未免对那个人太上心了些。"

姜娆想着少年那张冷漠的脸,埋在枕头里的脑袋轻轻摇了摇。

才做了这一点儿事,哪里叫太上心了?

她还想着明日继续去找他呢。

他现在是冷得像块冰,可若是她日复一日地待他好,冰块总有融化的那天的。到时候,他就不会再生她和弟弟的气了,也就不会再报复她了。

姜娆越发困了,眼皮渐渐地合起来,将要睡着时却忽地睁开眼,抱着毯子坐起身来,一脸懊悔:"糟了,忘了把他的荷包还给他了!"

难怪她总感觉有什么事情没做。

她这丢三落四的毛病!

"要奴婢去送吗?"一旁的丫鬟问她。

"不了,还是我去吧。"姜娆睡意全无,从榻上滑了下来,苦着一张小脸,重新穿戴好,带上荷包出了门。

天上又飘起了雪花,雪势不大,像一层浅浅的霾。

雪花降落枝头的扑簌声和孩童嬉闹的声音,混杂在一起,一同传到了姜娆耳里。

她越往西走,孩童们欢快的笑声就越清晰。

听他们交谈的内容,像是在打雪仗。

"我手里的雪球最大!"

"大算什么本事!明明是我扔得最多,最准!"

"哼,那我们再扔一次,看看这次谁扔得准。"

姜娆听着这些童稚的话语,忍不住勾起了嘴角。

真好啊,生机勃勃的。

只是等她拐个弯,看到了那些玩雪的孩童投掷雪球的方向后,笑容却凝固在了嘴角。

那群小孩的雪球瞄准的方向,是那个少年。

他的轮椅陷在雪里,两只手牢牢地抓着轮子,正艰难地转着轮椅往前走,可门槛拦住了他的路，轮椅车轮打着滑，似乎一不留神就要歪倒在地。

从她离开到回来，他的位置似乎就没变过。

他手臂的肌肉因为用力而绷紧，肩头一肩雪，背后更是深一块，浅一块，沾着碎雪，背影挺拔却倍显寂寥。

姜娆忙跑上前扶住了他的轮椅，拂走他肩头的雪。

她越想越气，水润的杏眼睁圆了，回过头，一脸怒色地朝雪地里那群孩童喊："哪有你们这样欺负人的！"

那些孩子嬉笑着不以为意，脸上丝毫不见愧色，反而一齐起哄："那就是个残废！比瘸子还不如，残废！废物！有本事就让这个废物扔回来啊！"

姜娆脑子里像是有什么东西炸开了。

她低头看了一眼坐在轮椅上的人。

他阴郁沉默，双眼如深潭死水，波澜不惊。

就像是……就像是习惯了一样。

姜娆心中无由来地感到一阵酸涩，她被这些小孩儿的可恶行径气得身体发抖。她迅速团了好几个雪球，朝那群小孩儿扔了过去。

顿时石打雀飞，那群小孩儿一窝蜂散开了，消失在墙角。

但姜娆的雪球扔得并不远，她的力气太小了，一个都没打中。

那些小孩又纷纷探出头来，做着各种鬼脸："你和那个残废一样，也是个废物！废物！"

姜娆气得眼眶都红了。

容淳扫了她一眼，觉得更可笑了。

她既然已经得到她想要的东西了，为什么还要回来？还要假惺惺地帮他，表现出一副情真意切的模样。

除了玉符，他还剩的，也就一条命了。

他的双拳落在膝上，死死攥着，手背青筋隐现。

她的脖颈纤细，若她真像她方才扔雪球表现出来的那样柔弱，以他现在的力气，还是能将她置于死地的。

姜娆迎上了他的目光，却是一怔。

他的眼睛十分漂亮，但凡有点儿情绪在里头，眼睛就会变得很亮。

这也让她将他目光里的反感、厌恶和戾气，看得清清楚楚。

她只是离开了一会儿,他的态度明显就变得不一样了。

姜娆欲哭无泪,自己这又是哪儿得罪他了吗?

看着自己触碰到他肩头的手指,她忽然像是明白了什么,忽地把手指缩回来了。

她猜是自己碰到了他,惹他不快了。

意识到了这点以后,姜娆把他往屋里搬动时,简直费了九牛二虎之力——又怕伤到他,又不敢碰到他。

整个过程,容渟忍着腿疼,一言不发地暗暗打量她,猜测她到底想做什么。

进了柴门,踏进四方小院,她本想送他进屋里,他却不准她进。

姜娆依言停了下来,郁闷地耷拉下脑袋,打量着这个小院。

这里比姜娆想象中的要冷清狭窄。

整个院子被雪花覆盖,无人清扫,院里空无一物,只在西墙角落处,竖着几根发霉的木柴,门扉与窗棂上结满蛛网。打开房门后,里面只看见光秃秃的四面白墙,风穿门而入时,这间空旷的屋子,像一个巨大的坟茔。

整间屋子充满了阴暗湿冷的气息,不像是人住的地方。

他有仆人,估计是家里的少爷。可他一个少爷住的地方,竟然比她家里下人住的地方还不如。

这算哪门子少爷?

刚才那个叫汪周的仆从不见踪影,姜娆左看右看,问道:"你的仆人呢?他明明答应我把你送回屋的。"

容渟终于消磨掉了所有的耐性。他的手指收拢,攥紧,手上青筋暴起,盯着她细细的,像是一只手就能折断的脖颈,眼底浮现出一丝嗜血的气息。

若不是刚才在雪地里冻伤了腿,过于虚弱,不知道他能不能一下要了她的命,他何必隐忍着不动手?

"你来,到底是为了做什么?"他沉声问道,手指悄悄转动轮椅离姜娆更近,阴冷的目光停在她的脖颈上。

姜娆还在转着脑袋四处找汪周,丝毫没意识到危险,听到他的问话,缓慢地把脑袋转回来,想了想,猛地敲了一下自己的脑壳,气恼地说道:"差点儿又忘了……"

她在袖袋里找了找,掏出荷包递给他:"我见你的荷包脏了,便叫丫鬟拿去洗了,裂开的地方补了针线,里头的玉符也还在,只是刚才送你回来太过匆忙,忘了给你,现在还你。"

容渟愣了愣。

面前张开的那只小手,手心里卧着的就是他装玉符的荷包。

她的手因为刚刚抓过雪团,被冻得通红。

她是回来送玉符给他的?

容渟松开了紧握的拳头,手背上的青筋渐渐淡去,再回想她刚才那些被他以为是伪善的举动,心情一时有些复杂。

只是他看向她的目光依旧冷冽如刃,没有感情,更没有信任,充满了冷漠的审视意味。

他仍然是防备她的。

她的鼻头、眼角也都有点儿红,连呼吸声都轻轻的,漂亮的眼睛像水洗过,透着怯意,像极了见到猎人时的小动物,又尽又怕。

怕他?他一个残废,有什么好怕的?

姜娆来时打了一路腹稿,想好了各种套近乎的话,真见到了他,却像一只送自己进狼窝的兔子一样紧张,想好的话,一句都说不出。

被他利刃一般的眼神一看,更是一下子就想起了梦里被他报复虐待的场景,膝盖情不自禁地开始打战。

他的眼神好像带着杀气……

她不想再在这里待下去了,送温暖什么的,等她养养胆子再来吧。

姜娆压着心底的惧意,将荷包塞到他的手里,嘀咕了一句:"荷包……既已还你了,那我便走了。"

说完飞快逃到门边,手迅速握上门把手。

这时,身后传来了一声道谢。

姜娆一愣,脚步一停。而后反应过来,双眸明亮地转过身去,却看到少年背对着她,清瘦的背影融入房间幽暗的光线里。

他还是那副对人不睬不睬,冷漠至极的样子。

她还以为他说了谢谢,他们之间的恩怨就能勾销了。

是她想多了。

姜娆低下了脑袋,转身离开。

容淳垂着双眸，视线始终停在自己手里的那个荷包上，耳朵却在听她的脚步声。

她的个头很小，步子也很小，很轻，但是走得很快，踩在雪上发出的"咯吱咯吱"的声音渐渐远去。

直到再也听不见了，他才回头，院子里白茫茫的雪地上，多了一串小小的脚印。

他低头看着手里的荷包，修长的五指缓缓收拢，将它紧紧握在手心。

从没有人帮他缝制过一个荷包。这个旧荷包，自打他捡来的那一天就是脏的，现在却是前所未有的簇新、干净。

夜里，北风肆虐。

破旧的木窗根本抵御不住寒风，被风吹得吱呀作响，屋内的温度如室外一般湿冷，墙壁形同虚设。

黑暗里，容淳疼得面上冷汗涔涔。

隔壁，汪周鼾声如雷。

他瑟缩在被子里，不小心滚到床下，想扶着床站起来，却没有这个力气，只得认命地躺在地上。

地面冰冷刺骨，他身上盖着的衾被单薄，棉絮几近于无，没有半点儿御寒的作用，冷得根本无法入睡。

他黑沉沉的目光看着门口，屋里漆黑一片，他仿佛又回到了幼年时的寒夜——被他那几个皇兄、皇弟合伙关进冷宫里的夜晚。

那里吊死、病死过不知道多少妃嫔，他们锁了门，不放他出来。

寒风穿过窗户上的破洞，呼啸着灌入，发出鬼哭一样的声音。瘦小的他把身体缩到桌子底下，才能抵挡一点儿寒风。

黑暗里有老鼠啃食的声音，他蜷在桌子底下，眼睛一眨不眨地盯着门看，一刻不停地盼着有人开门。等来的却是一整晚的黑暗湿冷。

这种奄奄一息、吊着一口气苟活的夜晚，像是没有尽头，结束了还会再来，像是要将人的希望消磨殆尽一般，永无休止。

如今他长大了，看向门扉，心里再没了盼望谁来的念头。

只是希望天快一些破晓，太阳出来，让身体暖和一点儿。

皇城，锦绣宫内，四面与中央都烧着暖炉，屋里的摆设无一不奢华贵气。桌上烫着酒，酒食飘香。

昭武帝、嘉和皇后和十二岁的十七皇子围坐在一起吃着夜宵，其乐融融。

嘉和皇后见这会儿气氛很好，笑意盈盈地同昭武帝说道："小十七近日勤加练习箭术，已精进了不少，皇上可要看看？"

昭武帝颇喜箭术，闻言立刻生出几分兴致，叫太监送来了箭与靶子。

嘉和皇后想着儿子若是能在箭术上露上一手，定然能得昭武帝偏爱，一时心中喜悦，笑着勾起唇来。

十七皇子摩拳擦掌，兴冲冲地上前，一箭出手，却脱了靶，射到了墙上。

只是一箭而已，昭武帝倒还没说什么，嘉和皇后的脸色却立刻难堪起来。

之后十七皇子又是一箭射空，嘉和皇后的脸色像结了霜。

最后，十箭当中仅有一箭靠近靶心，看得嘉和皇后心急如焚，恨不得自己替儿子上前射箭。

叫他好好练习，怎么练成了这个样子？

昭武帝脸上期待的笑意一点点儿收了起来。

嘉和皇后难堪地笑了笑，替儿子开脱道："小十七近日课业繁忙，他又认真努力，想来是有些疲倦了。"

昭武帝蹙眉道："习箭也看天资，并非下功夫便能练出来的。小十七兴许有别的长处，不必执着于此。"他的手指不悦地在案上一点一点的，突然转了话锋，问道，"小九近来如何了？朕记得，他的箭术极好。"

嘉和皇后一愣。

昭武帝子嗣众多，膝下共有十七个儿女，除去早夭的，还有十二个活在世上。

容淳排行第九，他的生母只是个宫女，身份低微，却因美貌出众，引起了昭武帝的注意，承了帝宠，有了身孕，可惜福薄，早早死了。

容淳出生不久后就没了母亲，被养在了嘉和皇后那儿。

世人都说嘉和皇后温柔知礼，对待他人的孩子都能视如己出，却不知她是个表面温柔，内里蛇蝎的人。

她虽然收养了容淳，却只是为了博一个贤淑的名头，怀着对那个宫女夺宠的憎恨，她没有一日真正把他当亲生孩子看待过，反倒把仇报在了他身上。

容溽即便被养在她那儿,也像是没有母亲一般,缺衣短食,备受冷落,在宫里无依无靠,卑微得像株野草。

他自小身体孱弱,性情孤僻,沉默寡言,很不起眼。十三岁那年,外族来朝进贡时,他却出乎所有人的意料,一连赢了三场与外族成年男子的比试,一鸣惊人。

射箭时少年挽弓,十发十中,意气风发,引得昭武帝龙颜大悦,赞赏不已。

这使得嘉和皇后万分忌惮。

大昭不似前朝那样将嫡子立为太子,大昭皇位传贤不传嫡。昭武帝一直没有立下太子,要是最后,她的儿子十七被一个下贱宫女所生的儿子比了下去,她如何能咽得下这口气?

去年秋猎之时,她派刺客暗地里射伤了容溽的双腿,又以京城局势混乱,没有捉到凶手,怕再出乱子,而邺城安静,适合养伤为由,再三保证会有人照着御医开的方子为他抓药治伤,将他送到了邺城。

这一年来,昭武帝始终没有过问一句,这日他突然问话,令嘉和皇后措手不及,吓出了一身冷汗。

可她到底在深宫中磨炼多年,早就练就了非同一般的定力,很快压住了心头的惊惧,面色如常道:"小九那边,妾身每月都会派人去问,这次回来的人说小九的腿恢复得不错,只是想要大好,还要等些时日。"

昭武帝疑窦顿生:"小九已去了一年,如此久了,为何还要等些时日?"

嘉和皇后镇定地答道:"那次秋猎时,小九被刺客伤得厉害,伤口最深处甚至见了筋骨,连太医都说好起来没么容易,多让他休养些日子,对他的身体也有益处。"

昭武帝叮嘱道:"下次派人给他送月钱时,从太医院多挑些好药一并送去。邺城虽然安静,合适静养,可药材的质量,想来是不如宫里的。"

嘉和皇后垂一下眼眸,似解语花一般,极为温顺体贴地说道:"皇上爱子心切,妾身自会为皇上分忧。妾身这就去吩咐太医院送些好药过来,下次叫人去看小九时,一并带着。"

昭武帝满意地颔首,又用了点儿消夜以后,便离开了锦绣宫。

嘉和皇后温柔地目送他离开,直到他拐过拐角,才脸色骤变。

刚才她本想让儿子在昭武帝面前好好表现,却不料被嫌弃没有天资,还令他想起了容渟。她又悔又恨,目光骤冷,像是淬了毒一般阴狠。

她罚十七皇子面壁半个时辰,又叫了侍女过来,命侍女将刚才从太医院取回来的药尽数扔到宫外的阴沟里。

邺城,寒风一夜未停,直到曦光微明。

容渟的双腿贴在冰冷的地上一整夜,持续的疼痛让他片刻不得安稳,他一夜无眠。

及至天明,他垂眸看着自己孱弱的两条伤腿,眼底一片鸦青,目光阴冷似寒冰。

他的腿伤又加重了,怕是要彻底废了。

姜娆虽在心里想好了要多往城西跑,好尽早让少年转变对她的印象,但是接二连三的梦,却使得她越来越怕他。

她一看到他,就会想到他以后心狠手辣的样子,以及他对她的种种报复。

梦里跪得久了,醒了膝盖还是酸软的。她一见他,满脑子就想着逃跑,更别说做点儿什么,让他改变对她的印象了。

出于逃避危险的本能,姜娆选择先做几日缩头乌龟。她吩咐了一个仆人,替她在城西那间小屋外守着,免得少年再受那些无赖小孩儿的欺负。

这晚姜娆又梦见了长大后的少年,比之前任何一场梦都要更加清晰。

因是四皇子同党,她与家人在新帝登基后,沦落成阶下囚。

她本充了奴籍,他把她买了回去,本来是要杀她的,等过了一段时日,他却没要她的命,而是让她做了随身伺候的奴婢,从此日日折磨她,并以此为乐。

一直被家人捧在手心里宠出来的娇滴滴的小姑娘,突然变成了别人的奴婢,伺候一个喜怒无常的主子,境遇简直是从云端跌入到了泥沼里,苦不堪言。

偏偏她亏欠于他,有怒不敢言,只能一日日承受下去……

梦里一整夜被折磨得生不如死,醒来后,姜娆的脸色简直难看到了极点。

用过早膳后,姜娆出门去给祖父寄信。

老伯爷六十大寿,姜娆虽然赶不回去,但还是精心挑选了贺寿礼物,寄给远在金陵的祖父,尽一尽孝心。

天空依旧灰蒙蒙，偶尔飘起雪花。

出城的路上大雪塞道，县令派人去贴了告示——惜命之士，勿要出城。

短短八个字，相当有约束力。全城的人都惜命如金，乖巧待在城中，没人出城。

姜娆寄完信，从驿馆出来，脑袋始终低垂着，神情说不出地苦闷。

昨晚那场梦让她觉得少年那边依旧隐患无穷。

所以她就算害怕，也只能忍着，总得先把他哄好再说。不然等到她们一家离开了邺城，就没机会了。

驿馆附近的茶馆里，聚集着因为无法出城而无所事事的百姓。

姜娆心念一动，走过去找当地人打听了一下那少年的事。

有人告诉她，少年是一年前来到邺城的。他是金陵某个大户家里的庶子，来这个小镇养伤，他的家人替他找了那个叫汪周的当地人做他的仆从，每月会送钱过来。

姜娆留心问了问他的名字，既是金陵来的，说不定曾经和她家打过交道。

可这里的人纷纷摇头，无人知晓他的名字。

半个时辰后，姜娆去了医馆。

她听人说，一年前少年刚到邺城的时候，见过他到此处拿药。

可现在都一年了，他的腿还没有好。

姜娆忍不住好奇，想问问那位老大夫，少年的腿伤到底是怎么一回事。

好奇最后却转为了心疼和怜惜。

一开始她只知道他的腿上有伤，和老大夫聊了以后，才知道了他腿上的伤严重到了何种程度。

他初到医馆时，小腿处伤口已然溃烂，深可见骨，骨头还断了，偏偏他一直在忍。老大夫说他为了省些银子，接起断骨时没有用麻药，从头到尾，他没有发出一点儿声音。

姜娆听着老大夫的话，就想到了他强忍着疼痛一头是汗的样子。

左右他那时也不过是一个十几岁的少年而已。

平时她弟弟磕破点儿皮，她都得心疼半天，他却是把最严重的皮肉伤和骨伤都经受了一遍。

说他可怕，是真的可怕；若说他可怜，也是真的可怜。

姜娆再一次迈进了城西那个小屋时，手里拿着一个四四方方的方包，沉甸甸的。

捆缚的麻绳在油包纸上嵌下几道细印，里面装满了老大夫给开的中药。

老大夫说，近一年来，少年只去过他那里一次，离开之后，便再也没有去他那里拿过药。

明明嘱咐了少年身边那个仆从要月月过来替他拿药，然而，这么长的时间，老大夫却从未见过那个仆从来过一次。

腿伤成这样，又没有药，他是怎么撑过来的？姜娆难以想象。

小院依旧是昨日那般景象，冷清萧条，寂如坟茔。大雪在院子里积了厚厚一层，走在上面的每一步，都会留下深深的脚印。

经过一夜风吹，那本就看上去不够结实的门扉更加摇摇欲坠，只消抬手敲两下，那门便"吱呀呀"颤了一声，自己开了。

屋内一地凌乱。

姜娆没想到自己会看到这样一幅景象——少年匍匐在地上，两条腿无力地跪着，膝盖下压着一床单薄得可以忽略不计的被子。他的长发披在身后，脊背微微弓起，背影像是一头被剪断了尖牙利齿，挑去了脚筋的困兽。

看上去，他是想用手肘撑住地面，支撑着他自己站起来。

纵使他的手臂肌肉收紧，看起来已经用尽了全部的力气，两条腿却像是坠了千斤石块，移动不了分毫。

他赤红的眼底，写满了颓丧与不甘。

姜娆默默走过去想将他搀扶起来，他陡然抬起头，冰冷的目光吓得她浑身一僵。

容渟听到她进来的声音，身体僵住，侧眸看着她，控制不住地重重咳了两声，问道："你来做什么？"

姜娆提起手里的药包给他看，说道："我去医馆为你拿了些药。"

容渟默不作声。他的性子早就被吃人的深宫训练得扭曲多疑，从出生以来，他见过的每一个人，没一个是真心对他好的。

笑里藏刀的虚伪笑意，他见得多了，过分热络的示好对他来说，与欺辱冷落并没有太大区别。

就算她是因为对他心怀愧疚，想要补偿，做到这种程度，已经够了。不会有人真的对他这么好的。

他冷眼看着她脸上的关切神情，仿佛在看用蜜糖裹住的毒药。

可他还没来得及下逐客令，就因为一阵剧痛晕了过去。

醒来时，一双温热的手正将一块湿帕子往他的额头上敷，动作很柔和。

身上那床单薄冷硬的被子似乎被换成了一床新的，温暖厚实的被子。

他眨了一下眼睛，身侧传来了一声惊喜又轻柔的问话："你醒了啊？"

姜娆手里拿着湿帕子，蹲在他的榻边，脑袋与榻沿平齐，惊喜地看着他。

他晕过去后，额头一直在出汗，眉头紧锁，不知是疼的，还是梦到了什么不好的东西。

怕吓到他，她的声音软软的："刚才你突然昏了过去，吓了我一跳。我叫医馆的老大夫来看了，他说你腿上的伤又严重了，近日又染了风寒，便又多给你开了几味药，你睡着的时候，老大夫亲自熬了药，让我喂你喝了。"

容渟抿唇，口中果然存留着一股草药的苦味，连身上都有一股淡淡的苦药味儿。

他这才看到自己的衣衫前襟上有一片药渍印儿。

姜娆也注意到了。她的目光在他衣衫前襟上迅速扫了一眼，长睫垂下，不好意思地说道："但我就喂你喝了……半碗。"

她的脸颊浮起了一层薄红："是只能喂进去半碗，其他的都洒了，洒到……你身上去了。"

容渟抬眸直视着她，嗓音沙哑地问道："是你喂我喝的药？"

"嗯。"

姜娆倒想是让丫鬟来喂，可不知道为什么，丫鬟一靠近他，晕倒的他居然还下意识掐人的脖子……

换老大夫来也不行。

连晕过去后都这么拒人千里，姜娆在心里给他的性格做出了修正，不是多疑，是十分多疑，深入骨子里的那种，也是真的暴戾。

她靠近的时候他却没什么动静，她便自己喂他了。

闭上眼睛的他没了那股阴郁的戾气，又病弱，又可怜，她不会害怕，甚至有点儿心疼他，在他睡着的时候，她还忍不住用手描了描他好看的眉眼。

容渟低下头去，他的布衣颜色偏深，褐色的药打翻在上面，也不算明显。

反倒是她，铃兰色的袖口上浸了一片褐色，很突兀。

见他的视线瞥来，姜娆下意识地拢了拢袖子。

高门大户里出来的姑娘大多看重仪容整洁，尤其注重自己的容貌与衣着。

她的衣衫上抹了灰的情况都少有，更别说像现在这样，一袖子黏黏湿湿的中药。

她头一次伺候人，不熟练，很笨拙。

姜娆低着头，下意识就想将袖子藏起来，却不知这一切早就落在了容淳的眼里。

她明明可以拿着这点强调她有多累。

但她没有。

他的目光在她身上停得久了些，幽暗得，像森林深处寂静的潭水，也不流动，只凝固在她身上。

姜娆被他盯着浑身别扭，赶紧转移话题："你现在醒了，可觉得身子好些了？"

容淳移开目光，坐起身来，想说话，却剧烈地咳嗽了一阵，像是要将五脏六腑都咳出来一样。

姜娆连忙递了杯温水让他饮下："怎么还咳得这么厉害？"

容淳虽然接过了她递来的那杯水，在递往唇边时，却犹豫了一下。

他最终还是喝了。

看他现在愿意喝她给的水了，姜娆偷笑了一下，见他看过来，她立刻收起笑容，起身去提来一个又一个小药包，摆在他的面前。

她蹲在一旁，依次指着药包说道："这是治疗风寒的药，这是治疗你的腿疾的。这一袋，要用水煎了服用；这一袋，是外用药，要碾碎了涂在伤口上……"

她一样一样挨个嘱咐，不厌其烦地说了好久，却没忍心告诉他，老大夫看着他的腿伤直摇头，说是药石罔效，治愈的希望已经不大了。

老大夫还告诉她，他有习武的底子，看他的筋骨，应是天资不俗之辈。可惜他断了腿，想要拾起之前的武功底子……也基本没那个可能了。唯一能指望的，就是造化。他的腿拖了一年还没彻底废掉，已是出人意料，最后能治好也说不定。只是希望渺茫，渺茫得几无可能。

容淳哑着嗓子问:"这些药,还有我身上的这床被子,总共是多少银两?"

姜娆一愣。她又不想要他的钱,要是他能亏欠她点儿什么,对她来说还是好事。

姜娆歪了歪脑袋,敷衍道:"这些又不贵。"

"下个月初三,会有人为我送来月钱,到时我会将药钱全部还你。"容淳像未听到她的话一般,再次问道,"这些药和被子,总共是多少银两?"

他追问的口气霸道又固执,摆明了不听到答案不会罢休。

姜娆被他这股气势震住了,几乎立刻就回到了梦里他是主子,她是奴婢的时候,吓得差点儿抖了实话出来:"十……是一两银子。"

回府的路上,明芍掰着手指头数落姜娆:"姑娘下午买药、请大夫、帮他修缮门窗,花了六两银子,从库房里取的那床棉被,也是今年的新棉花做的,十两都不够。这些加起来怎么也不是一两啊?姑娘,您是不是算错了?"

姜娆年纪虽小,但毕竟是家里唯一的嫡女,从小算筹记账的功课从没落下,自然不会算不明白这笔账。她摇摇头,叹了一口气:"他分文没有,我不想要他的钱。"

姜娆回身看了一眼那间低矮荒凉的屋舍,眉头再次皱起来,又道:"回去之后,让姜平找几个护卫来这里看看。"

主子都快病死了,那个叫汪周的随从却不见踪影。

有问题,一定有问题。

连绵了两日的大雪,终于在第二天暮色四合时停了下来,有了点儿雪过天霁的意思。

天际透出些淡淡的金光,整个世界显得十分平和、宁静,给人一种温暖的错觉。

姜娆走后,容淳才注意到昨夜还在摇摇欲坠的门,变成了好的,寒风被挡在了外面,屋里荒废许久的炭炉里,添了木柴,生了火。

昏黄的火光映在瞳仁里,容淳重重地呼了一口气,不知是否药效起了作用,心口竟稍稍有了些暖意。

二月初三,汪周去驿馆领了主家那边派人送来的月钱,同送钱来的人敷衍了几句,扯谎说容湉现在的腿伤恢复得不错,很快回到城西。

容湉虽是九皇子,可尚未及冠,身上亦无官职,每月的月钱比他那几位年长的哥哥少了许多。一个月只有十六两银子,比上不足,可若放在那些贫苦百姓家,都能支撑得起两三年的吃穿用度了。

只是,这笔钱经了汪周的手,再到容湉手里时,却不剩多少了。

汪周最后交给容湉八百文铜钱。见容湉接过钱后看了他一眼,疑心他是察觉到了什么,便恶狠狠地先声夺人道:"给你买了药,再去掉我的工钱,钱就没剩多少了。"

"药呢?"

汪周重重地将一个麻袋甩在桌上,打开来,露出了里面的药材,不耐烦地说道:"药都在这儿。"

容湉看了一眼那药。说是药,倒不如说是柴,袋子里枯枝与木屑居多,草药反而少些。

他抬眸冷冰冰地扫了汪周一眼。

汪周并不把这个主子放在眼里,只当他是被家族遗弃的庶子罢了,爱死不死,爱活不活。

可他也会忌惮他那双眼睛,狭长的眼眸,像小狼一样,隐藏着一股像要吃人的狠劲。

刚才容湉眯眼看他时,眼珠子幽暗得骇人,像把一切都看穿了。

他担心是自己做的手脚被容湉发现了,心虚地念叨道:"你一个残废,问这些做什么?难不成还能站起来自己去煮药?"

这句话倒是安抚了他自己。

他面前不过是一个软弱的残废,离家千里,无依无靠,就算发现了自己偷藏月钱,这里是自己的地盘,他那个主母只请了自己一人照顾他,这个家里还不是自己说了算?这残废能把自己怎么样?

他顿时放松下来,看了一眼容湉的腿,嘲讽道:"腿上有病,可别脑子也有病,要治你这两条腿是要花大价钱的,八百文都是我精打细算给你省下的!"

说完，摔门离开。

一出门，汪周就从怀里掏出了刚到手，还没焐热乎的月钱，往空中抛了抛那装得满满当当的钱袋，兴冲冲地往赌场方向走去，却不知他的一举一动，都被姜娆安排在这里的人看在眼里。

"姑娘，留在城西的人回来说，那个叫汪周的下人，兴高采烈地带着一兜袋的银子，正往赌场去呢。"

明芍将来人的话转告给姜娆时，她正在书房翻着祖父寄回来的信。

老伯爷疼这个孙女，足足写了有四页信纸，连他养的蛐蛐从玛瑙盒里逃走了，他都要在信里和孙女说一说。姜娆正看得满脸笑容，听了明芍的话，皱起眉头："他的主子连药都买不起，他哪儿来的这么多银子？"

第二章
千里寻医

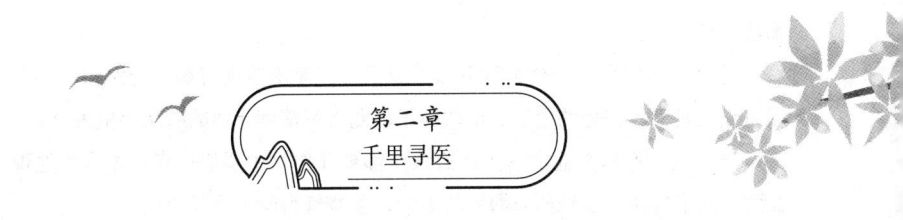

近一年来,每个月到这时候,汪周的钱袋子都会鼓那么一回,他风光得很。

但今日容渟的眼神实在让他心里不安。

他边往闹市区走,边想着回去定要试探一下,看容渟是不是已经知道自己私吞他钱财的事了。

要是容渟已经知道了……

汪周眼底闪过一丝阴狠,真是那样的话,干脆弄死他算了。

反正容渟苟延残喘地活着,半死不活,和死了也差不多。

汪周想得入神,没留神,与对面相向而行的人撞上了,他踉跄着收住脚步,破口大骂:"怎么走路的!"

撞到他的是个戴着帷帽的小个子男人,赶紧低着头,连连拱手道歉。

汪周不耐烦地将他从面前一把拨开,骂道:"晦气东西!大爷我今日心情不错,不与你这般不长眼的计较,滚吧!"

那人连忙离开,及至转角,脚步一停,拿下帷帽,从怀里掏出了一个钱袋,递给眼前的人:"姑娘,您要的东西。"

姜娆接过来,打开钱袋,露出了里面的银子。

男人原本是个孤儿,在街上乞讨做贼,八岁时偷到了姜娆一家头上,被逮到后,姜娆求情,让姜行舟把他收留进了姜府,给了他一个在府里打杂的活计,取名姜平。

因为童年混迹街头的经历,他比普通的下人机敏灵活得多。

他笑着说道:"已经按照姑娘的吩咐,把银子换成石头了。"

姜娆数了数钱袋里面的银子,刚好十六两。她看了看,银号是来自金陵那边的铸银所。

她就说为何少年一个金陵世家的公子哥,竟沦落到有病不能医治,甚至屋里连火炉都没得烧的境地。他的银子,九成都落到了他的随从手里去了!

一想到一年以来他治病买药的钱全都被汪周这个恶奴偷走,才导致他现在两条腿上的伤严重到药石罔效的地步,姜娆气得脸上泛起薄红。

姜平问她:"姑娘,找官告他吗?"

姜娆摇了摇头。

在她看来,汪周的举动算得上是明目张胆。

她梦里的男人,分明是个睚眦必报的性子,他不是没有告官的机会,却没有告官,这事儿一定还有她不知道的地方,不能打草惊蛇,轻举妄动。

"这钱我会想办法物归原主,汪周那边,你继续跟着。"

姜平当即应了下来,换了身行头,继续跟在汪周身后,等着看他把石头当银子花的笑话。

突发横财,汪周自然要犒劳一下自己。

夜幕尚未降临,赌场还没到最热闹的时候,汪周先拐进了城里最气派的一家酒楼,进了最好的雅间。

汪周已然成了这里的常客,老板热络招呼着:"客官,今日想吃点儿什么?"

"来一只烤乳鸽、一碗菌汤煮的燕窝、一条蜜火腿和三只洪府粽子,再来一坛上好的兰陵酒。"

汪周点的这些都是酒楼里最有名的菜式,样样都不便宜,酒楼老板心里稍稍算了一下账,立刻笑逐颜开道:"再送客官您一份鸽蛋,小火煨的,可鲜嫩。"

面对佳肴,汪周迅速将害死容渟的事抛诸脑后,等到他酒足饭饱,将手探向挂于腰侧的钱袋时,眉头狐疑地一皱,这钱袋子摸起来有些不对劲。

只是他喝得醉醺醺的,便也没有多想。

等到小二过来收钱时,他从袋子里随便掏了一块,扔到了小二怀里。

小二看着手里的石头,愣愣地眨了眨眼睛,确认再三,抬头说道:"客官,您这给了我一块石头,是什么意思啊?"

汪周有些不耐烦地说道："什么石头不石头的！这是银子，不够再从这里找！"

他将整个钱袋子扔了过去，小二被砸得跌倒在地上，钱袋子从他身上滚落，里面的石子全部滚到了地上。

店小二的神色立刻就变了。

这边的动静惊动了酒楼的老板。

店小二看到他，立刻喊道："老板，这骗子拿石头当银子来骗人！白吃我们家的饭不付钱！"

酒楼老板听了他的话，反应过来这里发生了什么，顿时不慷慨了。

这种白吃饭的，在他这里只有一个下场——

"把这个不要脸的东西给我拉出去，打！"

城西小屋，火炉里的木柴将要燃尽，容淳把视线移向了院里放着的那堆木柴上。

从上次生病晕倒开始，门外每天都会有人送来几捆木柴。

他能猜到是谁送来的，只是这些木柴他从来没有用过。

即使出门捡柴对现在的容淳而言并非易事，他也不愿意太依赖别人。

他将汪周留下的那个麻布口袋取了过来。袋子里的药都不能用，只能当柴烧。

容淳将枯枝一根根放在了炉火里，手指伸往袋底时，忽然触到一片凉腻。

袋子底下，是一条正在冬眠的青色小蛇。

容淳垂眸打量了片刻，手指伸进去，压着七寸的位置使力，小蛇瞬间没了生息。

他将小蛇尸体抛入了火里，静静地看着它被火舌吞噬。

烧死小蛇，容淳扶着墙壁站了起来。

那些药，疗效甚微。

可对容淳而言，只要他的腿能使上一分力气，他都能强忍着疼痛站起来，即使他站起来的时候两条腿都在发抖，每走一步，都要耗费常人走十步的时间。

他一路扶着手能触碰到的东西，出门去捡烧火的木柴。

到外面时，却听到了远处传来了脚步声。

容淳躲了起来。

只见姜娆与明芍两个人一前一后走在雪地里。

明芍跟在姜娆后面问："姑娘待会儿打算怎样把钱还给那位少爷？"

姜娆想了一想，脸上却露出了难色。她道："我若是直接给他，他要是好奇起来我是怎么知道的，我该怎么说？"

"不说是姜平在这儿守着，蹲墙脚听到的吗？"

姜娆摇了摇头。

"不能直说，若他误以为那些护卫是我派来监视他的，会误会我更深。"以少年性格敏感多疑的程度，她觉得自己很有可能会被误会。

"姑娘若是直接告诉他，姜平是留在这里保护他的呢？"

姜娆嘴角抽了抽："他能信？"

他十有八九会不信。

她那些梦境里，无论她说什么，他都是不信的。

连想出门买点儿东西，他都会以为她想要逃走。

一想到那些暗无天日的日子，姜娆心里就有些发闷，说道："想想别的办法，给他送进去吧。"

明芍还是觉得可惜，嘟哝道："姑娘为他做好事，不让他知道，奴婢总觉得这事儿，是姑娘亏了。"

姜娆用手指按着耳朵，假装听不着。

明芍见状，也不再劝了，试着建议道："敲敲门，把钱放下，等他出来，我们就走？"

姜娆看了一眼门上挂着的门锁，说道："他好像出门了。"

"这……"明芍也想不出什么法子了。

姜娆看着矮矮的院墙，用视线丈量着自己的个头与院墙高度的差距。

她这动作把明芍给吓坏了，赶紧拽着她的衣袖："姑娘，您是位大家闺秀，爬墙这种事有失仪态，使不得啊！"

姜娆闻言，视线转了回来，目光在明芍与院墙之间扫来扫去。

明芍吓得脸都白了，颤声道："姑娘……奴婢……奴婢怕高啊。"

姜娆轻轻叹了一口气，道："还是让我有失仪态吧。我把披风、帽子戴上，这里位置偏僻，鲜少有人经过，我只是攀住墙头，往里扔个钱袋子而已，不会被人认出来的。再说，就算被认出来了也没什么关系，我们在这里又不会久待，没人知道我到底叫什么，对我的名声又有什么妨碍呢？"

她从小就是个有主意的，也不怎么听劝。说罢便踩住石头，两条纤细的胳膊攀住了墙头，虽然稍微有点儿吃力，所幸墙不高，她使劲踮踮脚，就能看到院子里的情形了。

看到院子里堆起高高的木柴，她有些不满地嘟了嘟嘴，道："他都不烧柴吗？怎么我送来的柴，他一根都没动？"

明芍在底下护着她，见她站在那么高的石头上，也不怕摔着，还有心思乱看，不由得一阵头疼，心都要操碎了，喊道："姑娘，您小心着点儿，快点儿扔完，快点儿下来。"

姜娆点点头，瞄准院落里空旷显眼的地方，将手里的钱袋一抛，正中院落中央。

姜娆满意地拍了拍手，却听身后的明芍焦急地叫道："姑娘，别松手啊！"

但太晚了，姜娆的手已经离开墙头，身体向后坠了下去。

落地前，姜娆满脑子都在想，早知会这样，今日就多穿几件衣裳了。

两声闷响后，姜娆缓慢地把脸从雪地里抬了起来，嘴里往外吐着积雪，揉着眼睛去看明芍。

方才明芍抱住了她的身子，和她一同滚在了雪地上，她站的那块石头又不算太高，倒不疼，就是磕了一嘴雪花，样子有些狼狈。

明芍的声音却是自她头顶传来的："姑娘，您没事吧？摔到哪儿了？"

那她身子底下压着的人是……

姜娆的睫毛瞬时一抖，视线缓慢地从下往上移动——胸膛、喉结、下巴、眉眼……

是容渟。

她的身体歪七扭八地趴在他的胸膛上，两个人呈一个"十"字，心口紧密相贴，隔着衣物，都能听到彼此的心跳声，一下又一下。

他们的心跳声交织在一起，都分不清是谁的了。

姜娆霎时像是失了声一样说不出话来。

他……他怎么在这儿？

她飞快地从他的身上滚了下来，俯身想拉他起来，却见他双眸闭合，一副晕过去的样子。

姜娆急了,连忙将他的胳膊搭在肩上,想以自己的身体作为支撑,把他撑起来。

他虽然身体孱弱,却比姜娆高了整整一头,当初习武练出来的肌肉也是实打实的,并非她这种娇弱无力的小姑娘能独自撑起来的。

姜娆侧过脑袋去喊明芍:"明芍,你快来帮我。"

明芍闻声过来,手指刚触及容淳的胳膊,他的眼眸忽地睁开了,目光中透出浓浓的厌恶:"别碰我。"

喑哑的声音虽然虚弱,但带着冰冷的警示意味。

明芍的手骤然一僵,而后瑟瑟缩了回去。

姜娆忆起他那不喜欢别人靠近的古怪毛病,战战兢兢起来,想着要不要趁他不注意,赶紧把揽着他腰抓着他肩的两只手松开。

正犹豫不决的时候,他却倾身将全部的身体重量压到她身上。

他的脸颊紧贴着她的肩头,脑袋侧枕在她的肩上,凌乱的长发有几缕垂落至她的胸前,闭上眼睛时,刚才那股戾气又没了,显得可怜,病弱,可又是美丽的。

他的呼吸急促,听上去像是在隐忍着极大的痛苦,灼热的气息喷在姜娆的脖颈上,烫得她的肌肤发痒。

姜娆一瞬间想到了什么——她掉下来的时候,怕是砸到了他受伤的那两条腿了。

她顿时如坠冰窟,扭头去喊明芍:"明芍,快去请大夫!"

容淳彻底晕了过去。

姜娆急成了热锅上的蚂蚁,独自背起他,一步都不敢停,咬着牙把他背进了他的房间内,将他放到了床上,直累得满头是汗。

老大夫来了以后,姜娆守在一旁,忐忑不安地等着老大夫的诊断。

她伏在床榻一侧,心急如焚,又怕打扰到老大夫看诊,不敢出声,只能咬着嘴唇。

老大夫全程皱着眉,给容淳看完诊后,更是一个劲儿地直摇头。

姜娆立刻问道:"大夫,他的腿⋯⋯"

老大夫打断了她的话,皱着眉头训道:"你怎么这么不小心?就算他是你未来郎君,你与他的关系亲密一些,也不该直接跳到他身上啊!"

"啊?"未来郎君?姜娆愣了愣,而后白皙的小脸立刻变得通红,"不……不是我的……未来郎君……"

她也不是跳到他身上去的……

"不是?"老大夫嘀咕了一句,目光透着狐疑,"你是他妹妹?"

"也不是……"

"那便是和未婚夫妻差不多了。"

上次来出诊,床上这位少年除她,谁喂的药都不喝,只与她关系亲密。这日又见她紧张成这样,他更觉得他们关系不一般,看他们年纪都小,还未到婚嫁年纪,便以为他们是未婚夫妻。说他们不是未婚夫妻,关系反倒有些怪异……

姜娆不知道老大夫是如何想到那儿去的,闹了一阵脸红,问老大夫:"大夫,您赶快告诉我,他的腿到底有没有事?"

老大夫叹了一口气,道:"他这腿伤,这几日是有好转,但今日受了重物撞击,恐怕……"

重物,也就是……姜娆一颗心直沉到谷底。

"恐怕"那两个字更是听得她担忧不已,她迟疑地问:"是……再也好不了了吗?"

老大夫的语气沉重,唉声叹道:"老朽是没有办法了。他这腿伤,兴许是华佗再世,才能给治好吧。我开点儿药,姑且先让他止了痛,快点儿醒来,其他的,老朽才疏学浅,爱莫能助。"

姜娆浑身僵住,难过地看向容渟。

他闭眼睡着,苍白着脸,浑身上下透着一股病气,若是没有这股病气,不知得有多么地意气风发。

姜娆内心翻涌起了极大的悔恨。

本来他还有康复的希望,硬生生被她给砸没了。

早知如此,她就不该来找他的。

认识他以来,他两次晕倒都和她有关,她为了自己不被报复,说着要对他好,现在却害得他的两条腿再也治不好了……

负罪感如同巨石一样压在了她的身上,席卷而来的悔恨几乎要将她吞噬。她的长睫渐渐被泪水浸湿,两行泪顺着脸颊无声地流下。

回家后,姜娆把自己关在父亲的书房里看医书典籍。

可她临时抱佛脚看这么两页医书,哪赶得上人家老大夫行医一辈子积累的经验本事?

老大夫说治不好的病,那应该就是治不好了。

姜娆心里知道这点,才两天时间,她就迅速消瘦下来,脸颊上的婴儿肥肉眼可见地消失,原本明艳动人的脸,显出了几分黯淡与憔悴。

她这几日都没有去见那少年,以前是因为怕他,可现在,她是一个毁了他一辈子的罪人,哪里还有脸面去见他?

姜娆心里甚至恼恨上了她的那些梦。

能知晓后事又如何?竭尽全力又如何?纵使她挖空了心思想要改变梦中的结局,可每一场梦的结果最终都没有变过,不过是殊途同归。既然如此,她做那些梦又有什么用处?

她一连几日情绪低沉,直到这天晚上,她又做了一个梦。

梦里,她梦到自己找到了能治好少年腿伤的法子。

大昭有位有名的神医叫任符清,比宫里的御医还要厉害。但他天性浪荡不羁,不喜约束,视皇权于无物,坚决不做御医,只做游医,二十九岁时,还给自己定下了一个规矩:此生不入金陵。

最近,这个人正巧经过邺城。只是因为这场大雪,他虽然经过邺城,却绕道而行。

梦里,姜娆眼睁睁地看着他离去,却毫无办法,一时急得呕血,半夜猛然惊醒。

姜娆心坐在床上,伸手按住了心口,痴痴地念叨:"任符清……"

醒来之前,她的脑海里还残存着最后的一个画面——她乘坐的马车行驶过覆雪的山道,在拐角处冲下了山崖。

可姜娆已经顾不得那么多了。

她一想到能治好少年腿伤的神医即将经过这里,一连几日郁结于心的愁绪一扫而光,转而被狂喜与希望替代。

姜娆枯坐至天明，草草用完早膳，便出门往城西去了。

姜行舟看她独自郁闷了三四天，早上特意让厨房弄了她喜欢吃的汤饺，却见她没动几下筷子就出了门，心里头觉得古怪，便唤了她屋里的一个丫鬟过来问话："年年最近都在忙些什么？"

他本来还等着女儿主动来与他诉苦，却没想到一日又一日苦等不到，只得他自己来打听。

丫鬟说道："姑娘近来常去城西那边。"

"去城西做什么？"

"好像，是去找一位比她大一两岁的少年。"

姜行舟心里瞬间警铃大作，脸色冷了下来。

一旁姜秦氏却眉眼弯弯地笑了，问道："那少年好不好看？"

姜秦氏现年三十四岁，看面容却还像是二十岁的年轻姑娘，一看便是受尽了岁月优待的女人。

她心想着，女儿指不定和她一样，也是个只看脸的，早早给自己相中了夫君也说不定。

姜行舟看到妻子的神色，就知道她在想些什么。

一想到女儿未来嫁人的画面，平日里温和洒脱的男人，脾气暴躁地一拍桌子，说道："好看也不行，年年才多大？"

姜秦氏"哼"了一声："若是好看也不行，当初我也不会嫁给你。"

她笑着说："若是那年你答应了她和九皇子的亲事，那年年可是从小就有一个漂亮哥哥做未来夫君了。"

姜娆几个月大的时候，昭武帝有意给姜娆和那时两岁的九皇子容渟定下娃娃亲。

姜秦氏见那个两岁的男娃娃生得玲珑漂亮，又听闻他的生母是个世上难寻的美人，想来他日后的模样也不会差，便有些心动。

可惜这门娃娃亲却被姜行舟婉拒了。

姜行舟因姜秦氏一番话，想起往事，冷哼了一声："九皇子那病弱瘦小的样子，我才看不上。"

更何况他心里明白，这门亲事可没那么简单。

九皇子早年丧母，在宫中毫无倚仗，昭武帝有意将他的女儿和九皇子凑

041

成一对儿，分明是想找宁安伯府，给他这个无依无靠的可怜儿子做靠山。

深宫那种吃人的地方，若连个真心护着他的人都没有，那他要活下来可能都不容易，更遑论日后若有夺嫡纷争，他这种毫无背景的皇子，简直就是当炮灰的命。

姜行舟绝不允许自己的女儿还没出嫁就成了寡妇。

城西小屋，姜家的仆人进进出出。

自姜娆从墙上摔下来后，她就没脸来了。

可少年这里需要人手看着，她便拨了十几个下人在这守着。

这些下人进进出出，将这间破旧的小屋修整如新，屋内堆满了从姜家府库内取出的珍稀药材。

容渟坐在窗边看着来回走动的人影，听着杂沓的脚步声。

他知道，她是因为砸到了他而心怀愧疚，才派这些下人过来的。

回想起那天的场景，他的眉眼沉了下来。

他未曾想过要去救她，谁死谁生，与他毫无干系。

九岁那年，他亲眼看着十皇子被一个犯了疯病的妃嫔推进池塘。

曾经气焰嚣张，伙同哥哥们一次又一次将他踩在脚下欺负的十皇子，在鼻子里呛了水，快要被水淹没的时候，终于有了点儿做弟弟的样子。

那是十皇子第一次喊他九哥——在能利用他救命的时候，声音凄厉，宛如杜鹃啼血。

但他在岸上的草丛边站着不动，眼睁睁地看着他沉入水底。

冷血，自私，亲弟弟死在眼前都纹丝不动，这才是他应有的反应。

他该冷眼看着她摔进雪里才对。

可看到她掉下来的那一刻，他身体的反应却很迅速。

甚至被她砸到后，明明腿上的伤钻心地疼，心里却松了一口气——她没事了。

反常得简直不像他。

这一时的反常，代价未免太大了。

他莫名对她感到有些熟悉，偏偏又想不起这种熟悉感从何而来。

她到底是谁？

容渟垂下眼帘，凝视着自己的两条腿。

曾经这里疼得钻心蚀骨，这几日……却变得如同木头一样，毫无知觉。胯骨以下仿佛空空如也，即使直接将这两条腿锯掉，恐怕与现在亦无区别。

他才看到一点点儿能重新站起来的希望，结果却……

容渟的眼里落满阴翳。

他昏迷的时候，隐隐约约听到了老大夫的话。

从此他就是个彻底的残废，没用的废物了。

无法回京，京中残留的势力亦成废棋。一步败，步步败，他将永远屈居人下。

像有刀剜在心上，容渟攥在身旁的拳头不甘地抖了起来。

窗边忽然传来一阵簌簌的响动。

他抬眸望去，窗棂边，一颗扎着两个少女圆髻的脑袋探了出来。

是姜娆。

她趴在窗边，语气郑重道："我找到治好你腿伤的办法了。"

她那一双秋水眸子，因哭过好几次，眼角湿红，脸却还是很漂亮。

她一脸愧疚地看着容渟，见他唇色苍白，身体虚弱，神情更加落寞了。

是她把他害成了这副模样。

她自责地垂下眼眸，轻声承诺："我会把药带回来的。你要等我回来。"

出城的马车正在外候着，她没有多说太多，只匆匆道了这两句，便登上马车离开。

马车行驶至城门处时，墙上那张县令手写的告示被大风揭了下来，拍在了马车车辇上。

"惜命之士，勿要出城"八个字依旧簇新。

等她回来。

想着她刚才信誓旦旦的样子和匆匆离开的背影，容渟皱了一下眉，心里头那古怪的滋味更浓重。

他从来没有试过相信别人。

从记事起，周围所有的人都在欺他，骗他，辱他，没有一个人真心对他好过。

他唯有不信任别人，才能保护自己，可笑又可怜地维持住最后一点儿尊严和骨气。

043

如今，他内心的防线却在她的靠近下，一点点儿地动摇，以一种令他惶然的速度，摧枯拉朽。

她那双干净得像水洗过一样的眼睛，目光澄澈明净，虽看起来怯怯的，却总落在他身上，就好像真的在意着他一样。

容渟抗拒自己这样想，又难以控制自己不去想。

房门忽地被人推开，有人不打一声招呼，鼻青脸肿地走了进来。

要不是看他身上的衣物，只看面貌，恐怕没人能认出这是汪周。

那日吃霸王餐，他被饭店老板找人毒打了一顿，身上一分钱都没了。

小屋里人来人往，热闹无比，汪周还以为自己走错了地方，打听了一下，才知道人是姜娆派来的。

一想到他在外面受苦受难，容渟却待在这里舒舒服服地被人伺候，他就嫉妒得眼红。

他站在墙边，一边龇牙咧嘴地给自己瘀青化脓的伤口上药，一边讥讽地说道："大户人家的小姐，就是有闲心。"他风凉地看着瞥向窗外的容渟，酸溜溜道，"别看她现在帮这帮那的，不过是有钱人家的大小姐日子过得无聊了，可怜可怜你这个叫花子，闲来无事打发日子罢了。她给你的，也不过是她用不着的玩意儿。"

他呵呵冷笑了两声，又道："等哪天她对你不感兴趣了，看她还会不会来找你！"

回应他的却是砰的一声门响。

容渟转着轮椅轮子去了屋外，背影清绝淡漠。

他这冷淡的态度，让汪周觉得自己的拳头像打在了棉花上，他嚯了一下，不屑地啐了一口。

他觉得自己刚刚说的那番话一点儿都没错，嘴角泛起冷笑，笑姜娆为了一个快死的残废忙活，真是滥好心！

容渟转动着轮椅轮子，在院门的门槛边停下。

外面的雪路上，印着两行深深的车辙印。

他看了许久，却摇了摇头。

他不信汪周，却信自己。不会有人真正待他好的。

年幼时不是没有宫婢可怜他，偷偷塞给他馒头过。

但在被嘉和皇后的人发现以后，为了逃脱责罚，转而指认那馒头是他自己去厨房偷的，让他挨了一顿毒打。

他比谁都明白，那些别人一时兴起才给予的小善意，一旦威胁到他们自己，就脆弱得不堪一击。

一晃四日过去，四日里，容湉都没有再见到过姜娆。

他压下心里那股莫名的期待与焦躁，想，这样才是对的，她来也好，不来也好，与他都没有什么关系。

即使她今日来了，日后她也总会有厌倦的那一天的，最后他仍是一个人。

可都四天了……

容湉的心头生出些异样感受。

她不来，他却想知道她在做些什么。

这念头折磨了他足足四日，等他意识到时，已经转着轮椅，到了外面。

街上有两个老妇人在闲聊着——

"那辆马车是经过山腰时，被从山头滚下来的雪球砸到，才翻下山崖的。"

"也太凑巧了！它要是早经过一会儿或晚经过一会儿，都不会遇到这种事啊！"

"那马车里的人呢？还活着吗？"

"不知道啊……山脚那边一大堆人在看，说不定是死人了！"

"太可怕了！雪这么大，怎么还真有不要命的人要出城啊？什么事能比命还重要啊？"

"他们锦衣玉食，成天被人伺候着，竟然没一点儿常识，连雪天的山路多凶险都不知道了？"

容湉忽地就回想起了四天前他在自家门外看到的两道马车车印，意识到什么，脸色唰一下白了。

这时，雪地里远远出现了一道身影。

那身影渐行渐近，他认得，那是姜娆身边的丫鬟。

那丫鬟眼睛通红地走近他，将一堆装着药丸的瓶瓶罐罐和几本医书塞进他的怀里，却哽咽着说不出话来。

045

想到刚才那两个老妇人的闲谈,还有四天前,那个爱多管闲事的小姑娘有些奇怪的保证,容淳的眉头重重地跳了一下。

为什么他只看到了她的丫鬟,却没有看到她?

容淳一向冷静的嗓音微颤起来,透着焦虑,只是听上去还是很冷:"你家姑娘,她在哪儿?"

明芍本来眼睛就红着,听到他问姜娆的消息,先是一愣,而后,泪水无法抑制地大颗滚落下来。

她悲伤难抑,一下瘫坐在了地上,号啕大哭起来:"姑娘,姑娘她……"

周围隐约传来路人的议论声:"去找人的,可别找回来尸骨,造孽哦……"

容淳的心口传来一阵尖锐的刺痛,密密麻麻的。他越想越痛,比皮肉与筋骨经受的痛苦更难以忍受。

尸骨……那两个模糊不清的字,像刀子一样,刺得他的心猛地痉挛起来,他声音喑哑道:"你说清楚。"

明芍抹了一把泪,说道:"姑娘为了给你拿药偷跑出城,回来时马车摔下山去,她被找回来的时候奄奄一息,晕过去前,叫我赶紧把她带回来的药丸和方子送给你。"

明芍从姜娆很小的时候就在她身边伺候,看着她长大。姜娆和姜家父母都对自己很好,她只想一辈子伺候姜娆。但凡她受一点儿伤,都和受在自己身上一样疼。

要不是姑娘吩咐她来送药,她现在肯定要在姑娘身边看着,听到大夫说姑娘有没有大碍再走。

也不知道姑娘现在是什么情况,她担心得直掉眼泪。

奄奄一息……

容淳愣在原地,指尖竟在抖。

姜府。

整个府内都在传言姑娘坐的马车摔下山崖,姑娘晕了过去,事实却并非如此。

此时,姜秦氏正拽着姜娆的耳朵把她从被子里揪出来。她脸上满是愠怒,狠狠地戳了一下姜娆的额头,留下了一点儿红印。她道:"还有几天就及笄了?

多大一个人了，居然留了封信就偷跑出去！你知道这几日你爹爹急得到处找你吗？"

传言中昏迷过去的小人儿，疲倦地睁开眼睛，一副没睡醒的样子。

她捂着额头往后躲了一下，小声说道："还差将近两年呢……"

姜秦氏被噎了一下。

她在训她，她居然还真给她算数去了？

她简直恨铁不成钢："差两年及笄也已经是大姑娘了。这次幸亏是在快下山的时候出的事，你只受了点儿皮外伤，不然，就算是给你九条命，也不够你祸害的。"

她这女儿，就是从小被惯坏了。

姜娆的眼皮直打架，路途奔波本就劳累，她这几日又几乎没合眼，这会儿困得脑袋一点一点的，只想睡觉。

她懒懒靠在姜秦氏身上，软声道歉："母亲，别生我的气了，我出城是为了救人。而且，我这不是没事吗？"

说着说着，她的声音渐渐变得微弱了。

姜娆很顺利地找到了任符清，但求药可没那么容易。她把自己最喜欢的首饰都当了，包了他之后五年的盘缠，又想方设法买到了他需要的草药，还给他做了三日小工，日夜不休地捣药，人力、物力、财力都出了，才如愿以偿地求到了药和药方。

不过，她能在那个古怪的神医手中求到药，还是算幸运的。

但她几乎三日未眠，真的太困了。

回程路上她就昏昏欲睡，只在马车摔落山崖的时候吓得清醒了一下，等回家发现自己安然无恙，把药交给明芍后，就彻底放心睡过去了。

她本打算好好睡一觉，却被阿娘揪着耳朵揪起来了。

姜娆哈欠连连，把头倚在姜秦氏肩膀上，趁她不注意，悄悄合上眼皮。

结果这一偷睡，却真睡着了。

姜秦氏听着耳边均匀的呼吸声，知道她睡着了，简直好气又好笑。她哭笑不得地把这小讨债的塞回到了被窝里，拨了拨她凌乱的额发，疑惑地说道："到底是想救什么人，竟叫你如此费心费力？"

姜秦氏看了她一会儿，出了她的院子，叫了下人过来，吩咐去把姜行舟找回来,又叮嘱厨房熬煮些汤药和补药,多加苦料。

姜娆从小就是个嗜甜的,不爱吃苦。

姜秦氏虽狠不下心来重罚她,但苦头还是要让她吃上一点儿的,让她长长记性。免得她日后又不知道为了救什么人,留了一封信就跑出去。

她自己做了小菩萨,却叫家里人担惊受怕,哪有这种道理?

姜娆短短睡了一会儿,梦到了自己一家离开邺城,重回金陵的事。

梦里不知具体时间,只是看到道路两旁柳树发芽了。

也就是说,刚过了这个冬天,他们就离开了。

姜娆之前一直想尽早离开的,但如今不想了。任神医说少年的腿伤病积久,至少要半年才能养好,她想看到他的腿伤彻底好起来。

她在梦里蹙起眉,忽然耳边传来一阵窸窸窣窣的响声,她被吵醒了,看见一颗小脑袋正伏在她的床边。

姜谨行见她醒了,仰着小脑袋看她,喊道:"阿姐,快起来,喝药了。"

姜娆还以为自己听错了,自己只受了一点儿皮外伤而已,喝什么药?

她抬眼就看到了桌上摆着一碗汤药,隔了老远就闻到了苦味。

姜娆最是吃不得苦,闻到空气中的苦涩药味,眉头一皱,情不自禁地将脑袋往棉被里一缩。

姜谨行却很殷勤地说道:"阿姐,快起来喝药,母亲让我看着你,这几碗药,全部要喝完的。"

姜娆不吭声。

她很想化作窗外寒风里的碎雪,嗖一下被风吹远,就不用喝这药了。

这时明芍推门进来,对姜娆说道:"姑娘,城西那位小少爷,在客房等着您呢。"

窗外大雪纷飞,白粒子纷纷落地。

明芍将容渟带到了待客的客房,就被其他丫鬟叫了出去,留他一个人在这儿。

他的长睫落寞地垂着,遮掩住眼里的焦灼与惊慌。

他想象着那个最近总是出现在他眼前的小姑娘奄奄一息,甚至……失去气息的样子，第一次尝到了害怕的滋味。

容渟从未将死亡放在眼里过，无论自己的死亡，还是他人的死亡。

别人的死亡他无动于衷。

而他，活着或死了，似乎并没有太大区别。

他还是头一回知道，原来人死了，当真是一件会令人难过的事情。

他等了许久，最终忍耐不住，操控着轮椅来到门边，想出去看看。他修长的手指触及木门冰冷的门板时，竟止不住地颤抖。正在这时，房门忽然开了。

姜娆正躲着追着她喂药的弟弟，嘴里喊着"我先见客人"，待跑到客房里抬手就拴上了门。

一转身看到在等着她的容渟，兴许是因为两个人离得太近，她明显一愣。

容渟也看着她，微微一愣。

她的脸色比不上之前红润，神情疲倦，像是这阵子受足了累的模样，似乎还瘦了一点儿。只不过，她还是很漂亮，眼神亮亮的，没有半点儿垂死之人行将就木的样子。

两个人面面相觑，都有些反应不过来。

还是姜娆先开了口："你怎么来了？"她往容渟身后看，然后问，"我让丫鬟给你送的医书与药，你收到了吗？"

"收到了。"容渟黑沉沉的目光从她的脸上扫过，见她没有大碍，却觉得有点儿像做梦。

他沉默半晌，沉着嗓子开口："你的丫鬟说你……奄奄一息。"

"奄奄一息？"姜娆笑了起来，说，"我只是太困，路上也不过是受了点儿小伤，没什么大碍，是那丫头小题大做了。"

她轻描淡写，容渟的眉头却深深地皱了起来。

他心中有数。

这段日子，大雪、小雪不断，山路必然险峻。这种天气，若是行军打仗，精锐的兵队都要按兵不动，不敢轻举妄动，何况她一个女孩子。

她倒是胆子大。

"我受的这点儿伤，比起你的腿伤，算不得什么的。"姜娆想着要把他的腿伤治好，于是说道，"那些药丸、药方，你要记得赶快用。大夫说，按着方子外敷内用，再加上药浴，过个一年半载，你的腿伤就会好了。"

她往客房内走,容渟推着轮椅跟在她身后。

他悲喜交加,竟说不出心里头是什么滋味。

他一向排斥别人的靠近,可如今离她咫尺,看着她的背影,他却只觉得安心。

"咚"的一声,紧闭的窗户忽然被人推开,寒风灌了进来,姜谨行攀着窗沿跳进了客房,接过窗外跟随的小厮递过来的药,又往姜娆身边走,边走边喊:"阿姐,喝药!明明都流血了。"

"都流血了还不吃药!"姜谨行气呼呼地吼,用勺子敲着药碗,"快吃药!"

姜娆回过头看到他,变了脸色。

没想到她锁了门,这小家伙还有法子进来。她的神情像吃了苦瓜一样,对他避之不及:"只是一点儿皮外伤,真不至于用药。"

她态度坚决,一步步往后退:"我不喝药。"

只听一道低沉的声音道:"喝药。"

容渟说话一向是不紧不慢的,声音又低沉,即使有时候说话的声音是虚弱的,也有一种不容忽视的威严在里头。

他长大之后,虚弱变成慵懒,不紧不慢间,将生杀大权全部握于掌心,给人的压迫感就更重了。

正如现在"喝药"这两个字,听在姜娆耳里,就像日后他吩咐她去做事的命令一样,令她心里直发怵,不由自主地顿在了原地。

容渟从姜谨行手中接过药碗,捏起瓷勺,慢条斯理地搅动着药汤。

勺子与碗碰撞,发出丁当响,这声音听在姜娆耳里,却像是催命的声音,就好比断头台上铡刀高悬,指不定什么时候会突然落下来。

见他要举起勺子递到她嘴边,她的心跳差点儿停了。

喝药已经很痛苦了,要是再被他喂着喝药,她怕当场呛死。

她慌忙从他手里拿过药碗来。虽然她不想喝药,但比起被他喂药,她还是更喜欢自己喝药。

看着浓浓的黑色药汁,她心里苦不堪言,露出了视死如归的表情,仰起下巴,将药汁一饮而尽。

容渟见她在她弟弟面前会任性撒娇,面对他却乖巧得有些疏离。

这疏离莫名使他不悦。

喝完药,姜娆的小脸皱成一团。

容渟抬眸看了她一眼,问道:"苦?"

"不苦。"姜娆还是有些怕他,不敢说实话,违心地摇头,不仅收起了被药苦到的表情,还努力做出一副感谢他的样子,看上去超级听话。

"阿姐骗人。"一直待在一旁的姜谨行却戳穿了她。他委屈巴巴地说道,"阿姐不肯喝我给的药,却喝他给的,阿姐不疼我。"

姜娆无奈,轻声哄他:"阿姐疼你的。"

"不是最疼的。"姜谨行气呼呼地看着容渟,攀比的意图很明显,他指了指容渟,说,"你明明更疼他。"

姜娆心中一惊,她忙捂住了他的嘴:"你别乱说话。"

容渟微微别开视线,耳后根微红。

姜娆喝完药,姜谨行就抱着药碗跑了,不久,客房门外传来了叩门声。

姜娆去打开门,见到了姜秦氏,连忙问道:"母亲,您怎么来了?"

姜秦氏的视线往里一扫,说道:"来看看你。"

以她对女儿的了解程度,估计到最后,连半碗药都喝不完。儿子捧着空空的药碗来向她邀功,倒是出乎了她的意料。

她很奇怪女儿为什么变得这么乖,直到看到了容渟。

他玉面红唇,鼻梁英挺,却不显粗犷,比女孩子还要标致。

原来让她女儿不顾风雪,出城寻医问药的人就是他。

姜秦氏忽然就想通了。

她就说女儿为什么要冒着生命危险出城寻药,看到这少年这般漂亮精致、俊美无俦的面容,一下就有了解释。

"听说你原来也是金陵的,是哪家的孩子?"她走向容渟。

姜娆忙拉开了姜秦氏,说道:"母亲,您别问这个。"

她小声嘟囔:"我们在这儿,不也不想让别人知道我们是谁?"

"看你紧张得什么样儿,不方便说,那我便不问了。"姜秦氏抿着嘴看着姜娆笑。

这就护上了。

051

果然是她的闺女，眼光实在不错，这个小郎君，比她爹年轻的时候还好看。姜秦氏赞许地看了姜娆一眼。

姜娆浑然不知道自己做了什么让母亲开心的事，一头雾水。但这种赞许的目光总比训她要好得多，于是她朝着姜秦氏眨了眨眼，又看了容渟一眼。

她知道母亲一贯是个看脸的，知道母亲不会因为他过于冷漠而生出反感。

姜秦氏确实如此。她误会了姜娆的心思，心里在盘算，她见到九皇子的时候，九皇子年纪还小，兴许长开之后，还不及眼前的这个少年长得漂亮。

她心中的遗憾忽然就消散了许多。

只是，她无意间扫到了容渟所坐的轮椅，不由得一怔。

有残疾啊……可惜了这么漂亮的一张脸。

姜秦氏心头顿时难过了起来，忍不住又看了容渟一眼。

只是这一眼，却令她恍惚觉得这少年有几分面熟。仔细一想，竟觉得眼前这少年的脸与她记忆中九皇子年幼时的面容隐隐重合了。

年纪，好像也差不多大啊……女儿不是说他只是金陵不知哪户人家里的庶子吗？

她又细细看了两眼，觉得这两个人的眉眼确实是有些相似。

她虽没见过长大后的九皇子，却一直记得九皇子年幼时的样子。

个头小小的一个孩子，肌肤胜雪，唇如点脂，眼眸干净透彻如琉璃，睫毛又长又密，明明长得很招人喜欢，却总是垂着眼眸，安静地站在角落里，看上去极为乖巧，却给人一种疏离冷漠的感觉。

这么一回想，便觉得那个孩子长大后，应该也如眼前这个少年一般好看。

可她从未听说过九皇子离开京城的消息，更何况九皇子也不是残废。

再看看少年身上简单朴素的粗布衣衫，姜秦氏否定了自己的猜测。

一个皇子，单是月例就赶得上寻常人家整年的花销了，怎么会沦落到这种流离失所的落魄处境？

是她认错了。

姜秦氏轻轻摇了摇头。

当年昭武帝暗示要给两个孩子结亲时他们便已经婉言拒绝，再惦念着让九皇子做她的女婿，也没什么用了。该想着眼前人。

等到容渟走后，姜秦氏坐在姜娆身边，问她："年年这次出城，是为了给那小少年求药？"

姜娆点了一下头。

"药呢？"

"已经给他了。"

"那药当真有用？"

"自然是有用的。"

若不是有用，她也不会千辛万苦去求。

姜娆虽已睡了一觉，仍觉得好累，遂靠在姜秦氏身上，闭着眼睛，疲惫地说："神医他给了我药丸，还给了我他写的医书和几个调理的方子，说好好用药、按摩、药浴，那少年腿上的伤过个半年也就好了，恢复后和常人没有两样，还能继续练武。"

虽然马车滚下山崖，她受了惊，还受了点儿伤，但她心中没了过往那几天的愧疚与郁闷，像是卸下了重担，心情好了许多。

"有用就好。"姜秦氏闻言笑道。既然有用，刚才那个少年的腿伤能好，日后就不再是个残废了。

姜秦氏转身，嘱咐丫鬟道："快去府库那找些上好的补药，给那少年送去。日后若见他来，也不用通报了，领到你家姑娘这里来便是。"

嘱咐完，她笑吟吟地揉了一下姜娆的脑袋，道："年年长大了，有出息了。"

姜娆只当她是称赞自己助人为乐的行为，乖顺地伏在她的肩膀，像只小奶猫一样老实，却听到她慈爱又欣慰的声音道："年年的心思，为娘清楚。"

姜娆稍稍抬了抬脑袋，觉得有些奇怪，她的什么心思？

正在这时，门被人推开，一身风雪的姜行舟阔步而入。

因刚从外面回来，他口中呼出来的热气还是白雾："年年当真没事？"

他听下人来报说女儿已经回家了，匆匆忙忙赶回来，却在街上听到了许多不好的流言，一路上一颗心始终提着。

直到看到姜娆安然无恙，他才长舒了一口气，坐到了她床边，皱着眉头数落她："偷跑出城，不知道家人有多担心吗？"

姜行舟鲜少在姜娆面前发怒，此时这种冰冷的语气也十分少见，这说明他很生气。

姜秦氏却是站在姜娆这边的。她轻轻挽住了丈夫的胳膊，替姜娆说话："年年这不是没事吗？再说了，她那样做也是事出有因。"

姜行舟的眉毛一挑，问道："有因？有什么因？"

"救人嘛，她出城是去替人找药。年年也是好心行善，你别怪她了。"姜秦氏知道，若直接说女儿有了意中人，怕是要惹丈夫不快，便说得含糊了一点儿。

姜行舟却突然精明起来："我听说，最近你经常往城西跑？"

找一个少年。

姜娆没答话，默认了。

姜行舟立时明白了什么，郁闷得不行。

"这次就先不罚你了。"

但他一想到女儿常常去城西找和她年纪相仿的少年，就觉得自己受了冷落一般，心里酸得很。想给女儿立规矩，可又不舍得重罚，便道："久不归家这种事，再有一次，我定要禁你的足！"

宫内，番邦使节来朝进贡。

进贡的肥美牛烹成美食，摆开盛宴，酒席中央，胡姬身段优美，舞姿婀娜。

使节与昭武帝在酒席上高谈阔论，相谈甚欢，酒过三巡，照惯例是要进行武场上的比试，为酒席助兴。

来自西域外族的武士出了场，体魄魁梧健硕如小山，胳膊上大块肌肉，硬邦邦的，高高鼓起，单看身量便觉骇人。

马背上长大的外族人本就彪悍，又极要面子，去年他们来大昭进贡时，这位号称番邦族内最强的武士却被年仅十三岁的容渟比了下去，还是连输三场，败得一塌糊涂。他辛苦操练了一年，就等着今年来一雪前耻。

武士目光四下一扫，却未在参与人群中看到容渟的身影。他的斗志肉眼可见地消减了下去，兴致缺缺，打算马马虎虎地应付过去。

这次却不费丝毫力气，一场一场接连赢了下去。显得与他对打的四皇子跟七皇子等人格外没用。

昭武帝面色上显露出不悦。

他本来是不在意比赛结果的。去年之前，这种武艺上的比试，往往都是番邦的武士赢,昭武帝也习惯了这事儿。

也就不把这种比试放在心上。

但去年容淳连赢三场,狠狠地给他长了面子。今年再输,他的脸上就有些挂不住了。

他没想到自己这么多个儿子,竟没一个能打赢的!

若说是这番邦人厉害,去年小九才十三岁,却三场都赢了。

偏生这次来的番邦使节还不识趣,大笑着指着自己的武士,用一口蹩脚的中原口音说道:"今年他才算是尽了全力。"

一句话将去年容淳连赢三场,说成了是他们礼让的结果。听在昭武帝耳里,极不舒服。

然而,坐在昭武帝身侧的嘉和皇后听了这话,却淡淡地笑了。

在她眼里,诋毁容淳的话,都是好话。

更何况刚刚上场比试的人里,并没有她的儿子,丢脸的根本不是她。

若是等到小十七长大,赢了他们,就更显得小十七厉害了。

去年容淳有多风光,将来她的小十七就有多风光。

而容淳将与他的母亲一样,是个永远翻不了身的废物。

嘉和皇后心情愉悦地勾起嘴角。

番邦使节扫视了周遭一圈,问道:"那位九皇子呢?怎未见他出来比试?"

嘉和皇后此时过于放松,不觉脱口而出道:"他的两条腿都废了,还怎么与人比试?"

席间霎时鸦雀无声。

昭武帝用冷冰冰的眼神看向嘉和皇后。

嘉和皇后这才后知后觉到自己说错了话。

她赶紧补救,装出哀伤的样子,假模假样道:"去年秋猎时,小九被刺客袭击,受了些伤,尚未康复。若叫他来比试,扯到伤口,本宫于心不忍。"

昭武帝的神色和缓了一些,说道:"朕的儿子怎会是残废!小九只是受了点儿伤,并无大碍。"

番邦使节却对嘉和皇后提到的事感到困惑难解:"他可是赢过我们这里最勇猛的武士的人。得是多厉害的刺客,才能让他受伤?"

昭武帝闻言眯了眯眼睛,把视线移向身侧的嘉和皇后身上。

当初秋猎上出现刺客，容淳受伤，之后的调查，是由嘉和皇后一手包揽的。

嘉和皇后听了这个问题，心往下一沉。

当初伤害容淳的刺客，是她娘家徐家的死士。

他们有死士这件事，定然不能让昭武帝知晓。

她的眼眶含泪，装出了一副恨极了刺客的慈母样子，说道："那刺客畏罪含毒自尽，可怜了臣妾的小九，不明不白的，要受这种罪。"

番邦使节见她神色哀痛，关心地问道："九皇子近来恢复得可好？"

昭武帝的指尖虚虚地点着桌面，示意嘉和皇后来回答。

嘉和皇后在人前的演技毫无破绽，这时眉目舒展，温柔地说道："大人费心了，本宫为他找了最好的大夫和最好的药，他的伤，恢复得不错。"

她表现得真的像是一位关心、呵护着孩子的母亲。

番邦使节哈哈大笑："如此便好！来年再让我们的武士与他切磋一下武艺。"

昭武帝笑道："一定。"

之后，昭武帝唤了太监过来，让太监找人去看看容淳。

昭武帝这会儿对他这位本不怎么起眼的儿子分外想念。

若是容淳明年在这之前回京就好了，那样便能在比试场上为他找回面子。

大昭泱泱大国，怎能被一个不足十万人的小国比下去？

昭武帝对太监的叮嘱传到了身旁嘉和皇后的耳里。

她忧心忡忡，生怕昭武帝看出了什么。

酒席散后，她沉着脸匆匆回到了锦绣宫，叫来心腹，冷声吩咐："解决掉皇上派去找容淳的人。然后去邺城，仔细查查容淳那儿到底是怎么一回事。"

她本来以为容淳受了那么重的伤，身边只有一个当地有名的贪吃好赌的恶霸做仆从，他无药可医，无人可求，势必撑不过一年。

哪能想到他如此顽强，她居然至今都没能等到他的死讯！

嘉和皇后的眼里闪过一抹狠毒的神色。

她无论如何也不会让容淳的身影出现在明年的比试上。

次日，雪霁天晴。

姜娆用完早膳后，想要出门，却被姜行舟训了一顿，说现在城内人人都在聊她，那些做父母的都把她当成了警告自家孩子莫要贪玩上山的反面例子，出去做什么？出去了就是被人笑话！

她说不过爹爹，就只能老老实实在自己院子里的亭内待着，赏着雪景，面前是堆成小山的书籍。

她想知道，为什么她做的梦都能和未来的事相合？

如果别人对她说，自己有能做梦预知后事的本事，她肯定要把那个人当成妖怪或是神仙。可她不过是个凡人，何来这种本事？

姜娆翻了一箩筐的正史、野史，还有民间奇书，均对她这种梦境毫无记载。她看得头疼，遂拿起话本子，想要放松一下。

话本子上有个故事，一个出身极好的大家小姐，傲慢嚣张，目中无人，从小就爱欺负下人，后来家道中落，却嫁给了一个被她欺负过的下人，从此再也嚣张不起来了。

姜娆先是啧啧感叹了一番，这下人不知道做错了什么，竟然要娶一个这么恶毒的妻子，又忽然浑身冰冷，觉得这个话本子活像是梦中的人生的缩影——欺负人，家道中落，嫁给下人。

梦里的她虽没嫁人，却比嫁人还惨。

姜娆一脸闷闷不乐。

即使家破人亡，与家人失散的梦，她只做过一次，可那是她最害怕的梦境，恐惧程度甚至超过了自己受折磨的梦，一旦想起，内心就是一阵胆寒与悸怕。

亭外出现了一道人影，因是坐在轮椅上，要比寻常人矮上几分，身姿却挺拔端正，再加上那张俊美得毫无瑕疵的面庞，一下便与其他人区别开来，显得超凡脱俗。别人尚在人间，他却独成仙境。

姜娆看到容淳十分惊讶，立即站起来往他那儿走。待看到他手中所拿之物后，却猛地顿住脚步，脸上现出了惊恐。

怎么他还带着药来了？

容淳注意到她的视线，未等她问，他便解释道："刚才遇到你的母亲，她让我……"

"让你看着我喝药。"姜娆的肩膀垮了下来，一猜便猜到了。

她母亲是真的知道怎么治她。

"嗯。"

他向人打听到了她的名字，这里的人都喊她姜四姑娘，只是她好像从未打算告诉他她是谁,也不好奇他是谁。

但他有些好奇她的身份。

她和他之前遇到的人不一样。

姜娆看着容渟,觉得他的脸色像是好了一些,便问他:"那些药有用吗?"

容渟点了点头。

姜娆原本打算借此转移他的注意力,让他忘了要让她吃药这码事,可他沉默寡言,很快将药碗递到她面前:"该吃药了。"

姜娆:"……"

没躲过去。

见转移话题无用,她只得用眼神祈求容渟,可怜巴巴地卖惨求饶:"药苦得我想吐,我能不喝药吗?"

她央求的语气像是在撒娇,浅如薄纱的淡金色阳光映照在她的脸上,衬得她的脸颊像水洗过的糯米粒儿一样干净。

容渟的视线落在她的颈项。白皙如玉的颈后,一片乌青蔓延到了衣领内。

这是马车跌落山崖时,姜娆被滚石砸中后背留下的乌青。

容渟的视线在那乌青上停了一瞬,不容辩驳道:"喝药。"

姜娆顿时一脸惨淡。

她就知道和他商量是没用的。

以后没用,如今也没用。

她不情不愿地把药碗端了过来。上次不知道药多苦,还有一口气喝到底的勇气,这次看着这药碗,想到那苦到心底的黄连味,还没等喝药,她的小脸就快皱成一团了。

身侧传来一声:"要我喂你?"

语气古板认真,低沉的嗓音震得姜娆的胆子都颤了起来,她连忙拒绝:"不……不必。"

让她自己喝药,是受苦。但被他喂的话,像受刑。

她也不管苦不苦了,仰着头,憋着一口气喝了下去,喝完之后,脸上的表情,像丢了半条命的样子。

姜娆觉得她都快成装药的药罐子了。

她想和容凊说"明日你别来了"，来了她肯定又得喝药。她的脑袋转向他那一侧，红唇微启，正要开口，却意外被塞进来一颗梅子。

糖渍的梅子，甜如蜜饯，又比蜜饯爽口，清甜的味道瞬间清除了她口中苦涩的药味。

她愣愣地睁圆了眼睛，还没来得及反应，就又被容凊塞进来一颗梅子。

容凊手里捏着一个油纸袋，上面写着"妙食阁"三个字。

他长指间还捏着一颗梅子，刚才手指无意间拂过她柔软红唇，立刻缩了回去，但触感仍在。

他压抑着心里的异样感受，问她："还苦吗？"

姜娆简直受宠若惊，赶紧摇了摇头。

她嘴里含着两颗梅子，在他面前，也不敢贪心再要一颗，只乖乖说道："不苦了。"

说不苦的下场是又被喂了两碗补药。

姜娆最后用手摸了一下自己的肚子，感觉都撑圆了。

来自未来大佬的关怀，好沉重啊。

一个时辰前，妙食阁。

容凊转动着轮椅来到了这里。

看见昨天姜娆喝完药后的样子，他便知道了，她是个吃不得苦的人。

只是一碗药而已，脸就皱成小核桃了。

他把这事儿记在了心上。但因为他从来不喜甜食，不知道哪种甜食好吃，只能皱眉看着柜子上摆放的各种果脯点心。

像是在对待什么要命的难题。

还好，掌柜的推荐替他免去了抉择的困难。

容凊选了当中最甜的梅子离开。

坐着轮椅的客人，总是要比其他人显眼许多的。

汪周从药店里给自己买了一点儿药，刚出门，一眼便看到了进入妙食阁的容凊。他疑惑地皱了皱眉头，而后藏身角落，视线一直盯着妙食阁。

见容凊买了一袋梅子出来，汪周心里顿时失衡了。

妙食阁是邺城最好的点心店，他可一次都没进去过。

如今他被人打成了重伤,更是得把身上所有的钱用来拿药。

他过得穷困潦倒,容淳倒是舒坦。

仔细一想,他紧紧地皱起眉头——容淳哪儿来的银子?

他明明只给容淳留了八百文。

八百文,勉强够他果腹的,怎么会有闲钱来买点心?

姜娆虽然总来给容淳帮忙,可他从未见她给容淳留过银子。

他越想,越觉得这事儿有些不对,转身就回了城西。

城西小屋里,现在空无一个人。

汪周眯了眯眼睛,眼里闪过一丝邪恶,他钻进了容淳的房间,翻箱倒柜地找了起来。

这房间里的摆设少得可怜,没一会儿,汪周便从床底翻出了一个小盒子。

汪周掂了掂那盒子的重量,手感沉甸甸的,便觉得有些不对。等打开后,看到里面的东西,他整个人都愣住了。

盒子里是十六两银子,底下印着金陵银号印记的银子,邺城可不多见。

这十六两银子,分明就是前不久,他在路上被贼人偷走的那些!

汪周大喜过望,伴随着失而复得的狂喜而来的,是一股令他脊背发凉的寒意。

这钱既然在容淳这里,那么上个月自己私吞了他的月钱的事……他已经知道了。

也许这一年以来,自己的所有行径都根本没能瞒得过他。

汪周感到一阵窒息。

容淳既然都已经知道了,为何没有与他对质?

这么长时间以来,容淳分明没有表现出任何异样,他按捺不动,到底是在等什么?

这种把柄被捏在别人的手里的认知让汪周无比心焦,甚至愤怒,他急红了眼睛。

之前在他眼里,容淳就是一个软弱将死,任人拿捏的残废。

直到这一刻,他才隐隐觉出,这个年纪还不大的少年,并不像他想的那么愚蠢。

他明明已经知道了自己的所作所为,换作寻常人,早就火冒三丈来找自己争执理论了。

他却始终没在脸上表露出半点儿恼怒的情绪，恐怕是在心里克制，隐忍，等待一个能将自己彻底置于死地的机会！

衙门里有汪周的亲姐夫，他到衙门里告官，肯定没用，但万一告到别的地方去呢？

汪周的身子猛然一抖，他被自己心里陡然生出的这个猜想惊吓到了。

恶向胆边生，他眼里闪过一抹孤注一掷的残忍。

之后的几天汪周变得忙碌起来。第一日，汪周在捡柴火。

第二日，汪周将捡来的柴火放下后，幽暗的目光在这间窄小的院子里扫了一圈，又提来一桶油，藏在了自己的屋里。

第三日，他从主家那儿领到月钱，买了迷药，一直在街上待到了深夜，手里不停地把玩着一块生火用的火石。

直到夜幕降临，他才回到城西。

汪周来到容渟的窗外，用竹管将燃起的迷药烟雾吹了进去，而后鬼鬼祟祟地回到自己屋里。

他提了那装油的木桶出来，蹑手蹑脚地将油泼到了房间外壁上，又用火石点燃了屋外堆着的柴火。

顿时火苗蹿起，飞快地向四周蔓延。

熊熊大火逐渐被北风吹成了骇人的形状，张牙舞爪地将黑夜撕裂了一角，吞噬了城西容渟的小院，形成红彤彤的一片火海。

火光耀眼，姜娆揉着眼睛从梦中醒来，眼前似乎还残存着梦里的滔天大火。

她的心窝剧痛，并没有在梦里看到容渟是否被救了出来，只看到一片火海。

明芍端着水过来，给姜娆擦拭着脸庞，问道："姑娘怎么出了这么多的汗？可是屋里炭火烧得太旺了？奴婢叫人减减。"

"不必减少炭火。"姜娆掐了掐掌心，秀气的眉毛紧蹙，回想着梦里的滔天火光，很不舒服地说道，"做了个梦，梦里着火了。"

"冬天天干物燥的，确实容易着火，不过姑娘放心，府上一直有值夜的下人，绝对不会着火的。"

明芍柔声安抚，姜娆却脸色一沉，一股怒气直蹿向心头。她没想到，汪周竟然胆敢放火杀人!

简单梳洗过后,她立刻找了几个下人过来,吩咐他们悄悄去往城西盯着,尤其叮嘱他们勿要打草惊蛇。

她要在汪周放火的时候,捉到他的现行。

她原以为上次给了汪周教训,他能收敛一些,却忘了,恶是没有底线的。

姜娆越想越生气,越想越觉得不对劲。

庶子的生活用度与仆从用人,往往都是主母定的。

到底那主母对容渟恨到了何种程度,才会给他找这样一个恶棍做仆人?为何他的父亲也不管管?

姜娆郁闷地呼了一口气,胸间的怒火根本压抑不住。

越想越觉得,就算捉到汪周的现行,把他扭送官府都不够解气。

这种谋人钱财、害人性命的恶霸,明明死有余辜。

姜娆托着腮皱眉思索了一会儿,眼睛忽地亮了一下。

她唤了姜平过来,吩咐了几句。

汪周浑然不知自己的计划已经被姜娆知道了,更不知道自己的所作所为全部被人看在眼里。

他还以为自己的计划天衣无缝,正一步步算计着,要将容渟烧死在大火里。

不过他并不打算这晚就放火。

他还要焦灼地等待三日。

汪周贪婪,容渟死了,他的财路也断了,他心里好一通算计,觉得杀人的事情可以放到三日之后。

三日后,他又可以去县丞外面,找一贯交接的官员拿钱,领到主家的人为他送上容渟的月钱。

到时候用容渟的月钱买把放火的火石,冬日干燥,本就是容易起火的季节,届时他把容渟的死,说成是容渟夜晚烧柴取暖,误燃了屋子,便能将罪名开脱个干净。

要是等容渟死了,他再冲进火海,装模作样地把容渟的尸体救出来,赚到一个"忠心护主"的名声,说不定主家那边还有赏赐,提拔他到金陵的宅子里做事。

汪周洋洋得意地抱着一捆柴火,进了院子。

要论之前,汪周只会往自己的屋里抬木柴,烧火取暖,全然不管容渟是冷是暖,是死还是活。

他将木柴运到了屋外,选了个避风的、容易点火的位置放下,隔着窗,看到了容渟的背影。

容渟正坐在桌前,似乎是在捣着什么东西,屋里传来了"咚咚咚"的声音。

汪周眯缝了一下眼睛走了进去,看见容渟在用药杵捣药,手边还放着一张方子。

是祛瘀青的方子。

汪周在心里冷笑了一声,三天之后他就是个死人了,现在还在想方设法地给自己治病,怪可笑的。

汪周仔细扫了一眼那方子,却是给女子用的。他皱了皱眉,像是明白了什么,于是说道:"你正在捣着的这药,不会是给那位大小姐用的吧?"

容渟并不答话。

汪周看着他这一言不发的样子就有些来气。就这一副死人样子的人,竟然还想着算计他?还不是得被他送去见阎王!

他伸出手,将桌上的青石药臼拂到地上,石器重重地跌在地上,碎出裂痕。他嘲讽道:"人家大小姐,千金之躯,什么好药用不上?你当她会看得上你这点儿不值钱的东西?"

容渟拿着药杵的手微微一滞。很快又捣起药来,像是没有听到汪周的话一样。

"就算她出山替你寻药,那又能说明什么?人家只是好心,你可别像只狗一样,别人给你块肉,你就眼巴巴地黏上去了。"

汪周被他忽视,越发恼火。

"再说了,你一个残废,再怎么对她好,她除了可怜你,还能看上你不成?"他的视线在容渟的双腿上扫了一眼,嗤声道,"断了腿的,还算什么男人!那小丫头貌若天仙,怎么可能找你这种瘸子?好歹也得找个像我这样身强体壮的,还能让她——"

一瞬间药杵跌落,桌子抵在地上移动的声音刺得人耳膜欲裂。

汪周被紧紧地掐住脖子推到墙上,背部抵住墙面,脸色发青。

他甚至都没来得及看清容淳是怎么动手的，就被掐住了脖子摁到了墙上，另有一把匕首抵在他脖子上，刀尖再往前移动一点儿，就能割开他的血管。

匕首泛着冰冷的光泽，映出汪周颤抖着的下巴。

他失了声，用两只手抱住容淳掐着他脖子的右臂想将它移开，却没想到根本移不动。

明明容淳还只是个比他矮上半头的少年，还拖着两条废腿，他竟然敌不过容淳单手的力气！他越反抗，那力道掐得越紧！

容淳眼里透出残忍嗜血的狠劲儿，握着匕首的修长手指微微一压，那刀尖就缓缓嵌进了汪周的皮肤，刀尖凝出一个小小的血珠。

汪周两条腿一软，一股尿意直冲下路，僵住不敢再动。

容淳那张漂亮的脸上，沾上了刚刚从汪周脖子上溅出来的几滴血。

他狭长的眼尾显出三分赤红，脸庞艳丽得不像话，目光却如利刃，宛如刚从地狱里爬出来的修罗恶鬼。他的手指收紧，掐得汪周脸色青灰："是不是忘了，谁才是主子？"

第三章
灯下陈愿

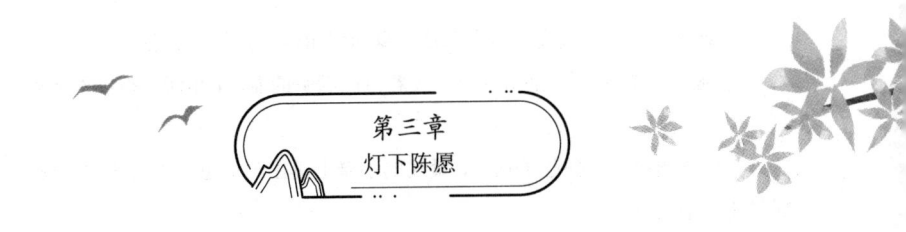

"别再让我知道，"少年的手青筋暴突，彰显着他的愤怒，说话却还是不紧不慢的，一字一字咬得格外清楚，声音嘶哑暗沉，"你对她有所觊觎。"

"不然，下次……"他说着，手中刀刃又往前送了两分，"刀不会只钻这么浅。"

鲜血汩汩地从汪周脖颈上的伤口里涌了出来，他的眼神惧怕，身体哆嗦着。

容渟松开手，目光轻飘飘地落向了窗外，说道："别以为我不知道你最近的动静。"

不告官只是因为衙门里的人被嘉和皇后买通，根本不会接他的诉状。任由汪周跳，也不过是不想让嘉和皇后那边不知道他的真实状况，混淆视听。

可今日汪周当真是触及了他的底线。

容渟俯身捡起地上的药杵、药臼，坐回轮椅上，两条腿因刚才突然发力引发剧痛，但他脸色如常，坐姿很稳。

他继续捣着他的药，又回想起昨日所见到的，姜娆颈后的那块乌青。

紫青色，手掌大小的乌青，衬在她雪一样细嫩的肌肤上，太刺眼了，他看了心里不舒服。

他捣药捣得认真，身上的杀气随之一敛，窗外的阳光映照在他纤瘦的背影上，他又成了那个病恹恹，没力气的美人。

汪周捂着脖子上的伤口，贴着墙站着，双腿颤抖不止，大口大口地喘着气，像看怪物一样看着容渟。

他一身蛮力，从小到大，向来只有他欺负别人的份儿，若不是脖子上的伤口真的在疼，他甚至会觉得方才那只是一场梦。

一想到眼前这个残废竟是个深藏不露的狠角色，汪周胆战心惊。

他逃命一般，踉跄地冲出屋子，看着自己满手的血，手指颤抖得停不下来。

容渟捣好了药，挽起了袖子，紧实的小臂上露出一道道或深或浅的伤痕，肌肤上透着薄汗。

他缓缓地把药末装进了油纸药袋里，嘴角勾起一道他自己都未曾发觉的踏实笑意。

突然，容渟的动作慢了下来。

他敛起笑容，捏着药袋，有些犹豫不决。

他这点儿东西，她会需要吗？

如今他的腿伤开始好转，家中不再缺少食物和柴火，取暖的火炉也不再熄灭。所有的一切都像梦一样，而她的到来也像梦一样。

容渟心里突然感到有些无所适从。

他有些害怕，怕他会逐渐深陷进一场会结束的美梦。明明他还是那个不被任何人关怀，总被辱骂、欺负的可怜虫，却把一个人随时可能收回去的好意当成永远的温暖，去贪恋，去信奉。

她只是因为一时愧疚才对他好，他却真的像狗一样，给块骨头就开始摇尾乞怜了？

半晌后，容渟冷静下来。

他操控着轮椅到了院内，长臂一抬，将油纸袋高高举起，翻倒。

药末纷纷扬扬倾泻而下，不多时，袋子就空了。

容渟看也不看，回屋后，将空空的纸袋投入了火里。

炉火光一瞬间燃得更旺了。他孤独的影子落在灰暗的地面上，随着火光的跳跃，微微晃动。

他又缩回到了那层厚厚的、坚硬的壳里，清瘦身影隐在幽暗中，透出生人勿近的阴暗气息。

他就像是一只孤魂野鬼，钻回了空洞坟茔，将自己与人间隔绝开来。

残阳如血。

姜平按照姜娆的吩咐在外东奔西走，打听汪周犯过的种种罪行，收集证据，找证人，忙了一天，此时才回到了姜府，到姜娆的面前回禀："姑娘，您吩咐的都办妥当了。等着再过两天，看那个贼人肯定恶有恶报，姑娘放心。"

姜娆点了头，姜平便退下了。

姜娆想着那个屠弱孤僻的少年在梦里的样子。

梦里的他性情暴虐凶残，可现实的他会因为她帮他求药，带梅子糖给她……

这是不是意味着，以后，他非但不会报复她，还有可能会帮她？

姜娆心里竟无端生出了几分期待。

这日，汪周醒了个大早。

他摸了摸脖子上缠着的白色绷带，眼里生出了满满的恨意。

他压着怒气暗想，为确保万无一失，还要买足迷药，等将容淳迷晕了再放火，免得出了差错。

天光渐亮，汪周早早来到邺城府仓外头等着。他在等主家来发放这个月的月钱。

他来得太早，府仓尚未开放。

汪周无所事事地蹲在街上，想着一会儿要和替主家来发放月钱的那位说点儿什么。

替主家来送月钱的那位，是邺城当地的一位六品官员，叫秦廉。每次秦廉来送月钱时总会过问几句容淳的腿伤，汪周总会撒谎搪塞过去。

今日，他却在想不撒谎，反倒要说容淳的腿伤忽然恶化，这样之后他没能从大火里逃生的说法才更加可信。

汪周正在心里盘算着，道路另一头出现了秦廉的身影。

秦廉是邺城唯一一知道容淳真正身份的人。

容淳抵达邺城之前，他就收到了四皇子容深寄给他的信。

秦廉只是个地方官，在此之前，从未听说过关于九皇子的消息，稍作打听，才了解到一点儿。

听说九皇子出身极低，母妃又早逝，是昭武帝膝下势力最单薄的儿子，他便没了心思去巴结。

只不过这好歹是个皇子，每次发放月钱之余，他还是会例行公事，问问容淳的近况。

汪周一见到秦廉的身影,就仿佛见到了钱,目光里尽是贪婪,立刻上前寒暄:"官老爷,您来啦?"

他很心急,开口就是要钱:"小人来为我家少爷领取月钱。"

秦廉如往常一样问:"你家少爷近来如何了?"

汪周道:"少爷他……也许是因为近来天气寒冷,腿伤不仅不见好,相比前些日子,反而疼得厉害。"

"疼得厉害?"

"是。"汪周面不改色道,"小人今日领了月钱,就去给他拿些好药。"

秦廉稍稍点了点头。

汪周地盯着他开门的动作,迫不及待摩挲着手指,就等着拿到那十六两银子了。

这时却听到身后一声轻叹:"可算寻到官人了。"

汪周回头看到女人的脸,脸色立马就变了。

他扭头就走,却迟了一步,被那女子涂着红色蔻丹的手指攀住了肩头一扳,脑袋转过来。她泼辣地说道:"两个月前你在我的长乐庄赌输了二十两银子,欠我十两,说好了二月初三还上,却一个月没见人影。汪周,十两银子呢?"

汪周完全没料到会出这样的意外。

他两个月前在云七娘的赌庄上欠了钱,本来是打算上个月还上的。可上个月,他那十六两银子被偷回去了!

汪周急忙道:"七娘,你听我解释。"

"不必解释,今日又到初三了,官人这里又有钱了吧?还我便是。"

前方,秦廉的脚步一顿。

汪周如坠冰窟!

"七娘啊七娘,我们快换个地方说话!"

他私吞容淳银子的事,若是被秦廉知道了……他肯定会被打进大牢里去的!

汪周朝着云七娘挤眉弄目,想阻止她继续说下去。

却听云七娘冷笑一声:"官人怎么还不还钱?初三了呀,您那小主子的月钱,不是都进了你的口袋吗?"

完了,这下秦廉一定知道了!汪周一下瘫坐在地上。

汪周本想逃跑,却被秦廉身边的官兵追上,摁在地上,捉拿起来。

秦廉因知晓容渟的真正身份，私吞皇子月钱，兹事体大，再加上周围的百姓都看着呢，他总不好坏了自己秉公执法的名声。他命人写了书信，寄给金陵那边，将汪周押解回京，自己亲自将十六两银子给容渟送了过去。

这是秦廉第一次见到容渟。

十四岁的少年，气度不凡。

可惜这两条腿……

容渟无视秦廉怜悯的眼神，问道："秦大人可知，云七娘为何当面去找汪周要债？"

"下官以为，只是巧合。"

容渟嗤笑一声。

那云七娘既是要讨债，怎会在汪周将要拿到钱时出现？明明该在他拿到钱之后讨账才对。况且，汪周被捉时，她并没有气急败坏，也没有到秦廉这里求一个公道，而是默默离开。十两银子就这么不要了，哪像一个锱铢必较的赌场老板娘会做的事？

可若说云七娘是自发前来的，那也不对。

促使着云七娘当着百姓的面给秦廉施压的人到底是谁？

容渟心里隐约有个答案。

酒楼内，姜娆按着姜平与云七娘谈好的价格，送给了她二百两白银。

云七娘喜滋滋地清点完银子，收入自己的钱盒当中，好奇地问："姜姑娘为何非要整治汪周那个恶痞？"

照理说，这种大户人家的姑娘，与汪周没有交集不说，就算碰上，他也是断然不敢得罪她的，何来如此大的怨恨？

"他啊，欺负了我认识的一个人。"

姜娆没有指明是谁，云七娘便也没有多问，不过她心窍玲珑，大抵也猜到了是谁，意味深长地笑了起来："那汪周也是贪心，竟吞了他主子近二百两银钱，这么多钱，怕是要被关上一辈子了。"

"对了，他那主子莫不是什么大人物家的孩子？怎么汪周还会被押送至金陵去审问？"

姜娆摇了摇头，她也不知道。

就算少年家里的背景再雄厚又有何用？他还不是沦落至此，连寻常人家的孩子都比不过？汪周确实恶毒，可那也是他主母给他挑选的仆人，真正恶毒的，是他的主母才对。

两个人聊了一会儿，一道踏出酒楼。

外面风大，姜娆下意识地拢了一下自己的披风，又听到了云七娘的声音："七娘再多问一句，您那小友，是不是您中意的小郎君啊？"她含笑指了指对面，示意姜娆看，"那位，是不是就是他？"

姜娆闻言抬眸，与容渟的视线对上。

姜娆的目光一晃，怔然道："他怎么在这儿？"慢了一拍，才意识到方才云七娘的话里的调侃意味。

她的脸一红，往后缩了缩脖子，摇头道："是友人，我……没有中意于他。"

借她十个胆子也不敢。

她虽尽力帮他，可看着他，还是偶尔会想起他以后喜怒无常、暴戾残忍的样子。和他在一起时，她总是心存怯意，不敢与他过分亲近。若他日后能在姜府走投无路时帮他一把，她便万分感激了。

若姜娆直接反驳还好，偏偏慢了一拍，便像欲盖弥彰的解释了。

云七娘便误会了，一脸戏谑。

对面，高楼的红瓦屋檐上积着厚厚的雪。

容渟便立在那红檐白雪下头，一身布衣，却天生贵气，气质夺目。

四周熙熙攘攘，都是听说有人被捉，赶来看热闹的百姓。

人潮拥挤，被人推挤到在所难免，有时只是被人衣角扫到，容渟眼中便透出厌恶，却在望见街对面的姜娆后，目光骤然平静了下来。

她披着一件兔绒雪帽红裘披风，榴红的缎面张扬似火，帽子上一圈白绒绒兔毛，小小的脸不过巴掌大，被帽檐遮挡了大半。

他看到了她，自然也看到了她身旁的云七娘，也看到了云七娘怀里紧紧抱着的装满了银子的盒子。

适才他心中想不通的那点，有了答案。

容渟的心里涌起一阵说不明的滋味。

姜娆与云七娘道了别，匆匆跑到容渟面前："你怎么在这儿？"

她不满地说道："不在家好好养伤，总跑出来，你的腿伤要到什么时候才能好啊？"

容淳道："听说汪周被捉了，出来看看。"

姜娆得意地笑了，问他："高兴吗？"

她站在阳光下笑得十分灿烂，容淳在这一片粲然的光亮中眯了眯眼，看着她带笑的眉梢眼角，不自觉就出了神。

他点了点头，直接说道："这是你的功劳吧？没想到，你的心思这么缜密。"

听到他夸她，姜娆更是得意得有些飘飘然了。

只是高兴过后，她又开始犯愁："可是，汪周被捉了，你身边就没有仆人了。"

他这腿伤，显然还是需要人照顾的。

她正想着要如何给他找个忠心耿耿的仆人，又不能让他觉得她太没分寸，却听他落寞地说道："我早已经习惯了一个人。"

他垂眸时，浓密的睫毛在冷白的肌肤上投下一片阴影，越发显得眉眼深邃，神态有些可怜。他道："你若是担心，可否多来陪陪我？"

姜娆不知道是不是自己的错觉，她竟然觉得现在的他模样有些……乖巧。

面容好看的男孩子，姜娆不是没有见过，但没人比得过他。此刻他窄长的凤眸中之前的强势全无，反而满是卑微祈求，像易碎的琉璃，脆弱又漂亮。

他道："一次也好，两次也好，就算不来……也好。"

这种求着她的语气与姿态，别说，她还挺受用。

姜娆心肠一软，柔声道："我会常去陪你的。"

她几乎是脱口而出，容淳根本没想到她会答应得那么快，更没预料到，当她答应之后，明明人还近在眼前，他竟然就开始期待起了下一次见面。

她只是答应了陪他而已，他的心里就升起一种令他陌生的愉悦感。

金陵，审讯堂上，汪周被绳子捆缚着双手跪在地上，两名衙役怒目紧盯着他。

汪周偷瞄了一眼四周，直吓得两股战战，额头冷汗直流。

若是在邺城，他还能想办法托家里人去收买一下审理案子的官员。

可这是在帝都金陵，他那点儿小地方的人脉毫无用武之地，只能干着急。

"四皇子到！"

汪周心里一惊。

容湷到底是什么人？他的案子，竟还要四皇子来审？

四皇子来了之后便将视线往汪周身上一扫："这就是害我九弟的歹人？"

九弟？

汪周如遭雷击！

他一直以来变着法子欺负的，竟是如此高不可攀的大人物？

他所有的困惑水落石出，却像是被人掐住脖子一样感到窒息。

早知道容湷是皇子，借他十个胆子，他也不敢欺辱他啊！

汪周惊慌失措，连忙想要解释。

堂上，四皇子冷声道："罪民汪周，贪婪成性，欺上瞒下，短短一年，私吞皇家月钱二百两余，罪行恶劣，杖笞五十，放逐边境。"

汪周叫道："殿下，殿下！罪不至此啊！"

杖笞五十？放逐边境？

边境那种蛮荒落后，尸体都会被野兽吃掉的地方，这审判是想要他的命！

他高声辩解："秦大人每个月只送来十六两银子，不够二十两！"

汪周说完，猛然间明白过来："一定是皇后，是皇后克扣了我家主子的月钱！她不喜欢自己的儿子！"

四皇子脸色立刻一沉。他的生母与嘉和皇后同出徐家一脉，与嘉和皇后一荣俱荣，一损俱损，也是因为如此，他才经手了这个案子，就为了以最快的速度结案。

不能让昭武帝知道。

"区区四两银子，你竟然也要往皇后身上泼脏水？你这是妄议一国之母，罪加一等，杖笞加十，即刻流放！"

四皇子摆了摆手，示意衙役将汪周带下去行刑。

汪周被衙役捂着嘴往下拖。

外面传来一阵喧闹声。

"皇上驾到！"

这一瞬间，汪周不知从哪里来的力气，拼了命从衙役手下挣脱出来，扑过去跪在昭武帝面前，哀号道："皇上！皇上，您要替草民申冤啊！"

四皇子的脸色一黑，抬腿冲着汪周的后背就是一脚。

他用足了十成力气，沉重的一声闷响过后，汪周的身体直直扑倒在地上，他晕了过去。

四皇子迅速撩起衣袍，跪在昭武帝面前，说道："儿臣办事不力，惊扰了父皇圣驾！恕儿臣救驾来迟！"

四皇子偷偷抬眼看了一下昭武帝，见昭武帝脸色阴沉，他暗暗咬了一下牙，眉头皱了起来。

到了这时候，他才觉出几分嘉和皇后非让他来处理这个案子的深意。

今日若非他在，换作其他官员，还真要叫这个叫汪周的刁民给捅了娄子！

"平身吧。"昭武帝道。

四皇子站了起来，拿眼神示意衙役，叫他们赶紧将晕过去的汪周拖出去，自己则跟随在昭武帝身后，恭恭敬敬道："父皇日理万机，为何想到要到这儿来？"

"朕来看看小九的案子。"

四皇子心里忐忑不已。昭武帝并不是一个注重儿女亲情的人，他冷漠、自负，鲜少把精力放在孩子身上。他有十七个孩子，有的孩子从出生到夭折，都没能见过他一面，为何他今日突然在意起了容渟的事？

四皇子忐忑不安道："父皇既要来看看，可提前通知儿臣，方才叫这刁民钻了空子，差点儿惊到了父皇龙体。"

昭武帝道："只是突然想到了。"

收到了邺城官员的上奏，信中写了在那里养伤的容渟的状况，他看完后就放到了一边，却在闲来无事时，想起前几日他与来进贡的番邦使节的约定，由此想起了容渟。

只是他连他这第九个儿子的模样都有些记不清楚了，只隐约记得他与他母亲长得很像，容貌极好，旁人若有他们一二分颜色，便能担得一个"美"字，可惜，两人的命也是一样差。

想起容渟的腿，又想起番邦使节的笑话，昭武帝心中有些不痛快："今日为何是你在判这案子？"

四皇子得了嘉和皇后叮嘱，早将答案准备得滴水不漏："九弟被人欺负，儿臣一直挂心，亲自审案方能放心。"

容渟被养在嘉和皇后膝下，他们兄弟私交好些倒也正常，昭武帝便没怀疑，

073

点了点头,又继续问道:"那刚才那个人喊冤枉,又是怎么一回事?"

四皇子咬牙切齿道:"那就是个泼皮无赖,恶人先告状!他欺负了小九,儿臣定不会轻饶他的!"

昭武帝道:"你的心是好的,只是,这案子若由你来审,怕是会被人怀疑有失公道。来人,传朕的口谕,将这案子移至崔礼侍郎,明日重新提审,重新定夺。"

四皇子一愣。

换人来审?

汪周被押解到了金陵,金陵与邺城两地相隔较远,姜娆得不到他的消息,便寄希望于自己的梦境。

结果她越是想要梦到什么,梦境却越不似她所期待的那样展开。

她梦到了之前的事。

不是她经历过的事情,而是容渟小时候的事。

梦里,四处彩灯高挂,热闹非凡,应是在过节。所有的小童都穿着新衣,一个个神采飞扬,嬉笑着跑来跑去。

容渟却穿着一身破旧的衣裳,与周围人格格不入,小小的身体缩在一棵树的后头,歪着脑袋,露出眼睛,偷偷看着他们。

他的眼神不似同龄孩子那般无忧无虑,里面装满了艳羡与疑惑。

为什么别的孩子什么都有,他却什么都没有?

外间传来说话声,是明芍的声音:"小少爷,您晚半个时辰再来,姑娘还没醒呢。"

姜娆揉了揉惺忪的睡眼坐了起来,揽了件披风下榻,走向外间,刚掀开帘子,小团子就扑过来抱住了她的腰。

姜谨行欣喜地说道:"阿姐醒了的。"

他手里拿着什么东西,一个劲儿地喊:"阿姐,阿姐,快帮我点朱砂。"

姜娆把弟弟扶稳了,看着他手里的朱砂盒,有些困惑地问:"点朱砂?"

明芍正要出去,闻言答话:"姑娘,今日是邺城这里的节日,闹春。要点朱砂,吃甜食,寓意一整年甜蜜平安。"

姜谨行奶声奶气的语调里透着些蛮横:"我要甜蜜,我还要平安,都要!"

姜娆被他急切的模样逗笑,打开朱砂盒子,抹了一指腹的朱砂,摁在了他的额头中间。

姜谨行跑到铜镜前看了一眼,满意得不得了。

他又跑回到姜娆身旁,胖乎乎的手指伸出来,要帮姜娆点朱砂:"也要给阿姐平安。"

点好朱砂,他心满意足地跑出去玩了。

明芍这时从外面回来,手里拿着一个油纸包。

"你手里拿的是什么?"姜娆问。

明芍掂了掂油纸包,说道:"不知是谁送来的,上面压了一张手写的方子,是化瘀青的。叫府里的大夫看了,方子是好方子,药也是好药,不是什么乱七八糟的东西,大夫让我拿过来给姑娘用。姑娘肌肤白嫩,若是留了疤,奴婢都觉得可惜。这药不用内服,不苦,姑娘可别躲着了。"

姜娆知她是在说自己躲起来不喝药的事,脸一红。她接过那张方子一看,只见笔走龙蛇,铁画银钩,十分俊逸,姜娆惊艳不已:"这字真好看。"

"可不是,把这字拿给老爷看,说不定他都会说好看。"

姜娆摇了摇头。

这字她说好看,却未必能叫爹爹看上。

姜行舟的字登峰造极,已成一派,在大昭无人能出其右,一张字画抵得下一座酒楼。才华横溢,不免就有恃才傲物,自恋狂放的毛病,对别人的字从来不屑一顾。

她把方子交给明芍:"收起来吧,等以后知道是谁,得好好谢过才是。"

街上十分喧闹,很有过节的氛围,姜娆不由得想起刚才那个梦,想起那个躲在树后,仿佛被人丢弃了的孩子。

如果能回到那个时刻,也许她会去抱一抱那个孤独落寞的小可怜。

她叹了一口气,对明芍说道:"帮我备好朱砂和饴糖,我要去城西。"

满街都是孩童的嬉闹声。

这年的闹春节比往年热闹许多,天暖雪化,是邺城即将解封的征兆,满城都在欢庆。

街上,小孩儿窝在大人的怀里要糖吃,要到了糖,高兴地嚷嚷。

唯独城西的小屋,依旧像坟茔一般寂静。

容淳正坐在轮椅上,按照面前的医书,掌心用力,给自己按揉伤腿。

他的眉头微皱,显然是疼得狠了。

街上吵闹的欢笑声落入他的耳里,他不耐烦地关上了窗。

小时候蠢,还会眼巴巴期待过节,想要新衣,想要别的小孩儿都有的礼物,哪怕只是一声祝福。

外面忽然传来一阵叩门的声音。

这一年间常来敲他家门的,无非是城西那些无赖小孩儿,拿石头砸开他的门,想引诱他出去,供他们嘲笑解闷。

容淳并不打算开门,那些小孩儿敲不开门,最多往院子里面扔几块石头,很快就会觉得无聊,也就离开了。

他耐着性子等着敲门的声音消失,敲门声中间虽停顿了一下,但很快又响了起来。

容淳习惯性地皱着眉头,想到什么,却又缓缓舒展开了,方才心中的那股焦躁也压了下去。

如果不是那些小孩儿,会是她吗?

她答应了他会来找他的。

他合起医书,操控着轮椅往外走去,却因暗含了一分心急,动作不似平日那般慢条斯理,以至于车轮在门槛处磕了一下。

姜娆敲着门,久久没等到他来为她开门,想着他腿脚不便,便不着急,用了十成的耐心等着。

她想着,要是知道他的名字就好了,就可以喊他一声,可她记得梦里,他根本不允许她知道他的身份,兴许出身对他来说是一种忌讳。

她耐心地等着,不料,却听到了里面传来"砰"的一声,像是有人摔倒了。

虽然隔着一道门,姜娆却像是看到了容淳人仰椅翻的场景。

因为看不到,她脑袋里想象的场景要多惨又多惨。她心急地想要用力推门,正在这时,门开了。

她扑了个空,差点儿摔进院子,幸好被他扶住。才站稳脚,她便先问道:

"你没事吧?"

说完,她才发现自己离他极近,手都压在了他的胸膛上,掌心甚至能感受到他的心跳。

她慌忙把手收回,后退了一步:"你没事吧?我刚才听到你摔倒了。"

容溏蜷了蜷手指,他的指尖好似还有她掌心处传来的余温。

"不碍事。"他收回手,淡声道,"习惯了。"

习惯了?那就是当真磕倒过?还不止刚才一次?

姜娆有些心疼,忙跑到了他身后,推住轮椅,说道:"你不要自己动了,我推你进去。"

进屋以后,姜娆蹲到他面前,关切地问:"你刚刚摔着了,有没有摔疼的地方?"

容溏摇了摇头。

眼前的少年和她梦里那个躲在树后的小小身影像是重合在了一起,让姜娆心头的酸涩更甚。

是因为喊了疼也不会有人听见,所以才学会了忍着吗?

她把饴糖捧到了他面前:"我来给你送糖吃。"

乳白色的饴糖一块一块码得整整齐齐,上面撒了一层糖霜,一拿出来,空气中都飘散着一股凉丝丝的甜味儿。

"很甜的。"姜娆说。

然而容溏眸子微眯,表情却像是有些厌恶的样子。

小时候饿得狠了,满屋子里找东西吃,却被一股甜味勾着,在墙角意外翻出了几块撒着糖霜的方糕。

方糕已经凉了,但对于一个饿了几天的小孩儿来说,依旧是无法抵挡的诱惑。

但方糕里有老鼠药。

若不是咬下去前,他看到一旁有一堆死掉的耗子,让他起了疑心,他早该没命了。

后来偷听到嬷嬷讲话,那方糕是嘉和皇后故意让人放在那儿的,表面是要药死老鼠,实际是要害他。等他死后,她就说是小孩儿贪吃,误食了药老鼠的方糕,她再假惺惺掉几滴泪,所有的人都会惋惜她痛失养子,会可怜她

077

这个凶手。

从那时起,他懂得了一个道理:真相是真是假,掌控在权力顶端的人手里。

自那时起,容淳就格外厌恶甜这种味道。

甜代表着引诱,代表着陷阱,代表着死亡。

怀里忽然落入了一个沉甸甸的袋子。

容淳低头,看到袋子里装满了饴糖,再抬头,就对上了少女明媚的笑容。

"今日这儿过节,一个叫闹春的节日,我的丫鬟告诉我,这天要吃糖,往后一年都会甜甜蜜蜜的。我有弟弟,有爹爹和母亲,即使往后的一年有苦有甜,好歹身边都有家人陪着。可你孤苦伶仃一个人,还是少吃点儿苦,多吃点儿甜吧。这糖我自己都还没吃呢,你先吃一块?"

容淳捏了块饴糖在手中,雪白的糖霜沾到了他的指腹上。想起那些死掉的虫子,他心里一阵犯恶心。可不知怎的,再度抬眸看到她的笑容之后,他鬼使神差地将它放入口中,囫囵吞枣地把它整块吞了下去。

是真的甜,但并不腻,很可口。

他慢慢地咀嚼着,心里五味杂陈。额心忽地一凉,容淳下意识抬手去摸,姜娆极快地阻止他:"别!"

"我刚才在你额头中央……点了一点朱砂。"

"这是节日习俗。"姜娆说着,指了指自己的额心上的那点朱砂,"额头中央点上朱砂,能辟邪保平安。"

红色太衬他了,精致的五官被额间那点朱红一点缀,他本就漂亮的眉眼瞬间好看到了近乎祸水的地步,美颜妖冶,又显出几分桀骜不驯。

人竟然能好看到这种程度!

姜娆忍不住感叹:"你真好看。"

她的直白让容淳有些招架不住,他微微咳嗽了两声加以掩饰。

"这饴糖,你喜欢吃的话,多吃一点儿。"姜娆吞咽了一下口水。她喜欢吃甜,其实也有点儿馋,不过,她还是大度地说道,"我还从丫鬟那里听说,晚上去灯会上买只孔明灯,写上愿望,放到天上,老天爷要是看到了你的愿望,就会帮你实现的。"

她说话的时候神采奕奕,说到"实现"两个字时,仿佛真的看到了自己的愿望成真一般,甜美地笑起来,小巧的梨涡若隐若现。

她竟然还信这些。

容渟眼里说不清是羡慕还是自嘲。

小小年纪，饿肚子时，被关进小黑屋时，他也曾低头祈求过神明。可是神明从未听到过他的声音。

这让他如何相信世间有神明？

他将饴糖递给了姜娆，姜娆喜滋滋地吃了一块，问他："晚上，我带你去放孔明灯好不好？"

也许是受节日的气氛感染，姜娆今天特别想对他好一点儿。

想为他求平安，想把那个躲在树后的小孩儿艳羡过、渴望过的，都补给他。

甜糖、朱砂、孔明灯，别人有的东西，他也要有。

容渟捏着饴糖袋子的手指微微收紧。

十四年间，所有的节日和热闹都是属于别人的。

十四年间，从未有一个人真心盼望他平安喜乐过。

可如今，因为有她，一切都变得不一样了……

不知为何，他的喉咙有些发涩，嗓音沙哑道："好。"

地牢，湿冷如阴沟。

汪周几夜未睡，眼里布满血丝，眼睛充血到了一种可怖的程度。

他不停地想着，第二日衙门审讯时，要如何说，才能将自己的罪责降为最低。

最好把错全部转嫁到嘉和皇后的身上。

可那是一国之母……

汪周心里一横，恶向胆边生，就算那是一国之母，他得罪不起，也没办法了，要是他不把脏水往她身上泼，到时候挨板子、被流放的就是他！

前方忽然亮起豆大的烛光，又很快熄灭掉。

黑暗里，似乎有人影晃动。

汪周听到了一阵杂沓的脚步声，这脚步声很轻，回响在空旷的地牢里，令他头皮发麻。

"你就是汪周吧？"

汪周浑身一僵，扭头一看，脸上露出惊恐无比的表情。

很快,一道黑影从地牢中钻了出来,行至宫门口,停了下来,朝宫内的人打了个手势。

假装正巧经过那里的季嬷嬷看见,朝他微微颔首。

黑衣人消失在宫外的夜色中,而季嬷嬷一路疾走,回到了嘉和皇后的锦绣宫。

屋内伺候的宫女都被清退,里头只有嘉和皇后与四皇子两人。

嘉和皇后正不安地抚着自己的玉扳指,季嬷嬷快步走进来,附在嘉和皇后耳畔低声道:"事已办妥,娘娘大可放心了。"

季嬷嬷在嘉和皇后身边伺候得久,是她的心腹,嘉和皇后对她无比信任。

闻言,嘉和皇后长舒了一口气,眉头却还是皱着。

"姨母可还有什么不放心的事?"四皇子问。

嘉和皇后掐了掐眉心,语气烦躁道:"本宫觉得此事蹊跷,那汪周怎会突然被人发现罪状?"

邺城当地的官府,上上下下,从县令到衙役,都被她派过去的人好好打点了一遭。那些人拿了她的好处,就算接到了容渟的诉状,也只会压下来才对。

如此安排,本该万无一失才对,却没想到,还是有所疏漏。

容渟毫无势力,连看病的钱都没有,更没那闲钱去收买人心。莫非是有人相助?

四皇子与她的想法不谋而合:"莫非有能人相助?"

嘉和皇后沉着脸看向季嬷嬷,阴冷的目光像是淬了毒。

季嬷嬷心领神会,立刻说道:"娘娘,放心,奴婢立刻找人去查!"

次日。

汪周一案提审前,传来了他在夜里畏罪自杀的消息。

华灯初上,入了夜的邺城格外热闹。

夜市灯光粲然,在刚刚吐出新绿的杨柳树上笼了一层金光。

姜行舟这一整日都没见到姜娆的人影,觉得奇怪,问道:"年年呢?"

姜秦氏笑着说:"她在家里闷了一个冬天,好不容易过一次节,你让她自己出去玩会儿便是。有丫鬟和姜平跟着,就别担心了。"

姜行舟的脸色却还是不悦。

姜秦氏问:"还在为今天的事情生气呢?"

"不是生气。"姜行舟道,"心里堵得慌。"

上午姜娆出门没多久,府上就有客人来拜访,是邺城当地姓杨的一家大户,有亲戚在金陵任正二品官,家族在当地也算显赫。姜行舟本来好好招待着他,聊着聊着,这个人竟提起了他的年年,还提到了他还有两年就弱冠的嫡子,言语间透出想让两个孩子认识一下,结两姓之好的意思。

姜行舟以女儿尚且年幼给回绝了,送客之后,脸色阴沉了整整一天,心烦得要命。

"这些人是家里没女儿吗?不知道第一次登门,就提出要把别人女儿娶走有多唐突吗?"

姜秦氏倒没有姜行舟那么大的反应。她也是在还未及笄,就有人登门为她议亲了。她笑道:"若那杨老爷并非是个性子急的,与你先交游一阵,再同你说想要与我们结亲家,怕是你又要觉得他讨好你都是为了骗走你女儿,又呕一口血了。"

姜行舟沉默了。他觉得妻子说得一点儿都没错。

"妾身看得明白,甭管是谁,但凡是想要娶走年年的,都会惹你不痛快。但年年总不能一直待在你身边,到最后成了老姑娘,你也会心急。我看城西那孩子当真不错,若叫他入赘到我们家,岂不正合了四爷你不想嫁女儿的心意?"

姜行舟有些犹豫:"但他的腿……"

"他的腿伤还有救,又不是不能好了。"

"不妥。"姜行舟皱着眉道,"即便是要为年年,也得好好相看。那少年孤苦伶仃,身世不详,不好好打听打听,万一招赘招来了祸患……"

姜秦氏虽然看重长相,却也认同自己丈夫这一番话。像今日这位杨老爷,别说他样貌平平,单是他总是提及自己在京为官的亲戚,狐假虎威的作风,她便看不入眼。她道:"多派些人去打听打听,若是家世清清白白,便可往下商议。再说,招赘的事,还要看人家家里愿不愿意呢。"

路上到处都是行人,两侧酒楼里的丝竹声与街上的人声、笑声混在一起,分外喧闹。

姜娆驻足在一个小摊前，容渟坐在轮椅上，在街边等着她。姜娆欢欢喜喜地拿起几个面具，扭过头来问他："你戴哪个？"

这一路上，小孩的脸上都戴着面具，青色、红色、黑色，各种颜色都有，姜娆看了也有些心痒，也想戴。

容渟随意地说道："与你一样便可。"

姜娆便选了一青一红两个獠牙恶鬼的面具，红的给他，青色的戴在了自己的脸上。

她给自己戴好了，见容渟迟迟不动，问："你怎么不把面具戴上啊？"

"怀里的东西太多，抽不出手。"

姜娆不知道说什么才好。

他们是一个时辰前来到集市的，一碰见卖那些稀罕玩具的小摊，姜娆就想买。

买的时候没觉得，全部归拢起来，数量却很可观。

她都不记得这些东西是什么时候跑到他怀里去的，他这么病弱的身子，竟然还要帮她拿东西，搞得这趟出门，不是她陪他过节，而是他陪她出来买东西一样。

姜娆心中愧疚难安，想把他怀中那些玩意儿接过来，他却没有松手："我来便好。"

"那你怎么戴面具……"

容渟看了一眼她的手。

姜娆似乎懂了他的意思。"你是想让我帮你戴上吗？"她试探着问。

她本能不敢碰触他，不敢离他太近。

容渟看着她那种小兔一样，怯生生的眼神。

为什么她总是一副害怕他的样子？

容渟的面上，不悦与困惑同时浮现出来，却被扣上来的鬼面具给覆盖了。

姜娆小心替他将面具上的绳子系在了他的脑后，面具遮住了他的脸颊，但下颌的线条依旧清晰可见，不难猜到面具底下的脸是何等地惊艳。

她俯身系绳子时与他离得极近，容渟的面颊有些烫，隔着面具肆无忌惮地打量着她。

见她扶正了他的面具后，飞快松开手，他想，她果然是有些怕他的。

姜娆偷偷活动了一下手指。刚才为他戴上面具的时候，她紧张得手指都有点儿麻木了。

姜娆不好意思再让他帮她拿更多的东西了，说："明芍和姜平应该已经买好孔明灯了，我们去朱雀桥找他们，去放孔明灯吧。"

还没走到朱雀桥，远远便看到夜幕中，一盏盏孔明灯乘风直上。

如朵朵金花，开在夜空，无比灿烂。

姜娆"哇"地惊叹了一声，赶紧推着容淳的轮椅往桥上走。

桥面不似平地，推起来颇为费力，姜娆把面具移到头顶，默默用力往上推。

容淳默不作声，却悄悄把抱着那堆小玩具的手抽了出来，暗中帮着她推动自己轮椅的轮子。

姜娆正觉得轻松了许多，身旁传来一道声音，只见一双手搭在了这轮椅上："姑娘可是需要帮忙？"

姜娆侧眸看去，只见一个锦衣玉冠，清俊文雅的公子笑意温和道："小生杨韬，字修竹，今日家父刚与令尊见过一面。"

杨修竹有些不好意思地说："今日家父去府上叨扰，冒昧谈起了你我的婚事，是家父唐突，小生想向姑娘道个歉。"

姜娆还没反应过来，容淳的脸色一沉，不悦的神情掩藏在了面具的下面。

婚事——……

他心中突然烦躁起来。

姜娆却一脸茫然。婚事……她离及笄还有将近两年，谈及婚事未免太早。

她微微蹙眉。

小桥流水，灯火阑珊，朦胧的光影里蹙眉的美人眉目如画。

杨修竹的目光中是不加掩饰的惊艳。

他温声道："小生斗胆邀请姑娘今晚与我一道前行，也好让我尽一尽地主之谊。"

他前几日替家中的妹妹抓药，在医馆那条街上与她家的马车擦肩而过时，恰好见她掀帘抬眸向外望。惊鸿一瞥，自此念念不忘。

即使她还没有及笄，他可以等，只要能先把婚事定下来，等多久都好。可是父亲替他去探口风，却被姜行舟婉拒。

他不死心。听说姜行舟是个极其疼爱女儿的，若是他先赢得她的喜欢，婚事或许就顺利了。他想着她兴许会来朱雀桥这里放孔明灯,早早在这里等,没想到竟然真的等到了。

杨修竹说完,满怀期待地看着她。

容淳抿紧嘴唇,放在轮椅上的手,几乎要将那木质的臂托捏断。

容淳的性格里,一直带着点儿疯狂。

他一直控制得很好,鲜少情绪外露。但此刻,他琉璃色的瞳仁里阴云转为怒火,像一只捍卫领地的小豹子,极具攻击性。

姜娆往后退了半步,有些警惕地看着杨修竹。

她这才与他见了一面,他便邀她同行,她本能的反应便是拒绝。

姜娆朝杨修竹摇了摇头,正欲说话,他却赶在她拒绝的话说出口之前,直接伸手去推容淳的轮椅:"你一个小姑娘推着这轮椅实属吃力,不若我来替你推着。"

不等姜娆作答,"咔"的一声,臂托上出现了裂痕,轮椅从姜娆手中溜出,容淳独自操控着轮椅向前走了。

姜娆立刻抬脚追了上去。

他明显是生气了。

是她疏忽了,只顾着和杨修竹说话,让他的手搭在他的轮椅上那么久,肯定惹他不悦了。

就好像,梦里她有次伺候他去汤池沐浴,有个刚来做侍从的小少年见她推着轮椅出来,二话不说过来帮她,他勃然大怒。那次若不是她跪下去求他,小侍从可能就没命了,即使她求情了,后来没几天,那小侍从便被辞退了。

姜娆急匆匆追上去,握住了容淳的轮椅,看见他转动轮子的手青筋暴起,不知是因为在斜坡上推动轮椅太费力,还是因为太生气。

身后传来了杨修竹关心的声音:"姑娘,没事吧?"

怕杨修竹又要走过来,好心帮忙办坏事,姜娆苦着脸回头阻止道:"杨公子,不要过来。"

因为心急,她的话听起来带上了一分斥责。

杨修竹讪讪地顿住步子,神情十分尴尬。

容淳的手指舒展开来,嘴角暗暗翘了一下。

姜娆说道:"多谢杨公子的好意,但是同行便不必了。"

杨修竹虽然生得一副斯文儒雅的模样,但一上来就提到与她的婚事,多少让她觉得被冒犯了。

她说完,朝杨修竹福了个礼,便推着容渟离开。

作为邺城有名的才子,杨修竹一向是被人吹捧追逐的那个。他眼高于顶,从未曾把哪家姑娘放在眼里过。

这算是他头一次追逐别人,却碰了一鼻子灰。

杨修竹失落地看着姜娆离开的背影。

她的身影混在人流中,步履不疾不徐,仪态极佳,气质也极其出众,一看便知好教养。

他心里头的失意消去了几分,又低头笑了起来,心想,自己被拒绝了,倒也是应该的。好人家的姑娘,哪有被初次相见的人随便一邀约就立刻答应的?是他过于心急,唐突了。

杨修竹一转身,却看见到他的嫡亲妹妹杨祈安,正怒气冲冲地看着他。

杨祈安嘴噘得老高,语气不善:"哥哥是不是出来找那个女人了?"

她哥哥从来不参与这些节日活动的,这是头一回出来,肯定是为了他看中的那个姑娘!

可杨祈安不喜欢姜娆。

她答应了邺城贵女圈子里的小姐妹,谁让她高兴了,就帮那个人和她哥哥牵线,话都说出去了,哥哥怎么能让她没面子呢?

"祈安!"杨修竹脸色一冷,说道,"语气放尊重点儿。"

杨祈安跺了跺脚,道:"哼!不,我不要!"

朱雀桥上,一盏又一盏孔明灯升起来了。

姜娆接过明芍递来的孔明灯和纸笔,递给了容渟一份,让他在纸条上写下他的愿望,然后就低头写自己的。

她一笔一画地写着,先求父母家人平安,又求自己日后不要沦落为奴籍。她又想了想,明年她就十四岁了,及笄前一年,要学习《女训》跟《女戒》,听说很枯燥,便将不学《女训》和《女戒》这一条也写上了。

小小的纸条,被她写得满满当当的。

然后,姜娆慎重地将纸条拴进了孔明灯中,转头看着容渟,却见他一字未写,好奇地问:"你怎么还不写呢?"

容滓眉眼低垂,心头堵着的那口闷气尚未完全消散,脑海里回忆着刚才她和那个书生说话的样子。

她是好看的,可那个场景刺眼极了。

他心中的闷气无处宣泄,又觉得自己这场心火起得莫名其妙,便道:"你先去放你的灯。"

隔着面具,姜娆看不到他的脸,只从他有些低沉的嗓音推断出他的情绪有些不对。

于是,她又拿起笔,在那张已经写得满满当当的纸上,又加进去了一行小字——让他对我好一点儿。

她写完,站起来,点燃了孔明灯内的蜡烛灯芯,趴在桥边松开了手。

她仰着头,眼巴巴地望着她的那盏孔明灯缓缓飞升到天上,成为夜空中萤火似的一点。

谁料突如其来的一阵疾风吹来,那孔明灯直直坠入朱雀桥下的江水中,烛火被水浸灭了。

姜娆眼里莹莹的亮光也跟着灭了,她心里有些难受,却故作轻松道:"无妨。"

她在冷风中吸了吸鼻子,把头垂得很低,小声说:"是我太贪心了。"

怪她写的愿望太多,太沉了。

下一瞬,她的手里被塞进一张纸和一支笔。

她抬头看向将纸笔塞给她的人,那个人却别过头去,她只看到了面具下的侧脸,下颌线微微紧绷,在灯火映衬下,更显俊美。

他的喉结微动了两下,低声道:"我的孔明灯,你拿去用。"

姜娆看着自己手里空白的纸条,有些不知所措:"这纸上要是写了我的愿望,那你的愿望该怎么办?"

容滓转头看看她的脸庞,皱起眉头,有些不耐烦地说道:"已经写上了。"

姜娆蒙了一瞬,又仔细看了一眼自己手里的纸,那上面分明就是一片空白。

他这是……没有愿望?他当真没有半点儿期许与渴盼?

就在她胡思乱想时,坐在轮椅上的少年不悦地催促道:"赶快写上你的愿望。"

见她还不动，他别开视线，依旧是凶巴巴的语气："写上你的，我的便写上了。"

姜娆愣怔了一下。

他这话就好像在说，她的愿望便是他的一样……

她的心跳忽然变得有些快。

原来少年时的他，可以这样大方吗？

"快写。"容淳已经极度不耐烦了。

姜娆连忙低下头写字，小小的朱笔笔尖点在纸上，墨水晕染开来，字写得歪歪扭扭。

很快，孔明灯点燃，这次，四平八稳地顺利升上天空。

姜娆笑了，回头朝容淳说道："我这次不贪心啦，为我的家人和你求了平安。"

看到她明媚笑容的一瞬，容淳的眼帘却低垂下去。

他忽然就明白了自己莫名其妙的怒火到底缘何而生了。

她朝着他笑，这样才是对的。只朝着他笑，才是对的。

想通之后，他忽然笑了起来。

姜娆仰头看着那盏孔明灯变成小小的金色光点，再也看不见，才欢喜地说道："我们一起去猜灯谜吧。"

"这不是姜姑娘吗？"

是医馆那位老大夫。今日过节，他经过此处，看到了姜娆与容淳。容淳虽然戴着面具，但老大夫看到轮椅，便一眼认出了他。

他见姜娆与容淳一道出行，像是落实了心里某种猜测，面上登时露出了调侃笑意："姜姑娘，和你中意的小郎君来放孔明灯了啊？"

邺城当地的民俗和金陵有些不同，没有那么多的规矩束缚，尤其在男女情事上，民风开放，爱与恨都十分地坦然磊落。一些女孩儿比男孩儿胆子都大，看到喜欢的人，甚至会直接会在闹春节这种节日上，拦住人家，直白地说："我想嫁给你。"

朱雀桥上，大多也是成双成对的男女。

"姑娘可能有所不知，这放孔明灯，若与心仪之人一道，愿望就更加容易实现了。"老大夫笑道，"祝姜姑娘，心想事成啊。"

老大夫苍老的声音在周围嘈杂人声中很有穿透力，知道他又像上次那样，误会了容淳与她的关系，姜娆的脸颊上浮起一层红晕，慌忙解释："不是的……"她的声音小，被周围吵闹人声压了下去。

"上次你还同我说他不是你的未婚夫君，可现在看来，不日便是了吧？"老大夫自顾自地说道，"有机会，可要让老朽尝尝你们的喜糖啊！"

姜娆百嘴莫辨，跳进河里都洗不清了。

老大夫离开后，她心中不安，不知道老大夫刚刚那番话，会不会触到容淳的霉头，惹他生气。

她赶紧解释："你别听那老大夫说的话，他是误会了。"

误会……

容淳低垂着眼睛，没有接话。

"陛下。"嘉和皇后踏入昭武帝的寝宫，身后的宫女端着一只汤罐。她道，"臣妾叫御膳房做了点儿汤，陛下补补身子。"

昭武帝从一桌奏折中疲倦地抬起头来。

嘉和皇后走过去给他按揉着肩膀："奏折为何积压了这么多？"

"南漳汛情严重，折子多了一些。"

嘉和皇后建议道："如今已有三位皇子年及弱冠，陛下不若让他们为您分担一些。"

她有意为自己一党的四皇子多争取露脸的机会，却又巧妙地一并提及了其他皇子，掩盖了私心，显得自己公允公正。

昭武帝略一沉思，道："暂且不了。"

一来，他正值壮年，还不到将政务交托给儿子的时候；二来，之前他也试着把政事交给儿子去办过，可那几个最年长的孩子不但不够沉稳，反而心性浮躁，只想着攀比争锋，暗地里有些互相使绊子的动静，成事不足，内耗严重，实属烦心。

也不知道那些还没长大的皇子间，是否有干练沉稳的。

见昭武帝有些不耐烦，嘉和皇后便不再提，只是十分贴心地默默为他揉捏着肩背。

她这温柔的手法，昭武帝一向都是受用的。此刻，他的眼底多了几分惬意，亦多了一份作为丈夫的柔情："小十七近日还在练箭吗？"

嘉和皇后心中窃喜，应答道："一直在练，他还因为上次的事闷闷不乐，想要练好了给他父皇露一手呢。可惜陛下政务繁忙，没能亲眼看看小十七练箭的样子。他练箭前总是要看看陛下年轻时狩猎的画像，想照着您来呢。臣妾告诉他，他这般年纪，想要有他父皇的英姿，可不是容易事。"

她这一番话既夸了十七皇子，又夸了昭武帝，却听昭武帝道："让小十七的九哥教他，比看着朕的画像要好得多。小九的箭术，朕当年可能也不及。"

又是容淳在抢小十七的风头，嘉和皇后恼恨不已，却假装悲伤道："可惜小九现在不在宫内。小九……臣妾养了他十三年啊，这一年他不在臣妾身边，臣妾甚是想念……"

"朕亦想念小九。"昭武帝拍了拍她的脊背，安抚道，"等他腿伤好了，自然就回来了。"

不会有那一天的，嘉和皇后心里暗暗地想。

昭武帝本想告诉她，他已经派人去将容淳接回，见她如此伤心，他忽然有了其他打算。

他怜她慈母心肠，念子心切，就想着把容淳接回来再告诉她，给她个惊喜。

灯谜摊子上，三个铜板猜一次，猜对灯谜给奖品。姜娆带着满满一兜的铜板，兴冲冲地在灯谜摊子坐了下来。

身后，容淳的轮椅与她的板凳错开了半步，他的肩膀宽阔，身后人流密集，行人的衣角偶尔掠到他身上，他压着心底的不耐烦，忍了下来，将小姑娘与摊子后面拥挤的人群隔开来。

姜娆是混迹灯谜摊子的老手。

之前每逢上元节，她都要把摊子上的所有灯谜都猜一遍才肯回家。姜行舟不得不给她立下了即使过节，她也须得在戌时之前回家的规矩。

这次在邺城的闹春会上看到了灯谜摊子，姜娆一直心痒痒，下了朱雀桥，便直奔灯谜摊子。

她先花了三十个铜板，抽了十个中签，难度中等，正要打开其中一个，对面烛火下，一道温雅含笑的声音传了过来："姜姑娘，又见面了。"

姜娆抬眸看到了杨修竹，视线却被他身旁那个人吸引了过去。

那是一个长相清秀的小姑娘，样貌与杨修竹有些相似，只是看着她的时候，一副怒气冲冲的样子。

姜娆感到有些奇怪。她又没见过她，她怎么这样一副恨她入骨的模样？

但对方并没有任何不妥当的举动。她低下头继续猜自己的字谜。

人不犯己，暂不犯人。

杨祈安气鼓鼓地看着戴着面具的姜娆，姜娆却根本不理会她，这和那些簇拥在她身边追捧、夸赞她的邺城贵女很不一样。杨祈安头一次受到这种冷落，气恼无比，朝老板喊话："我也要十个灯谜。"

她看着姜娆脸上的面具，不悦地噘起嘴。

真丑。面具丑，说不定底下那张脸也丑得要命。

老板认得杨祈安，说道："哟，这不是小才女吗？"

杨祈安得意地抬了抬下巴，朝着姜娆的方向"哼"了一声。

杨修竹皱眉训斥道："你安分些。"

她一副沾沾自喜的样子，仿佛自己真的是才华横溢。

旁人不知道，他这个做哥哥的最清楚，就她肚子里那点儿墨水，哪撑得起"才女"名号？

别人这样喊她，一半是看在他的面子上，另一半是看他爹爹的面子，和她本人没有什么关系。

杨祈安并不理会哥哥的提醒，意有所指道："这灯谜可不是谁都能猜出来的。"

姜娆有些无语。

她想换一个摊子玩，这里太吵了。

她耐着性子把手头十个灯谜解完，递给了老板。

全都对了。

杨祈安的表情一僵。她手里还拿着第一张灯谜的纸条，完全没有思路，见姜娆解完了，她越发心急，可越是着急，她的大脑越是一片空白。刚才她那样说话，简直就是搬石头砸自己脚。

她急出了一头汗，只得求助旁边的杨修竹："哥哥，你帮我。"

杨修竹用惊艳的目光看着姜娆，并不理会杨祈安："既是才女，就自己解。"

杨祈安难堪得想找个地洞钻进去算了，恼羞成怒地嚷嚷："只解中签，有什么厉害的？有本事解最难的头签啊！"

姜娆本来都要离开了，被一个素不相识的人反复挑衅，再好的脾气，也会觉得败兴。

她在家里也是受尽宠爱的，本来就不是会任人捏扁揉圆欺负的性子。闻言，她转过身来，说道："老板，我要那个头签。"

但等头签到手，姜娆的肠子都悔青了。

这个头签确实很难，她不会。

她的脸上浮现出一丝尴尬与难堪。

杨祈安敏锐地捕捉到她的神情变化，得意地说道："怎样，不会了吧？"

正在这时，一只手从姜娆背后伸出，将纸条从姜娆手中抽走。

一道冷淡的声音响起："'倾城'的'倾'。"

老板惊叹道："这头签在我这儿放了几年都没人猜对，小少年可是头一个，厉害啊。"

杨祈安十分不满，狠狠地拍了拍桌子，冲着姜娆说道："这又不是你自己猜的，算什么本事？"

却听那个坐在轮椅上的少年淡淡地说道："确实不算是我的本事，她教的我，是她的本事。"

第四章
弄巧呈乖

姜娆只觉心跳怦然,诧异地望了容淳一眼。

是她许的那个让他对她好点儿的愿望实现了吗?他今晚,好像特别温柔。

容淳冷冷地看了杨祈安一眼,而后,视线缓缓地落到了杨修竹身上,眸底又见锋芒。

像刻意给他看一样,他抬起手指,勾了勾姜娆的衣袖:"我们走吗?"他收起了眼里所有的锋芒,安静乖巧地说,"我不想待在这儿了。"

好乖啊。

勾住她衣袖的动作,好像她祖父养过的那只白绒绒的小狗,想让她抱时,会举着爪子站起来。

姜娆还沉浸在刚才比赢了的喜悦里,开心不已,什么都想答应他:"我们走。"

杨祈安却是气急败坏:"戴着面具一直不摘,丑得没办法见人吗?丑人配残废,倒是刚刚好!"

她追到了姜娆身后,伸手要扯她的面具。

她倒要看看这个让她哥哥见了一面就念念不忘的女孩儿,到底长什么样!

她身后,杨修竹已然怒了,他喊道:"杨祈安!"

但姜娆的面具已经被杨祈安扯了下来,她的脸暴露了出来。

未施妆的脸不过巴掌大小,朱砂妆额,乌发红唇,五官在灯火映衬下,绰约模糊,仿佛是画里走出的人,好看得不像话。

杨祈安瞬间愣住了。

刚才听她大哥夸赞姜娆的才华,她还以为她相貌普通,没想到,姜娆竟

生得这么好看,

她的表情难堪了起来,往后退了一步,却被姜娆捉住了手腕。

"你刚才在说什么?"姜娆厉声问。

"残废?"姜娆的手指稍稍用力,"他的腿伤会好,他不是残废!"

姜娆小时候说话比旁人晚,等会说话了,语速慢吞吞的,又比别人慢。

四岁进家塾里启蒙时,经常被大伯家里的两个姐姐背后嘲笑她是哑巴、结巴,说她脑子蠢。她无意间听见了,气得直掉泪。后来即便爹娘帮她教训了骂她的两个姐姐,那些恶毒的话带给她的伤害和委屈却还是记忆犹新。

"道歉。"她冷声说道。

杨祈安乍然回神,听到姜娆的话,脸黑了下来。

让她和那个残废道歉?

这种人,和她这种大户千金说话都不配,还想要她道歉?怎么可能?

她抿着唇一声不吭,看得姜娆心中直冒火,咬着牙又说了一遍:"道歉!"

有人从后面拽了拽她的衣角。

"我无妨的。"容渟轻声说。

他的声音和缓,不气不恼,很轻,十分的宽容、忍耐和豁达:"不要因为我,坏了和气。"

他越是懂事,姜娆越是生气,直言道:"我和她没什么和气。"

她不会主动犯人,可若有人要欺她,再轻的巴掌,不疼她也要还回去。

"有才女之名,却要请哥哥帮忙猜中签的字谜,毫无同情心,随意出口伤人。若你双腿受伤,只能靠轮椅出行,你可愿意听别人喊你残废?"姜娆冷冷地看着杨祈安,"我绝不和这样的女孩儿交际。"

杨祈安羞愤地攥紧了拳头:"谁稀罕!"

周遭渐渐聚拢起围观的百姓。

"杨老爷不是很想和京城来的这家搞好关系吗?他这女儿怎么净给他坏事?"

"说是才女,原来竟是连中签都猜不出来啊!算哪门子才女啊!真是没想到,真丢人。"

"品行也不端正啊!人家腿受伤了,那么可怜,被她说成是残废,嘴巴真毒!这种姑娘,谁家敢要啊?"

杨祈安一直被杨老爷娇惯溺爱，有恃无恐，旁人看在杨老爷的面子上，总会给足她面子，阿谀奉承听得多了，她便信以为真，真当自己天资聪颖，道德无瑕。实际上，她只能听夸赞，听不了批评，听见周遭不留情面的谴责，她的表情立刻僵了，眼泪都快要落下来了。她可怜兮兮地看向杨修竹，委屈地说道："哥哥……"

杨修竹满脸不悦。

他处心积虑，只为能趁着节日这天见姜娆一面，拉近关系。被妹妹这么一番折腾，事情完全搞砸了！

这一刻，他烦透了这个看似精明实则愚蠢的嫡妹，赶紧站了起来，去追不知何时离开的姜娆。

离开之前，他冷眼朝身后看了一眼，说道："不知道自己错在哪儿，还不道歉，回去禁闭五日，不得出门！"

他这样说，还是对他这个笨笨的妹妹有些维护的。

要是这事传到父亲的耳朵里，让他知道杨祈安得罪了姜娆，免不了重罚，还不如他来关她五日禁闭，五日之后，也就放出去了。

杨祈安却不懂哥哥的良苦用心，在原地委屈大哭。

杨修竹没能追上姜娆。

姜娆早就走远了，很快就要到城西容湸居住的小院了。

虽然出了一口气，但姜娆想到刚才容湸想息事宁人的样子就有些恼。情绪占了上风，她竟然敢训他了："以后你若是再被人欺负，千万别说什么无妨。要忍耐的，都是没人护的。"

这道理是姜娆小时候被两个姐姐欺负后，她爹娘告诉她的。

说完这句话后，她感到一阵心酸。

之前，确实无人护他。没人护的小孩儿，被人打掉了牙，也只能隐忍地往自己肚子里吞。

她绕到容湸前面，蹲下来看着他，认真地说："你不用忍，你听到了吗？"

容湸沉思良久，最后点了点头。

他头上顶着那个面具，面具在他漂亮的脸上投下一片阴影，叫人看不清他脸上的神情，轻轻点头的样子，就像是乖巧听话的小孩儿。

姜娆这天是怒火攻心，忘了容渟在她梦境里的模样。

几年后，权倾朝野的他，丁点儿的仇、丁点儿的怨，都会十倍、百倍地讨要回来，断骨、抽筋、扒皮，手段残忍，没有半点儿的同情心与怜悯。如此睚眦必报的一个人，怎会真的去忍？

可姜娆心头被他那声乖巧懂事，息事宁人的"我无妨的"填满了。

他又没做错什么，只是手无寸铁，处境艰难，竟叫些阿猫阿狗的都来欺负。

她一直将他送回城西小屋，再度嘱咐："日后若是有人欺负你，你莫要再自己忍下来了。要来找我，一定要找我。"

而容渟观察着她的神态变化，像是忽然搞明白了她吃哪一套，乖乖点头，又乖乖地问道："下次，你何时来找我？"

姜娆还是头一次在他脸上看到这种眼神。

怎么说呢，眼巴巴的，比要骨头吃的小狗还要可爱。

她一时被他乖巧的模样和漂亮的皮囊迷惑了心智，竟敢逗他了。她微微笑起来，说道："我若不来呢？"

容渟的长睫垂下，十分地落寞可怜："那……我便去找你。"

姜娆回到姜府之后，心尖还在发颤。

这也太乖了！

日后凶残狠毒的男人，年少时怎么会乖顺成这样？

说去找她时那可怜巴巴的小模样，真的就像只认了主的小狗一样。

在主人面前，收起自己的獠牙，永远乖巧，绝对忠诚。

今夜她简直像在做梦。

夜深了，商区恢复了安静，夜空也没了孔明灯，只剩了星光点点。

这时，却有一盏孔明灯，悠悠地从城西飞了起来，飞向了夜空。

清凉的月辉落在容渟的肩上，他坐在院子里，看着那盏孔明灯成功飞到了天上，终于长舒了一口气。

终于成功了。

他那被月光照映着的修长十指上，满是被竹子划出的新伤痕，左手的指腹上尤其多。院子里，散落着几个制作失败的孔明灯、糊纸、劈成长条的竹子和其他做孔明灯要用的东西。

容淳缓缓露出了笑意。

孔明灯上，他只写了一个愿望。

那时朱雀桥上，她求了父母家人与他的平安，唯独忘了自己。

被孔明灯带上夜空的纸上只有四个字，笔锋锐利，硬如铁钩："年年，平安。"

他抬眼看着孔明灯越飞越高，幽深的瞳仁中映着广袤的夜空与点点星光，显得分外明亮。

他从未真正渴望过什么，直到她出现。也许，她会是他今生唯一的愿望与渴望。

晚上，姜娆缓缓沉入梦境。

梦里，她看见一美妇人，旁边有个嬷嬷贴在那美妇人耳边，与她耳语。她想看清这是在哪儿，却根本做不到，只能看到说话的两个人大致的容貌。

"老奴派人快马加鞭，于这个月中旬抵达邺城，去那里查清了，那个叫汪周的人会被抓到，确实有人暗中作梗。"

姜娆屏住呼吸，原来这就是一直在害容淳的人。

"是谁？"

"宁安伯府有位无心爵位，一直在外云游的姜四爷，您可还记得？"

"是他？"

提到她爹爹做什么？要对她爹爹不利吗？

老嬷嬷语气阴冷："非也，是他女儿，姜四姑娘。"

闻言，美妇人眼里，瞬间透出狠毒的目光。

姜娆一哆嗦，从梦里醒了过来。

老嬷嬷那声阴冷的"姜四姑娘"一直在她的耳边回响。姜娆僵着身子往身后看了一眼，只有一片黑暗，别无他物，可是，不安的情绪开始在她心底蔓延。

这日是三月十二，这个月中旬，就是现在了。

此时，季嬷嬷找好的探子，正快马加鞭，昼夜不分地赶路，只差二十里路，便要抵达邺城。

锦绣宫中，安息香沉郁的香气飘了满室。

嘉和皇后脸色阴沉，不安地问季嬷嬷："嬷嬷，你派去的人，何时能回？"

"去要三日，回也要三日，总共要六日工夫。"季嬷嬷道，"邺城偏僻，当初是娘娘选了这么远的地方，娘娘，心急不得啊。"

嘉和皇后的脸色瞬间变得像是吃了苍蝇一样难看。

她当初选定邺城，是看中了它遥远偏僻，三面环山，通行不便，容淳在那里叫天天不应，叫地地不灵，一场封城的大雪，更是老天助她。

谁承想，冒出个汪周，让她吃了这么大的亏。

她按捺住心头的焦灼，问道："后天，三月十四，是他到邺城的时间吧？"

季嬷嬷点头应道："是这样没错。"

三月十三，喜鹊在刚吐绿的枝丫上蹦来蹦去。

醒来之后，那种后颈悬着一把利剑的感觉一直在姜娆心里挥之不去。她再也没能睡着，也没有什么心情用早膳，让丫鬟去主院说一声她早上不用膳了，然后便回忆着昨夜那个梦。

从梦里预知后事，确实让她规避了许多祸事，可梦境不受她控制，有时候只能梦到一半，这就让她有些糊涂了。

昨晚那个梦，那个妇人会用什么手段对付她？

她找人去驿站问了，之前进城的人里，没有外乡人。

要进城来的人，势必要在城门内的驿站停一会儿，领了准入令，方能进城。

驿站……

她的手指轻敲桌面，未来得及思索出什么办法，一个小团子从门外闯了进来，焦灼地朝她喊道："阿姐！阿姐！出事了！"

姜谨行的包子脸上的表情和急出火的语气，都让姜娆以为是发生了什么大事，却听他说："爹爹他要禁你的足。"

姜娆愣了一下，问道："禁足？"

姜谨行重重地点了一下头。

对七岁的姜谨行来说，被禁足就像天塌下来一般，是最糟糕的事情。

这么糟糕的事要降临到他阿姐的头上，他急得没吃饱就跑过来给她报信了。他气喘吁吁道："刚才用早膳的时候，爹爹见你没来，不高兴，变得……和庙里的关公似的，好吓人。"

姜娆十分不解："爹爹为何要禁我的足？"

只是不用早膳而已，不至于被禁足吧？

姜谨行歪头想了一下，答道："昨夜阿姐回来晚了，爹爹知道了。"他倒是蛮有经验的样子，对她说，"阿姐今日想要出门去玩的话，谨行知道怎么出去。墙太高，得叫丫鬟抱着才能翻，但后院西边墙脚下，有个那么大的洞洞。"

姜谨行抬手比画了一个和他圆滚滚的肚子差不多大小的圆形，说道："我能钻进去，阿姐应该也可以。"

姜娆无奈地叹了一口气："那是狗洞。"

昨夜回来，她没有留意时辰，可记得应该没晚太多才是，正有些困惑，听到明芍在一旁说："姑娘，我们是戌时一刻回来的，晚了一刻钟。"

姜娆心里咯噔一下。

就为了这一刻罚她……

爹爹什么时候变得如此严格了？

"只因年年晚回来一刻钟，你就禁她的足，是不是太严苛了？"饭后，姜秦氏给姜行舟递了一杯清茶，问道。

"再不严苛一点儿，她怕是要在城西住下，不回来了！"姜行舟脸色铁青道。

但很快，他又不忍心了，叫了个丫鬟过来，吩咐道："煮碗甜粥给姑娘送去。就算心里有事，不吃早饭怎么能行！"

见姜秦氏略带调侃地笑看着他，他又觉得自己这态度软得过快，有些没面子，又将那个丫鬟叫回来："别做甜粥了，做她不爱吃的薏米百合粥，苦苦她。还能耐她了。"他咳了咳，又说，"薏米和百合，加一点儿就行，也不必太多了。"

见丈夫在关心女儿和惩罚女儿之间反复横跳，姜秦氏笑了："年年又不是不懂事的孩子，不会做出不规矩的事的。"

这时，姜府的管家来报："老爷，夫人，外面渐渐有人出城了。小的打探了一下，虽然这里的官爷们还没出解封令，可那山路雪化了，出城、进城的俱是平安无事。老爷，我们是不是该着手准备着回金陵的事了？"

姜行舟略一思忖，道："是到了该回金陵的时候了。"

姜秦氏却不愿意那么早离开。

老伯爷的寿辰已经过去了，离姜娆祖母的生辰还有好几个月，城西那少年的家世都还没打听出来，婚事更是八字没一撇，她还不想这么快就离去。

"子槐，"她唤着姜行舟的字，轻声请求，"可否多留几日？回金陵又不急于一时。"

姜行舟向来宠爱妻子，想了想，确实不急着回去，便对老管家说："等出了解封令，再说离开的事吧。"

姜娆就这么可怜兮兮地被禁足了。她还没想好要怎么躲开梦境里预知到的祸患，就被这个飞来的小小横祸打得措手不及。

哀声抱怨也没用，爹爹专门派了仆人在她院外看着，还叫人给她煮了最难喝的薏仁百合粥，叫她连替自己求情的心思都歇了，只好老实待在院内，想着怎么躲开梦里的祸患。

她尚且不知容渟是哪家的孩子，也就无法直接对付那位贵妇人，只能从那女人派来的人身上下手。

她顺着早上的思路想了下去，驿站，驿站——……

若那个人经过驿站，她一定是能认出来的。

她得想办法阻止他回金陵报信。

"明芍，去叫姜平过来！"

待姜平来后，姜娆递给了他两张纸，吩咐道："多找几个会功夫的，然后照着纸上写的去做，莫要声张。"

姜平举了举手里另一张卷好的纸，问道："那这张呢？"

"送往城西。"

姜娆还记得昨天与容渟的约定。只是她现在被禁足，没办法去找他，只能叫姜平带封信去，代替她道个歉。改天再去找他吧，到时带点儿礼物去赔礼，再诚恳地道一次歉。

姜平看完姜娆写的纸，遵照着她不要声张的嘱咐，烧了纸，将要求默默记在心里。

他先把家里的男丁召集起来比试了一番，选了武功最是高强的几个，又加上两个功夫不高，但身材魁梧，膀大腰圆的人来撑场子，吓唬人。

这活计就费了他半天工夫，随后，他又赶往驿站那儿打点。

最后，姜平一路往东，来到了邺城城东靠山的一间废屋里，安排了两个人在这里收拾。

做完这些，天已经黑了。

"姑娘，您纸上安排的事，都办好了。"姜平踏着夜色赶回到姜娆这里，回禀道。

姜娆示意明芍将早早准备好的赏钱递给姜平，却见他"扑通"一声跪下，从袖中掏出一张卷好的纸，抖着手伸到姜娆眼前，愧疚地说道："小人忙了一天，把去递信的事给忘了，还请姑娘责罚！"

姜娆的眉头一皱。

信未送到？那他岂不是等了一天？

她还是把赏钱塞到姜平手中，扭头去问明芍："院外还有爹爹派来的人在看着吗？"

明芍道："都到晚上了，没人再看着了。只正门那儿还有人在守着。"她看了姜娆一眼，迟疑地问道，"姑娘的意思是……"

姜娆叹了一口气，回答："试试谨行说的那些法子。"

没打一声招呼就放了他的鸽子，万一他一直在等，该如何是好？

明芍看了一眼外面的天色，道："都快到睡觉的时辰了，说不定他已经睡了。"

姜娆已经批好了披风，点燃了一盏灯笼，她提着灯笼，解释道："总归是我的错，就算他已经睡下了，我也总得见到了他，才安心。"

姜平愧疚，赶紧道："小人也一同前去。"

姜娆点头："走吧，去后院。"

早上，晨光未亮起时，容淳便去溪边打了水。

经过这么多时日的服药跟按摩，他的腿上渐渐有了些力气，虽然还是无法在不依靠其他东西的情况下行走，比起一度严重到失去知觉的时候，已是好多了。

不过要想沐浴，还是耗时耗力。

从内到外换一套洗得干干净净的衣衫，也耗时耗力。

所以他早上醒得很早，好好清洗了自己，等了很久，直到姜娆久等不至，才开始隐隐烦躁起来。

他亲眼看着太阳东升，又西沉。

等了一整天，他才确定，她真的不会来了。

昨日真心的请求，却被她……当成玩笑了吗？

容淳皱眉，心里更多的却是不安。那次她几日没来，他最后等到的，是她乘马车坠崖的消息。

他忽地起身，一时着急，忘记了自己的腿伤还未完全康复，骨头顿时像折断一样疼。他重重跌坐回去，额头冒出了豆大的汗珠。

他说过的，她若不来，他便亲自去寻她。

他转动着轮椅出了家门。

待他行至姜府，还未到正门，便听到墙边一阵窸窸窣窣的声音。

墙头，一个小脑袋正探头探脑地往下看。

姜娆爬上墙头后，正想找准位置跳下去，看到前方一道黑影，吓得她的身形一晃，差点儿摔下去，好在她骑在墙头抱稳了。

"你怎么在这儿？"她歪过脑袋，朝着那道人影喊。

她刚才身形一晃那一下，看得容淳的呼吸一滞。他怕她摔到，胳膊不自觉伸出去，想要接住她，见她稳住身体，又不动声色地收了回去。他眸底的紧张与焦急也收敛干净，亦恢复至风平浪静。

"来找你。"他淡声回应。

姜娆却一眼扫到了他眼底的担忧与害怕。

她蹙了蹙眉。怕什么？

她仔细想了一下，看到他握成拳放在膝上的双手时，恍然大悟。

上回她从石头山摔下去砸住他，直接把人家两条腿砸得差点儿没救了。

这要换了她，看到那个差点儿要了她半条命的罪魁祸首又上墙了，她也怕啊。

可以理解，可以理解。

姜娆心下了然，朝他喊："你先离远一些，好让我跳下去。"

她跳下去后，却离他很近。

夜风凉凉的，夹着皂角的香气。

姜娆稳住身体，摸了一下出汗的鼻尖，问道："你怎么没躲开啊？"

她猜是他的腿还没好，行动不便，却听他淡淡地说："没什么好躲的。"

容洊深邃的目光停驻在她脸上，仔细地看着她。

姜娆困惑地摸了摸自己的脸，想到他可能是因为她爽约才来找她的，解释说："今日并非我故意不去见你，我被我爹爹禁足了，本来是想写信告诉你这事儿的。"

闻言，爬墙而出的姜平骑在墙头，挥着手里的信解释道："少爷，是小人忘了给您送去，是小人的错。"

说完，姜平也跳了下来。

这回，容洊不客气地往后撤开一段距离，动作干脆利落。

姜娆觉得愧疚，问容洊："你今日是不是等了我很久？"

"不久。"

他的话很简洁，瞳仁也清澈，她却隐约看到了他目光里透出的一点儿委屈。他可能等了很久。

姜娆良心难安，认真保证："我以后不会再让你等那么久了。"

"不要骗我。"容洊轻声道，"你知道，你说什么我信什么的。"

"不会的。"

姜娆忍不住怀疑，难道她这阵子不是在弥补过错，而是在训狗？为什么他会变得这么乖巧，这么听话？

他的每一个神态，每一个动作，都楚楚可怜，她都想伸手揉揉他的脑袋了。

姜行舟还不知道他女儿翻墙跑了，夜晚与姜秦氏闲聊时，忧心忡忡地说道："今日禁足了年年，会不会叫她……心情不好啊？"

姜秦氏忍不住笑道："妾身怎么觉得老爷罚年年，都是在罚自己？我看着年年她吃得好，睡得好，倒是老爷一直在这儿东想西想，乱担心。"

"担心怎么了？年年是我们费了多大力气才得来的宝贝。"

姜秦氏嫁给他的前四年，他们夫妻感情虽好，但她的肚子一直没动静，四处求医问药，直到第五年才怀上。好不容易盼来了孩子，还是他心心念念想要的女儿，不好好疼着，他都替盼了五年、等了五年的自己委屈！

姜行舟想了想,得去和自己的宝贝疙瘩谈谈心。他披了件外衫从榻上起来,提了盏灯,大步走向姜娆的院落。

即将到达时,姜行舟仔细听着院子里的动静。

院子里安安静静的。

他的眉头紧皱,困惑地推开院门,只见几个丫鬟,没有看见姜娆。

"你们姑娘呢?"姜行离发怒不远了。

"爹!"

姜娆气喘吁吁地跑回来。

半夜爬墙归来,远远看见她爹爹正站在她的院子里,这也太刺激了。

"爹爹,你怎么这么晚过来了?"

"也不告诉女儿一声。"姜娆心虚地低着头,"女儿也好去迎一下爹爹。"

还好,她没有和容渟聊太久,不然真就要被抓包了。

"虚情假意。"姜行舟话虽是这么说,可看到她,脸色就好了许多,只是还有一点儿狐疑,"去哪儿疯了?鞋底都沾泥了。"

姜娆低头看了一眼自己的鞋底,果然蹭上了泥。她笑得有些不自然:"爹爹,我刚才去后院荷花池那儿赏花了。"

"后院花还没开呢,你赏什么花?"

姜娆马上改口:"赏竹子。"

"月下观竹,格物致知嘛……"姜娆额头直冒冷汗。

姜行舟扫了她一眼,又看了一眼她身后的明芍与姜平,总觉得哪里有些古怪,却又说不上来。

想起这趟的来意,他道:"今日爹爹禁你的足……"

姜行舟迟疑一下。

姜娆紧张地等着下文。

"其实禁你的足本是你母亲的主意。"姜行舟道,"她说要多禁你几日,但有爹爹我帮你说情,便成了一日。"

姜娆:"嗯?"

姜行舟沉稳地说:"嗯。"

他对自己这套巧妙说辞非常满意。

剑走偏锋,祸水东引,除了有被夫人关在书房的风险,其他没什么不好的。

姜娆忍俊不禁，若没有弟弟报信，她指不定还会信。她道："爹爹，女儿知错，不生你的气。"

姜行舟长舒了一口气，又听到女儿忍着笑意说道："可爹爹这样说话，让母亲听到，母亲是会生气的。"

姜行舟难堪地咳了咳，嘱咐道："千万别告诉你母亲。"

"对了。"他正经起来，"你可知道，爹爹禁你的足，不只是为了你晚归一事。"

"什么？"姜娆完全猜不出自己还犯了什么错。

"你和城西那小子越走越近，我禁足你，是给你提个醒，女孩子家，要注意矜持。"

姜娆差点儿被口水呛死。她只是和人家逛了个街，爹爹也是真能想。

"其实，你刚出生不久时，差点儿和九皇子定下娃娃亲。"

姜娆愣住了，她头一次听说这事。

"但我拒绝了。一来，你未必喜欢；二来，那位皇子是宫女所出，出身太低，自保都难，不是良配。"

姜娆松了一口气。

"女子婚事，本是父母之命，媒妁之言，可我看不上这套规矩，一直想着，你的夫君，须得你真心喜欢，日后才会幸福。"

姜娆正有些感动，又听姜行舟道："可时至今日，我又觉得，真要是碰上年年喜欢的了，还是得让我把关，看是不是良人。这父母之命，媒妁之言，似乎也有些道理啊。"

姜娆："……"

她嘟囔："爹爹，你想得太早了。"

她的年纪还这么小，哪有仔细想过自己未来夫君的样子？

不过，姜行舟说的这事，她也没有太放在心上，毕竟还有要紧事要忙。

次日，姜娆戴着顶帷帽，穿了一身不太起眼的衣裳，等在驿站外。她的视线挨个扫过进城的人，却没有一个人与她梦境中那个人的模样相似。

她一等就等到了正午，驿吏都换了一拨人。

姜平问姜娆："姑娘，您可要回去休息一会儿？"

姜娆拿手掩住哈欠，疲倦地说道："我不能走。"

只有她知道梦里那个青衣人和他的马是什么模样。

正在这时，远处传来一阵马蹄声。

姜娆一扫倦色，眼前一亮。

青衣，棕马……是她梦里那个人。

她起身，走到那青衣人身边去，问道："官人从哪里来？"

青衣人警惕地看了她一眼，并未答话。

驿站里的驿吏都是姜平昨日打点好的，立刻跟着她的话问道："从哪儿来的？"

青衣人只得说道："慈县。"

撒谎。姜娆眯了眯眼，明明是金陵来的才对。

她却笑道："又是一个外乡人。"

她转头，装作漫不经心的样子，与旁边一个驿吏说道："这外乡人不熟悉我们邺城的气候，就是容易出事。前几日城西那火，烧得好大。"

早就被姜娆收买的驿吏附和道："这里天干，容易起火。"

青衣人听到"城西"二字，耳朵就竖了起来，连忙问："城西起了火？"

"是啊，火烧得可旺了。谁家里来着？那房子烧光了。"

驿吏接话："是在这里养伤的那个金陵小公子的房子毁了，人都差点儿没了。"

青衣人的脸色立刻变了。

"那他现在在哪儿？"他急问。

驿吏："在城东的破屋住着呢，也是可怜。"

姜娆："哪间啊？"

青衣人也竖起了耳朵听。

驿吏："挨着山的那间。"

姜娆："哦，我知道了。"

青衣人急了："我不知道啊！"

"官人要去找他？"姜娆做戏做得十足像，装出诧异的模样说道，"那我给您带带路。"

青衣人自然乐意至极，等着姜娆先行，却见她久久不动，反而朝自己伸

105

了伸手。

青衣人了然，从怀里掏了些银两给姜娆。

姜娆将碎银握在手心，俏皮一笑，梨涡显现，像个见钱眼开的小财迷。她率先往前走。

青衣人见她贪财，疑心顿时打消了不少，跟了上去。

城东，姜娆安排好的那些武功高强的下人，吃饱喝足，就等着他们到了。

不远处，一双眼睛看着青衣人与姜娆相谈甚欢，眼神越来越冷。

容淏的身影隐在一棵树下。他默不作声地看向驿站。

他认得那青衣人，那人的衣角上用银线绣着一条蛇。那是死士，是嘉和皇后身边的人。

容淏看着那个死士将钱交入了姜娆手中，垂眸，视线逐渐冷凝，脑海中还在想着方才她同那青衣死士谈话时的那莞尔一笑。

耳边尽是轰鸣一声。

不是说不会骗他吗……

容淏的目光晦暗不明，修长的手指捏紧成拳，直捏得骨节泛白。

年纪还小的时候，容淏曾从阴沟里捡回一只猫。那猫被它的同伴欺负，差点儿溺死在沟里，被他捡到时肮脏瘦弱，十分可怜，几乎只剩半条命。

就如同那时的他一样。

容淏救了它，养着它，就算自己饿着肚子，也要先把猫喂饱。

他忍饥挨饿，心里却还是高兴的。

因为荒凉的寝宫里，终于有了个活着的生灵愿意与他为伴。可那只猫被嘉和皇后宫里的宫女用一条发臭的鱼就勾走了。

被他找到时，像是不认得他了一样，看也不看一眼他这个曾经救了它命的旧主人，眼里只有腥臭的鱼肉。

还在他想强行抱它回去时，抓得他满脸伤痕。

那些摇尾示好，曾经令他觉得温暖的招数，又被它用在了新的主人身上。

它成了嘉和皇后宫里跟在宫女身后摇尾乞食的宠物。

他对人间最后那点儿信任终于消磨干净。

没必要同情弱者，没必要相信别人。

这么久了,他又一次学着去相信一个人。

脑海中,姜娆与效忠于嘉和皇后的死士相谈甚欢的场面挥之不去,他自嘲地捂住了自己的眼睛。

他确实忍受不了一丁点儿背叛,忍受不了示好背后的别有用心。他不由自主地回想起与她相逢以来的这些日子,眸色越来越暗沉,然后垂头看着自己握拢的五指。

他曾经用这双手杀死了那只猫,猫断气时孱弱的悲鸣与抖擞,若出现在她的身上……

模糊而不真切的画面从他的脑海中闪过,他的手猛然一哆嗦。

不舍得。

他握紧的手指松开,搭在了轮椅上,将轮椅掉转了方向。

没关系的。

她和死士的暗中交谈,他就当没有看见。

因为是她,别有用心也没关系。

因为他不会给她害死他的机会。

他推着轮椅离开时,听到了几句交谈,猛然一顿。

"那小姑娘为何要把人带往城东啊?"

"说是……惩恶扬善。"刚才一直在配合姜娆的驿吏对发问的同僚说道,"可是,看那青衣人的身姿,像是有功夫的,再看他那凶神恶煞的样子,说不定身上还背负着命案,也不知道那小姑娘为何要蹚这浑水。"

容淳的眉头舒展开,忽然笑了起来,笑他自己胡思乱想,笑他自己一朝被蛇咬,十年怕井绳。

只是,她若想算计那个死士,会有危险!

笑容瞬间冷却下来,他转过身问那两个驿吏:"她去了哪儿?"

驿吏抬头,被眼前少年身上那与他精致面庞完全不符的煞气吓得一怔,如实说道:"城东。"

姜娆掂着手里那点儿碎银,脚步轻快,一路将青衣人带向城东。

到了废屋前,她停住脚步,说道:"到了。"

青衣人狐疑地看了她一眼。

眼前的屋子，低矮破旧，阴暗潮湿，墙脚还生着青苔，完全不像有人住在这里的样子，附近也并无人烟。

见他一脸狐疑，姜娆脸上就露出了不耐烦的表情："还有事吗？有事的话，不给钱我可不告诉你。"

她将财迷人设贯彻到底。

青衣人眼底的疑惑却因此消了一分。她越是表现出财迷样儿，倒越是显得她的话真实可信。

季嬷嬷让他来查暗中帮助九皇子的人，可单看这屋子破旧漏风的模样……要是有人在帮他，至于沦落到住在这种地方？

青衣人满心狐疑，又给了姜娆一点儿碎银，问道："你可知住在这儿的人和这里哪家走得近？"

"谁敢和他走得太近啊！听说那个给他做贴身随从的，都被逮到京城去了。"姜娆眨了眨眼，继续说，"官人还有什么想知道的？"

青衣人见从她这里问不出什么来，只好挥了挥手："你可以走了。"

他凑近门扉，弯腰探看。

姜娆轻轻抬步，悄悄来到了青衣人身后，想要猛地将他往屋里推去。

那青衣人警惕地一闪，姜娆扑了个空。

姜娆皱眉喊道："姜平！"

草丛中，姜平"嗖"的一声钻出来，吹了一声口哨，屋里埋伏好的人一下子涌了出来。

青衣人寡不敌众，被套上麻袋暴打了一顿，又被用麻绳捆了起来。

姜娆想着刚才扑空那一下，心中尚有余悸。

她想过这青衣人是有功夫的，却没想到他武功高强到像是背后长了眼睛一样。还好，埋伏在这里的帮手够多。

她垂眸看着在地上挣扎滚动，破口大骂的青衣人，与他商量："若是你愿告诉我你主子是谁，并跟我到官府告发你那主子虐待她的庶子，我便放了你。"

一直破口大骂的青衣人却闭上了嘴，一声不吭。

姜娆有些生气地看着他："你效忠的主子虐待庶子，不把人命放在眼里，蛇蝎一样残忍，你对这种人忠心耿耿，就是愚忠。"

见他无动于衷,她又柔声问道:"还是说,你有什么把柄被抓在你那主子手上?金陵那边,我有门路,我能帮你。"

青衣人心里"咯噔"一声,她怎么知道他是金陵来的?

被将近十个身怀武功的彪形大汉看着,青衣人寡不敌众,自知破开绳子也逃脱无望。

他忽然转身,手指间飞出一物,冷光一闪,一个银钩悄无声息地朝着姜娆喉咙飞去,下一瞬,却传来冷铁撞击的声音——那银钩被石子击中,偏离了方向,射中一旁的树干。

枝丫上的麻雀受了惊,拍着翅膀飞走,不远处的树下,坐在轮椅上的少年肩上落满了树叶。

他操控着轮椅前行,树下斑斑点点的阳光,在他窄长的眼睛和高挺的鼻梁之间晃动,他墨发高束,眼如深潭。

待他的视线扫过那刻进了树干里的银钩时,他眯了眯眼——那是差点儿要了她命的暗器。

他心中怒火翻腾,眼睛都灼红了,手上的力道几乎要将手里攥着的石子捏碎。

若是来晚一步……

地上青衣人忽然抿着唇,下颌用力。

死士的素养——若没能完成任务,就要自尽。

容湸目光一冷,手指一弹,一颗石子脱手而出。

只听一声惨叫,青衣人就像一条活着就入了锅的鱼,下巴脱臼,再也合不拢,身体在地上抽搐着,像过了电一样剧烈抖动。

整个过程,不过一眨眼的工夫。

姜娆甚至不知道自己已经在鬼门关前走了一个回合,只是听到了枝头鸟雀突然惊飞,而青衣人不知为何在地上翻滚惨叫。

她转身,看到了树下的容湸,一时愣怔住了。

"你怎么在这儿?"她下意识想要挡住身后的场景,怕他不知道前因后果,误会她恃强凌弱。

她不知如何解释,只对他说:"事情不是你想的那样。"

容湸眼里并无怀疑跟猜忌。虽然不知道她是从哪里打听到死士的事的,可在她面前，他那种必须要知道对方的一切，才敢信任对方的执念就没了。

她可以有她的秘密。

他淡淡地"嗯"了一声，声音听上去沙哑无比："我信你。"

他信任她，这句话不再是骗她了，是他真的打算全然地相信她。

只是，垂眸看那青衣人时，他的目光重新沾染上血气："将这个人交给我，我亲自审。"

姜娆好奇地问："难道你已经认出他是谁了？"

容渟扫了一眼仍在地上抽搐的青衣人，冰冷的目光中满是嫌恶："是死士。"

秋猎时，刺杀他的那几个刺客未等到被捉就一个个自杀身亡。

容渟那时心里就有了猜测，那是嘉和皇后家族里豢养的死士。

今日看到这个人，他更加确信了心中的猜测。

他指了着死士衣襟边上那条很不起眼的银蛇给姜娆看，说道："身上有这个的，都是死士。"

死士身上往往是不需要什么标志的，他们往往长相、穿着都普普通通，藏在人群中也不容易被人发现。

但嘉和皇后娘家养的死士，恐怕并不只是一两个那么简单，可能已经形成了组织。成员太多，彼此又不熟悉，便弄了这个不起眼的标志出来，好让他们见到同伴时能一眼认出。

容渟脸上的表情淡淡的，瞳仁依旧像琉璃一样干净透彻，心里却已经生出了残忍、嗜血的欲望。

他的目光忽地扫过姜娆的脖颈，纤细的脖颈，嫩白又脆弱，像荷叶那脆弱的茎，一折就断了。

若刚才暗器穿喉，他就要眼睁睁看着她彻底消失在世上。

容渟想到这个，手竟是一抖，他不安地叮嘱姜娆："日后，若是你再见到衣服上带有这种纹饰的人，能躲多远躲多远。"

死士？

姜娆难以置信地看了倒地抽搐的青衣人一眼。

大昭律令禁止大昭子民培养死士。只有很少的王侯贵族权势大到目无王法，并不遵循此令，暗地里偷偷培养死士。

若是被人捉到，这可是要杀头的！

容渟见她完全没有意识到自己刚在鬼门关旁走了一遭，竟然还用一种看稀奇的表情看向嘉和皇后的死士，皱紧眉头提醒："你离远些。"

那青衣人的下颌骨断裂，疼得撕心裂肺，早已没有什么攻击力了，但容渟存心吓她："当心他又放暗器。"

"又？"

容渟抬了抬下巴，示意她看旁边那棵树的树干，解释道："刚才他想用这暗器夺你性命。"

姜娩此时才惊出一身冷汗。原来，在她不知道的时候差点儿没了小命。

她回忆起刚才听到了石子碰撞冷铁与鸟雀扑棱飞起来的声音，突然生出一种敏锐的直觉。她看向容渟，问道："是不是你救了我？"

"不是。"

"暗器自己射歪的。"容渟垂下眼眸，说话的声音淡淡的，"下巴，是他自己磕到的。"

他的双臂肌肉放松，孱弱无力地放在轮椅两侧，一副无比无辜的样子。

姜娩看着那个像虫子一样在地上扭来扭去的青衣人，一时竟不知道是否该相信他。

不过梦里，他那些手段更加可怕。

这么一想，倒显得他的话可信了。

毕竟，他出手的话，应当更残忍一些才对。

而现在的他看上去弱不禁风，看到青衣人的惨状似乎还有些害怕，垂下眼睛不忍直视。

姜娩心中的疑虑很快就消散了，她朝容渟点了点头，很想踹那青衣人一脚："多行不义必自毙。"

她又看了那青衣人一眼，将那银蛇的纹饰记在了心里，有些好奇地问容渟："你是怎么认得这种纹饰的？"

她没见过死士，但看过不少话本，听说那些死士都是扔在人群里完全认不出来才对，这样才能杀人于无形，事了拂衣去，深藏功与名。

容渟答："曾经见过一次。"

秋猎当日，伤他的人，衣襟上就有这种纹饰。

"只是见过一次啊？"

"嗯。"

"好聪明啊。"姜娆由衷地感叹。

只是见过一次，见了几个人，他便能找出他们身上共同的标志，还能一直记得，真的好聪明。

容溕眼里却是波澜不惊。

容溕第一次被人说聪明，是在六岁，进入皇宫里的学堂之后。

太师头一次教到这么聪明的学生，喜出望外，当着嘉和皇后的面夸赞容溕过目不忘，是几个小皇子里头最聪慧的那个。嘉和皇后在太师面前笑得很自豪，语气温柔得体，还叫六岁的容溕谢谢太师。一回到锦绣宫，她却立刻以容溕性格张扬，不知谦逊为由，罚他在院子里跪了两天。但凡他的脊背稍稍弯曲一点儿，就用荆条抽打，直到他背部挺直为止。

容溕在床上躺了半个月背上的伤才好，再回学堂，功课就落下了。

容溕和别人说嘉和皇后打他，周围所有人都觉得他在说谎。

后来那位太师辞官还乡，学堂换了新太师，嘉和皇后常常帮容溕请病假，他很少去学堂里念书，新太师都没见过他几次，便再没有人说他聪明了。

容溕的视线落在投在地上的两个人的影子上，眼里的情绪浓得化不开。

曾经，他以为自己就这样了，两条腿不良于行，无人救，无人怜，沉在无尽的黑暗里，永远出不了头，死了都没人为他掉一滴泪。人间海海，芸芸众生，他孤独无依，活着和死了没什么两样。

可熬过漫漫长夜，他还是等来了光明。

方才见她命悬一线，他才明白，这个人间有了他想守护的人。

把容溕送回城西后，姜娆回到府上，远远就看到她爹和她娘在门前守着。

"从哪儿回来的？"姜行舟的语气凉凉的。

姜娆没敢说自己刚刚差点儿丢了命，小心翼翼看了爹爹一眼，撒了个谎："从城西回来的。"

"就说她又往城西去了，你还说不是！"姜行舟扭头看向自己妻子，愤慨不已，"我就说年年如今心思都在城西那小子身上！昨晚我才与她谈过，今天她就又跑城西去了。唉，唉，我说的话，是越来越不中用了！"

老父亲连叹两声，走到姜娆身边，拉着她左看右看，问："你有没有事？"

姜娆一脸疑惑。

姜行舟道："昨晚我做了噩梦，虽记不清内容，但好像梦到了你，实在担心。年年，今日可遇到了什么事情？"

姜娆心虚地回答："没有。"

因为心虚，她应得很快。

"爹爹做噩梦，就会有坏事发生吗？"姜娆好奇地问。她那梦境里预知后事的本事，是不是从爹爹那儿遗传来的？好家伙，原来这还是祖传的手艺吗？

姜秦氏说："别理会你爹爹，他就爱瞎想。"

"什么瞎想？"姜行舟反驳，"我是在教女儿规矩。她一个姑娘家，总得矜持一点儿，不能成天往别人那儿跑，好好待在家里，等着别人来找她才对。"

都是他太纵容，把女儿养得无拘无束的，没能成为那种在家绣花一绣一整天的大家闺秀。

"爹！"姜娆听爹爹话里的意思，像还在误会她已经心有所属，于是说道，"你别总说得就好像我想要嫁人了一样，我还从来没想过自己的婚事。"

"那你还一天天往城西跑？"

姜娆解释："我只是看他一个人住，没有家人，也没有仆人照顾，他的腿上还有重伤，委实可怜，我就想多陪陪他。"

"只是可怜他？"姜行舟心里的气平顺了一些，"这世上有一位老父亲，上了年纪，女儿还成天往外跑，不陪着他，也很可怜。"

姜娆被噎了一下。

她讨好地抱住了他的胳膊，说道："爹爹今日要不要作画啊？女儿去给你研磨。"

姜行舟满意地说道："不那么可怜了。"

姜娆："……"

夜幕降临。城西小屋。

姜娆虽派了人来保护容淳，却被容淳遣散到了屋后。

有个仆人问姜平："姑娘让我们负责那小少爷的安危，他却说不用，要是出事了，该怎么办啊？"

姜平道:"我见那小少爷虽然有些苍白病气,可身姿挺拔,倒没有一般的病人身上那种要烂掉一般的颓废样子。说不定他自己能应付,我们就在外面守着,听到不对劲的动静就冲进去,不会让他出事,一定能和姑娘交差的。"

室内,炉中燃着柴火,火烧得十分旺盛,在墙面上投下两道影子。

一道身影高悬在房梁上,是那青衣死士。

容渟坐在炉火一侧,火光将他的脸照得时明时暗。他手里握着一把匕首,正慢条斯理地擦拭着上面的血迹。

死士的两条手臂被捆缚着吊在梁上,鲜血渗透衣物,红色的血珠滴答落下来,下巴还是脱臼的状态,没有接回去,痛也发不出声,额头上布满豆大的汗珠。

匕首渐渐变得干净明亮,容渟把玩了两下,冰凉的刀面上映出他漂亮但冷血的眼睛,他转过身,看着那个死士,说道:"问你几个问题,愿意答便点头,不愿意……"他挑了一下眉,继续说,"上午伤了你的下巴,刚刚挑了你的手筋,你求生不得,求死也求不到。你若不愿意答,我还有的是折磨人的手段。"

容渟脸上似笑非笑地恐吓他,却因为脸蛋漂亮,瞳仁干净,倒像是童言无忌。

"答吗?"容渟问。

死士"呜呜"叫了几声。

他现在一心求死,只想死得痛痛快快的,不想再受折磨。

容渟见他不点头,只是"呜呜"乱喊,不悦地眯了眯眼道:"你想要她的命,我一定会要你的命。"

"想死,不急于一时。"他的指腹蹭了蹭匕首冰冷的刀身,将它贴到死士的颊边拍了拍,说道,"等我问出了我想知道的,亲自送你一程。"

人都有弱点,也都有意志力薄弱的时候。

能不能审得出来,看谁熬得住,看谁更狠。

四日后的清晨,容渟打开门。

他一身似有若无的血腥味,手里捏着一封信,上面按着已经断了气的死士的手印。

这是他四日以来,第一次出门。他把信送至驿站,寄往金陵。

嘉和皇后既然想打听是谁在帮他,那就由他来告诉她好了。

季嬷嬷匆匆迈入锦绣宫。

她刚刚打听到了一个消息,说是姜家那位四爷现在正在邺城!

她们在京城等了多日,都没能等到派去邺城的死士带回来的消息,也不知道邺城那边出了什么状况,嘉和皇后都快要急疯了。

眼下突然得了这个消息,她脚步匆匆,急着回去告诉皇后娘娘。

说不定,正是那位姜四爷暗中帮着九皇子,碍了事。

季嬷嬷踏进锦绣宫后,却见皇后娘娘面沉如水,手里正拿着一封信。

"娘娘!"

嘉和皇后从震惊中回神,扭头看到季嬷嬷来了,却不似往常那样,毫不设防地将信递给季嬷嬷看,而是迅速将信折了起来,放在一边,看季嬷嬷的目光,也多了一分之前从未有过的怀疑。

季嬷嬷是嘉和皇后身边资质最老的宫人,也是她最信任的人,可现在,她想着信上那些内容,心里无端就生出了戒心。

信上说,暗中帮着容湷的,不是别人,正是她最信任的这位季嬷嬷!

若只是普普通通一封信,嘉和皇后势必不会相信,可这信的末尾,画了她徐家死士的标志,还有派出去的那个死士摁下的血掌印,且有死士才能知道的暗语,疤痕位置都一模一样。

那死士在信里说,邺城又下了一场大雪,无法赶回,只得先寄了信件回来,提醒她,提防身边人。

嘉和皇后因此就对季嬷嬷产生了猜忌,她声音冷淡地说道:"怎么这么着急?"

季嬷嬷欢欣地说道:"老奴刚去打听到了一些事情。宁安伯府的姜四爷,您还记得吗?"

嘉和皇后皱眉想了许久:"始终云游在外,一直未回京的那位?"

"正是。"季嬷嬷道,"老奴打听到,当下他正在邺城。应是他在帮着九皇子。"

嘉和皇后一时不知该不该信。若是没有刚才那封信,她肯定立刻就信了。

可看了刚才那封信后,她便不由自主地多想。宁安伯府的姜四爷,听说是个闲云野鹤,对权力完全不感兴趣的,还是个喜欢过安稳日子,不愿惹祸的。不然也不会因为怕宁安伯府的担子落在他的身上,跑到外面云游去了,这样的性子,看起来不像会掺和进别人的事里来的。

难道,季嬷嬷真的在骗她?

见嘉和皇后皱眉,季嬷嬷问:"娘娘可是担心姜四爷难以对付?"她眯起眼睛,眼角堆起了深深的皱纹,目光阴狠道,"这点不用担心,这姜行舟虽然家财万贯,可离开金陵这么多年,死在路上,有的是理由。娘娘若想高枕无忧,宁肯错杀,也不要放过啊。"

错杀?

昭武帝那么喜欢姜行舟的字画,她得罪了他,不就是得罪了昭武帝!

嘉和皇后抿紧嘴角,这不是在出馊主意吗?

"嬷嬷辛苦。"她心里一阵厌恶,但仍扯出一抹笑容道,"这阵子,大事小事都由嬷嬷看顾,实在辛苦,嬷嬷可有什么想要的?"

季嬷嬷闻言,脸上露出几抹喜色,老实说道:"奴婢的侄儿过几日要参加考试,但他混账了点儿,不肯用功读书。不过与他同班有一个孩子,文采过人……"

没有说下去,嘉和皇后却听懂了她话里的意思,嘴角的笑容冷了下来,幽幽说道:"今年科考皇上极为重视,若想偷换卷子,恐怕没那么容易。"

这便是拒绝了。

季嬷嬷喜悦的笑容僵在脸上,又补救道:"奴婢求的不多,能叫侄儿考取个秀才便行。"

嘉和皇后轻轻摇了摇头。既已对季嬷嬷生疑,那就不能再留她在身边了。可季嬷嬷跟她太久,知道她太多事,牵一发而动全身,在找到能够代替季嬷嬷的人之前,还不能弃掉她。

嘉和皇后道:"此事实在难以实现。嬷嬷一会儿到管事那里领套金枝鸣翠的簪子,送给日后的媳妇,也是本宫的一片心意。"

季嬷嬷脸上的笑容几乎撑不住了。

她明明听说上一次科考,皇后娘娘帮一个一品官员的孩子偷换了卷子,那个不学无术的草包,最后名列三甲!

嘉和皇后分明是看她只是个奴才,才不肯帮忙。

一封信,不只嘉和皇后起了疑心,季嬷嬷也对她生出了诸多不满。

待季嬷嬷走后,嘉和皇后给邺城的死士写了回信。

这次她没有让季嬷嬷寄信，而是唤了个宫女过来，让宫女将信寄了出去。

她希望死士能在邺城多留一段日子，查出邺城那些本该与她同心，却与季嬷嬷勾结在一起的官员都有谁。

容渟看完回信，嘴角勾起浅浅的笑。

查出与季嬷嬷勾结的官员都有谁？

他将信件妥善收好，留作日后对质时的证据，又在一张已经按好了那死士血手印的信纸上，写下回信。

写完信，容渟推开门。

开窗透了两日风，屋里的血腥味已经淡了，几乎闻不出来。

容渟想了想，今日可以邀请姜娆前来了。

他已经有好几日未曾见到她了。

只是想起她，他的眼底就多了一抹自己都未发觉的温柔。

姜家那些下人早被他遣回去了。

至于那死士的死因，容渟让姜平带信给姜娆，说是自己没看住，让他找着空子自尽了。

死士没完成主人托付的事情本来就是要自裁的，姜娆根本就没多想，便信了他的话。

她甚至还松了一口气。不然，让死士和容渟同处一室，实力悬殊，对身体病弱的他来说，太危险了。

邀约姜娆之前，容渟又去了妙食阁。

他渐渐地知道她的口味了——喜欢甜食，但更喜欢那种清甜里带点儿其他味道的，比如酸味或是辣味，单只是甜，她会觉得腻。

妙食阁的老板已经认得容渟这位常客了，见他来，便问道："又来了啊？"

他同容渟寒暄道："小少爷，您脸上的气色看着好了不少，腿上的伤，可好一些了？"

容渟的神情微动，含糊地答道："还要些时候。"

早上，他已经能不扶任何东西站起来行走了，虽然最远只有两步，可比起之前，已经好了太多。

不过，这些没必要说给无关紧要的人听。

看起来孱弱无比的身躯，反而是对野心的最好掩饰。

容漪离开了妙食阁，前往医馆。他想去让老大夫看看，他的腿伤恢复到了何种程度。

到医馆后，老大夫拿着个小木槌在容漪的腿上敲敲打打，半晌后，感慨道："任神医果然是神医啊。"

"这药方我用上一辈子都想不出来。"他看了容漪一眼，说道，"不过，你倒也受苦了。"

任神医给的方子，是能治好腿伤，可他给的那些药，会带来其他症状，叫人头疼欲裂，就像蚂蚁钻进骨缝一般，要绵绵密密持续疼上好久，每次发作时间都不一样，发作时长也不尽相同，可谓痛不欲生。

这少年明明一副吃不了苦的样子，性情倒是坚韧。

"怪不得那小丫头这么喜欢你。"

容漪眼皮微抬："嗯？"

"之前朱雀桥上和你一道放孔明灯的那小姑娘啊。"

容漪垂眸："老先生误会了。"

老大夫摇了摇头："她老早就在我这儿打听你的消息了，一听到你的腿伤很严重，眼泪都要掉下来了，简直比自己受了伤还难受。"

见他似乎还是不信，老大夫"啧"了一声："年轻人，为何畏手畏脚？你若不信我说的话，我作为过来人，教你个法子——你盯着你心仪的姑娘看，盯久一点儿，若那姑娘脸红，娇羞地躲开，而不是扇你巴掌，骂你流氓一类的，八成有戏。"

容漪半晌没答话，老大夫也不知道他听没听进去。

过了好久，容漪才缓缓抬起头来道谢："谢谢老先生。"

老大夫大度地说道："不必谢我。"

他忍不住回忆起了往事。想当年，他用这个法子试的时候……

倒也没什么好炫耀的，就是一想起来，脸还有点儿疼。

姜府。

"邺城解封了！"老管家匆匆跑进了姜行舟的书房。

姜行舟自书桌前抬眸，心中有些欢喜：终于能把年年带走了！他终于不用再因为城西那臭小子生气了。

第五章
冬去春来

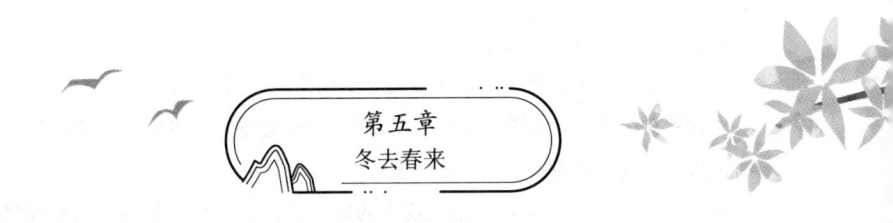

很快,姜娆也从丫鬟口中得知了邺城解封一事。

她原本是期待着解封的,但真到了这一天,她却情绪低迷,高兴不起来。

明芍问:"姑娘不想走吗?"

在金陵的老伯爷尤其偏袒四房,又最喜欢她家姑娘和小少爷,这两年一直眼巴巴盼着孙女、孙子回去。

姜娆嘟囔道:"我倒是想回去见祖父,可是……不想离开那么快。"

她想看着少年的腿伤彻底好起来再走,要是没法亲眼看着他好起来,她吃饭、睡觉都会不安宁。

这时,有丫鬟掀开帘子,急匆匆从外间进来:"姑娘,外头,小少爷……"

姜娆单是听丫鬟这熟悉的语气,心头便一跳:"他怎么了!"

"小少爷在外头,委屈得直抹眼泪。"

不是惹事?是受委屈了?

姜娆匆匆出门,到了府外,才知道怎么一回事。

姜谨行这个目无家法,惯常上房揭瓦、爬狗洞的孩子,竟为了几颗乌梅掉眼泪了。

他想要容渟怀里那袋妙食阁的乌梅,但容渟不允,委屈得他泪眼汪汪的。

"那是别人的东西。"姜娆安抚他,"再说,你刚掉了一颗牙,爹娘都不准你吃甜的,你也不能吃呀。"

姜谨行选择性地忽略了后面两句,豁了个口的牙齿,说话漏风:"他都要送给阿姐了,我不能吃吗?"

她略微诧异,抬眸看了容渟一眼。

她已经好几天没见过他了。

他见她看他,藏在背后的手才慢慢拿了出来:"是给你的。"

见到那乌梅袋子,姜谨行更加不安分了,他的脑袋在姜娆怀里拱来拱去,向她告状:"这个哥哥不给我,还凶我。"

单是不给便罢了,非但不给,反而凶巴巴的,他就从没见过这么臭脾气的人。

凶?

姜娆看了容渟一眼。

他脸上没什么表情,只眉心稍微皱起,眼底不知为何鸦青一片,像是几日没睡好觉。

姜娆去城外求药时,任神医同她说过,他那药药力强劲,会叫用药的人吃些苦头,不比没吃药轻。反观抱着她腰的这小家伙,结实健壮,再加上对弟弟仗势欺人的恶霸天性了如指掌,姜娆皱了皱眉,教育他道:"一日日胡搅蛮缠的,那糖即便真是他要送我的,我的东西,也得由我来处置,我不让你吃,你便不能吃。"

她转过身去的同时,容渟原本只是轻轻皱起的眉心蹙紧了,他锐利的眼神扫了一眼搂抱着姜娆的姜谨行。

姜谨行指着容渟:"他又凶我。"

"好了,好了,知道你有多想吃糖了。"姜娆根本不信他的指责,捏着他的下巴,语气轻柔地诱哄他张开嘴,"看看,牙还没长齐呢,不能吃甜的。"

姜谨行闷闷不乐:"阿姐偏心。"

姜娆耐心地揉了揉他的脑袋:"你刚换了牙,再吃甜的,牙就要烂掉。等以后咬不动东西,有你后悔的。"她又揉了揉他的脸,说,"要不是你才换牙,这个哥哥会给你的,他是为你好。"

容渟却皱起了眉。

不给,没换牙也不想给。

他买的东西,只想给她。

她的弟弟来凑什么热闹?掉几滴眼泪,就能让她揉脑袋、揉脸的。

不爽。

容渟强压着心里头的不悦与烦躁,看着姜娆哄姜谨行,直到姜谨行跑开,他的神色才好一些。

姜娆看着姜谨行跑远,吩咐明苟道:"找个人跟着小少爷,当心着点儿,别让他出什么事。"

容渟默默注视着她。

他脸上鲜少有什么表情,并非他是面瘫,只是因为在他眼里,所有的人都一样,只会让他厌恶,所以总是冷着一张脸。

但他吓到她的弟弟,她便会更牵挂那孩子……

他不想让她牵挂别人。

看着看着,容渟忽然想起老大夫说的话。

按老大夫说的,眼睛眨也不眨,就用柔情万分的眼神一直看着她,只要她脸红,就说明……

容渟忽地别过头,他的脸颊到脖子都红了,看神态竟有几分姑娘似的娇羞。慌乱无措中,他掐住了自己的手心。

根本等不到她脸红,他便先脸红了。

他以后都不敢直视她了,不然,看她看得久了,他会脸红的,那些隐秘的心事,就会被她发现了。

姜娆看着他一会儿红,一会儿白的脸,关心地问道:"你不会是染了风寒了吧?刚刚脸好红?"

容渟呛了一下,只说:"不是风寒。"

"那就好。"姜娆松了一口气。

总觉得他病恹恹的,很容易生病。

容渟将油纸袋向她递去,却听她认真地说道:"我有件事要同你说。邺城解封了,我家要回金陵一趟。可我放心不下你的腿,你的腿伤恢复得怎么样了?可以走几步了吗?若是你恢复得好一些,我也就没什么挂心的事情,就能放心离开了。"

容渟沉默了好一会儿,道:"我腿上的伤……并没有起色。"

姜娆一时纠结极了。

姜府门口出现了一高一矮两道身影。

杨修竹牵着姜谨行的手,叮嘱掉:"日后你莫要再独自一人乱跑了,不然你爹娘、你姐姐,都会担心的。还有,我给你糖吃的事情,是我们之间的秘密,不能告诉你爹娘,也不能告诉你姐姐,不然,日后我可就不给你糖吃了。"

姜谨行嘴巴里鼓鼓的,含着刚刚杨修竹给他的糖,笑着点头:"杨哥哥,我知道了。"

杨修竹温和一笑。

上次他妹妹说话太过分了,姜娆生气是应该的。只是他没想到,她说的不同他家打交道,便是真心不想同他家打交道。这几日以来,他递去的拜帖都被她回绝了。

他在附近逛了几日,今日遇上她那个一脸泪痕,朝丫鬟嚷着想吃糖的弟弟,才算找到了机会。

小孩子心性单纯,容易收买,几块糖便哄得开开心心的。

正巧碰上这小孩儿最近被家里约束着不能吃糖,已经馋了好长时间,倒是老天助他了。

不然,这小孩儿家底厚实,什么都不缺,他还真不知道该从何处下手。

将她弟弟哄开心了,再接近她也就容易了一些。

想到此,杨修竹不由自主地笑了。

不过,想到她生气的模样,他收敛了笑容,缓缓地摇了摇头。

还是得再接再厉,徐徐图之。

锦绣宫,季嬷嬷正要踏入殿内,看到嘉和皇后身边那个陌生的新面孔后,猛地一愣。

季嬷嬷心里忽觉不安,连忙问:"娘娘,这位是……"

嘉和皇后都没有抬眼看她:"这是渔影,新来的宫女。"

她才说完,渔影便抬头,得意洋洋地看了季嬷嬷一眼。

季嬷嬷心中油然而生出一种领地被夺的恐慌。

嘉和皇后笑着说道:"嬷嬷年事已高,到了该歇一下的时候了。"

季嬷嬷脸色一沉,心中慌乱不已,又想到上次帮侄儿作弊的请求被皇后娘娘拒绝的事,心中甚至有些气愤。

皇后不打算重用她,她看出来了,可之前皇后娘娘一直待她很好,她还以为,若有一天她老了,皇后娘娘要找人接替她,会先和她打声招呼。

谁知是如此猝不及防！今日这般绝情，是否等到她毫无用处时，皇后就要立刻把她给丢弃，甚至杀人灭口？

看着嘉和皇后，季嬷嬷的心中生出了恐惧与怨恨。

容淳走后，姜娆找到了姜行舟。

"爹。"她甜甜地叫道。

有事相求时，姜娆总是格外乖巧。姜行舟一听她这语气，就知道她这是有事要求他，便停住了手头收拾东西的动作，有些警惕地看着她："说吧，想要什么？"

"女儿不想出城。"姜娆如实说道。

姜行舟像早就预料到一般，轻哼了一声，问道："为了城西那小子？"

姜娆也早预料到她会这样问，献宝似的把乌梅捧出来，说："妙食阁的乌梅可好吃了，酸甜生津，我都舍不得吃，给爹爹。"

姜行舟看都不看："那我去将那家店买下来，明日就走。"

姜娆："……"

她痛心疾首道："是的，爹爹猜的都是对的。"

姜行舟也痛心疾首道："矜持，爹爹教你的，女子要矜持呢？"

姜娆不知该如何解释，若从做预知梦开始解释，这个故事未免太长了。

她只好道："爹，他的腿有伤，药是我求回来的，不看着他站起来，我心里不甘心。"

"你还提那药！为了它，你都快把你的命搭上了。"姜行舟简直要气死了。

"罢了。"他终究还是让步了，"但也不能留太久了，最多再留三个月，到了夏天，一定得走。你祖母生辰，总不能错过了。"

姜娆万分惊喜："爹爹最好了。"

"还有一事。"姜行舟冷着脸说，"留下来的这三个月，你多练练你的绣活。"

姜娆："……"

她那绣活还用练吗？绣什么都是一个水平。

她想撒个娇，企图蒙混过关："爹……"

姜行舟无情地打断她的话："梅兰竹菊，选一个吧。"

"我能留白吗？"

姜行舟:"嗯?"

"全部留白。"姜娆道。

不然,梅兰竹菊,哪一个都能要她命。

姜行舟差点儿笑出声来:"不行,从那四个里头选一个,绣完了再出去。"

他总得想点儿办法关住她,免得她成天往城西跑。

等她从四个里选了一个,下次,再从剩下三个里选一个。

梅兰竹菊都绣完,还有别的花花草草。

哪家小子都别想这么早就拐走他的姑娘!

绣完再出去……姜娆心如死灰。

她怕是永远见不到外面的世界了。

虽然希望渺茫,但是还是要努力。

外面淅淅沥沥下着雨,反正也没法出去,花一整天来绣,肯定能绣好。

雨停了正好能出去,再好不过。

姜娆拿起针的那一刻就在给自己打气。

一个时辰后,她不想努力了。

姜娆两眼空洞地看着面前的针、线和绢布。

她对面,府上手最巧的绣娘正灵巧地穿针引线,不一会儿工夫,绢布面上便呈现出栩栩如生的图案。

绣娘见她实在绣不出什么东西,拿过她那张绢布,说道:"姑娘的手是巧的,只是从小没碰过绣活,头一回能绣成这样,已是不易。老爷早就料到了会是这样,特意嘱咐我,要是姑娘实在绣不出什么东西,就让我先往您的绢布上绣上纹路,您添补些线就行了。"

姜娆心头的巨石卸了下去,顿觉轻松许多。

在等绣娘帮她绣上花纹的当口,姜娆不知不觉睡了过去。

她梦见姜家大房被官兵抓了,乌泱泱一院子人都站在那儿哭。

姜娆在梦里都没忍住笑。

大伯娘和她娘的关系一直不太好,没有比梦见讨厌的人吃瘪更痛快的事了。

她醒来后,又回味了一下,隐约想起一件事。

最开始她做梦,梦到的是姜家满门,男子充军,女子充奴籍。

刚才那梦……是只有大房被捉了,还是她全家都被捉了?或者,只是因为她醒得太早,没有梦到?

姜娆心里一惊,仔细回忆了一下梦境,想想时间,可能真的是整个宁安伯府都遭殃了。

大房时官兵用的理由是抓乱党……那就是说,之后皇位争夺期间,她大伯站错队了。

宁安伯府的掌家人是她大伯,所以她家才会受到牵连。

可大伯到底是站了哪位皇子的党派?

更多的事,姜娆无从知晓,只能去问姜行舟。

"这事,爹爹说不准,更不能乱说,得回金陵看看才行。当今圣上正值壮年,一心扑在朝政上,一日只有三四个时辰用于休憩。虽然圣上子嗣近二十个,但依我看,他恐怕连自己的孩子都认不全。大昭的传统,历来立贤不立嫡,可我觉得,皇上现在可能自己都不清楚哪个儿子有什么才能,到最后,皇位更迭,权力交替,免不了要见血。不过,年年尽管放心,爹爹有本事护我们一家人平安无虞。"

姜娆深深地看了自己父亲一眼。

她的梦里,姜家压根儿算不上平安无虞。

可听她爹爹这一番话,他似乎完全没有参与党派纷争的意思。

若新帝登基后会被清算,那应当是受到了大伯的牵连。

总得想想法子,不能坐以待毙。

三日后。

姜娆照着绣娘打好的底子,终于把这幅绣画绣了一大半,虽说功底不如绣娘好,但看上去也像模像样的。

她正做着最后的收尾的努力,明芍过来喊她:"姑娘,老爷喊您出去。有客人来了,要见姑娘。"

"谁来了?"姜娆很是奇怪。

"是杨公子和杨姑娘,来给姑娘道歉的。"

"是他们啊。"姜娆皱着眉头起身。

正厅,杨祈安乖乖坐在那儿,表情诚恳。她被他哥罚了禁闭,还被爹爹一通好骂,说姜家是京城来的贵人,他们根本得罪不起。杨祈安又恼又恨,可等来到姜府,见到了府内的那些贵重摆设,都是她没见过的宝贝,倒是真心实意地懊悔起来。

杨祈安想着,若是姜娆真能成为她的嫂嫂,那她就能向她要那些看中的贵重物件了。

她越看越想要,等姜娆来了,人还没到正厅,她便扑了过去:"我不该说你丑的,你长得比我见过的人都要好看。"

杨修竹拧紧眉头。让她道歉,她怎么这么失礼?

他忙把杨祈安拉开,观察着姜娆的脸色,见姜娆神情不悦,心里暗道一声糟糕。

姜娆才来,姜行舟就想送客了。

"道歉也道歉完了,茶也喝了,话也聊了,今日天色也不早了,在下就不送了。"姜行舟一副送客的架势。

不管是容渟,还是杨修竹,他看了都觉得烦。

杨祈安愣在原地:"我都道歉了,不能多留一会儿吗……"

说话时,她不停地偷看姜娆家里的那些摆设,骨子里的贪婪一览无余。

杨修竹羞愧难当,忙把妹妹拽走了。

待他们走后,姜秦氏与姜娆说道:"那位公子还好,饱读诗书,也知道礼节。可是他那个妹妹,太过小家子气了,也就显得她那哥哥也没那么好了。"

姜娆也这么觉得,于是点了点头。

姜谨行忽然跑了进来,拉住了姜娆的手,说道:"姐姐,你随我出来。"

姜娆不明所以,被他一路拽着,到了府外,看到了杨修竹。

杨修竹刚刚叫人将成事不足,败事有余的妹妹带了回去,心里头仍有些冒火。看到姜娆出来,他脸上的怒火消了下去,神情温柔了许多,谦恭有礼地说道:"姜姑娘,适才家妹粗鲁,不知礼数,令姜姑娘受惊了。"

姜娆仍旧是不太想同他说话,目光反而追随着姜谨行的背影。

为何弟弟会帮杨修竹叫她出来?

杨修竹见她一脸警惕的样子,自知冒进无用,说了这句,便想离开。

离开前,他眼睛的余光看到了她头顶沾着的落叶,他的手下意识地伸了出去。

他身材高大，罩着姜娆，看着她如云的长发，眼底写满温柔小意。

远远地，小道边，矮墙之下，容淳逆光坐在轮椅上，目光如同修罗。

从他的角度看去，像是身材高大的青年低头俯身，将娇小昳丽的小姑娘，轻轻拢入他的怀抱。

他那只手即将触及姜娆发顶时，胳膊却一垮，后背被一块尖锐的石头击中，肩胛骨刺痛不已，像被十几只巨大的毒蜂同时在那个地方蜇了一口。

见鬼了。

杨修竹的眉心蹙起，揉着自己疼得使不上力的右边肩胛骨，转身往后看。

十几步开外，有一道长长的墙，墙脚的阴影里，面色苍白的少年坐在轮椅上，在迎上他目光的瞬间，少年挑眉，俊秀的脸上露出了一点儿桀骜的神色，表情里带着淡淡嘲讽，挑衅意味十足。

杨修竹立刻就能确定是谁朝他扔了石子，心头蹿起怒火。

他沉着脸，背着手，径直往前走。

要是不出这口气，估计谁都得笑话他，叫一个残废给欺负了。

但那少年看着他走过来，脸上没有露出半点儿惧怕。

不过是个残废，有什么资格不怕？

杨修竹只觉得更加恼火了。

容淳忽然轻轻歪了一下头，笑得像只狐狸一样。

杨修竹还没明白这个挑衅意味十足的笑是怎么一回事，只听轰然一声，容淳从轮椅上摔了下来。

杨修竹目瞪口呆，头一次见识到坐着轮椅停在那儿的人居然也会平地摔倒。

他有些摸不清此刻到底是什么情况。

身后传来一声娇斥："你在做什么？"

看到容淳以一种极其狼狈又令人心疼的姿势摔倒在地上，姜娆心疼不已。

她跑到容淳身边，俯身问他："你没事吧？"

在姜娆注意到他的一瞬间，容淳朝向杨修竹时那肆无忌惮的笑，消失得干干净净。

他垂着眼眸，没说话，睫毛微颤，像一个被人欺负了又无法还手的小可怜。

姜娆想到刚刚杨修竹在往他这边走，心头一跳，难以置信地扭头问杨修竹："你推的他？"

127

她一副母鸡护崽的架势。

杨修竹万万没料到她会这样问，赶紧否认："不是我！"

他看着容渟，想要他澄清一下，他竟然一声不吭！

这不是放任姜娆误会吗？

杨修竹指着容渟的轮椅道："是他自己的轮椅坏了。"

姜娆还是不太相信的样子。

他着急解释，她始终不信。

容渟旁观不语。

直到杨修竹急得要跳脚了，确认了姜娆对杨修竹并不信任，他终于淡淡出声："是轮椅坏了。"

容渟身后的轮椅，左边臂托裂开了一条痕，垮下去小半边。

杨修竹快气死了！他早说这一句话会死吗？明摆着想让姜娆产生误会。

"你看，真的不是我吧？"杨修竹着急辩白，话中已有了十足的底气。

"抱歉，错怪了你。"

杨修竹忽然一喜，觉得可以趁机再同她多说几句话了。

但容渟又说话了："我腿疼。"

少年垂着头，声音很低，淡淡一声，就把姜娆的视线牵了过去。

他的嗓音向来低哑，只是这会儿，说话的声音低而缓慢，便显得有气无力，有些气弱绵软，只三个字，就让她觉得他受了天大的委屈，根本顾不得杨修竹在说什么，注意力全部转到了他的身上，忙喊丫鬟："快去找大夫来。"

她想拉他起来，又怕他摔到了哪儿，于是紧张地问："你还有哪儿摔疼了吗？"

容渟倚着身后那堵墙，两条腿都贴着地，脸上沾了灰，十分狼狈。

他低着头，看着自己的两条腿，半晌没说话。

他从出生就没有正常与人交际过，收敛不了身上那些刺，不知道对别人示好。想招别人的喜欢时，也不知道该怎么做，该有什么表情。

但他现在从她的眼睛里，看到了浓浓的担忧与可惜，就如同之前很多次她看他那样。

他现在的模样，约莫是让她觉得可怜的。

他想让她可怜他，一直看着他，那他面对她时，就要保持现在这样的表情。

"没有了。"容渟道,"只是腿疼。"

杨修竹的太阳穴跳了跳。

没有了就没有了,为什么还要重复一遍腿疼?

他读了那么多书,都是教他待人接物温和、谦让,让人如沐春风,才会令人欣赏。他从没遇见过像容渟这样的人。

杨修竹这时忽然认出容渟来——闹春节灯会上,那个被姜娆开口维护过、一直跟在她身后的那个残疾人。

去他的弱势又可怜!

他可是亲眼看着对方自己弄坏轮椅,从轮椅上摔下去的,实在是有心机。

他有些恼火,朝姜娆说道:"他只是在装可怜,你别信他!"

灯会那晚,这个残废脸上戴着的面具一直没摘下来过,他才一时没有认出来。

他眼底满含怒气,却没料到姜娆扭头看他,眼底是浓浓的不悦:"杨公子若是无事,尽快归家去吧。"

她根本不相信他说的话。

杨修竹不知道要说些什么好了,他死死地盯着摔在地上的人,想找出一丝破绽。

偏偏少年肤色苍白,身体修长却消瘦,颓然病态的样子,再加上他那张脸极其漂亮,确实很容易惹人同情。

但一个真正的病人,怎么可能有力气弄坏轮椅?

就算是正常人都不会这样。他就是个疯子,残废的疯子。

"我亲眼看着他弄坏了轮椅摔下去的。"杨修竹试图把他见到的那一幕,原原本本地描绘给姜娆听,可他越解释,她看他的眼神越是冷漠,仿佛他在说谎。

杨修竹说不下去了,只重复道:"你要信我……要信我。"

姜娆显然不怎么信他,甚至都没听他说话,只是一个劲儿地张望,看去找大夫的丫鬟有没有回来,杨修竹说的话,她根本懒得听了。

有人受伤了啊,救人最要紧,即使真有什么是非对错,过后再论不好吗?

容渟又道:"不用等大夫来,找地方坐下,按一按就好了。"

听他这么说,姜娆越发心疼。

听他的语气,恐怕每次他腿疼的时候,都是自己给自己按一按,硬撑过去的。

她温声问他:"你要去哪里坐着?我扶你过去好不好?"

女孩儿投下的阴影罩在他低下去的脸庞上,他道:"我不想待在外面了。"

姜娆立即道:"那我们进去吧。"

容渟得逞,眼中神色波动,但很快恢复平静。

杨修竹见自己说的话始终没被姜娆听进去,心里十分恼火,却不好发作。

他仔细看了看,也开始觉得,那个朝他嘲讽冷笑的少年和眼前这个乖巧病弱的少年截然不同,完全不像一个人。

难道,真是他误会了?

他忽略掉肩胛骨传来的痛感,以德报怨道:"让我来扶他吧。"

姜娆抬头看了他一眼。

果然是无知者无畏。

她是很喜欢,也习惯了少年现在乖巧的样子,但并没有忘记要是惹恼他,长大之后他的性格会崩坏成什么样。所以她牢记着少年不喜欢被旁人碰触的习惯。

"杨公子不必插手。"姜娆示意他看左边,"令妹已经在等着了,杨公子还是赶紧随她一道回家吧。"

她这可是指了一条保命的路给他。

杨修竹却只感受到了浓浓的拒绝,他原本只想说一句话便走,但现在已经说了这么多了,他不甘心同她的关系一点儿都没改变。

"等等。"他喊住背朝自己的姜娆,在她转身时,朝前走一步,又伸出了手。

方才她跑动之时,头顶的枯叶已经落下去了。

但他还有别的办法。

"你发顶沾了落叶。"

他自认为这是一个很贴心的动作,还能凸显他身姿的高大,但这次他的手刚伸到一半,她就往后躲开了一步,而他的手腕又被一块石子击中。

在场并无第四个人,他吃痛地皱眉看着容渟,手指因手筋被击中,疼得直抽搐,手心握着的落叶悠悠地飘落下来……

姜娆看见了,心中顿时万分厌烦,她实在看不上这风流手段,冷声道:"小女实在担心你日后还会做出什么出格的举动。男女授受不亲，日后我们莫再见了。"

杨修竹捂着手腕，疼得脸上直冒冷汗，一句话都说不出来，只能眼睁睁看着姜娆扶着那个残疾的少年离开。

那少年虽高她近一头，身体大半的重量却都压在她那边。

男女授受不亲，原来还分人吗？

杨修竹告诫自己不要这样想，她还未及笄，正到了要学礼数的时候，更何况，那个残废确实可怜。

连他看着都觉得可怜。

杨修竹这么想着，抬眸却正好看见容渟回头望过来。少年唇畔轻勾着一抹浑不吝的坏笑，一副洋洋得意的样子。

杨修竹终于明白了什么，他有了骂人的冲动！

这家伙！他就没见过这样的男人，比那些有手段的女人还会装可怜！

他走到杨祈安身边，杨祈安犹不知发生了什么，兴冲冲地问："大哥，她接受你的道歉了吗？"

她自顾自地眉飞色舞道："我今天才觉得，找到了和大哥相配的人，大哥不觉得吗？她家的宅子好漂亮，还只是临时的府邸，各地不知道有多少处。哥哥，这样家世的妻子许配给你，日后你的官爵之路定会顺畅吧。"

见杨祈安沉醉于幻想当中，杨修竹心中无限难过与悲凉，他冷声说道："不可能了。"

杨祈安一愣："什么？"

"求亲。不止求亲，如今，连登门拜访都不可能了。"

杨祈安皱眉道："凭什么啊？要不是她家有钱，我都觉得她配不上哥……"

"还不是因为你！"杨修竹终于爆发，大声吼道，"都是你，愚不可及！"

他手一甩，转身离去。

来她家之前，他只听说她家看上去是大户人家，实际家里的老爷并无官职，一直云游在外。他心里想着，她家世再厉害，也比不过他那个在朝为官的舅舅。

131

原以为这会是一桩他放下架子，耐心追求，便会守得云开见月明的美满婚事。

可来了之后，看她家的用度与摆设，怕是他再多十个舅舅也比不上，竟是他高攀了。

杨修竹心里很不是滋味，在邺城，他从来都是家世最好，才华最盛的那个，何曾高攀过谁。

放弃吧，他想。

可他根本没有放下，心里反而生出了不甘与恼怒。

身后传来一阵脚步声，杨修竹还以为是杨祈安追上来了，正想不耐烦地说一声"滚"，却听见一道稚气的童音："杨哥哥。"

姜谨行踩着一双虎头鞋跑到了他面前，伸手道："糖。"

杨修竹的眉心一皱，刚才自己让他把他姐姐叫出来，是答应了要给他糖的，但是他忘了。

可现在姜谨行对他来说毫无用处，他用不着讨好这个小孩子。

他倒不稀罕那几颗糖，将糖抛到那孩子怀里便走，却不料姜谨行追上来，把一半糖塞到了他的手上："不能我一个人吃糖，给杨哥哥一半。"

杨修竹愣住了。

姜娆把容淳带回了自己家，喊丫鬟去找大夫，然后关切地问他："是你的腿开始疼了吗？"

容淳抿紧唇，摇摇头。

姜娆不太信他说的不疼："大夫要一会儿才过来，你先坐着歇歇。若是哪里疼了，便告诉我。"

容淳点点头，却问："你弟弟呢？"

想起姜谨行带她出去见杨修竹的事，姜娆没好气地说道："他出去了吧，你有事找他？"

容淳的脸色恢复如常，道："上次，我好像惹他生气了。"

"什么啊？你那样做才是对的。"姜娆笑起来，"我弟弟最近换牙，已经小半个月没让他吃糖了。他之前吃了太多糖，一颗门牙都烂掉了，可不能再吃了。"

"我今日来，是为了这个。"容澊拿出一个四四方方的纸袋，认真说道，"我问过大夫了，这种杏仁酥里没有太多的糖，换牙的小孩子吃是没关系的。"

这……这……姜娆受宠若惊。

他若只送东西给她，可理解为报恩。

可送东西给姜谨行，是因为觉得上次没给糖，惹了她弟弟不开心，想要补偿吗？

俗话说，江山易改，本性难移。可她觉得，他的本性，并不像她想的那么恶劣啊。

他长大后的目中无人与独断专权，在年少的他身上，似乎并没怎么体现出来。

少年时性格便是如此，只要日后别有什么让他性格崩坏的契机，应当很难改变了吧？

姜娆让丫鬟把那四四方方的纸袋接了过来，对容澊说道："多谢你。"

容澊看着桌子上摆的刺绣，有些好奇，问："你绣的吗？"

"啊？"

姜娆随着他的视线看去，慌忙地站起身来冲向桌边，将那绣花绢布塞进抽屉里。

这丑东西可没法拿出来见人。

她试图给自己找回几分面子："不过就是随意绣绣，没有太用心的。"

容澊发现，她脸上头一次露出了类似娇羞的表情。

在他印象里，帕子都是女孩子绣了送给情郎的东西。

尤其宫里的女子，大多如此。

但他刚才看她绣在绢布上的图案，像是竹子。

虽然只绣了一半，但轮廓皆已成形。

他记得刚才那个杨公子的名字里，也有一个"竹"字。

只是一个尚未落实，还很有可能不对的猜测，便令他难以忍受。

"我能看看吗？"他问。

姜娆十分为难。

她绣的丑东西是真的没法见人的啊！可又想不到理由拒绝。

但她想了想,他是个男孩子,兴许也看不出绣活的好坏来,于是打开抽屉,把那绣花绢布拿出来给他看。

果然是竹子。

容淳的手指微微捏紧。

要是这是她想送给别人的东西,他好想给毁掉,这样她就没办法送给别人了。

姜娆见他眉头一皱,便觉得十分没有面子。

虽然她绣得不够好看,但也不至于难看得一见就皱眉啊!

"你还给我吧。"她伸手道,"我还得继续绣呢。我已经绣了好久了,现在就差最后一点儿了。"

"这个真的很难看吗?"姜娆有点儿不自信,"要是太难看的话,我爹爹是不会放我出府的。"

闻言,容淳怔愣一下:"嗯?"

"我爹爹让我练练绣活,绣好才能出门。"姜娆抱怨道,"所以我这两天才没去找你呀,忙着绣东西,好让我爹同意我出去。"

容淳:"……"

他垂眼想了一会儿,再抬眼时,对姜娆说道:"你把针线拿来给我吧。"

半个时辰后,姜娆看着眼前的绣花绢布,只觉得自己的脸都丢尽了。

她爹说她没一点儿女孩子的样子,是真的。

容淳只花了半个时辰,就绣好了她可能还得花两三日才能绣完的绣活,而且明显地比她做得好!

她皱着眉头问:"你怎么会针线活?"

她的视线会扫过他的手,不像是养尊处优的手,手背上满是伤痕,手掌厚厚一层老茧。

但他刚才穿针引线的模样,熟练得不像是第一次做这种事。

虽然针脚的精巧程度比不上府里那些绣娘,但至少比她力气大,绣上去的线更结实。

"没人给我缝衣服,自己就会了。"他轻描淡写道。

内务府分发下来的新衣,容淳向来是落不着的,顶多过年那天,嘉和皇后为了向昭武帝展示她将他照顾得很好,会让宫女给他换上新衣,带着去吃年夜饭。

但这晚一过,便是长达一年的无人问他饥寒,无人顾他冷暖的日子,衣服破了,得自己想办法补上。

不久之后,丫鬟带着大夫回来了。

大夫来了之后,给容溥看了诊,说是无事。

姜娆也就放心了。

待容溥走了,姜娆重新去找绣娘做了一个新的图样出来,格外积极地学刺绣。

容溥不是女子,尚能学会,她没道理学不会。

姜行舟来看了一眼,离开后长吁短叹。

这得是多想出门去找城西那臭小子啊,竟然都积极到自己找东西绣了。

老父亲觉得异常忧伤,难过。

他只顾着女儿这边,倒是忘了,姜谨行已经几个时辰没回家了。

傍晚,姜谨行身边的小厮跟跄着跑回来,一见到姜行舟,立马磕头:"老爷,小少爷他……他……又去打架了!在城西那边,被一群地痞围起来了!"

城西,一群地痞将姜谨行围住。

一人道:"老大,就是这小子,前两天带着家里的人揍了我们的小弟。"

姜谨行虽然心里害怕,却强撑着面子,硬气地说:"是那个地痞先抢了我的荷包!"

只是豁牙说话漏风,气势减了一半。

刚才说话的那个地痞发出了嘲讽的笑声,他看着姜谨行圆滚滚的小福褂说道:"这小子浑身都是宝贝,就那个荷包,里面那一块玉佩就换了三百两银子。上次小五被他的人打得几天下不了床,总得给他弄点儿药钱来。可逮到他一个人了。"

还有地痞在放风,若姜家来人他们就跑,反正这家人是外地人,在邺城待不长久,捞一笔,在外面躲几个月再回来,风头就过去了。

一双脏手伸过来就要去拽姜谨行手腕上的镯子。

姜谨行还没那个地痞肚子高,吓得哆哆嗦嗦直往后躲。正在这时,他眼角的余光瞥见了一个人,眼睛瞬间亮起来:"杨哥哥!"

杨修竹刚从书院回来,从这经过,听到有人叫他,顿住脚步,回头一看,是姜谨行,再看一眼这场景,便大概明白了是怎么一回事。

地痞倒是怕事,认出了杨修竹,不敢乱动。

但杨修竹仔细打量了姜谨行几眼之后,眯了眯眼,转身离去。

姜谨行愣住了。

他的小脑袋完全想不明白,前些日子还对他像对亲弟弟一样好,给他糖吃,带他到处玩儿的大哥哥,为什么突然这么冷酷无情了?

那些地痞见杨修竹头也不回地走了,也愣了一下,转瞬便哄笑起来。

"还以为这小家伙和那杨公子认识呢,原来没什么交情啊。"

"有!"姜谨行怒吼道。

他受不了别人质疑他的本事,更受不了别人质疑他这一头的人。

但杨修竹头也不回走了,这也是他亲眼看见的。

可他不愿意承认,低声哭泣:"他是没看见我。"

地痞头子才不管他在说什么,叫两个人去拽着他的胳膊,控制着他,自己去拽他手腕上的那个镯子。

小胖子的手太胖,那镯子紧贴着圆滚滚若藕节的小胳膊,不管他用多大的力气,都脱不下来。

地痞咒骂了一句脏话:"该死!"

地痞焦躁极了,抬起目光,分外恼怒地说道:"瞎啊!姓杨的在那儿站了那么久,早就看见了。就算没看见,你叫得和一只乌鸦一样,他便是个聋子也听见了。"

姜谨行的手腕又红又疼,羞愤得直掉眼泪,呜呜呜地哭得更大声了。

所有人都看见杨修竹看他了,那他为什么不来救自己?

被背叛的愤怒和对现在眼前这些肮脏凶恶地痞的恐惧混杂在一起,他边哭,边止不住地打哆嗦。

随着下巴的抖动,他穿着的那件小福裆的衣领间,隐约有金光在闪。

地痞头子眼睛一亮,扯开他的衣领就将他脖子上戴着的雕着老虎图案的长命锁拽了下来。

那澄明的光泽,晃得他的眼晕。

这长命锁一看就是用上好的金料打造的,肯定值钱,拿去换钱,这一整年吃穿都不用愁了。

地痞头子心中窃喜,吩咐手下道:"你们再好好搜搜,趁他家人还没来,赶紧再从他身上找点儿值钱东西出来。"

忽有小弟说道:"大哥,那头有个人。"

地痞头子立刻警惕起来,待看清对面那个人影,一下子放松了警惕,嗤笑道:"一个残废,你管他做什么?又不能拿我们怎么样。"

姜谨行泪汪汪地往东一看,等看见坐在轮椅上,抱着一捆柴火的容淳,他心如死灰。

先别说自己和他吵过架,就他一个残废,根本打不过地痞的。

果然,容淳只是冷冷地望了这边一眼便走了。

姜谨行孤立无援,绝望得浑身直颤抖。

这时,地痞头子举高了手里的长命锁,贪婪地仔细打量:"果然是大户人家!这金子的成色就是漂亮!这下发了!"

嗖——

长箭划破了空气,朝着地痞头子而来,擦着地痞头子的耳朵飞过。

正中那长命锁原本系红绳的小眼儿,抵着这个长命锁,飞出去十几丈的距离,直接钉在了墙上。

地痞头子手中变得空空如也,他怔了一瞬,僵硬地收紧了。

可怕的是,刚才那一箭擦着他的脸颊飞过,甚至削掉了几缕头发。

他看着几缕青丝悠悠地飘落到他的脚下。再看看那钉在墙上的长命锁,传说中的百步穿杨的箭法,可能也不过如此。

他心里惊惧不已,白着脸回头,却见那个坐着轮椅的残废去而复返,只是手里多了弓弩与箭。

竟然是他。

地痞头子被他那一脸淡然的神情激怒了。

没眼力的东西,坏他好事!不收拾收拾,说出去,他做大哥的脸面要往哪儿搁?

他眼睛一瞪,握了握拳头,胳膊上的肌肉凸起,捏紧的拳头已经蓄起了十成的力气。

容淳手头的动作看上去不紧不慢,但弓上很快又搭上了一箭。

这回他却不像上次那样，手臂高高抬起，而是微微下压，脸上露出戏谑的表情。

他……他……他这瞄准的是哪儿？

地痞头子朝着他瞄准的方向低头看去，原本蓄满了力量的拳头忽然一松，立刻快速捂住自己的裤裆。

就在这时，姜家人赶到了。

地痞们瞬间作鸟兽散。

姜谨行被急急跑过来的姜秦氏抱在怀里，哭出了一个又一个嗝，不停地喊"母亲"。

姜谨行打着哭嗝，贴着姜秦氏的怀抱委屈地诉说："那些人，想抢我的东西。"

被安抚了好一会儿后，他的情绪缓和了不少，指着容漳道："是他救了我。"

姜行舟素日里再反感容漳，听到这话，还是二话不说，走到容漳面前向他道了谢。

过了几日，姜谨行才想起杨修竹见死不救的事，吧嗒吧嗒掉着眼泪告了状。

姜秦氏与姜行舟得知事情全貌之后，下定决心不再与杨家打交道了。

隔日，姜行舟、姜秦氏带着姜谨行，亲自登门向容漳道谢。

姜娆自然是一同跟着了，等到要回去时，她与弟弟都不愿走。姜行舟虽然有些不悦，但念及容漳帮了他们家一把，还是允许姐弟二人留下来，他和姜秦氏先回家。

姜谨行一双眼睛偷偷看着墙上挂着的弓弩，眼里满含艳羡。

他平时也会上骑射课，可教他的夫子觉得他年纪太小，只按照着画册教他方法，不让他真射。

姜谨行的那点儿心思，姜娆十分清楚，一双杏眼紧张地盯着他，生怕他不知轻重死活地要去玩箭，闯出什么祸来。

姜娆盯着姜谨行看了一会儿，见他老实安分，便对他说道："我去打点儿水来，谨行，你先陪着哥哥。"

她出去后，姜谨行老老实实地在床榻前安静地站了一会儿，很快便生出点儿胆子来,他问容渟:"请……请问,你的箭法是怎么练的?"

容渟道:"熟能生巧。别总黏着你阿姐,多多练习。"

不一会儿姜娆回来了,为容渟烧上了一壶热水,想着等待会儿大夫来了,要是开了什么药,有热水会方便些。

就是不知为何,姜谨行变得十分奇怪,总躲着她走。姜娆忍不住问他:"你怎么了?"

姜谨行道:"练箭!"

姜娆一脸蒙。

躲着她能练箭?

怕不是个傻子吧?

姜谨行离姜娆远远的,目光四下乱扫,悄悄问姜娆:"阿姐,这里是只有他一个人住吗?都没有别人吗?"

姜娆点了点头,姜谨行的眼睛一亮:"那我们能把他带回家,给我做哥哥吗?"

"他改姓我们的姓,就是我们家的哥哥了。"姜谨行可谓条理清晰。

姜娆有些无语。

她确认了,弟弟就是个傻子。

她赶紧走过去捂住姜谨行的嘴:"不可以,你不要乱说话。"

哪有这样占别人的便宜,让别人跟他们姓的?更何况是让一个睚眦必报的未来大佬跟他们姓……

使不得,使不得。

姜谨行的提议被拒,眼神黯淡许多,皱眉思索了一会儿,忽然眼睛又一亮,问:"那我能和他拜把子吗?"

这回却遭到容渟的无情拒绝:"不能。"

和他拜了把子,和姜娆就成了兄妹,这怎么行?

姜谨行彻底没办法了,嘟囔道:"阿姐想不想娶他呢?"

"什么娶啊?是嫁吧?"姜娆意识到不对劲,赶紧改口,"不……也不是嫁。"

她的脸一红,回眸看着容渟:"你别听他胡说。"

却见他倚靠着床板,微微歪着头,眼眸里带着笑意。他似笑非笑地看着她和她弟弟,眼里有光,干净美好。

娶回家只摆在那儿,都是极好看的。

姜娆被自己脑子里突然蹦出的想法惊吓住了,忙道:"我……我没有。"

"哦?"容浡觉得小胖子顺眼了许多,问她,"没有什么?"

没有图他的身子……姜娆弱弱地想。

她果然是她阿娘亲生的闺女,只因为对面少年太好看便心生出了嫁给他的歹念。

挟恩压人的事做不得。

她有些不好意思地说:"我弟弟童言无忌,你莫要怪他。"

她弟弟是个好弟弟,可惜会说话。

如果是个哑巴弟弟,就完美了。

姜娆把这小子抱起来放到院子里,转身关门,闩上门闩,然后舒了一口气。她绝对不准这个不会说话的小子再进来了。

她又气又羞,脸红得像是熟透的果子。

容浡知道她把她弟弟说的那些话当成玩笑,便不再说笑。

没过一会儿,姜行舟安排的大夫过来给容浡诊了脉。

这一年的腿伤让容浡不良于行,手臂也少有机会提举重物,最孱弱时几乎没有任何力气,如今慢慢恢复了,却也不及从前一半。

他曾经轻而易举就能拉开三百斤的大弓,射个十箭、二十箭都没什么感觉,如今只是放了一箭,胛骨便被震痛。

姜娆看他本来就伤了腿,现在又伤了胳膊,更觉得他可怜。

大夫要脱下他的衣衫露出胸膛,看他的肩头有没有瘀青,姜娆回避了。

姜谨行趁机溜了进来,认认真真地问容浡:"你考虑得如何了?"

他表述得不是很清楚,容浡却听懂了他话里的意思,笑着说:"你的姐姐同意,我便同意。"

姜谨行"嗯"了一声,那他还得再去问问他阿姐。

小孩儿不知道想到哪儿去了,忽然问容浡:"你还没定亲吧?"

差点儿把这么要紧的事给忘了,这个人若是已经定亲了,那他阿姐岂不是要给人做妾了?

容浡懒懒散散地摇了一下头,也不看他。

姜谨行松了一口气，说："我阿姐也没有定亲。但她差点儿和人定了娃娃亲，不过是差点儿，没有定成。"

"和谁？"

姜谨行仔细回忆，之后说道："好像是个皇子……"

容湙的目光一沉，眉头皱了起来。

一想到差点儿与她定亲的人是那些曾经欺辱过他的兄弟，他的目光变得晦暗起来，气音中染上了戾气："是谁？"

但姜谨行忘了。他当时更好奇昭武帝有多少个孩子，问了丫鬟后，掰着手指数了数，心想，皇上的娃娃好多，压根没留意是谁和他姐姐差点儿定亲。

他仔细回忆了半晌，有些自责地说道："我忘记了。"

容湙沉默了。

但一想到他竟然差点儿要叫她一声嫂嫂或者弟妹，他的后槽牙就咬紧了。

他只觉心头一阵无名野火疯燃了起来，烧得他的心窝疼，喉咙涌上血腥味儿。捏紧拳头，清瘦的手背上青筋鼓起："你再仔细想想。"

"想不起来了。"姜谨行一脸为难，但他笃定说道，"但我还记得，我爹爹没答应那门婚事。"

容湙松了一口气，姜谨行又说："他说他永远不会同意阿姐嫁到皇家去的。我阿姐听我爹爹的话，不会和那个什么皇子来往的。"

出去之后，姜娆想找姜谨行，找了半天没见他的人影，却听丫鬟说这小子又钻回屋子里去了。

姜娆只能在外面干着急。

老大夫出来，说容湙的肩膀肌肉因拉弓稍有拉伤，给开了外敷的药。姜娆谢过老大夫，而后进屋找姜谨行。

她不安地想，千万别再让她听到他说什么嫁不嫁、娶不娶的疯话了。他这年纪可能都不懂嫁娶的含义，她都不是很明白，只想着再长两岁再说。

姜谨行见姜娆来了，立刻心虚地缩了缩脑袋。

姜娆觉得屋里的气氛有些异样，便看了一眼容湙。他的脸色并不好看，看向她时，目光中竟带着她看不懂的情绪。

她把训姜谨行的事放一边,走向容淳。她担心刚才大夫说漏了,于是问:"你肩上的拉伤很疼吗?老大夫说有瘀青。"

她说着往前伸手,想扒开他衣领看看瘀青,但终究是男女有别,她又收回手,抬起湿漉漉的眸子,不安地问他:"疼不疼啊?"

她恨不得伤在自己身上。

容淳的目光却停在她的手腕上。细细的手腕,看似一折就断。那两只手腕,他只需一只手就能圈紧。要是能锁起来……别人就看不到了。

容淳甚至不敢去问她,到底是他哪个兄弟差点儿和她定下婚约。

他怕心里最阴暗的想法脱笼而出,关也关不住。

"伤不重,不疼,无妨。"他淡声说道,别开视线,不再看她的手腕。仿佛那样,心里便能静下来一样。

姜娆听着他语气硬邦邦的声音比平常喑哑得多,不免有些奇怪。

这时,姜谨行悄悄拉扯了一下姜娆的衣袖,问道:"阿姐,他叫什么啊?"

姜娆咬了一下嘴唇,小声同姜谨行说:"日后再问吧。"

一开始,她也想知道他到底是哪家的小孩儿,可他疑心太重,总像小狼似的凶巴巴地看着她,眼中满是戾气,叫她不敢多问。

后来做的梦越来越多,她以为自己多少能从他以后的生活状态中窥到一点儿和他家世、名字有关的信息。

但事实是,一个落魄卑微的小侍女是没资格知道他任何事的。

她反复回忆梦境,那些梦里,她大多在晚上伺候他。

好像那间宅子只是他的住宅之一,他白天就走了,只是晚上回来宿着,睡醒了就又走了。

她喊他"九爷",被他奴役得生气了,也只敢在背后唾骂一声"王八九"……

梦里,她一直不知道他的真名叫什么,不然,背后骂人的时候肯定要连名带姓一起骂才解气。

但现在,姜娆已不好奇他叫什么了。本来就只想等治好他的腿伤,便功成身退,若是问清楚了名字,知道了他是谁,了解越多,分开的时候就越舍不得。她辗转各地长大,最清楚这点。

只是,她还是想知道他是谁,因为她想知道他那个主母到底是哪家的女主人，竟恶毒至此。

姜谨行却不顾姜娆的劝告，歪了歪脑袋看着容淳，问道："哥哥你方便告诉我你的名字吗？"

容淳微微蹙眉。

他想起了刚刚姜谨行说的话，有些犹豫。

说了，他们就知道了他是谁，不会来往……

姜娆见他犹豫，以为他还有难言之隐，于是把姜谨行拉了回来，说道："你喊他哥哥便行。"

姜谨行扭头看着姜娆，问："那阿姐也要喊他哥哥吗？"

姜娆还是觉得有些冒犯，却见容淳点头："我的名字，单字一个'淳'字。"

他没说姓，手心却已经冒了汗，生怕姜娆猜出他是谁，自此和他断了交际。

他只说了名，没有说姓，但姜娆已经很惊喜了。

"哪个字？"

问的时候，她下意识地把手伸了出去。

姜娆六岁起就在路上颠簸，马车里不方便研磨用纸笔，姜行舟想教她字，每次都往她手心里写，后来姜娆又这样教姜谨行，如此就养成了习惯。

只是……现在面对的不是她爹，也不是她弟弟。

姜娆突然意识到这点，又把手往后缩。她面上带着一点点儿尴尬，说道："你和我说一下那字怎样写就好……"

话未说完，她的手腕被一股力道拽了过去。

由于幼年时要提水干活，到年纪稍长又偷偷练武，容淳的指腹、掌心均覆有一层老茧，划过姜娆细嫩的手掌心时，磨砂一样的触感令她觉得好痒。

她的手下意识想往后缩，手腕却被他紧紧攥着，勾完"淳"字最后的笔画，他却没有立即松手，而是抬眼看着她说："'水'在左，'亨'在右，淳。"

他并不想松开。

"那我日后便叫你淳哥哥好了。"

容淳的耳朵迅速红了起来。他松了手，紧绷着身子应了一声："嗯。"

姜谨行跟着学："淳哥——"

一样的称呼，换了个人叫，听在耳中感觉完全不一样，容淳耳朵上的红晕迅速消退了下去。

就在姜谨行下一个"哥"字还没出口时，他皱紧眉头，抬起一双冷冷的眸子看着他，说道："你，喊我一声哥就行。"

姜谨行觉得自己受到了差别对待，但他现在有些崇拜容淳，容淳让他喊什么就喊什么，立即端正态度，老老实实地喊："哥。"

他指了指姜娆，又指了指自己，向容淳介绍："我阿姐叫姜年年，我叫姜谨行。"

姜娆："是叫姜娆，不是姜年年。"

容淳笑道："我知道。"

关于她的很多事，他都知道。

"气死我了！"茶楼，杨祈安怒气冲冲道。

她身边围着几个和她交好的邺城世家的贵女。

杨祈安家世最好，自然是她们中间众星捧月的那个，立刻有人接着她那句话问道："谁惹你生气了？"

"姓姜的那一家，做事实在不留情面！我哥哥不救那小胖子，还不是因为他们之前说话那么难听！谁会受了他们的气还帮他们的忙！结果就因为这样一件小事，那家就要彻底和我家断交，还不和我爹爹做生意了。"她越说越气，"我爹爹居然不生他们的气，反倒责怪我和哥哥！"

一旁有贵女听明白了——比起杨家，分明外乡的那家更有权势，不然照杨老爷平日里仗势欺人的作风，怎么可能低声下气？

这杨家在邺城有头有脸，杨祈安就当出了邺城，她家也是有头有脸的了？

挺可笑的。

只是没人把实话说给杨祈安听，她们的家世比不得她，于是表面上顺着她道："那家人是够可恶的。"

杨祈安得了她们附和，怒气更盛，拍着桌子，口气极冲地说道："岂止可恶！"她的脸色难看极了，"就因为他们家那小胖子被打劫，县令竟然上赶着去讨好，把为首的地痞头子给抓了！现在外头的人都在夸他们一家，说沾了他们的福。要不是我哥哥懒得管,这名声该是我哥哥的才对!"

有人问:"头儿被捉了,那些小喽啰就没一个去找姜家麻烦的?"

"没有。"杨祈安郁闷地骂道,"都是胆小如鼠的东西。"

擒贼擒王,那些地痞流氓贪生怕死,见县令都敬那个姜行舟三分,就不敢去报复了。

有的贵女看着杨祈安,心里直发笑。

人家哪里是胆小如鼠?分明是识时务。

那家都还没去告官,县令就急着把打劫的人捉了,这么上赶着讨好,不正说明人家的权势多高吗?

有人"扑哧"笑出了声:"那些街头的地痞,就是耗子一样的东西,让他们去搞点儿小动作还行,恐怕都没人能逮得着他们。但让他们赌上命,自然就指望不上了,他们也怕死啊。"

杨祈安却心里一动。

容淳正在医馆里给自己拿药,却看到老大夫突然皱眉看向外面,眼里是浓浓的不屑,低声嘟哝:"杨家这个闺女,是彻底养歪了,竟然和地痞混在一起。"

容淳闻言望去,见杨祈安正在街边,和她的丫鬟一道,对一个脏兮兮的小地痞说着话。

老大夫看着直叹气:"之前,只因为我给她开的药太苦,这丫头就到处说我医术不行。人无完人,我的医术是有不济的地方,可她也不能因为我开的药苦,就说我医术不行,这不是冤枉人吗?"

他发了一阵牢骚,又说道:"还是姜家那个小姑娘教养好一些。"

"嗯,我知道。"

老大夫忽然好奇地问:"上次叫你试那法子,有没有用?"

容淳咳了一声,道:"有用。"

老大夫很热心地说道:"我这里还有别的一些法子,当初我便是这样娶到我夫人的……"

容淳却已推着轮椅到了门边:"老先生,我还有事,今日不再叨扰。"然后掀起门帘出了医馆。

他出了医馆,见杨祈安正朝着那个小地痞指手画脚,停下来看了两眼之后,

145

眸色变暗了。

杨祈安看别人的时候永远一副趾高气扬的模样,更别说对方只是个小地痞,她都懒得去和他说话,叫自己的丫鬟去说,自己站在一旁看着。

"你们大哥被人捉了,你们这些做小弟的,就这么安闲度日,也不想着给他出气?哦,知道了,你们怕死。是,那姜家确实挺厉害的。可你们就一点儿办法都没有?之前见你们往看不顺眼的人家的墙上泼粪,倒是泼得挺勤快的,旁人也逮不到你们。这回,还真是叫人看了笑话。"

那丫鬟照着杨祈安的嘱咐说完,那小地痞眼里被激起了几分怒意,生气地离开了。

丫鬟回到杨祈安的身边,不安地问自家姑娘:"姑娘,这样说话,他们会听吗?"

杨祈安冷哼道:"要是不听,还真是不如狗了,没骨气!"

"可他们要真去往姜家墙上泼了粪……"

这手段,未免也太下作了。

杨祈安瞄了她一眼,道:"如何?就是这样,才能让我出气。"

"再说了,你没听杨姑娘、李姑娘她们说吗?那些地痞就是夜里的耗子,做事小心着呢,很难逮到。"想着姜家的墙上被泼上粪水的场景,她笑了起来,"指不定,他们不止去一次呢。"

她负手对丫鬟说:"你再去找些人,去把这些话和更多的地痞说一说,免得刚才那个不中用,听了也不敢做。"

相隔一个茶摊,她的话,都被容渟听了进去。

他拦了一个人,给了点儿钱,让那个人去对那小地痞说了一些话。

小地痞听完,眼里凶光毕现,啐了一声:"差点儿被人骗了当枪使了!我得赶紧回去告诉别人,可别让他们也被骗了。"

那个人回来,和容渟说事情办好了,容渟给了他三两银子,说:"你就在这茶摊待着,逢人就说,其实是杨家那位公子偷偷告了官,县令收了他的钱,才没有说出来。"

茶摊来往人多,消息流通得快,这消息传出去,那些地痞一定会听到。

三两银子，差不多是那茶摊老板卖半年茶才能收到的钱，只是传几句谣言，就说是听人说的，别人又捉不到他头上，他当然爽快地答应下来。

容渟的手指轻叩臂托，看着来来往往的百姓，眼里生出了一分嘲讽与悲悯。

他父皇只待在金陵，只从奏折里看天下，完全不知地方的官吏到底是怎么帮他治理江山的——权贵没报案，案子就已经判了，普通老百姓的诉状，却一直置之不理。

一叶障目，却自诩明君，实在可悲。

"怎么一股臭味啊？"

当晚，杨家守夜的下人交头接耳，打着灯笼出门一看，杨家四堵墙上都被人泼上了粪水。

更可恨的是，有面墙上，还被人写了几个字："还会再来。"

一时全府上下都炸开了锅。杨祈安简直气个半死。

夜晚沐浴时，容渟撑着他用木头削出来的拐杖从轮椅上站起来，艰难地往前走。

快到木桶边时，他的腿已经绵软无力，急得他出了满头大汗。

他脱下衣服，进入木桶里。木桶中浸满了难闻的中草药，他忽地憋着气，把自己沉入水底。

水下的视线变得一片黑，容渟闭上了眼睛。

昨晚他做了一场梦，梦里，他的腿好了，在皇宫里见到了姜娆。他很高兴，难得笑了，叫她年年，她却让他叫他皇嫂，气得他半夜醒来后，就再也没有睡着。他披了一件外衫坐在床边，开窗吹着冷风，都降不下心头的火。

姜娆曾经差点儿和他某个皇兄或者皇弟定亲的事，让他生出了无穷无尽的危机感。

若她回到京城，叫那个差点儿与她定亲的人看见了，她那么好，对方定会死缠打烂，继而重新定亲。

绝对不行！

容渟一下从水里钻出来，大口大口喘着气。

他不想只等着她垂怜，一直甘心做个真的残废。

想要什么东西，就得有能与人争抢的本事，即使手段卑劣，为人不齿。

可是……到底是哪个臭虫一样的家伙差点儿和她定亲？

他阴沉着脸将他的兄弟们挨个猜了一遍，手掌运了三分内力，重重拍在了浮着草药的水面上，水珠高高溅起，扑到了他的脸上。

他背靠着木桶边缘，沾满汗珠的胸膛微微起伏，怒火在胸膛中熊熊燃烧。

水桶里的水早就凉了，他却毫无觉察，仍然深陷当中。

直到太阳穴隐隐作痛，他才想到要起身拿来方巾擦拭身子，不料本来已经恢复了几成力气的两条腿此时竟绵软无力。

没人能帮他。

容渟用力向后仰靠，想把木桶弄倒，然后爬出去——这种情况他早就习以为常。

得先想办法把自己弄干。

昨晚吹了冷风，今天他的额头就有些烫，兴许是感染了风寒，导致现在没力气。再不弄干，风寒只会恶化。

木桶应声倒地，水泼了一地，溅起来的水浇灭了烛火，原本就昏暗的屋子霎时陷入黑暗。

有水珠溅到了他的眼睛里，容渟睁开微微发痛的眼，多年的生活经验已训练出他在黑暗中视物的本事，他看清了自己此时的处境——沾着一身药味的身子，狼狈地倒在地上。两条腿根本使不上力气，即使衣服就在两步远的地方，却如同隔着天堑似的，要爬，才能爬到衣服旁边。

他又一次因自己这残废的腿生出恼恨，却忽然听到了院里有窸窣的脚步声。步子很小，却很急促。

他的眉头一皱。

他身上无衣，全身光裸，暗器也不在手边。

若这时有刺客来，轻而易举就能要了他的命。

脚步声走到门前停住。那个人在门外，似乎是踌躇了一下。

屋里的少年这时敛住了自己的气息，脊背略微弓起，像被捕兽夹夹住两条后腿的小豹子一样，即使无法脱身，也做好了殊死一搏的架势。却听到门外一道熟悉的声音传来："渟哥哥，你有没有事？"

姜娩是偷跑出来的。

她晚上做梦，梦到容淳病了，连头到脚全缩进被子里，像只雪地里受困的小动物一样，哆嗦着，不停地打着寒战。

怎么就病成了这样？

她惊醒过来后，立即喊上了明芍和姜平偷溜出院子。

翻墙这事儿，一回生，两回熟。

她踩着石阶，从姜府后院的矮墙那儿翻墙而出。

到了城西容淳住的小屋后，见不论怎么使劲儿敲都敲不开他家的院门后，便决定独自翻墙进去了，叫明芍与姜平在外面守着。

骑在墙上时，她一直在担心他是不是病得昏过去，连敲门声都听不到了。

姜娩气喘吁吁，使劲敲了敲门，屋里还是没人回应，她急出来的汗比刚才翻墙累出来的汗都要多。

她拔高声音又喊了一遍："你醒着吗？你有没有事？"

再没人应，她就要闯了。

"先等等。"屋里终于传来沉闷的一声。

姜娩心里的紧张消散许多，耐心等着容淳来给她开门，却只听到里头传来一声重物倒地的声音，登时急得什么也顾不上了，抬手将门一推就进去了。

屋里一片黑暗，什么也看不清，只隐约可见屋里乱七八糟，满屋浓重的草药味，姜娩不安极了。

容淳人呢？

她下意识地往床边走，却差点儿被人绊倒。她低头一看，见一个人倒在地上。

容淳？他怎么倒在这儿？

姜娩睁大眼睛，想看清楚一些，却"啊"的一声捂住了眼睛。

她转过身去，脸红得不行："你怎么没穿衣服？"

门外冷风吹进来，在容淳湿透的皮肤上激起一层鸡皮疙瘩。

如此狼狈，他本不想被她看到他这种样子的。

"年年，"他低沉的声音听起来像叹息似的，又像带着一点儿责怪意味，"我在沐浴，我没让你进来的。"

"我……我不是故意的。"

姜娆慌张得不知道要说些什么。

其实她是见过他的身子的，在梦里，他沐浴的时候要叫她在一旁看着，她肯定是不会主动偷看的，只是在扶他出来时，难免会扫到他薄衫没能挡住的胸膛，或者是因为多年没有走路，有些萎缩变形，丑陋可怖的小腿。

只是梦里和实际看到的，感受终究是不同的。

她的脑子里不合时宜地又把刚才黑暗中见到的景象过了一遭。

少年光裸的背在黑暗中看不清晰，只隐约见到薄而韧的轮廓，虽不及他日后的脊背宽阔，却也并不像是她以为的皮包骨那样孱弱。

"那我现在出去。"这一想，使她的脸颊更烫了，煮熟的虾一样从头红到了尾。

不能再想了，她得努力想点别的东西挤走她脑海里不该有的画面。

于是她想着她绣出来的那些鬼东西，抬脚就往外走。

可脚尖才刚离了地，另一只脚像被什么勾住了一样，重心不稳，身体往后一跌，跌进一个渗着凉意的怀抱里头，只听耳边闷哼一声。

容湙虽然有伸脚的力气，真把人勾到怀里来了，就遭了报应。

他额头的青筋凸显，被砸到的腿生疼。

听着那声忍痛的闷哼，姜娆立刻从他的腿上爬了起来。

她想看看他被她砸成什么样了，视线才转过来，又想起他光着身子，连忙捂着自己的眼睛，不知所措。

"别走。"容湙咳了两声，说道，"床头的那几件衣物，拿给我。"

姜娆脑子里一团乱麻，反应慢了半拍。

容湙无奈道："总不能让我一直光着。"

姜娆的脸上快要烧起来了，"哦"了一声，在黑暗里摸索着到了床边，抱着他要的衣裳，又摸索着往他的方向走了两步，然后背对着他："衣服，给。"

身后，响起了窸窸窣窣穿衣服的声音。

姜娆尴尬得不行，企图用说话声盖住他穿衣服的声音："你是在浴桶里摔倒了吗？怎么周围全是水？"

"嗯。"容湙轻描淡写道，他的头昏昏沉沉，声音不再乔装便显得轻弱许多，像是甚是病重之人。

姜娆以为他这话是在暗示她他有点儿冷,便立刻去把门关了。

冷风被隔在了外头,屋里一下安静了许多。

她过来把他扶到床上,把被子拽到了他的腿上,动作细心又温柔。

容渟的目光里有了几分郁色。他最难堪的模样,差不多都被她看遍了。

他的喉头有些干涩,问道:"你为何会在这时过来?"

姜娆背对着他蹲在地上,在摆着蜡烛的那张木桌前摸来摸去,找火石和蜡烛,头也没回地说道:"近日城里得风寒的人多,你的腿伤还没有好,身子弱些,容易得病。我晚上睡不着,就想来看看。"

她的话半真半假,但担心是真的。

她终于找到了火石,点燃了蜡烛,屋子瞬间亮堂起来。

她这才看到,原来容渟的脸也红着。

原来苍白的肤色脸颊多了几分红晕,按理说,红润该是健康的颜色,他脸上那种病态非但没有削减,反而因为这异常的红,增添了几分,看上去像是醉了酒那样昏沉,眼神都是像醉了。

她心里"咯噔"一声,他这确实是风寒无疑了。

姜娆急匆匆捧着烛台往外走,想着还是得叫大夫来,却被容渟唤住:"我这里有药。在桌子的抽屉中。"

姜娆依着他的话翻到了药包,问:"你何时买来的药?"

"白日里头有些疼,就去老大夫那儿拿了药。"

姜娆皱眉,有些嗔怪道:"你生病了怎么不告诉我?要是你早点儿告诉我,我就不会叫你一个人在这儿,你也就不会从木桶里摔出来了。"

容渟声音喑哑地苦笑道:"一个人也能熬过去的。"

哪回生病他不是一个人熬过去的?

饿了忍一忍就过去了,冷了撑一撑也就过去了,唯独生病,身体难受到极点,没人照顾,没药吃,直接死了都比那滋味好受。

他这瞒着她还理直气壮的态度,让她有些生气,看在他是个病人的分上,才不和他计较:"我去给你煎药。"

她把药煎上,把倾倒的木桶收拾出去,又扫走了满地的水。

屋里光线不好,她的动作比起白日来更加慢吞吞。

容淳看着她的背影。

因为生病,他平日里的疏离与疏离都化掉了,目光是痴缠、脆弱的。

他才知道,原来小时候生病的时候觉得难熬,不是因为没有药,而是那时候,身边所有人都盼着他死,无一个人盼着他好。

姜娆收拾好这一屋子的凌乱,回来后关严了门与窗户,将药端给他喝:"没有糖,你将就一些,只喝药吧。"

容淳仰着下巴乖乖喝了药。她给什么,他喝什么,是苦是甜都无所谓。随着吞咽的动作,他披着的外衫微微散开一点儿,露出来的胸膛上,布满了交错的伤痕。

姜娆别开了视线。

她知道他的颈后、肩头也伏着几条疤痕,怕是上了战场的战士都没那么多伤。她忍不住问:"你的那些伤,都是从哪儿来的?"

容淳见他敞着衣领她就不再看他,默默地又把外衫领子往中间拢了拢。

"练武时受的伤。"

还有小时候被嬷嬷抽打出来的伤。嘉和皇后想用鞭子把他驯化成一条听话的,毫无主见的狗。

但他不想说太多给她听。

药效渐渐发作,姜娆看着容淳的眼皮明显沉重起来,便在一旁等着,想等着他睡着了,自己再偷溜回去。

但他的眼睛才闭上了一小会儿,就会突然睁开,盯着她看一会儿,眼皮不敌药力,又沉下去,但很快,又会睁开眼睛,盯着她看。

如此多次,姜娆觉得这也不是个办法,想着兴许她走了。他就能安稳睡着了,于是说了声"我走了啊",起身欲走,手却被人从身后一下拉住。

"别走。"他那声音像是欲哭的小孩儿,"我难受。"

姜娆无奈,又坐了下来,抽了抽手,却抽不出来,只好等着他彻底睡熟了,将他的手指头一根根掰开,手才拿出来。

刚才被他握得太紧,她的手都有些疼了。

她揉着自己发红的手指,看他的手在被子上摸来摸去,像是在找什么,不由得失笑。

还真像个小孩子。

但她没法在这里待一夜,她不能仗着自己年纪还小,还没到及笄的年纪,又仗着这里是民风开放的邺城,就不守规矩。

半夜来这里已是极其出格的举动了,让她爹知道了,就算她说自己是去救人,她爹肯定也会气个半死。

只是他这样子当真可怜得紧,她看着他病恹恹的睡颜,一瞬间就明白了她小时候生病,她爹娘守她一夜的心情。

姜娆打算再多待一刻再回去。

那只在被子上摸了半天,什么都没摸到的手忽然停住,它的主人坐起身来,掀起眼皮,视线环顾了四周一圈,像还在做什么梦似的,眼神还是迷离的。

看到姜娆时,茫然四顾的目光,终于定住。他像是确认了什么一样,上身前倾,扑了过来。

第六章
别离终有时

他手长脚长,扑过来的速度极快。

姜娆完全没防备,后腰往后一沉,就要落到榻上去,却被一双宽厚带茧的大手钳住了腰身。

因受了风寒,他的身体极烫,隔着布料,也叫姜娆的肌肤灼烧起来。她推了推他,推不开,反而惊动得他皱眉喊了一声:"年年。"

他的气息极烫,令姜娆的耳尖又痒又麻。

他闭着眼睛在她的颈间蹭了蹭,没听到回应,又继续喊:"年年。"

他低沉的声音里,带了一丝不安。

姜娆被他身上的温度烘得脸上起了一层薄汗。

不知道他叫了几声"年年"以后,她终于听出了他声音里的不安。

这一声一声的,像在确认什么。

"我在。"她说。

她扶着他,想让他躺回去。刚抬手就听到耳边痛苦的一声闷哼:"我难受。"

姜娆顺势摸了摸他的额头,烫得使人心惊。

"躺下你就舒服了。"她温言相劝。

钳在她细腰上的修长手指却状若不经意地动了动,力道更大了。

若说刚才扑上来时,容渟的脑子里还有些糊涂,分不清现实与梦境,这一折腾,他便清醒了一半。

他烧糊涂的脑袋一直在做梦,还是最近常做的那个梦,梦里得叫她皇嫂,气得他的心口堵得慌。

刚才睁开眼,见她垂着脑袋坐在他的榻边,纤细的一截颈子在眼前晃,肌肤极其白皙，比雪地还要干净，仿佛用手指摁一下，就会留下红印。

他盯着看了好一会儿，目光渐深。

大概是因为那些药的作用，自制力溃不成军，只是看着她，脑子就被一些癫狂的念头填满了。

他想宣告主权，想留下痕迹，想咬。

这些是他本能、本性的念头，没了理智制约，在夜深人静之时，越燃越旺盛。

他的脑袋搁在姜娆一侧的肩头，闻着她身上的香气，烛光映照着的冷白脸庞看上去病弱乖巧，掐着她腰身的修长手指却逐渐用力。他像渴了一样，暗暗舔舐了一下虎牙牙尖，却听她有些娇气地叫了一声："你的手轻点儿，掐得我疼。"

容渟的呼吸一滞，像是清醒过来一样，眨了眨眼，眼神里因为那些疯狂的念头生出的异样，平缓地沉没下去，掩藏了起来。

他轻轻把手松开了。

到底是舍不得她疼。

他的下巴不轻不重地搁在她的肩上，不说话，只要听到她的呼吸声，知道她在，他就得到了极大的慰藉。

还好，刚才那些，只是梦。

姜娆伸出手去拍了拍他的背，安慰道："你快睡吧，睡好了病才能好得更快。"

她的动作温柔，他的眼里却透出了哀戚的神色："你会不会走？"

她会走的，等他的腿伤好了她就走，这是她说过的话。

能一直像现在这样就好了。

"我不会走的。"少女哄人的声音轻轻的，又温柔。她的手在他背上轻轻拍着，怕他烧糊涂了没听到，重复了一遍又一遍，"我不会走。"

"嗯。"容渟缓缓地应了一声，声音很沉，"你莫要骗我。"

"当然不骗你。要是你不好，我就闭眼不睡，守你一夜。我不走。"

药效越来越强，容渟合上了眼睛，错过了姜娆像许诺一样说的后两句话。

更深露重。

姜娆扶着重新睡着的容渟躺了回去，摸了摸他的额头，烫得厉害。

再想想他刚才又像是醉了，又像是梦呓一样的举止，觉得他这病比她想的要严重。于是她去院里水井那儿，汲了半桶水来，把粗汗巾用凉水浸湿了，拧干水，放到他的额头上。

她自己抱了板凳过来，在他床边守着。等汗巾被他的体温贴热了，她便取下来重新在冷水里浸一遭，再拧干了敷上去。

一次又一次，不知疲倦。

她偶尔抬眸看他一眼，见他的脸色仍旧烧红着，听到他的呼吸声还是有些虚弱，心里就揪作一团一样难受。

夜已经深了，但因为惦记着他，她倒也不困。

他现在这副可怜兮兮的模样，和她梦里的他没有半点儿相似之处。

梦里的他睡觉的时候，总让她睡在一旁守着，以致府上的人误会她是他的通房丫头，纷纷塞东西给她，想让她在他面前为自己美言一两句。可她的话，在他那儿没有一点儿用，别人来送东西她也不收，拂了别人的面子，得了个恃宠生骄的名声，在府里的人缘越来越差，生活得越来越艰难。

一想到这里还是想骂他王八九。

床上的人不安分地动了两下，姜娆站起身来，拿走他额头上的湿汗巾，用手背试了试他的额头的温度。

不太烫了。

她呼了一口气，心里算放心了。

看一眼外头的天色，倒是辨不出是什么时辰了。

等到最后溜回姜府，钻回到自己的被窝里时，姜娆又累又困，很快睡着了。

次日，明芍喊了姜娆两次，都没能把她唤醒，只得抱走了姜娆的被子，喊道："姑娘，该起了。"

姜娆正睡梦沉沉，身上乍然一凉，醒了过来。她揉着眼睛坐起来，仍一副迷迷糊糊想睡觉的模样。

"姑娘若是不去用膳，又要叫老爷担心了。"明芍接过别的小丫鬟递来的衣裳，给姜娆套上，目光扫到肚兜两侧的肌肤，皱眉道，"姑娘，您的腰上……"

姜娆一脸蒙，低头一看，见到腰间微红的痕迹，霎时清醒过来。

这肯定是昨晚被容淳掐着腰的时候留下来的。

她顿感头疼,搪塞道:"昨晚睡着的时候,我不小心滚到床下,可能是那会儿摔的。"

她忍不住腹诽,不知道那个生着病的人是梦到了什么,明明看上去虚弱得没什么力气,那一下还是把她掐疼了。

明芍看得心疼极了:"是奴婢的过错,昨夜竟没留意到姑娘,连姑娘摔下床了都不知。"

姜娆连忙说:"是我不小心,同你没什么关系的。"

明芍去找了活血膏来,忍不住唠叨道:"姑娘打小就这样,磕了、碰了身上易起瘀青,下回可要当心着些。对了,和姑娘说件趣事。奴婢今早听人说,杨家得罪了这里的地痞,每天不管怎么防,都有地痞去捣乱。"

姜娆一向不是个喜欢幸灾乐祸看热闹的,兴趣缺缺地说道:"兴许是他们得罪了什么人。"

明芍说:"不止这件,还有,小少爷昨天出门看戏,遇见了杨家那对兄妹。小少爷这两天脾气沉稳不少,连被杨姑娘喊成小胖子都没生气。但她说,姑娘您的外貌、才情,连这里油坊里的姑娘都比不上,小少爷气急了,非要去和人打架。还好,姜平机灵,拦住了小少爷,讲明了事理,说现在外头的人都知道杨家是求娶不成,怀恨在心才这样,都在看他们的笑话。"

姜娆这回才笑了:"那油坊的姑娘倒是无辜,平白无故被拉出来比较。"

"好玩的还在后头。"明芍笑道,"小少爷一顿大闹,回头去啃了个瓜,瓜皮扔到了杨家兄妹上轿的地方……"

姜娆又笑不出来了:"这小浑蛋。"

手段明的、暗的都有,都能玩出花来了。

她还以为吃了一回教训,他多少也能老实安分一些。

果然是江山易改,本性难移,他还是那个无法无天的小霸王。

"但小少爷昨天啃了一整个蜜瓜,今早就拉肚子了。刚才我在前院碰见他,捧着肚子想来找姑娘,说他才知道那个杨公子接近他是想求娶姑娘,要姑娘揍他这个小眼瞎的一顿。少爷当真是可爱又可笑。"

"他心里知道我不会揍他,才敢过来。"姜娆心里有数,说道,"我若真揍他了,他势必得哭泣,说什么姐姐不疼他了。瓜皮那事,告诉我爹娘,让他们管管我弟弟。"

明芍给姜娆穿好了衣衫,又道:"姑娘眼底鸦青很重,要不要让奴婢给您抹点儿粉来遮一遮?"

姜娆颔首,去用早膳时,心里也就没那么害怕被她爹爹看出她昨夜翻墙出去了。

她一到用膳的地方,就被姜谨行抱住。

"要阿姐牵。"姜谨行勾着她的手,非要她牵着才肯走进去。

"不是要我揍你吗?"姜娆逗他。

姜谨行立刻把脑袋一缩,手下意识捂着屁股,又松开,委委屈屈地说道:"姐姐要揍……"他眼一闭,心一横,"那就揍吧。"

姜娆替他理了理衣领,道:"手疼,不想揍你,你知错就行。"

"那我给你揉揉手。"姜谨行软乎乎的两只小胖手罩住了姜娆的手,他的鼻子灵敏得很,闻见她身上似乎有股淡淡的苦药味,问,"姐姐生病喝药了吗?怎么身上有草药味?"

吓得姜娆赶紧把姜谨行身上戴着的荷包摘下来戴在了自己的身上。

有荷包的味儿遮盖,这回任谁也闻不出她身上的药味了。

直到用完早膳,都没人发现她昨夜出府的事,姜娆才松了一口气。

这事,可算是过去了。

城西,天还没亮,容渟就醒了。

他撑着上半身在榻上坐起,一块湿汗巾自额头滑落下来。

他摸了摸自己凉凉的额头,抿了抿唇,良久,轻轻笑了一声,眼底冰雪消融。

容渟将腿挪往床边,意外地发现腿比染上风寒之前还要有力许多。

他两只手微抬,试着不扶任何的东西站起来。

他的眼里闪过一丝精锐的光芒。

可以了。

院里传来"咚"的一声,不多时,房门被人推开。

推门时,姜娆还怕容渟没醒,很小心,没敢用太大的力气。

推开门见容渟在床榻边坐着,她的眼睛一亮,忙问道:"渟哥哥,你醒啦?"

她手里拎着一个八角食盒,说:"我给你送饭来了。"

食盒打开后里头是热气腾腾的粥。她盛出一碗,端到容渟面前。

见容渟的精神比起昨日似乎好了许多,心底稍安一些,关切地问道:"你的风寒,有没有好些?"

本来昨夜她回去,是想继续做梦梦点儿什么。但做不做梦,做什么梦,完全不是她可以掌控的事情。

昨晚回去后她睡得太香,什么都没梦到。

容渟目光幽幽地看着她。

姜娆今天没穿高领的斗篷,白皙纤细的脖颈袒露着,叫他一下就想起昨晚梦里的场景。

"我的病,好得差不多了。"他最终还是移开视线,不敢再直视姜娆,怕多看一眼,就会将心事泄露。

姜娆却是不信:"你的话我可不敢信,病了一天,都没告诉我。"

"当真好了。"

容渟没被人这样关心过,脸不由自主就红了:"即使你叫大夫来看,他也会说我好了的。"

他久病成医,不会弄错。

"便信你一次就是了。"姜娆把粥往前递了递,"不过我看你还有些脸红,你喝点儿粥,刚生完病,喝粥会舒服些。"

容渟却忽然将脑袋偏向另一侧,迟疑好久,才又将目光移回来,问道:"你可还记得昨夜的事?"

"嗯。"

容渟咳了咳,垂下眼眸。

他尚带病气的漂亮脸庞上长睫微微颤抖,仿佛有点儿羞涩,难以启齿地慢吞吞说道:"那你……你看了……看了我的身子。"

姜娆愣住了。

这这这……这是什么意思?

她又不是故意要看的。

容渟忽然剧烈咳嗽起来,姜娆回神,忙端水喂他饮下。

她看着他吞咽时动来动去的喉结,浑然不觉少年的目光在掠过她的脸庞时,隐约透出的锋芒与浓浓的独占欲。

虽然他说自己病已经好了，但烧一退，他脸上显出了苍白的底色，看上去身姿单薄，像久立云端的仙人，再加上那像要把心、肝、肺都咳出来的咳嗽声，看着实在是病弱极了。

"年年。"他说着，再度咳起来，病恹恹道，"在大昭，看了人的身子，是……是要对人负责的……"

姜娆心里一惊。

他这是说的什么话？

被看了身子，清白受损的，不都是姑娘家吗？

要么就是勾引书生的狐狸精。

至于容淳……若只看他的脸，说他是狐狸变成的美人，倒是绰绰有余，甚至这个病美人，比妖精要惹人怜爱得多了。

她一时语塞，不知道要答些什么，两只手紧张地搓了起来。

那些被质问的男子最后都是怎么做的来着？娶了妖精回家？难道容淳的意思是让她娶他回家？不对啊，她如何能娶他啊？

"但是，我没关系的。"病美人弱弱一笑，叫人心都要碎了，"虽然……是第一次被人看光身子。"

单纯的姜娆完全听不出他话里的意思——有关系的，我要人哄，反而因为他那句"没关系"，放松了不少。

她忽略掉了容淳后面那句话，笑着说道："我就知道你不会强人所难的。"

她好不容易把大半夜偷溜出门的事蒙混过去了，要是再捅到她爹面前，还让她爹知道她看了男人身子，他要么气得打断她的腿，要么捶断自己的腿。

父女二人，至少有一个，下半生要在轮椅上辛酸苟活。

黑灯瞎火的，她什么都没看清，还要承担这种后果，太亏了。

姜娆眯着眼笑着，把手指放到唇边，朝容淳比了个"嘘"的手势："那我们以后千万不要再说起这件事，不让人知道，就可以当作没发生了。"

容淳无言以对。

他很无奈，终是看着她缓缓地笑了一下。

姜娆盯着容淳喝完粥，视线忍不住扫向他藏在被褥下的两条腿。

虽被盖住，两条腿的高度与长度都还好，看上去并不孱弱。甚至只是粗略一看,也能看到他的腿长在同龄人中已算卓越。

若是他的腿伤没有治好,将是另一番景象。

多年之后,他的双腿会因长年不能走路,肌肉萎缩,形状丑陋,绵软无力得堪比耄耋老人,与他宽阔结实的肩背和堪称绝色的面容,形成鲜明对比。

腰带以下,腰带以上,竟是天壤之别,一丑一美,一弱一强。

对比如此鲜明,这种罪,也不知道他是怎么受过来的。

姜娆心中唏嘘不已,觉得未来的他虽说可恶、可恨,却也当真无比可怜。

还好,现实中他的腿伤能好,不会成为她梦里那副样子。

等他吃完,姜娆收走用过的碗。

看到墙边竖着几条用于绑在腿上辅助行走的木条,她转头问容淳:"你双腿试过走一下了吗?"

容淳将情绪藏得极深,"嗯"一声,未再多言。

"如果能走动两步,即使是扶着东西走,也是好的。也可以常常敲打、按摩一下双腿,不然你不走路的时间久了,腿会变得更加没有力气。多活动一下,指不定能更快站起来呢。"姜娆说着,像是看到了他在她面前站起来的画面一样,眼睛一弯,甜甜地笑了,"要是站起来不久以后就能跑,那就好了。"

她说的,容淳在医书上看到过。医书上那些冰冷的蝇头小字,他一字不差地记在了心里,心却还是冷的,生不出任何期待来。

腿好或不好,左右不过都是苟延残喘,低声下气地活着。

可这会儿听她讲起腿好以后的事,还一副很开心的模样……

有了个期待着他好的人,他耳边说以后如何如何,他竟然也有些期待以后了。

只要,那个以后,是有她的。

"年年。"他的身体刹那紧绷,语气中带着一丝羞涩,"你既记得昨晚,那你说的那些可都作数?"

姜娆抬眼看着他。

她不知他是指昨夜她说的哪句话,毕竟她叽叽咕咕说了一大堆。

可她向来坦诚,问心无愧,于是说道:"自然都作数的。"

容淳轻轻扯起嘴角,苍白的脸上露出笑容:"那我便当真了。"

他沉默良久，忽地出声："那昨夜你念了三次的那个人，是谁？"

他的声音平缓温柔，眼里却藏着一抹不易被人察觉的阴郁。

姜娆愣了愣。

他在问……王八九？

说不作数还来得及吗？

姜府。

姜行舟像热锅上的蚂蚁一样，在书房内来回踱步，眉头深深皱起，终是叫人去将姜秦氏叫来，要同她商量商量。

"倾善，你可还记得，前几日我说过，城西那小子长得有些眼熟。"

"妾身自然记得，只是想了许久，都没想出金陵同他一般大的孩子里，有哪个孩子长得像他的。"她看着姜行舟的脸色，问道，"愁眉不展的，可是想起了什么？"

姜行舟沉声道："你倒不如想想九皇子的模样。"

姜秦氏想了想，"哎呀"一声，眼里露出欢喜的笑意，道："那小孩子长得漂漂亮亮，真是招人喜欢。"

姜行舟捂住额头，这么多年了，他还是没法习惯妻子的"见色眼开"。

"不是……"他无奈道，"是让你想想，城西那小子和九皇子像不像。"

"妾身不比您的眼力，您想说什么，直接告诉妾身便是。"

姜行舟的手指点了点自己右眼眼下："九皇子这儿是否有颗小痣？"

姜秦氏沉默了一会儿，答："是。"

"城西那孩子眼底下也有，左眼下面，不仔细看根本看不见。"姜行舟便是通过这一点将他们联系起来的，"你再想想他们的五官，是不是有点儿相似？"

姜秦氏讶异地问道："您是说，那孩子是九皇子吗？"

"我担心是。"姜行舟说，"可我又担心，是我记错了。毕竟只是多年前见过几回，那时候他还小，小孩长大后样貌大变的，不在少数。我们也未曾听说九皇子出京的消息，实在难以确定。年年那边，我还什么话都没说，免得是我看错，叫她起了误会。我想写封信寄往金陵，向人要一幅九皇子如今的画像，再比对比对看看，看是否一致。"

他往书桌边走去，姜秦氏跟上去："若真的是九皇子，您打算怎么办？"

姜行舟的步子一停："到时再说。"

脸色却已经泛冷，一副不愿有瓜葛的样子。

姜秦氏道："老爷这信，不如寄到云贵妃那儿。"

云贵妃是姜秦氏叔叔家的妹妹，十五岁入宫，颇得昭武帝喜欢，入宫第五年，就升至贵妃的位分，时至今日依旧美貌不减，圣宠不衰。

姜秦氏尚在闺阁时，便很照顾这个妹妹，在秦家，她们的关系最好，胜似亲姐妹。

"阿云在宫里这么多年，你将城西那孩子的画像画好了，寄给她看看，让她判断那孩子和九皇子是否真为一个人，更快一些。"

姜行舟点了点头。"人，让她看看也好，可云贵妃做事向来随心所欲，让人担心她做事不够可靠。"

姜秦氏笑道："她的个性是骄纵、随性了点儿，可你提一句，这事儿和年年有关，她定然就上心了。"

秦云入宫之前，原本就最喜欢秦倾善这个堂姐，小尾巴一样，总黏在秦倾善身边。

后来姜娆出生，她的注意力就全转到了这个眼睛乌黑、圆溜溜，又不哭不闹，十分乖巧的小奶团子身上。

每回见了，都要爱不释手地抱着。

入宫十年，她膝下并无一儿半女，待姜娆越发像对待女儿一样。

姜娆每岁生辰，来自云贵妃的贺礼，定然是所有贺礼里头，最用心的那份。

"便依你说的。"姜行舟应了下来。

姜秦氏不忘提醒："你在信里头别忘了同她说，等我们回金陵后，会进宫看她，年年肯定也想见她小姨的。"

姜行舟依她所言，悬腕写着字，忽问妻子："年年这会儿，又不在家吧？"

姜娆不在家。

姜娆正在城西小屋内，低着脑袋忏悔。

后悔自己骂人就骂人，居然没忍住骂出了声。

还是当着本人的面，骂出了声。

果然遭报应了。

姜娆垂着脑袋，不知道怎么向容渟解释。

要说王八九是他，不对。可若说不是他，也不对。

这完全是解释不清楚的事。

她语焉不详："那是个人……"

容渟的嗓音微冷："是谁？"

姜娆急中生智，飞快作答："那是个姓王的人，八月九日出生，名字便叫八九。"

大昭有些普通人家，子女生得多的，起名都顾不上，便以生辰为名，比如周初三、李重九。

姜娆说得有模有样，只可惜容渟不是个好骗的，他问："是吗？"

"是呀。"姜娆语气干脆地应道，但目光躲闪，不敢与他对视。

容渟朝她笑了笑，笑容还算得上是温柔，心里却闪过一丝想赶尽杀绝的念头。

他在想，一个出身普通到要用生辰为名字的人，何故值得她夜晚一个人时，悄悄念上三遍？

外面艳阳高照。

趁着阳光大好，姜娆在院里晒起了被子。

可惜她的力气不够，抱着厚重的被子走路时视线又被挡住，步伐不稳，一摇一晃，像只小鸭子一样。

还好，他晾晒衣物的绳子低，姜娆的鸭子步走了没多远，就到了绳子处，把被子搭了上去。

姜娆在家中从来不做家事，动作便有些笨拙。

容渟坐在窗下，身子侧倚着窗户，看她搬了板凳出来，在被子底下撑着被子，这样被子底部就可以离地面远一点儿，蹭不到地上的泥。

虽说经验不足，倒是细致聪明。

姜娆听到身后的动静，回头，见容渟操控着轮椅想要从屋里出来，急忙跑过去，绕到他身后，推他出来。

容渟的脸色极白，除了因为他肤色天生冷白，还因为他浑身带有一种幽冷的气质，就像是从来没见过阳光一样，透出病态的苍白。

"我带你去晒晒太阳吧。"姜娆说。

容淳点头，姜娆便把他的轮椅推到了院里阳光最好的北面墙边，找来毯子，盖在他的腿上。

她自己也搬来小板凳，在他旁边坐着。

姜娆昨夜睡得少，今天又跑前跑后，这会儿晒着太阳，困倦地闭上了眼睛，不知不觉差点儿睡了过去，脑袋摇晃着，往下一磕。

容淳连忙伸手接住。

他的手掌小心托着她的脑袋，而后操控着轮椅，挪了挪位置，让她的脑袋枕在了他的腿上，又将毛毯披在了她的身上。

此后，他看着落在她脸上的阳光，修长的手抬起，在她脸上投下一片阴影。

他微微俯身，身体投下的阴影，将她小小的身子全部罩了起来。

周遭分外安静，容淳垂眼看着她，眼底是无限的温柔。

倘若时时刻刻，都如同此刻一般，多好。

他不想从她口中听到旁人的名字，也不想看到她的目光投到其他人身上。

他的手指落下去，在她额头上轻轻碰了碰，拨开了一缕碎发。

那些被她反复念叨过名字的男人，要被碎尸万段才好。

"年年，对他人别像对我这般好，好不好？"明知道她听不到，他却还是开口说道，"只待我一个人这般好，好不好？"

她那么好，他一点儿都不想让旁人知道。

姜府寄出的信，快马加鞭，三日就到了金陵，很快就被转送到了云贵妃的手中。

云贵妃闲闲地倚坐在美人榻上看着信，她眉眼动人，腰肢纤细，看模样，和姜娆有两三分相似，只是姜娆眼睛生得圆亮，她的眼睛细长媚人。她边看信，边骂着姜娆："年年小没良心的，明明答应过我要写信给我，结果这么久都没写一封，这封还不是她写的，小没良心的。"

小宫女知道自家娘娘把她那小外甥女当女儿，嘴上虽然骂着，心里实际上疼得紧，听娘娘在骂人，她可不敢附和。

云贵妃将信展开，一眼掠到信纸最后。

见上面说，不久之后年年会回来，还会来宫里看她，她登时喜笑颜开，对身旁的小侍女吩咐道："叫小厨房多钻研几道酸甜口的菜式，年年喜欢。"

小宫女心道，幸亏没跟着骂，"喏"一声，下去了。

云贵妃这才从头到尾地看完一整封信。

看完，她稍带困惑地把信中的画像取了出来，只扫了一眼，脸色便沉下来："这不就是九皇子吗？"

她与嘉和皇后一贯势不两立，提起锦绣宫里的人，她心里都厌恶极了。

像怕沾了晦气似的，她将那画像扔到了一边："过会儿给我研磨，我要写封回信。"

她考虑了一番，又说："我得告诉他们本宫病了，叫他们赶路赶快点儿，可别慢慢吞吞的，我要是真死了，他们吃席都赶不上。"

之后，她叫了个宫女过来，问道："锦绣宫里那位，说是怕那自杀的刺客还有别的党羽，将她儿子送出京去静养，她在金陵着手调查这件事。这都一年过去了，九皇子还没回来。锦绣宫那位，可查出什么来了？"

"未听到她查出什么消息。"

"呵呵，刚出事时，她还想将脏水往我身上泼，想让人觉得是本宫在害他的孩子。她可是小看了本宫。本宫若真是要害，也要害她最宝贝的小十七。"

宫女早就习惯了自家娘娘胆大妄为的话语，只是这次，她的话实在是惊世骇俗，马上说道："娘娘，此话不能乱讲。"

云贵妃轻慢地哼了一声："本宫只是看不惯她那副假装贤淑的嘴脸。"

宫里人对嘉和皇后的看法，分成两派。

一派觉得她当真是名门闺秀，温柔贤淑。

另一派，觉得嘉和皇后太虚假，看不惯。

这些看不惯嘉和皇后的人，也看不惯被嘉和皇后养大，被她常挂在嘴边，在昭武帝面前哭诉养育得多辛苦的九皇子容渟。

想给嘉和皇后使绊子的人，更是见不得容渟好，总在暗地里欺负他。

两年前的秋猎，听闻容渟重伤，一众妃嫔看着嘉和皇后焦急落泪，表面上个个心急如焚，背地里却是各有各的快意舒畅。

却不知，因为养子受伤而流泪到肝肠寸断模样的嘉和皇后，背地里同她们一样快意舒畅。

无人真心在意那个落马受伤的小少年腿上的伤,到底是怎么回事。

申时,夜色已深。

壅清殿内,昭武帝仍在批阅着奏折。

在他身旁伺候的太监总管李仁上前,轻声说道:"皇上,今日十五,您要宿在皇后那儿。"

昭武帝看着满桌未改完的奏折,疲倦地说道:"告诉皇后,朕政事繁忙,今晚直接宿在壅清殿,不去皇后那儿了。"

李仁应了,半时辰后,带着一个食盒回来:"皇后娘娘给您煮了梨汤,一直等着皇上前去,听说皇上不能来了,叫奴才把这个带过来。"

昭武帝说:"呈上来吧。"

他尝了两口,清甜生津,紧皱着的眉头舒展了许多。

喝完梨汤,他问李仁:"朕派人去接小九回来,为何至今尚未听到动静?"

李仁答道:"若非快马加鞭,从邺城到金陵,少说得有十日,这一来一回,就有近一个月下去了。皇上,耐心等等,九皇子很快便会回来了。"

昭武帝微微弯起嘴角笑道:"你可还记得朕的吩咐?"

"奴才记得。"李仁恭敬答道,"皇上说过,此事不能叫皇后娘娘知道了,奴才自是照着皇上您的吩咐办事。皇上良苦用心,待九皇子回来,娘娘会更高兴的。"

昭武帝满意颔首:"待到小九回来,先将他带到朕这里来,朕亲自带着他去见皇后。"

他看着那个盛梨汤的空碗,笑道:"皇后执掌后宫不易,此事,兴许能叫她开心一些。"

容渟的风寒不出三日便彻底好了,腿上的伤势也显而易见地好了许多。

即使无人搀扶,无所依附,他也能独自站起来支撑一小会儿了。

容渟从轮椅上起身,长期没走路的腿颤颤巍巍地支撑起身体。

他的脚步沉重而缓慢,一步步走到门边,抬手推开了门。

对常人来说，这不过是普普通通的一件事。对容淖来说，却是时隔一年未曾有过体验。

他站在白日明亮的光线里，背影挺拔笔直，身体却在微微颤抖。

就这么无声地站了将近一炷香的时间，他终于支撑不住了，跌坐在门边的椅子上。

但容淖心里知道，他这是好了。

只需再训练几日，便可以健步如飞，同常人没有区别了。

终于……

虽然双腿仍然没有恢复到最好的状态，但是他眼中的神采已经变了。就仿佛牢笼里的困兽终于脱困，那些压抑许久的报复欲与嗜血的杀心，在他的瞳仁里积聚，沉淀，渐渐地凝成了普通人难以理解的晦暗浓重。

容淖去医馆找到了老大夫。

老大夫把完脉，惊诧地说道："你这也好得太快了！"

容淖没什么反应。

见容淖如此平静，老大夫只觉得他过分老成，像是历经沧桑的老人。

两条腿废了一样在轮椅上坐了一整年，突然好了，换谁不会狂喜？

老大夫道："你如今四处走走已经无妨，不必非在轮椅上坐着了。"

容淖摇了摇头："我怕疼。"

老大夫显然不信："你不怕吃那些药时承受的痛苦，还怕走起来的这点儿不适？"

容淖并不打算解释。

老大夫无可奈何："罢了，罢了，毕竟是你的腿，你愿意在轮椅上坐着，那就继续坐着。小少爷，恭喜你，你这腿伤能治好，当真不易。"

容淖的表情稍有些冷。

他不知道此刻要说些什么。

几乎在任何人面前，他都没有强烈的，要和人说话或交流的欲望。

老大夫同他说话，他虽然听着，却像是上次被姜谨行吵闹着要糖一样，不知道该做什么，该露出什么表情。

老大夫的话稍微多些，他对容淖说："你这腿伤好了，得好好谢谢姜姑娘。多亏她给你找药。我也该谢谢她,任神医这方子,启发了我许多。"

破冰一样,容湸的脸上浮现了一丝暖意。原本冰冷的目光,也变得鲜活许多。

他垂眸,眼底竟然有了笑意,道:"全是她的功劳。"

又道:"多谢老先生。"

老大夫还是头一次见他笑,本以为他是个阴郁的漂亮少年,哪想到笑起来也是风度翩翩,而且更加好看,更惹人喜欢。

他兴致勃勃地说道:"那你腿伤好了,可一定要去好好谢谢她。不过,若只道声谢,还是敷衍了些。我同你讲,女孩子家,都是喜欢首饰的。你好好想想,她是喜欢那种金光闪闪的,还是喜欢朴素、简洁的?"

老大夫也不管容湸有没有听进去,像是回忆起什么,悠悠地说道:"当初,老朽的夫人便是因为一支白玉簪子,点头答应嫁我的。此后我年年都买簪子送她,今年该买什么样的,还得好好想一想啊。"

从老大夫那出来,容湸以死士的名义,又给嘉和皇后寄了一封信。

回去时经过一家首饰店,他在店门前停住。

店老板殷切地问:"小少爷来看点儿什么?"

"看首饰。"容湸说。

"是送人,还是⋯⋯"

"送人。"

"不知是送给您的长辈、家人,还是送给意中人啊?"

"意中人?"容湸一愣,转瞬笑了起来,大大方方地承认了道,"是。"

他喜欢她这件事,他敢说给任何人听,唯独在她面前不敢承认。

店主挑了根簪子递给他:"您瞧瞧这玉簪,不止玉的成色好,雕工也十分漂亮,小姑娘戴上,可衬眉眼,漂亮极了。"

容湸看着它,皱了皱眉,视线从其他的簪子上面扫过去,说:"戴其他的,她也好看。"

店主笑道:"自然,自然,小少爷已是天人之姿,想来喜欢的姑娘也是倾国倾城的样貌。"

店主这话多是拉拢生意的客套话。谁知,就在他说完"倾国倾城"四个

169

字之后,听到这位小客人"嗯"了一声。

他的声音虽淡,但看神情,非常赞同。

店主笑了。情人眼里出西施,这得是多喜欢那小姑娘。

今日这单生意,势必是稳了。

"客官,您好好瞧瞧,我手里这个,用的玉料最好,姑娘们都很喜欢,最能彰显您的心意。"

容淳却有些不满意地问:"这簪子,卖得很好?"

"当然很好,这是小店卖得最好的簪子。"

"我不要这个。"

"我要玉料。"他说。

容淳忙活了一整晚,第二日,桌案上,那块买来的玉料变成了漂亮的白玉簪子。

他要给她的,只能是世间独一份,唯独她有。

剩下的玉料,被他磨成了一小块玉玦。

之前,他总是为自己修补板凳、桌子,这还是第一次做首饰。

容淳把握了一整晚的刻刀放下,眼底布满血丝,干涩不已。他手心握着那个簪子,心里有些紧张。

他的视线在那簪子上停了很久,有些犹豫。

不知道她会不会喜欢。

簪子还未送出手,玉玦便被他用红线穿着,佩戴在了腰际,和那个旧旧的荷包紧紧挨在一起。

姜府。

姜行舟与姜秦氏一脸严肃,他们面前,摆放着云贵妃寄来的信。

"爹,娘。"

听到姜娆的声音,两个人抬眼,脸色都不太好看。

姜行舟神情凝重地唤道:"年年,过来。爹爹有事要同你说。"

感受到气氛有些压抑,姜娆忐忑不安地问:"爹爹,发生了何事?"

姜秦氏却在这时站了起来,拉住了姜行舟的袖子:"老爷,您先出来和妾身商量一下。"

姜行舟的眉头皱得死紧。

姜秦氏又唤了他一次后，他捞起桌上的信，走了出去。

姜秦氏也往外走，回头对姜娆说："年年，先在书房等一等，我和你爹爹商量一下便回来。"

出去后，姜秦氏道："老爷，您先缓缓，先别急着把这件事告诉年年。"

她无论如何也没想到，容渟就是九皇子，差点儿和女儿定亲的九皇子。

姜行舟自责道："这事儿怪我，只顾着生气，之前从来没去看过城西那孩子长得什么样子。"

"谁能猜到他就是九皇子？妾身早早就见过他，可也没能认出他来。"姜秦氏眉头轻蹙道，"阿云那信上都写了，知道九皇子出宫养伤的人甚少。这事儿怪不得老爷，要怪，只能怪命运巧合。"

"九皇子身受重伤，孤身在这儿，偏巧被我们女儿遇上。你仔细想想，九皇子为何会受重伤？为何又会在这么偏僻的邺城？他身边没有仆从，没有照顾的人，分明是有人想让他死。我如何敢让年年与他继续交际？我知道我这样说有些狠心，可我是年年的父亲，我宁肯九皇子没命，也不愿我的女儿因为他，惹上杀身之祸。"

姜秦氏忧心地问："若年年真心喜欢他呢？"

"他根本护不住我的女儿。"姜行舟冷声道，"我不会应允，再说了——"他哼了一声，道，"我觉得，年年只是可怜他腿伤严重才对他好的，和对一只受伤的小猫或小狗好没什么区别，并非真心喜欢。"

姜秦氏问："那老爷可是要直接告诉年年，那孩子是九皇子，直接叫年年与他断了交际？"

姜行舟没有直说，却是这样想的。他相当有底气地说："年年肯定会听我的话的，我和她说一声，都不用说为什么，她肯定就会听我的话。"

姜秦氏摇了摇头道："这样不行，就算是小猫、小狗，养久了也是会有感情的。老爷若这样直白，年年说不准会怨恨老爷。"

姜行舟皱眉思索起来。

良久，惴惴不安等在屋里的姜娆看到爹娘回来，立马迎了上去："爹，娘，到底出什么事了？"

"年年。"姜行舟问她，"若是爹爹让你再也不去见城西那小子了，你可会听爹爹的话？"

"爹爹求你。"他补充道。

他心里想着，他第一次恳求女儿，女儿肯定会答应他的。

可谁知姜娆诧异地看了他一眼之后，不解地问道："爹爹，为何要这么做？"

姜秦氏扫了姜行舟一眼，姜行舟面子上有些挂不住，微微咳嗽了两声，掩饰尴尬道："你知道那孩子是谁吗？"

姜娆摇头。

"你小姨寄来的信上说，城西的那个孩子，姓容。"

他不想直接说容渟是九皇子，怕引得女儿也想起婚约。

闻言，姜娆愣怔一下，几乎同时就猜到了容渟的身份。

皇子，九爷……他是当今圣上的第九个儿子，单字一个"渟"字，所以，他一直遮遮掩掩，不想让人知道的名字，叫容渟。

那个差点儿和她定下娃娃亲的九皇子。

这样一想，姜娆忽地脊背发凉。

她曾经梦到过容渟的主母想要对他不利。如果他是九皇子，那他的主母……岂不是皇后？传言中那位温柔贤淑的皇后？

"年年？"

姜行舟道："年年这下能听爹爹的，不再和这小子打交道了吧？看他的伤和他现在的处境，分明是有人要害他。年年，你若帮他，便是给自己树了敌。京中好事的人还会说我们要与他结党营私，共谋大事。还是断了交际为好。"

树敌……

在背后要害容渟的人是谁，姜娆心里再清楚不过。只是想到嘉和皇后在人前的模样，她越想，越是心惊胆战。

因为小姨的缘故，姜娆一直不喜欢皇后娘娘。

可她没想到，那个在民间百姓眼中温柔、大度的女人，在人后，竟然是一个残忍的毒妇。

至于结党营私……

姜娆争辩道："爹爹，不必同他断了交际的，和他来往，不会害了我们一家的！"

反倒是什么都不做，才是真的要坐以待毙了。

梦里，容渟最后权势滔天，是毋庸置疑的事。与他为党，至少不会是坏事。

可她的心声，姜行舟是听不见的。

姜行舟能看到的，只是容渟缩在一间破旧木屋里，艰难活着的场景。在他眼里，容渟就像一条已经被摁上砧板的鱼，毫无还手之力。

姜行舟做惯了闲云野鹤，一点儿都不想掺和到皇子们争夺皇位的争斗中，只想置身事外。

"年年还小，可能想不明白，若到时皇子们真的为了皇位争夺起来了，像他这种无依无靠的，毫无自保之力。"姜行舟说，"再等你大些，想通了，自然就知道爹爹为什么要你与他疏远了。今日，你先听爹爹的。"

姜娆一时间也不知道该怎么争辩，便没反驳，但也没有答应。

她不知道除了把梦境坦诚告知爹爹，还有什么法子能让他知道，日后的容渟，将不再是现在这种任人欺负的模样。

姜行舟见她一脸郁色，像是不想答应，便微微叹了一口气："这事先不论，另有一件要紧事。"

姜娆抬眸看着他。

姜行舟说："你小姨病了。"

姜娆的脸色立刻变了，忙问："我小姨得了什么病？"

"你自己看信。"

姜行舟将信递给姜娆。

姜娆看了看信，小姨在信上说她病入膏肓，晚上睡着后都听到秦家已经故去百年的祖姥姥在唤她的乳名，要带她走，还说，要是她的年年回去晚了，记得在金陵城中棺材铺里买块棺材板带给她，务必要最贵、最好看的。

姜娆又急又担心。

"我想回去。"她心里十分矛盾，"可是……"

她也还惦记着容渟的腿伤："我们还能再回邺城吗？"

姜行舟想说不行，看着女儿渴望的目光，却不忍直接拒绝："当然会回来的，回去看过你小姨就回来。"

姜娆连忙道："我得找人去告诉一下九皇子。"

"今晚我们便动身，你快去收拾东西。"姜行舟道，"爹爹会安排人把我们暂时离开的事，和那位皇子说一声的。"

姜家连夜出城，怕姜嬿起疑心，府内的东西没收拾走，留了几个仆人在这里打点着。

夜尽天明，之前仆人众多的府邸，这时分外冷清，正门开着，门内只见两三个人在走动。

姜府门前，出现了一道坐着轮椅的身影。

容淳扫了一眼天色。距破晓已过两个时辰，街道上行人都已经变多了。

若在往常，姜府的仆人已经忙碌起来，不该是这种冷清得像是没有人住的样子。

一股无法言明的焦躁涌了上心头，容淳紧攥着那只想要送给姜嬿的簪子，操控着轮椅来到守门人面前，说道："我找你们小姐。"

守门人抬起头来看了他一眼，想起昨夜老爷吩咐他的，见到一个坐着轮椅的残疾小少年该说的话，说："我家姑娘？走了。"

走了？

容淳的目光有一瞬的茫然，紧接着，他的声音绷紧了，焦急地问道："去哪儿了？"

"去哪里不知道，反正是不回来了。你来得倒也正好，老爷今日还想让我去告诉你一声，既然你已经知道了，那我便不特意去一趟了。"守门人道。

容淳的目光一沉，他牢牢捏着手里的白玉簪子，手指的力道大得几乎要将薄脆的簪子捏碎！

"不可能。"

她才刚刚答应过他，不会走的。

不会就这样不辞而别的。一定不会的。

他不相信，固执地在姜府门外等着。

从薄雾清晨，等到艳阳高照，再到夕阳日暮。

夕阳照着这个坐轮椅的小少年，在地上投射出一道瘦削孤独的身影。

薄金色的阳光打在他阴沉的脸上，浓密的长睫在眼窝处落了阴影，越发让他看上去形单影只。

守门人看不下去了，走到容淳身边，劝道："小少爷，您请回吧，姑娘她确实是走了,也不回来了。"

他一整日滴水未进,他怕这个小少年会一直在这里,等到老,等到死。

"不管您等多久,都等不到她回来了。"

那始终未动过的身影终于一颤,少年脸上的神情悲伤而脆弱,像是有什么重要的东西,在眼里碎掉了。

守门人叫容湙不要再来,他却日日都来。

他的轮椅总是会停在姜府前面那棵绿意一日比一日浓的垂柳下,也不闹,就安静地等着,垂着头,把玩着他做好的那支簪子。

他看着手里簪子,想象着这簪子若是绾起她的头发,戴在她的头上,会是多么好看。

容湙摩挲着簪子,就像是摩挲着她脖颈上的肌肤,一样地光滑细腻,一样地纤细、美好,一折就断。

他突然把簪子紧紧握在手心,眼中一片暗沉。

早知道会这样,就该把她锁起来,关起来,藏起来,藏在只有他知道的地方。那样,她就逃不掉了。

城西那群和容湙积怨已深的小孩儿,听说姜家走了,一个个像是猢狲一样聚了过来,来看好戏,团着泥巴往容湙身上扔。

姜家在这里的时候,知道那家的大小姐护着容湙,他们不敢造次。

如今,听说姜家走了,他们终于逮到了机会嘲弄他了——

"死残废,靠山倒了!"

"你们看,他好像一条狗,喂他一顿、两顿饭,就喂熟了,还眼巴巴地在这里等着。没想到,人家不要这条狗了!"

"好可怜的狗!好可怜的狗!"

他们彼此应和,哄堂大笑。

笑声嘈杂刺耳,容湙压抑了几天的情绪终于要爆发了。

他缓缓抬眸,冰冷的眸子里,是难以掩饰的杀意。

封喉夺命的暗器,悄悄夹在了指间。

就在这时,一个人骑着高头大马,扬鞭而来。

那些小孩儿听到马蹄声,纷纷扭头去看:"这是哪儿来的大官?好气派啊!"

"他怎么往这边走了?是不是来找人?"

"怎么可能?这里有什么人能让这种大官亲自来找的?"

待那高头大马近了,小孩儿们脸上的表情收敛了,比虫子还要安静。

来人在容渟面前两三处,勒紧缰绳,翻身下马。

他的目光极冷,厌恶地扫了那些脏兮兮的小孩儿一眼,鞭子一甩,甩在了那些小孩儿面前,溅了他们一鼻子灰。

然后他双膝一屈,跪在了容渟面前:"参见九殿下,皇上有旨,令在下带您回宫。"

锦绣宫内,嘉和皇后正在陪着十七皇子练箭。

十七皇子箭术不精,嘉和皇后看得心烦。一旁,渔影道:"娘娘,奴婢知道有种箭靶,要比宫里用的大一些,更容易射中靶心,十七皇子年幼,不若先让他用那个?"

嘉和皇后摇头:"容渟在他那个年纪,恐怕早就百发百中了。"

渔影按揉着她的肩头,轻笑道:"可如今九皇子不在宫内,无人能比十七皇子更厉害。"

嘉和皇后勾唇一笑,心情悦然:"就换你说的那种箭靶吧。只要能让皇上觉得本宫的小十七厉害,本宫便觉得很好。"

她的小十七才是永远的人上人,至于那个残废,死在邺城就好。

不日,渔影便叫人换了箭靶。

虽仍旧无法正中红心,但新箭靶果然显得小十七的箭法精准了不少。

嘉和皇后大悦,赏了渔影一笔银子。

季嬷嬷偷偷看着这一切,浑浊的眼底透着对渔影的嫉恨和对嘉和皇后的不满。

新箭靶将小十七的箭术衬托得更好了,嘉和皇后高兴归高兴,对她而言,最要紧的,还是要让昭武帝看到小十七的厉害。

昭武帝宿在锦绣宫时,嘉和皇后先笑着与昭武帝聊了一阵别的,才自然地将话题引到十七皇子身上:"皇上,小十七的箭法进步了许多,可要把他

176

叫来给您看看？"

昭武帝说："今日已晚，让小十七歇着吧。待再过两日赏花集会，让他在众人面前露一手，更能鼓舞、振奋他。"

要让小十七在众人面前射箭……

嘉和皇后心里有些紧张，表面却滴水不漏："皇上虑事周全，是臣妾远远比不上的。"

昭武帝一走，她立刻令宫女看住十七皇子，叫他没日没夜地练箭。

赏花集会那日，后花园里，宫妃齐聚。

嘉和皇后坐在昭武帝身边，笑看着她的小十七秀了一手好箭法。

虽然依旧没有正中红心的，可也有几箭已经离箭靶极近。

嘉和皇后一党的宫妃，纷纷夸赞十七皇子。

嘉和皇后心底飘飘然，却谦逊地没有说话，一双眼睛温柔地盯着昭武帝看。

直到昭武帝点头，说了一句："小十七的箭法进步如此之大，实属不易。"

她才展颜一笑，说："即便如此，离他父皇还差得远。"

"是差得远。"一声不和谐的轻笑传来，"这箭靶，好似有些玄机。"

云贵妃身姿款款，神态倨傲刁蛮，怀里抱着一只蓝眼睛的白猫。她的手指温柔地搭在白猫的身上，有一下没一下地抚摸着它。她一出现，昭武帝的目光就全然落到了她的身上。

嘉和皇后心里嫉妒，却假装作大度，笑着同云贵妃攀谈："贵妃这是何意？"

云贵妃并不看她，径自走到那箭靶旁边，笑嘻嘻对昭武帝说："皇上，这箭靶真大，都有妾身四个脸那么大了。"

昭武帝站起来，往前走了几步。

离近了仔细瞧，自然是一眼就看出了不同。

昭武帝皱了皱眉，脸色十分不悦。

"且不论小十七的箭术是否真有长进，如此自欺欺人，一定妨碍他日后的进步，徒增惰性！"

云贵妃勾唇浅笑，回到座位后，悄悄吩咐流莺："拿点儿赏银给季嬷嬷吧。没想到她的话，居然是真的。"

席宴上，气氛一时有些尴尬，宫妃们小声议论起来。

"皇后用这种法子教育皇子，弄虚作假，好好的孩子，都要给养废了。"

嘉和皇后脸色青白。

这些女人，知道什么？

不管小十七最后长成何种模样，只要他能够登上帝位，大权在握，就无人敢说他的不是。

她心里直冒火气，却碍于昭武帝在这儿，不能发作。

手忽然被一双宽厚的大掌压住，嘉和皇后眼里闪过一分喜色，昭武帝这是要为她撑腰了吗？

"朕知你慈母仁心，是一位好母亲。你将朕的小九和小十七，都教养得极好。虽说小事上难免有看顾不到的地方，可我知道你辛苦，特意为你准备了一个惊喜。"

嘉和皇后微微屏息。

她是为了整个家族，才入宫为后的。可有时，她也会奢望这个陪了她将近半生的男人，待她能有一二分真心。

这是昭武帝第一次给她准备惊喜，她感动不已。

昭武帝缓缓说道："李仁，带他过来吧。"

今日出了这种事，昭武帝的心里虽有不快，但带容渟出来见皇后是他早已安排好了的，便也不想临时更改计划了。

嘉和皇后一脸期待地抬眸望去。

月洞门后，却出现了一个坐在轮椅上的少年。

"儿臣见过母后。"

怎么是他？！

看清是容渟，嘉和皇后如同见了鬼一样，浑身战栗，吓得一下子从座上跌下来，被宫女手疾眼快地搀住，不至于丢脸。

她两股战战，眼神惊骇不已。

他怎么回来了？！

死士在信上告诉她，容渟已经奄奄一息，瘦若枯骨，没有多少生机了。

可越行越近的容渟，除了脸色苍白，坐在轮椅上，与常人没有区别！

甚至容渟刃刀一样冰冷的目光，和他那声和悦的"母后"，让她无端后背一凉。

他以前从来不在人前叫她母后,她便说他个性阴沉古怪,得到了不少人的同情,觉得容淳可恶,她可怜。

容淳何时学会了这套虚与委蛇的表面功夫?他脸上甚至还挂着些许的笑意,他何曾冲着她笑过一次?

嘉和皇后有种直觉,容淳变得更加难对付了。

看到嘉和皇后震惊得差点儿扑跪到地上,昭武帝对自己的安排满意极了。

看看,高兴成什么样子了!皇后的仪态都不顾了。

他贴心地说道:"你与小九一年未见,定有许多话要说,朕陪你们一道回锦绣宫叙叙旧吧。"

闻言,嘉和皇后更是一口老血堵在了喉头。

是叙仇,还是叙旧?

容淳回来后,先与昭武帝见了一面。

昭武帝看到容淳两条腿还是重伤的样子,想着来年番邦进贡时,容淳无法替他夺回面子,心底是有些不悦的。

一听容淳道他两条腿已养好,面色立即转好。

只是容淳不想让太多人知道他腿疾已好,便告诉昭武帝,为了引诱凶手上钩,他要假装自己的腿还没好。

昭武帝虽说答应了,却问他:"为何不将此事先告诉你的母后?你的母后可为你担忧了很久。"

容淳道:"正是因为母后日日牵挂我,若知道了这个消息,难免心情激动,不及父皇稳重,怕让外人看出了端倪,被外人利用。"

昭武帝道:"你这倒是因祸得福了,小小年纪,便懂得藏起锋芒,虑事周全。"

他的语气中满是赞赏。

此时此刻,锦绣宫中,昭武帝、嘉和皇后坐在上首,容淳与十七皇子分坐两侧。

十七皇子低着头,偶尔看向容淳,目光充满敌视。被嘉和皇后踢了一脚,他才磨磨蹭蹭地喊了容淳一声皇兄。

昭武帝隐隐觉得有哪里不对劲,细思之后,才想到,这是他和嘉和皇后、小十七以及容湸第一次一起坐在这里。

之前来锦绣宫时,他几乎从来没有碰到过容湸,只偶尔会从宫女口中,得知容湸不好管,容易生病。

没想到顽劣的小孩儿长大,却变了个样。

浪子回头金不换啊,昭武帝如此回忆了一番,心里对容湸更器重了。

"小十七要多学学你九皇兄的成熟稳重。"

嘉和皇后踢十七皇子一脚,示意他回他父皇的话。

十七皇子缩了缩腿,慢吞吞地回道:"父皇,儿臣知道了。"

嘉和皇后强装出温柔的语气说:"小九终于回宫,母后终于能看一眼你了。"

倘若容湸这时说出他的腿伤是她害的……

不,不会的,他没有证据。

他若乱说,倒是合了她的心意,到时她就能把血口喷人,不知感恩的恶名都扣在他头上。

思及此,她多了几分底气,伤感说道:"这一年来,你不在母后身边,母后连觉都睡不好……"

她的话却被容湸的尖锐目光打断,那目光里的深意让她有些害怕。

容湸眼里的锋芒一闪而过,他轻声笑着说:"想不到母后竟为儿臣担忧到如此程度。"

他的语气听上去很温和,完全不是嘉和皇后记忆中容易被激怒的样子,她怔住了。

"母后为儿臣做过那么多事……儿臣一件一件,事无巨细,在心里记得清清楚楚,绝对不会辜负母后。"他温和地笑着看向嘉和皇后。

昭武帝被少年眼中诚挚的光芒打动,叹道:"小九一片孝心,难得啊。"

嘉和皇后却是立刻就听出了容湸话里的深意。

看着他的笑容,她的后背霎时一片冰凉,仿佛被人拿刀子架在了她的脖子上威胁。

他说她做过的事,他都记在心里,记得清清楚楚,绝对不会辜负他!

嘉和皇后后背发凉,甚至起了杀之以绝后患的心思。

容渟看着嘉和皇后的表情，在心里哂笑。

她恐怕还不知道云贵妃会看出箭靶有问题，是因为云贵妃得了季嬷嬷的消息，而季嬷嬷会透露消息给云贵妃，正是因为那封信挑拨了她和季嬷嬷的关系。

他看向昭武帝："父皇，儿臣的腿久不见好转，若仍在之前的院子里住着会有些不便，也恐会打扰到母后和父皇。儿臣想到西宫那边，寻一处不会打扰到别人的偏僻院落，安静养伤。"

翩翩少年，皎皎如玉，面孔精致，目光诚恳，格外打动人心。

嘉和皇后闻言一愣，他竟想逃脱她的手心？

她脱口而出："不妥！"

"有何不妥？"昭武帝问。

嘉和皇后恳切地说道："小九腿伤未能痊愈，若不待在臣妾一眼能看到的地方，臣妾……心底不安。"

是真的不安。

她的目光自容渟的腿上扫过，一个两条腿残废的废物，却没有表现出废物该有的颓废。

她在他的身上，再也看不到他刚刚受伤时的颓丧与愤怒。

这一年到底发生了什么？

嘉和皇后的话，令容渟脸上的笑容更深了。

"那儿臣在邺城这一年呢？"他慢条斯理道，"母后叫儿臣到邺城养伤，不也无法时时刻刻看到儿臣？"

嘉和皇后无言以对。

昭武帝微微皱眉。

嘉和皇后见状，额头隐隐沁出汗来。

容渟比她想象的要难缠。

他并没说他过得多糟糕，却仿佛随时要提起一样。

嘉和皇后忐忑地说："小九在邺城，母后也是日日夜夜担心着的。如今你都回来了，为何还要离母后这么远呢？"

容渟道："可儿臣已经回宫，母后想见儿臣，差人来唤一声便可，仍是随时可见的。"

"便让他单独出去住吧。"昭武帝道。

皇命难为,嘉和皇后思索片刻便妥协了:"如今,西宫那边,只有寿淮宫是空置着的,臣妾这就找人将那边收拾出来,让小九住进去吧。"

她等着容渟拒绝。

寿淮宫不仅位置偏僻,而且有闹鬼的传闻,到了晚上,没人敢在那附近走。

容渟却淡笑着应了下来:"多谢母后。"

嘉和皇后没想到他应得那么痛快,心里有些不爽快。

可很快,她的心情便愉悦起来。

因为昭武帝对她说:"小九的腿伤,御医看过了,两条腿毫无知觉,怕是再无康复的可能。你多指派几个人过去,免得小九出事。"

他的腿,当真无可救药了?

嘉和皇后只觉得心头一块巨石落了下来。

还好,老天是站在她这边的。

寿淮宫,门扉挂满蛛网,院子里的盆栽、灌木无人修剪,都长疯了。

"真是倒霉!"打扫着院子的太监和宫女都是一副郁闷的模样,"被分来伺候一个残废,怕是从今天开始,都没有出头之日了。"

领头的太监见手底的人都是一副不情愿的模样,压低声音,阴阳怪气地教训她们道:"你们以为我愿意来了?做好皇后娘娘吩咐的事,看好这个残废,皇后娘娘高兴了,一样能给赏。"

说完,他偷偷看了一眼远处的容渟。

皇后娘娘说了,要看好容渟,事无巨细地把关于他的所有事情都禀报给她。

而且,皇后娘娘还让他打探一件事——看容渟的腿是真的没好,还是装的。

九皇子可是皇后娘娘的一块心病,若能办好这件事,他岂不是有希望成为皇后娘娘面前的红人?

可是从锦绣宫到寿淮宫这一路,容渟一直自己操控着轮椅,不愿让旁人搭手,他根本找不到机会。

他瞄着容渟操控着轮椅在院子里转来转去,忽然停到了进屋的门槛前。

"过来,将我抬进屋里去。"容渟冷声道。

那太监终于逮到了机会,连忙过去,帮他抬起轮椅。等容渟进屋之后,他殷勤地问道:"九殿下,奴才给您揉揉腿?"

容湺点了点头。

小太监心里窃喜不已,他变换着力道在容湺腿上敲敲打打,观察着容湺脸上的神情。

不管他的力道是轻是重,少年的表情都毫无波动,像是真的毫无知觉一样。

小太监眼神一冷,手指间现出一道寒光!

他的手指间藏着针,敲敲打打的过程中,忽地加大力道,隐蔽地将那针扎进容湺的大腿。

针尖很快便没入了一半,若有知觉,势必痛得钻心。

小太监抬起头看了容湺一眼。

容湺的脸上毫无表情,腿上的肉甚至都没有颤抖。

小太监见他毫无反应,心想,废了就是真的废了,皇后娘娘可以放心了。

真是可惜,如此唇红齿白,眉目如画的一个少年,竟是个彻彻底底的废人了。

可当他想将针拔出来时,一双修长如玉的手伸了出来,压着他的手,使那针几乎完全没入腿中。

小太监被他突如其来的疯狂举动吓得屏住呼吸。

容湺的脸上依旧不见半点儿受疼的样子,甚至露出淡淡的笑容来,他的眉眼间满是倦怠与嘲讽:"腿废了,眼睛可还是好好的。"

针拔出来时,沾上了血。

少年高高举起它看了一眼,忽然俯身,如法炮制地将那根针一下刺进了小太监的手背。

针尖没入的一瞬,扎入骨髓的痛感让小太监尖叫出声。

他拼了命想往后退,但拿着针的人死死不松手。

他的手越往后抽,只会让针扎得更痛。

小太监的叫声越来越惨,容湺的脸上却一直挂着淡然的笑意。

明明是施暴者,却像局外人。

等小太监没力气叫了,他才终于抽出针扔到地上,冷声道:"这小太监犯了宫规,谋害皇嗣,拉出去,杖责一百。"

杖责一百,就活不成了。

小太监心如死灰，抖着剧痛无比的右手，昏死在地上。

"他竟敢杀了本宫的人？"

寿淮宫的事，传到了嘉和皇后的耳朵里。

派往容浔身边的宫女全部回来了，胆战心惊地在地上跪着，向她汇报道："小秀子是想用针试一试他的腿到底有无知觉，谁知道他虽然感觉不到痛，眼神却很好，小秀子就被逮到了。"

嘉和皇后："当真感觉不到疼？"

"真的。"宫女们纷纷说，"我们都看见了。小秀子那针全扎进去了，他就和个没事人一样，脸上还带着笑。"

想起小季子那杀的猪一样的惨叫，宫女抖了抖身子，确定地说道："九皇子的腿治不好了，是真的。他是个疯子！他害死了小秀子！"

嘉和皇后攥紧了拳头。

她就该把这个恶毒的小孩儿掐死在襁褓里。

可在小十七没出生前，她当真动过把这个比同龄人要聪明许多的小孩儿当未来君主培养的念头。后来小十七出生，容浔就成了她亲生儿子最大的威胁。

"你们再去寿淮宫好好看看他，有任何异动，立刻回来汇报。"

那些亲眼看着容浔发疯的宫女，一个个朝嘉和皇后叩着头："求娘娘饶了我们，我们会没命的。小秀子在我们眼前被杖毙，他断气的时候，九皇子忽然抬头看着我们，那眼神就好像是说，他不会饶了我们的！"

她们宁肯出宫，另谋出路，也不愿把命搭进去。

嘉和皇后一时之间没找到胆子大的宫女重新安排进去，容浔已到敬事房给自己要来了两个随从。

两个小太监，高个头的叫怀青，矮个头的叫司应。

两个小太监听说自己要伺候刚从邺城回来的九皇子，而九皇子双腿残疾，不良于行，心想着怕是之后的日子要累死累活伺候这个残疾的主子了。

没想到，这主子是个性子冷淡的人，只被人碰到衣袖，都隐隐要发怒。

他们只能做些收拾院子的杂事，以及帮主子打听他想打听的人。

"姜家？"怀青比司应年纪大一点儿，见识多一些，"世家大族，姜姓的，应该是宁安伯府。据说这位姜四爷六年前带着妻子儿女出京云游，恰好也和殿下描述的吻合。"

容湸的手指摁着自己腰际凉凉的玉玦，问道："你所说的姜四爷，女儿可是叫作姜娆？"

怀青只觉主子说出最后那两个字，语气很重，说得咬牙切齿，可他抚摸玉玦的动作又那么温柔，很难捉摸他对那个姜娆到底是什么样的感情。

他说："这点奴才记不清了，只记得姜四爷有个女儿，很受他宠爱，当年也是因为他这宝贝女儿差点儿被害，他才决意要离开京城。"

容湸沉默了良久。

漱湘宫。

云贵妃欣喜地揉着外甥女儿柔软的脸颊，一旁的白色狮子猫受了冷落，翘着尾巴"喵呜"了一声。

姜娆的小脸被搓扁揉圆，嘴巴不悦地嘟着："小姨根本没重病。"

云贵妃嘻嘻一笑："是年年回来得太慢，小姨的病好了。"

"骗人，我不信小姨的鬼话了。"

姜娆终于找到了空子，把惨遭蹂躏的小脸从云贵妃手里挣开。她揉了揉自己的脸颊，说："我还真以为小姨病了，匆匆忙忙连夜赶回来的，我都没来得及亲自和我的朋友道别。"

云贵妃的眼睛一亮，忙问："年年有小友？"

姜娆抱起了被冷落的白猫，摸摸它的毛，点了点头。

她知道云贵妃一向看不惯嘉和皇后，以及和嘉和皇后有关系的所有人，便没有挑明是谁，只说："但他还生着病呢，等几天后，还要和爹爹母亲一起回邺城，去看看他。"

云贵妃眯眯眼笑道："你那朋友，是男是女？"

姜娆专心玩猫："男啊。"

云贵妃脸上露出了一个心领神会的微笑。

"那朋友，俊俏不俊俏呀？"

在给姜娆选婿这事上，云贵妃的想法和姜秦氏不谋而合。

不必家族联姻，也不必为了巩固家族势力，进宫为妃。

不过云贵妃不想给姜娆招赘，招赘的男人未必就是老实的好男人，多找几个俊俏小郎君养着，小日子多舒服。

姜娆听出她语气里的调侃，略微脸红："不和小姨说了。"

"别啊，小姨在你这个年纪，早给自己相看好小郎君了。"

还是好几家的。

"可惜。"她叹道，"我还没来得及做点儿什么就入宫了。我这毕生所学也无人能传承，我见你骨骼清奇，倒是合适。"

"什么毕生所学？"

"惹得那些小郎君个个非我不可的本事啊！"

"不听，不听。"姜娆捂着小白猫的耳朵跑远了。

姜秦氏忍不住嗔怪自己的妹妹："年年多大年纪，你就同她说这些，不正经。"

"我若正经了，就不是宠妃了。"云贵妃倚靠在美人榻上，歪头对侍女说道："你去跟着姑娘。今天宫里有宫宴，我怕有人不长眼，冲撞到我的年年。真有不长眼的，直接赏她一巴掌就是，就说是我的意思。"

姜秦氏也知道昭武帝宠爱秦云，却没想到，竟把她宠到这种无法无天的程度。

云贵妃回头又问："年年说的朋友，是九皇子？"

"你倒是个聪明的。"姜秦氏叹气。

"你们刚从邺城回来，九皇子也是；年年的朋友生着病，九皇子两条腿重伤至今未好。你们又特意写信来问画像上的少年是谁，这有什么猜不到的？不过，那少年是九皇子的事，年年知道吗？"

姜秦氏却是脸色微变，问道："什么九皇子也是？他从邺城回来了？"

"九皇子真的回来了？"宫宴上，一个黄衣姑娘抓着自己身边的丫鬟问道。

"奴婢打听过了，九皇子前两日刚刚回来。现今正在寿淮宫住着。"

黄衣姑娘的目光中是掩饰不住的欣喜若狂。她道："我终于等到了。"

她站起身，对丫鬟说道："你莫要跟过来。"

她一起身，便有其他世家小姐问："沈琇莹，你去哪儿？"

沈琇莹看她们的目光含着轻蔑，敷衍道："有些闷，我出去逛逛。"

待沈琇莹离开，那些世家小姐也用同样轻蔑的眼神看着她。

"八成又是勾男人去了吧。"

"沈大人的这位姑娘,可是一点儿都不知道'礼仪廉耻'是怎么写的。"

"她出身低呀,自然想给自己谋些好的。她娘本来只是个小妾,后来不知道用了什么手段顶替了正妻,被扶正了。可妾终是妾,她这嫡出的身份,可不干净。"

"还以为她落水一次,就安分了呢……"

出了宴会上女眷所在的院落,沈琇莹长舒了一口气。

半年前她落水,发了烧,做了一场噩梦,梦境光怪陆离,仿佛梦完了她完整的一生。

醒来后,梦中的一切都很清晰。

后来,她找到寺庙高僧为她破解,高僧说,梦中的事,是她的未来。

这时沈琇莹才陡然一惊。

梦中她的结局极为凄惨,既然梦中事是她的将来,那她一定要想办法避开。

后来,她再没有做过类似的梦,但她把做的梦好好地记录了下来。此后,她便拿定了主意要给自己改命。

而她一直在等的人,终于要等到了。

虽然那是个噩梦,但让她在这个节骨眼上洞察到天机,也不失为一件幸事。

现在所有的人都没有把那个两条腿残废的少年看在眼里,没有人知道,他会是未来九五之尊的帝王。

她当然听到了身后的那些骂声,但她根本不在意。

她在很小的年纪,看着她娘在男人之间周旋,就明白了一个道理。

她要想过好日子,过上不再被人唾弃的日子,就要找一个位高权重的人做自己的夫君。

可那场梦告诉她,她钻营了一生,婚前失身于四皇子,本以为自己能嫁他为妻,却成了他的妾室。

后来新帝登基,她和四皇子一道成为阶下囚。

那个男人竟用她的身子做筹码,贿赂牢里的狱卒!

最后,她沦落到烟花柳巷,含恨而死。

她恨,恨死了那些花言巧语的男人。

这回她不会再选错人了。

沈琇莹的脚步匆匆，心跳极快。

新帝登基之前，她从未留意过他。

她那时候，眼里怎么可能容得下一个废人？

可若这个废人是日后的皇帝，她不会介意他的残废。

她还记得新帝巡城时，坐在轿辇上，群臣簇拥的气派。他身侧只有一个小侍女，在旁边给他打着小扇。

皇后的那个位子，是空的。登基几年，他不但没有立后，甚至连个妃子都没有。

若是她能坐上他身侧的后位，享受着万人的拥戴与追捧，那些嘲笑她的人，讥讽她的人，都只能跪在她的脚下。

如此一想，沈琇莹的心跳越发快了。

很快，寿淮宫到了。

她屏息等了许久，终于听到脚步声与轮子声，来人十有八九会是九皇子，未来的新帝。

梦里的景象太清晰，沈琇莹腿一软就想给未来的君主跪下。她仔细听着，听到了一个小太监的声音："九殿下要找的人，奴才已经查清楚了……"

九殿下？

沈琇莹大喜过望，听到那声音到拐角了，"扑通"一声摔在地上。

她"哎哟，哎哟"地叫着，揉着自己脚踝，眼眶含泪，抬眸望向转角的方向，模样楚楚可怜。

"你是这宫里的人吗？"她看向容溽，说道，"我迷路了……"

容溽淡淡地瞥了她一眼。

沈琇莹被泪水模糊了眼睛，看不清容溽的表情，她心里想着，既然他两条腿残疾，肯定更能同情、理解一个受伤的弱者的。

她抬起带泪的面孔，凄楚地说道："我刚才不小心崴了脚，腿好痛……"

容溽眉头微皱。

沈琇莹见他还是不为所动，小心翼翼地亮出身份："我是沈尚书家的嫡女，你能让你的随从扶我起来吗？"

虽然她心里更想让容溽亲自扶起她来，可既然他不理会她，那就只能退而求其次，让他的随从扶起她来，两个人也算认识了，她也不算白来一趟。

怀青正要过去,却听容渟说道:"慢着。"

虽不知道她是出于什么目的在他面前摔倒的,但她的伪装也太过拙劣。

"沈二姑娘,下回,好歹换条有石子的路摔倒。"

"或者做戏也要做得漂亮一些。"容渟顿了顿,手指摸向腰间,忽然抽出一把匕首,扔到了她的面前,懒懒地说道,"既然要假装受伤,直接挑断自己的脚筋多好。"

他看着匕首,轻轻笑了起来,冰冷的语气中透着冷漠:"借你一把刀,挑吧。"

沈琇莹看着地上那泛着冷光的匕首,再看一眼少年不耐烦的神色,浑身颤抖。

疯子。

这不是她想象中的虚弱可怜,更不是她想象中的理解和同情。

容渟睨了她一眼,嘲讽道:"自己下不了手吗?"

他修长的手指不耐烦地轻敲着轮椅的臂托,忽然像想通了什么,又笑了起来,说道:"不如,我帮你个忙?"

"怀青,帮帮她吧。"

怀青心里一惊,但还是拾起了匕首。

吓得沈琇莹立刻爬起来跑了,跑走时,撞到一个人,但她根本来不及管了,只顾逃跑,仿佛身后有什么洪水猛兽。一过拐角,又撞上一人。

姜娆趔趄了两下,才稳住步子。

她刚刚追着突然发疯狂奔的白猫跑到这里,没想到被迎面跑来的人给撞到了。

姜娆看了一眼这个匆匆跑开的女孩,一头雾水。

这个女孩脸上好像挂着泪,情绪还有些失控。

她是谁?又发生什么了?

第七章
重逢亦恨晚

多年未回金陵，再回来，除了之前频繁走动的那几家，姜娆就不认得几个人了。

她看了一眼身后，明芍与她小姨宫中的那个宫女都没有跟上来，找不到人打听这位眼里含泪的姑娘是谁。她回望了一眼那女孩子的背影，收回视线，继续寻找着云贵妃的那只狮子猫。

刚刚她们一出来，狮子猫突然跳上宫墙，狂奔起来。

姜娆跟着跑到这儿，一抬头就看见在宫墙上漫步的它。

猫儿踩着窄窄的宫墙，仿佛是这地界的小主人一般，翘着尾巴威风凛凛地往前走。撞上墙下少年阴冷的目光，像是被吓到一样，浑身白毛耸起，示威地哈了几声气，见对方岿然不动，它扭头猛地跳下宫墙，跳入姜娆的怀里。

怀青忍不住道："好可爱的小狸奴。"

容渟冷声道："没什么可爱的。"

一只猫难道比他更可怜、可爱，更讨人喜欢？

他又没法给自己弄出一身又柔软又漂亮的毛发。

等等，他和一只猫比个什么劲儿？

容渟那张漂亮的脸上写满了烦躁。

"你还打听出了什么？"他问。

怀青连忙说道："九殿下要找的人，正是宁安伯府四房家的。姜四爷有个女儿，过两年方及笄，是叫姜娆没错。奴才上午去打听的时候，听人说，他们刚从邺城回来。"

回来了？

容渟操控着轮椅,掉转了方向。

怀青低声问:"主子不是想到宫宴那儿找人吗?"

"不必了。"

是他太过心急了。心想着她可能会回金陵,可能会赴宫宴,就想到宫宴上看一眼。

可他心里亦知,哪怕她真的要回金陵,算时间,昼夜不分,快马加鞭往回赶的他一定会赶在她前头。

他现在已在金陵,她未必到了。

即使回来了,她家多年不在金陵,恐怕也收不到宫宴的邀请。这日的宫宴,她应是不在的。

他只是太想见她一面了。

可如果再有下次,就算只有万分之一的可能,他还是会忍不住去看一眼。

一次不成,那便两次。

他转过身去,轮椅上的背影清瘦无比,眼里的目光却如草原上盯紧了猎物的狼一般精锐。

既然她在金陵,那她迟早会回到他身边来的,他万分笃定。

肥嘟嘟的白猫朝姜娆怀里扑过来,没找好位置,蹬到了她的肩膀上。

姜娆猝不及防,怕摔着猫,不敢后退,手忙脚乱地抱住了猫,自己却差点儿摔倒了。

"石榴。"姜娆笑眯眯地挠了挠它的下巴,"想姐姐没?哎呦呦,这么大个皇宫,你怎么到处乱跑?"

石榴也认得她的气息,舒服地打着呼噜,仰着下巴撒娇。

它显然十分喜欢姜娆,尾巴翘得高高的。

姜娆挠着石榴的下巴,看了一眼围墙。

刚才她好像听到了对面有说话声。

"石榴,石榴,你要不要告诉姐姐,墙对面是谁?"

石榴用呼噜声回答她。

姜娆无奈地笑了,带着它往云贵妃的宫中走去。

拐角后面,正与姜娆反方向渐行渐远的那道身影乍然一停。

怀青见容渟突然停下来了，也跟着收住步子："主子，您又想回宫宴那儿看一眼了吗？"

容渟却完全没有听到怀青的问话，身体微微颤抖，问他："怀青，你有没有听到有人说话的声音？"

他操控着轮椅，迅速掉头，向拐角处行去。

比不上容渟幼年习武，五感超于常人，怀青什么都没听到，只是摇头。

转眼间，容渟已经操控着他的轮椅行至道路拐角。

拐角后的那条路上，空无一人，只有风吹拂着越过宫墙的柳条。

容渟的眉头紧紧皱了起来，脑袋有些疼，眼睛竟也有些发涩。

是他执念太深，出现幻觉了吗？

沈琇莹跑出去好一段路，用手压着自己的胸口，剧烈地喘息，惊魂未定。

在百姓眼里，未来的帝王即使双腿残疾，也依旧是能稳住军心，以奇招制胜的战神，也是喜怒无常雷霆手段的冷血暴君。

可谓是前无古人，后无来者。

可她见过待他身边那个小丫鬟有多特别，也听过一些传言。

将那一场预知后事的梦全部记下后，她算好了时间。

那个在容渟身边做小丫鬟，被他另眼相待的女孩，是他登基后才遇到的。

这次，她会比那个小丫鬟更早遇到容渟，抢先一步让容渟对她倾心，让那个小丫鬟再没有机会。

可是，那个小丫鬟到底是谁？

沈琇莹回想着梦境中，那个总是怯生生跟在新帝身后的小姑娘的脸庞，心里却疑惑起来。

为什么她觉得自做了那场梦之后，自己像是已经见过了那张脸一样？

可她明明从未留意过身边那些丫鬟的模样。

奇怪啊，这张脸，她到底在哪里见过了？

姜秦氏从云贵妃这儿知道了容渟已经回到了金陵的事，带他回来的人昼夜不分地赶路，抵达金陵的日子比起他们还要早两天。

她简直哭笑不得。

一路上，丈夫忧心忡忡，马不停蹄地赶路，就是为了甩开远在邺城的容滟。谁料，人家早他们一步，先回到金陵了。

姜秦氏原本对子女姻缘就看得比姜行舟开一些，这会儿，见巧合成这样，她更是觉得随缘就好。

"九皇子回来的这事儿，你别往外说了。"姜秦氏说道，"不然她爹可得气坏了。"

云贵妃应了，问："年年还不知道那少年是九皇子吧？"

姜秦氏说："她爹的意思是不告诉她，但我觉得，她好像自己猜出了点儿什么来了。"

说着，她笑了起来："也是极巧，这两个小孩儿小时候竟然差点儿定下了婚约。"

"那会儿我还没入宫，幸好这婚约没定下。"云贵妃哼了一声，说道，"不然皇后的儿子是我外甥女的未婚夫，可真是便宜他们了！"

姜秦氏想起容滟在邺城的处境，皱眉道："兴许……皇后待那孩子并没有看上去的那么好。"

"就是没那么好。"姜娆抱着石榴回来了，把它塞回到了云贵妃怀里，"小姨，你管管石榴，它总是想往西边跑。"

云贵妃骂着石榴，却小心翼翼地将它抱好，点了点它湿润的鼻头："猫都怕生，偏偏你像狗一样，到处乱跑。是不是又去找耗子了？真是不该叫你石榴，该叫你狗东西。"

她又回头问姜娆："刚刚你说什么就是没那么好？"

"皇后待九皇子没那么好。"

姜秦氏心道：女儿果然已经猜到那小子是九皇子了。

"没那么好？"云贵妃嗤笑道，"可我看着她那操心劳碌的样子，倒是觉得，她待九皇子，简直比亲生儿子还用心。"

"真是少见这样的女人。"云贵妃厌烦地说道，"我即使没有孩子，也绝不会去养他人的孩子，更别说把别人的孩子当亲生孩子看待。"

"九皇子的腿废了，兴许是皇后做的。"姜娆知道宫中隔墙有耳，悄悄附耳到云贵妃耳边，用只有两个人能听到的声量说道。

云贵妃先是一惊，而后眼睛一亮，道："你这话不是乱说？"

姜娆顿了一顿，颇为坚定地答道："不是。"

傍晚，姜秦氏回了伯府，却将姜娆留在了宫中陪云贵妃。

一来，云贵妃还舍不得姜娆走；二来，姜秦氏想到姜家那堆烂事和那些烦人的亲戚，觉得让女儿留在漱湘宫里还能图个清净。

于是姜娆就留在了这儿。

晚上将要入眠时，她抱着枕头，心里有些不是滋味。

前两天这种感觉还不明显，随着离开邺城的时间越来越久，这几日这种感觉越发明显了。

她担心容淳。

她想做梦梦到他，最好能梦见他如今怎么样了，又怕做梦梦到他过得不好。

姜娆睡不着，就起来了，见石榴团在台阶上，眼睛滴溜溜的，也没睡，伸手将它捞到了怀里。

她小姨的这只白猫，这几日最喜欢黏她。

容淳要是和石榴一样触手可及就好了。

姜娆和石榴玩了一会儿，后来睡着之后，石榴的四条小短腿和蓬松的大尾巴就总在她的梦里晃动。

梦里，她追着石榴跑向了一处院子，抱住石榴后，抬头一看，却看到了容淳。

他喝得烂醉，衣衫敞开着，倒在院里，一副失落颓废的模样。

她还没来得及搞清楚容淳为什么会在皇宫内，又为什么会喝得烂醉，就被一阵窸窸窣窣的声音吵醒。

石榴的爪子抓着她换下来的一件小衫，"喵呜"叫了一声，然后跳出窗户。

天还没亮，不知是什么时辰。

姜娆看着那道蹿出去的白影，瞬间清醒。

女孩子的小衫万万不能乱丢的，被有心人捡到，势必会坏了名声。

她匆匆着衣下榻去追石榴，想着这和梦里重叠的场景，只觉得有些难以置信。

这梦难道也是真的？

可容淳明明不在金陵，他在邺城。

姜娆追着石榴，越追越恼。

她的小衣在半途就被它扔下了，它尖利的爪子将小衣撕成了长条，她一点点儿捡了回来，见它爪子底下还压着几缕，又气又恼，学着小姨的语气，骂它是只坏猫咪。

姜娆终于逮到了石榴，却觉得这场景真的和梦里一模一样。她抬头，顿时整个人愣住，心跳如擂鼓。

树木高大，宽敞阴冷的院子里，衣衫微敞的白衣少年抱着个酒坛子，正在嘀咕着什么。

竟是……容淳？

她追猫追得一身是汗，心跳急促，忽然想起小姨白日里和她讲过的皇宫西边有些宫殿闹鬼的传闻。

月色笼罩着少年被酒气熏红的脸，他的胸膛微湿，真的像个艳鬼一样。

姜娆忍不住摸了一下他的额头，额头是烫的。

是人哦。

她松了一口气，手往回撤的时候，突然被一个力道紧紧攥住了手腕。

"真的是你吗？"少年脸颊透着薄红，摇摇晃晃地抬起脸来看着她，眼神是从未有过的茫然。

自打知道了姜娆是宁安伯府家姜四爷的嫡女，容淳很快便知道了，姜娆有位在宫中做贵妃的小姨。

他身处宫中，宫里的消息好打听，自然也就知道了，此时的姜娆，正在漱湘宫陪伴她的小姨。

他按捺着性子没去寻她，等了她足足两日。

两日，二十四个时辰，她都没来找他。

她是真的不要他了？她怎么能不要他？

容淳的眼底发红，委屈极了。

在邺城找不到她的那段时间，他把能找、能问的地方，都走遍了。

问到医馆的老大夫时，老大夫也一无所知。

"兴许……她不是故意的。我夫人她啊，也把我丢下了。"老大夫看他像丢了魂儿一样，实在可怜，安慰着他，却把自己安慰哭了，"说好了，让我照顾她一辈子，她要走在我后头，可她自己先走了，你说这不是骗人吗？

她这辈子都没骗过我,唯独骗过我这一次啊。我也想找她说说理啊,不说理也行啊……就让我再见她一面……"

容渟的喉头堵得慌。

他也想再见姜娆一面。

不,不止一面。

他想堵着姜娆当面问一问,又怕真的问出了他不想听的答案,再也控制不住心里头那些阴暗的想法。

想把她锁起来,藏起来,让她疼,让她和他一样难受,又不舍得让她太疼,不舍得让她像他一样难受。

他屏退了司应与怀青这两个太监,头一次喝酒。

他之前从未喝过酒,很快便醉了个彻底。

但愿醉后能见到自己想见的人……

他没想到,真的见到了自己想见的人。

醉了酒的少年痴痴笑了起来:"我又梦见你了。"

他的目光忽然坚定起来,像是做出了什么决定。

姜娆还没来得及做出反应,手腕被力道往前一拉,他修长的手指扣着怀里小姑娘的后脑勺,将炙热的额头抵住她的额头,然后一咬。

姜娆的唇上传上来一片温热。

她僵住了。

白猫石榴趁她怔愣之际,立刻从她怀里蹿出,姜娆想抓住它,但她的后脑勺被用力扣着,无法挣脱。

柔软的嘴唇碰上了什么坚硬的东西,有点儿疼……

她伸手,想推开他。

对面那个人却像是察觉到她的意图一样,在她有所行动之前,就按住了她的一只手,另一只手将她的后脑勺扣得更紧。他带着怨气,又咬了一下她的下嘴唇。

疼。姜娆猛地清醒过来,不知从哪儿生出的力气,抽出手来,使劲推他了一把,挣脱束缚往后了一步。

她抬手,用手背拭了一下自己的下嘴唇,眼里泪汪汪的。

怪不得那么疼,都被咬破了。

姜娆眼里氤氲起了雾气。

而容淳茫然地抬起眼眸。

他那随着年龄增长越显精巧冷艳的五官，被月色笼罩着，稍显朦胧，身形缥缈，竟如同生活在云端的仙人一般。

他迷茫的眼神里，却残存着方才小狼崽子一样的狠劲儿。

梦里的她，也会把他推开吗？想到这里，容淳的脸上血色尽失，只剩了唇色艳红鲜润，像个妖精。

姜娆看着他形状姣好的唇瓣，抿着自己微微发疼的嘴唇，心头怨气丛生。

撒酒疯的家伙，喝醉了酒，简直无法无天，为所欲为！

要不是他的身子温热，真真实实是个活人，她真的会怀疑，这是不是一个来偷吸她这个活人阳气的妖精。

她狠狠擦了两下自己的嘴唇。未出阁的姑娘被人轻薄了，她有非常充分的理由给他一巴掌。

这事儿要是让她爹知道了……明年她甚至可以在他坟头烧纸钱！

但她最终没往他的脸上呼巴掌。

不是不想计较了，而是因为院里突然响起了耗子的叫声，吸引了姜娆的注意力。

这阵子没留意石榴，它竟是狂奔到墙角逮耗子去了。不一会儿就摁住了一只老鼠，叼在嘴里，得意洋洋地朝墙角走。

姜娆看了便有些生气。她猛然想起云贵妃说过的话，石榴大半夜跑出来八成是为了抓耗子。

臭石榴，为了一只耗子，骗她到这里来，害她受了这等委屈！

她掐着腰站在石榴的面前，石榴被她吓得一跳，嘴里的耗子立刻逮到机会跑了。

好好的猎物因为姜娆错失了，石榴也生了气，连跑几步躲开姜娆，而后蹲在墙角，舔着自己的爪爪，不理姜娆。月光映照着它白白胖胖的身体，在它脚下投下圆圆的影子。

姜娆恼火极了，又回头看向那个坐在青石台阶上的醉鬼，更恼火了。

先不管他是怎么突然出现在这儿的，一个生着病，还在吃药的人，居然敢喝酒？

他不想要他的腿了？

她终究是没忍住怒气，上前拍了一下容渟的脑袋，气鼓鼓地说："不准喝酒！"

容渟脑袋一晃，睁开眼睛，委屈地说："难受。"

"难受也不准喝酒。"

"可你不要我了。"他喃喃道。

"什么叫不要你了？"她简直一头雾水。

容渟呆呆地坐在那儿，脸上的表情脆弱又可怜，根本听不进姜娆的话。

忽然，他说："那我也不要理你了。"

说完，他扭过头去，对着墙生闷气，和石榴一个模样，一样气鼓鼓的。

姜娆看着一大一小的两个背影，简直要气笑了。

一个毁她小衫，让她追得脚疼，一个咬她。

最委屈的人明明是她吧？这两个在这儿委屈个什么劲儿？

姜娆走过去，打算先把石榴抱起来，再收拾容渟。

容渟听到身后窸窸窣窣的声音，以为她又要走了，满心悲怆，愤怒得头疼。

姜娆才抬脚，就见到眼前那个生着闷气，把背影朝向她的人，忽地转回头，又朝向了她，修长如玉的手指钩住她的袖角，轻轻摇晃了两下。

少年的脸上还是那副受了委屈的样子，却用凶巴巴的语气说着最怂的话："你不准走。"

"我又理你了。"他说。

他求她："别走。"

他的睫毛微颤，声音也微颤。

姜娆从来没想过，自己居然能心软到这种地步。

看着他露出这么脆弱的表情，听到他让她别走，她居然真的不想走了。

"我什么时候不理你了？"

"你一声不吭就走了，我怎么都找不到你，也打听不到你的消息。"

姜娆皱起眉头："我是走得急，可我爹爹说了，会找人去告诉你的。"

容渟摇了摇头："他们说，你再也不回来了。"

姜娆听了，眉头皱得更深了。

这里哪里出差错了？

"我小姨生病了,我们才急着回了金陵。但我是打算等到小姨病好,就继续回去陪你的。"姜娆说着说着,心底忽然冒出一个让她难以置信的猜测,她问,"那你,是为了找我,才回的金陵?"

容渟没答话。

他不由自主地打量着她细细的手腕,情不自禁地想,这么纤细的手腕,想打造一双手铐将她锁起来,都费不了多少材料。

她从小养尊处优,那么娇气,要打就打金手铐。

打好了,就将她锁起来,关起来,藏到一个只有他知道的地方,这样,她就不会再离开他了。

真好。

他钩着她袖子的手悄悄握住了她的手腕,一点点儿地加重了力道,听到她"咝"了一声,他又缩回了手。

每当他那些阴暗至极的心思占据他全部的心神时,他整个头都会痛。

想着她疼的样子,他也会跟着头痛。

姜娆揉着手腕,有些恼喝醉酒的他没轻没重,但想到他是为了找她才回的金陵,根本生气不起来。

也许是今晚的月色太温柔,又也许是他的神态实在太可怜,她耐心地说:"我说过要陪你到腿好起来,就会一直陪着你,直到你真的好起来。"

容渟垂眸听着,却嘲讽地笑了。

梦外骗他,梦里也骗他。

偏偏他都相信,无论哄骗他多少次,他都信,即使是做梦,听到她的解释,他就不生气了。

真要把他关起来吗?

可他有种直觉,倘若真的把她关起来,她会怨他,恨他,总有一天,会彻彻底底地离开他,让他再也找不着。

他不能这么做。

他要怎么做才能让她不抛弃他?

"年年,你什么都有。"他重新钩住她的衣袖,低喃道,"可我,什么都没有。"

他想把全世界都捧给她,但他的全世界都是她给的。

他什么都没有。

她什么都有，他一无所有，他们之间，仿佛永远隔着一道可悲的鸿沟。

"你……你哭了？"姜娆惊呆了。

月光下，他眼中落下几滴泪，格外晶莹剔透。

姜娆慌张起来，连忙用袖子帮他擦着眼泪："有什么好哭的？我真的没有骗你。"

皎洁的月光照在少年的脸上，他的眼角有些泛红，显得那样楚楚可怜。

"别哭了……"姜娆的心都要碎了。

不管是在邺城破旧的小木屋，还是在梦里，他身居高位却又受困于狭窄的轮椅上，她都未曾见他哭过。

他那么能吃苦，到底是想到了多么难以忍受的事情，才让他落下泪来了？

姜娆猜不出来。

只是，见过这一次，她就敢断定，之后，她再也不想看他哭了。

她好不容易才将他哄好了。

倒不是说了什么话，而是这个撒了半天酒疯的人，抱住了她的胳膊，接触到了她的体温之后，忽然就变得安静了。

姜娆一直等到他睡着了，才将自己有点儿发麻的胳膊抽出来。

她费尽力气把他搬上轮椅，又将他的脸擦拭干净，像在邺城那样，细心地照顾了他一会儿，然后才离开。

次日酒醒，容溽撑着涨痛的额头睁开眼睛。

脑海中，昨晚的画面匆匆闪过，他身形一震，然后，肩头迅速垮了下去。

是梦，昨晚的一切，一定都是梦。

他的梦，可真是越来越荒诞了。

容溽抬手压住了自己的嘴唇，抿了一下，有点儿疼。

他自嘲地笑了起来。

疼又怎么样？依旧是梦。

他真是疯了，做个梦而已，就把自己咬成了这样。

外面传来了司应的声音："主子，您可醒了？潚湘宫那边给您送解酒汤来了！"

容溽猛然间愣住了。

醒酒汤？漱湘宫那边送来的？

他的心脏剧烈跳动起来。

是他想的那样吗……昨晚的梦，不是梦。

他欣喜地移动轮椅出门。

"姑姑，这汤是谁送来的？还望姑姑替我多谢谢她。"

"是我们贵妃娘娘的外甥女，宁安伯府的四姑娘吩咐的。"宫女抬头看向容淳，"她还叫奴婢带句话给您，饮酒伤身，九皇子应当爱惜自己的身子，若有不适，得赶紧去请太医。"

不是梦。

当真不是梦！

竟然不是梦！

想起姜娆昨夜说的那些话，他的四肢百骸的血液都奔涌起来！

她没有骗他，不管是现实里，还是在梦里。

平日里老成自持的少年，目光中透着十成的狂喜，偏着头痴痴笑了起来，笑容里终于有了发自心底的喜悦与少年人的烂漫。

宫女回漱湘宫时，姜娆正对着镜子，想找东西遮掉唇上被咬破后结的痂。

宫女向她汇报道："九皇子身边只跟着两个太监，一个个头高些，看上去就挺老实，另一个个头矮点儿的，机灵许多。"

姜娆停下手中的动作，稍加思索后说道："姑姑再帮我打听一下那两个太监的人品和风评，尤其是机灵点儿的那个。"

容淳住的地方那么冷清偏僻，一副人人都能欺负他的样子，姜娆对他身边的两个小太监十二分不放心。

尤其是汪周的例子在前，她更是不敢掉以轻心。

她往宫女的手里塞了个装着银钱的荷包："有劳姑姑打听得仔细一些，尤其有什么不好的消息，千万要尽快告知于我。"

宫女走后，姜娆又开始对着镜子找东西遮掩嘴唇上被咬出来的痕印。

这伤口倒是不疼，只是结了痂，有些惹眼。

她还没找到遮住这齿痕的办法，云贵妃不知何时出现在她身后，扳过她的脸端详了一番："昨晚梦里啃骨头了？多硬的骨头？怎么嘴唇都咬破了？"

姜娆害怕被她看出端倪,听她这么一说,脸立刻红了,支支吾吾地说:"是我梦到了自己在吃烤羊羔肉,吃的还是前腿上肉质最嫩的地方,可香了,可惜羊有点儿不老实……醒来我就发现自己咬到嘴唇了。你有没有办法用妆遮一遮这儿?"

云贵妃瞥了她一眼,道:"不好遮。你这也真够馋的。难道是在我这里亏待了你的肚子不成?"

"不是不是。"姜娆连忙否认,赶紧凑到云贵妃身边,讨好地抱着她的胳膊,"小姨,我能多在宫中留些日子吗?"

昨夜见到容潯,她就不想走了。她想在宫中再多待几日,多见他几面。

可她爹爹定然不准她这样做。

但是小姨总有办法的。

姜娆仰着头,可怜巴巴地看着云贵妃。

"自然可以。"云贵妃最招架不住她这像猫一样撒娇的眼神,"我这就给你娘捎个口信!年年想留到什么时候都行。"

姜行舟收到信时,气得太阳穴突突直跳:"这个秦云,自己没有女儿,就想霸占着我们的女儿!"

姜秦氏心里隐约想到了什么,就是不知现在是不是和丈夫提起来这事儿的好时候。此刻他还在气头上,这时候告诉他九皇子已经回宫了,无疑是在火上浇油。

还是让他晚些知道吧。

"阿云也是太久没见到年年了,年年也喜欢她小姨,你便让她们二人多相处两日。"她劝着姜行舟。

她的话,姜行舟自然是听的,只不过,他哼了一声:"皇上邀我去宫中给他作画,我应了这个差事,三天后进宫赴宴,顺便把她带出来。总让她待在宫中,我有些不放心。"

姜秦氏闻言,神色微微变了几分,有些惴惴不安地说道:"老爷记得多带几个小厮。"

姜行舟感动不已:"夫人真是太担心我的安危了。"

姜秦氏回以温柔一笑,没忍心告诉他,她比较担心的,是容潯的安危。

若到时候他发现了容淳就在宫中，多几个小厮，也好拦着他，免得他做出什么过激的举动危及皇嗣，继而遭到严惩。

嗯，从某种意义上说，倒也算是担心他的安危。

她可真是位贤良淑德的好夫人啊！

姜秦氏谨慎地叮嘱那些跟着的小厮："看好老爷。"

三日后的宫宴上，姜娆见到了自己爹爹，也知道了宴会结束之后自己就要被带走的消息。

她闷闷不乐地坐在一个不起眼的角落里。

不过，姜娆素来不是个会一直拿着烦心事烦自己的性子。

既然宴会后要回家的结局无法改变，索性吃好喝好，好好尝尝这宫里的厨子手艺到底怎么样。

姜娆正在大快朵颐，五步开外，一道目光悄悄落到了她的身上。

"这个姑娘是谁？往常怎么没见过？"

姜娆的样貌生得极好，放在人群中是一眼可见的引人注目，仪态又好，脖颈修长，身材纤细，虽说年纪尚小，看上去有些稚嫩，可正如枝头将开未开的花苞，十分漂亮。

沈琇莹一来这儿，就被她吸引了目光，转瞬就皱起了眉。

好眼熟的姑娘。

可她见姜娆穿着用度不凡，往常她最爱同这种家世高贵的大小姐一起玩了，既然眼熟，不该不认识。

更何况，这可是宫宴，高门贵女几乎全出现在了这里，竟然没一个人同她讲话。

她一个人在角落里吃着云糕，倒是自得其乐，也不知道是不是强撑体面。

沈琇莹紧盯着姜娆的脸庞，忽然间意识到，自己为何会觉得姜娆眼熟了。

她和她梦中那个总跟在容淳身边的丫鬟，长得几乎一模一样！

不可能！一个丫鬟，怎么能出现在宫宴上？

更何况她那种悠然自得吃云糕的神态，根本不是那个胆小瑟缩的小丫鬟做得出来的！

丫鬟也不知道姜娆的身份，一番打听后回来说："姑娘，这里没人认识那位姑娘。"

"哦。"沈琇莹得意起来,"估计是乡下来的,怪不得是这副没见过世面的样子,之前恐怕连云糕都没有吃过。"

虽然不觉得她是梦里那个丫鬟,可沈琇莹还是对姜娆喜欢不起来。

周围几个贵女听沈琇莹这样说,也失去了和姜娆攀谈的兴趣。

乡下来的姑娘,哪有什么交际的必要?

外面忽然响起了椅轮滚动声与嘈杂的脚步声。

有人议论道:"几位皇子来了。"

沈琇莹的眼睛迅速亮了起来。

姜娆也放下云糕,找帕子拭了拭手指和嘴角,不紧不慢地理了理裙摆,准备跟着其他的贵女一道行礼。

想起什么,她偷偷抿了一下嘴唇。

结的痂虽掉了,但她总觉得自己还没好。每回想起来,都能想到容渟咬上去的力道。

想想还是有些气人。

这几日,因为这件事,她都没去找过容渟。

"二殿下,四殿下,九殿下。"

几位皇子进来,贵女纷纷站起来行礼。

尤其是沈琇莹,知道未来新帝就在其中,态度格外尊崇,行礼格外认真。

她今日是精心打扮过的,穿了一件青底纹兰的云缎披风,是梦里容渟身边的小侍女惯常爱穿的颜色,不张扬,很含蓄,低调得如同空谷幽兰一样,发饰、簪形上也多有仿照。

应当是容渟喜欢的样子,沈琇莹想。

哪料到,容渟一个正眼都没给她。

他环顾一周,视线最终落到了角落里那个垂首行礼的小姑娘身上,然后,嘴角微微勾起。

方才,他听到她跟人一起喊他了一声"九殿下"。

她行礼的时候,仪态极佳,半点儿错都挑不出来,认真得有点儿可爱。

只是……为何她形单影只,小案上还摆着块咬了几口的云糕?

难不成是在宴会上受了冷落?

容溯的视线一沉。

没人比他更清楚金陵城所谓的世家子弟捧高踩低的臭毛病。

众目睽睽之下，容溯操控着轮椅往姜婉那去了。

她身旁无人，倒是给他提供了方便。

"怎么这么没有胃口？"

闻言姜婉一愣。

离她这么近，容溯的眼眸像鹰隼一样，锐利无比，他的目光在她殷红的唇瓣上停了一瞬，看到了结过痂的地方。

他也愣了一下，转瞬笑了起来："这云糕是不是做得太甜了些？这里做点心的厨子，比不上你小姨宫里小厨房里的那位。宫里的人都知道，点心做得最好的是云贵妃那儿的厨子，你若是吃不惯，别为难自己，我帮你找杯茶水来解腻。"

他突然出现，又盯着她的嘴巴看，姜婉吓得打了个饱嗝，赶紧捂住了嘴。

周遭那些贵女的脸上露出了诧异的神色。

原来那个一直在角落里低着头吃云糕的小姑娘，也不是谁也不认得的。

和九皇子的关系如此熟稔，还管云贵妃叫小姨？

这身份，不一般啊！

可她们此刻断然不敢上前去找姜婉攀谈，因为容溯也在那边。

京城里的贵女，多少都听说过关于九皇子的传闻。

传说他命格凶煞，出生就克死了母亲，从小就是个任性捣乱的小孩儿，天生没有善心，做尽坏事，嘉和皇后费尽了心思，才将他教得稍懂礼节。

可这种天性恶毒的少年，又是个腿脚不健全的残废，就算懂得些许礼节，还是叫人敬而远之。

沈琇莹见那些贵女对容溯避之不及，心里满是占尽了先机的得意。

只是……

见容溯眼里只有姜婉，她的心里"咯噔"了一下。

容溯怕是故意将贵妃点出来，好让别人知道姜婉不是她口中的村野丫头。

这是在打她的脸，长姜婉的威风。

这种独一份的撑腰和宠溺语气，她不是没有见过。

她的那场梦里，他待那个小侍女就是这样的。

不管他面对那个小侍女的时候有多凶，能凶他的小侍女的，只有他一个人。

别的什么人，若是敢惹了那个小侍女不高兴，他便会勃然大怒。

帝王冲冠一怒，无论什么人都承受不住。

沈琇莹屏住呼吸，盯着姜娆的脸庞。

她记得那场梦中，自己偶然撞见过一次容湙外出用膳，和那个小侍女在一起的场景。

当时他正用手给那个小侍女擦去脸上的灰，可那小侍女竟然吓得哆哆嗦嗦，根本不敢抬眼看他，完全错过了那位人前冷漠暴虐的帝王眼里的柔情万千。

新帝寡情，待别人半分温柔的神色都没有。

她那时只觉得，那个小侍女简直是身在福中不知福。

若是他怀里的人，换成她就好了，她更知情知趣，不会像块木头一样没有任何反应，一定能得到他更多的宠爱。

梦中，她几番打听，才得知，那小侍女原本被容湙在一个庄子里关了几年，后来才被带进了宫里。

金屋藏娇，不外如此。

她一直以为那个小侍女就是个出身卑贱，单凭着样貌好看，以色侍君的下等人。

可看见现在的姜娆，看见容湙因为她受了这么点儿冷落就出来维护……

难道，姜四姑娘就是以后的那个小侍女？

可那个小侍女待在容湙身边总低着脑袋，一副怯懦害怕的模样，和这会儿姜娆坦然得体的举止，哪有半点儿的相似之处？

沈琇莹不知道，梦里她见到的小侍女家破人亡，父亲、弟弟、母亲各自分散，流落天涯。她从天真烂漫，受尽宠爱的四姑娘，变成了卖身契捏在别人手里的丫鬟。

身份自云端一朝跌入了泥潭，身边连一个能信任的人都没有，还被一个恨她入骨的人绑在身边，自然会一日一日地憔悴下去。

而如今的姜娆还是那个被爹娘捧在手心里宠着，看着弟弟在眼前胡闹的姜家四姑娘。

什么坏事都还没发生，什么糟糕的结果都还有可能改变。

此刻,她唯一烦恼,只有眼前这个坐在轮椅上的少年。

"我……我没有不喜欢这里的点心。"

他的视线总落在她的唇上,让姜娆忍不住想起那晚的事,视线飘忽游移:"我只是比较喜欢清净,所以独自坐在这里。等你走开了,我便会继续吃完这块点心的。"

这是在赶他走了。

容湸心底有几分不痛快,脸上却笑眯眯的,用极小的声音说道:"年年,我还是喜欢你喊我哥哥,不喜欢你喊我九殿下。不然,你喊我九殿下、喊我二哥二殿下、喊我四哥四殿下,在你心里,我岂不是和我二哥、四哥是一样的?"

姜娆反驳不了他这套逻辑。方才他们三兄弟一道走进来,二皇子、四皇子两人相交甚好,徒留他一人在后面,根本不顾他坐在轮椅上行动不便。她只是看了一眼,就对二皇子和四皇子十分不满,又岂会觉得他们三人是一样的?

"宫里有宫里的规矩。"姜娆只好这样说。

"我有我自己的规矩。"

容湸笑得有点儿浑不吝,模样令人感到陌生,姜娆正疑惑,身后传来窃窃私语声。

贵女们不敢非议和云贵妃有牵扯的姜娆,却敢非议这个残疾的九皇子。

"都说九皇子生性恶劣,原来还真是这样,连规矩都不顾。"

"和他说话的,到底是谁啊?"

"我有点儿同情那位姑娘了,竟然被一个残废给缠上了。"

姜娆猛地想起了宫里的人以及全金陵的人对容湸的看法——天性恶劣,不懂规矩,不服管教。

她还替他觉得委屈,可看他现在这模样,怎像是要把这些非议坐实了一样?

容湸听着那些窃窃私语,心底的猜测又落实了三分。

果然都是些攀附权贵的,有点儿权势的才会被他们追捧,否则,在他们这儿不仅讨不到半点儿好脸色,不被欺负都算是好的。

被踩在泥里惯了,他最知晓这一套。

姜娆自己不喜好张扬,他却知道不张扬不展示实力,就意味着好欺负。

他倒是无所谓被不被人欺负,可他不想让姜娆受欺负。

"年年,你爹今天来替我父皇作画了是不是?待你见到他,替我向他问声好。"

有消息灵通的，听到这句，迅速反应过来："莫不是姜行舟？她是姜行舟的女儿？"

终于，所有的人恍然大悟，看姜娆的眼神彻底变了。

谁都知道昭武帝最喜欢的那几位书画大家里，五个里有四个是前朝的死人，剩下那个，唯一活在现世的，就是姜行舟。

也都知道，姜行舟是个出了名的女儿奴！

方才大家还觉得姜娆独自一人可怜，知道她是姜行舟的女儿之后，立马觉得，果然是有底气的姑娘，十足地任性与自在，怪不得她不屑与周围人交游，以她的身份，哪里需要去讨好别人？

而那个九皇子，估计也是在倒贴着巴结她呢！

这么一想，她们看容淳的眼神更加轻蔑了。

"若真是姜行舟家的那位姑娘……那她可是云贵妃的外甥女。云贵妃与皇后娘娘向来不睦，九皇子这样讨好她，那岂不是打皇后娘娘的脸吗？"

"皇后娘娘辛辛苦苦就喂出了这么一条白眼狼？"

"怪不得他的腿废了，这么不孝，是报应吧。"

容淳猜得到她们在想什么，却是眉眼弯弯，笑得更开心了。

反正他的名声，从很小的时候开始，就脏得和沟里的泥巴没什么两样。

他嬉皮笑脸，不仅不把别人的话放在心上，反倒"以耻为荣"，十分骄傲似的，十足的无赖模样。

姜娆的眉头皱了起来，却听到容淳用只有他们二人能听到的音量说道："一会儿宴会间隙，你来小重山后找我，好吗？"

容淳离开后不久，沈琇莹第一个坐到了姜娆旁边。

比她动作慢的人气得跺了跺脚，愤慨地与旁人说道："一开始就是她在那儿乱说话误导人，居然还好意思过去！"

沈琇莹才不管那些骂她的话，她心里满是困惑。

容淳对她维护成这样，梦里为何两个人的关系看上去那么僵？她又怎么成了他身边的侍女？

明明新帝继位十几年后，还追封了姜行舟国公的名号。

她有太多想不明白的。

先和姜娆搞好关系,她那些不明白的,自然会找到机会弄清楚。

沈琇莹如此打算着,脸上尽量笑得友善,语气温和地对姜娆说道:"姑娘,之前怎么从来没有见过你?"

姜娆抬眸看向沈琇莹。

她认出来了,沈琇莹是前两天哭着撞到她的那个姑娘。

沈琇莹被她盯着打量,也不由自主地打量起了她。

石榴红的洋绉裙,衬得她的面容娇憨艳丽,比她穿的这一身比丫鬟还要朴素的颜色,不知俏了多少。

方才隔得远,还不觉得,现在坐在一起,对比就越发明显。

她简直比姜娆身边的丫鬟还要更像丫鬟。

她心里有些憋闷,抬眸只盯着姜娆的脸看。她的皮肤白净娇嫩,五官精致,小白兔一样,看上去就很好欺负,很好拿捏。

沈琇莹嫉妒她的美貌,又欣喜于她的单纯。

她怎么可能应付不了这种一点儿苦头都没吃过,被家里人宠得和没脑子一样的小姑娘?

她清了清嗓子道:"看着你怯生生的,是不是对这皇宫里不太熟悉?姐姐可以带你到处逛逛。"

"对了。"她状若不经意地问起,"你是姜家的姑娘啊?"

姜娆让她先说,不争话,不抢话,直到沈琇莹讲完,一脸和善地看着她,姜娆眨了一下眼,觉得好玩,忍不住弯了嘴角。

她眼角眉梢俱是笑意,说:"我啊,乡下来的丫头罢了。"

她学着刚才沈琇莹说话时的语气,声音不同,但语气有九成像。

沈琇莹闻言,脸色一变。自己说的话,她都听到了!

就这样,她竟还眨着一双无辜的眼睛,任自己在她身边坐了那么久,就好像不谙世事一样。

这分明是只会咬人的兔子!

沈琇莹咬住嘴唇,气得有些发抖。

旁边传来了嘲讽的话语:"她在背后说人坏话,还以为别人不知道,真是好笑,还真当所有人都和她那个宠妾灭妻的爹爹一样傻啊?"

这话像一把刀子戳在了沈琇莹的心窝子上,气得沈琇莹的眼睛都红了。她满脸怨气地看了姜娆一眼,转身怒气冲冲地离开了宴席。

明芍小声同姜娆说道:"姑娘,那个人好像……气哭了。"

姜娆不紧不慢地吃着最后一块云糕,淡声说:"气哭了便气哭了。"

就凭沈琇莹说自己是乡下来的,就足见她对自己的恶意。

自己又没见过她,和她也没仇,也没怨,真是不知道她这恶意是从何而来的。

这世上,做错了事也能让姜娆忍耐的,只有她的家人。

也许……还有个容淳。

除了他们,姜娆向来是害人之心不可有,防人之心不可无。

沈琇莹那随便在背后指点他人出身的行径,就足够姜娆提防她的。

乡下的姑娘又怎么了?比她善良多了。

姜娆心情惬意地吃完云糕,往小重山那边走去。

小重山在百花园的后方,姜娆到达这里时,容淳已经在等着了。

她进了凉亭,明芍与容淳身旁的小太监守在凉亭外面。

姜娆扫了一眼那个小太监,见他个头较高,猜到是宫女和她说过的,那个叫怀青的太监。

宫女说,怀青的性子沉闷一点儿,司应则机灵许多。

这点姜娆倒是不太在意,侍从不论是老实还是机灵,只要没有二心,安排在合适的位置,便能发挥最大的作用。

容淳见姜娆去看怀青,面色不变,心里却不大高兴。

他不想她去看别人的,于是他开口唤道:"年年。"

姜娆的视线回到他身上。

"你找我,有何事?"姜娆问他。

容淳垂着眼眸,仿佛是不敢说。

那日,知道了醉酒当晚发生的事不是梦之后,他一直在寿淮宫等着她来找他,可一连几日不见她的人影。他想着那晚她拍他的那一巴掌,觉得她可能生气了,是他太过急躁了。

醉着酒,又以为是梦,完全由着性子行事。

回想起来,他都觉得后怕,若那时真有镣铐,他说不定真将她锁起来了。

只是咬到她,她都气了好多天。若真的放任自己为所欲为,怕是真的会让她从此恨上她了。

他甚至没尝过被她喜欢上的滋味,又如何接受得了她的恨呢?

容渟小心翼翼地看了一眼她的嘴唇。

未尝到过还好,偏偏已经知道了滋味,再次看到,他的心尖就发痒。

不急。

他垂下眼眸,以一种讨饶的语气说道:"年年,我以后不喝酒了。"

提起这事姜娆还有些生气,她哼了一声:"你还在用药,滴酒不沾才对。"

"嗯。"容渟应道。

姜娆没再说什么。

见她绝口不提那晚的事情,他的心思一转,主动提到:"那晚我喝醉了,我有没有……做什么不得体的事情?"

他的眼神是十分诚挚,且愧疚的。

若是姜娆同他追究起当晚的事,还要让他负责的话,他是极其乐意的。

那晚的事,姜娆本来想同他追究,至少要让他知道他的酒品不好,以后别再喝酒,可看到他这可怜、愧疚的样子,忽然就不想追究了。

听他这语气,醉酒之后的事,他好像都忘了。

既然他忘了,也答应了她不再喝酒了,那还追究什么呢?

姜娆想开了,包容地笑了笑:"没有什么不得体的事。只是,喝酒伤身,日后你当真不要再碰酒了。"

容渟没想到她会这样说。

就这么一句话带过了?他还等着她追究他的责任……

半响后,他无奈地笑道:"那便好。"

"这事我们日后就不要再提了。"姜娆觉得自己简直是一等一的心胸宽广,她反而问起了另一件事,"方才宴会上,你为何要任人议论,不反驳一下呢?"

"别人都在说你……上赶着巴结、讨好我,我……我都听不下去了。"姜娆简直连说都不愿说起。

"反驳了也没有用的。"容渟摇了摇头,"无论我做什么,她们都会觉得我坏透了的。"

他平静道:"索性让她们误会下去。反倒是,若是你表现得同我的关系太好,会让你引祸上身,倒不如让她们觉得是我在巴结你,我还能……还能与你多说上几句话。"

"你知道吗?"容淳的目光淡然平静,"我的名声已经够差了,再差一点儿也无妨。所有的脏水都泼到我一人身上,总好过连你也一起受委屈。所以……年年,人前便表现得讨厌我一些吧。"

姜娆一愣,目光变得茫然起来。

真的要按容淳说的做吗?

她思忖良久,忽然想通了一点,语气坚定道:"不,我不要按你说的去做。"

他的大腿她还是想抱的,但也不是事事都要听他的。

"你怕我惹上非议,可我既然决定了要与你交好,便没有怕过这件事。再说……你忘了一件事,我小姨可是云贵妃,注定与皇后水火不容……"

即便没有他,只要她还想在她小姨的漱湘宫里头吃一粒米,就得帮着她小姨,该受的非议,一点儿不少啊,还不如多他这一个帮手。

"你可知道你这样做将面临什么?"容淳的语气却沉了下来。

若是她明面上便与他交好,从此与他休戚与共,再也分不开了,这当然是他乐见其成的景象。他很想往她的脚上套上一条解不开的绳索,将她硬生生同自己捆绑在一起,从此命运相系,要么同生,要么共死。

可是……

"云贵妃至今无子,对皇后而言,她只是有些碍眼,并非最大的威胁。如果你不帮我,她不会想要了你的命,可如果你要帮我……"容淳皱着眉头道。

他实在不想把这话讲给姜娆听。

他心里宁愿先把她哄骗到他那条船上,等到船离了岸,即便她想走,也走不掉了。

可他也不知道自己为何忽然不想骗她了。

也许是她的目光太过单纯,又也许是今日正午的日头已经够毒了,他的心就不想那么毒了。

"你若与我为党,便是皇后心里不除掉难以安心的眼中钉,肉中刺。"他的眉眼有些阴郁,表情很冷,语气亦冷到了极致,似要将人推开,"我只是个残废,空有个皇子的身份。别说是皇后,就是宫女、太监,宫里随便是谁,都能将我踩到脚底下去。帮我这种废人,搭上的可能是你自己的命,这样你还……"

"不怕啊,我什么都不怕。"姜娆直截了当地打断了他的话。

听他这么说,姜娆浑身轻松起来。

她不怕死,她怕的是走向梦里家破人亡的结局,她更怕做事之前,瞻前顾后,最后错失良机。

她只想尽快选定一个方向,不论对错,坚定地走下去便是了。

这么些天了,她一直是透过自己的眼睛所见分析、判断他的处境,这是头一次听他正面表述。

他面无表情,语气平淡地说着那些不堪的处境,语气里满是自我厌弃,眉眼阴郁的样子,忽然就和梦里的他重合在一起。

她还以为梦里的他那暴虐无常的脾气,是双腿残疾造成的,却未曾想过少年时的他,脸上早已有了类似的神色。

他像刺猬一样,竖着一身尖刺,谁靠近就扎谁,心防重重。

也是,若不是他戒心重,如何在这么艰辛的处境里活下来?

知道了他有多难,即使没有做那样的梦,姜娆也想帮他。

但正因为梦里先知,她更清楚,她不是拿着家人的命运在赌,而是恰恰在给家人谋一条生路。

倘若日后他当真权势滔天,这大腿要是抱稳了,她家破人亡的劫数也就变了。

这大腿,她不仅要抱,还要抱得稳稳的,抱紧了就不撒手了!

"我既然想好了要站在你这边,就永远会站在你这边。"

不过,姜娆有时也会想,她既然已经改变了梦里的一些事,是否也会改变他未来的结局?

万一他反而因为她的插手变得无权无势……

一想到那样的结果,姜娆就异常难受:"只是……若是我成了你的麻烦,你随时可以拒绝我的帮助。"

也随时可以舍弃掉她。

只要他能保证,待他权势滔天之时,帮她保护好她的家人就行了。

"你怎么会是我的麻烦?"

容淳想笑，却突然抬手撑着额头，挡住了微微发红的眼。他的喉咙发涩，手指止不住地颤抖，沉默半晌后，他终于将手放了下来。

少年的眼底猩红，死死盯着姜娆："这可是你说的。"

"这可是你说的，要永远站在我这一边。你答应了我，以后就不能反悔了。"他的声音沙哑，语气恶狠狠的，近乎威胁一般，可是，看着姜娆的眼神，又无比虔诚。

姜娆郑重地点了点头。

在容淳看来，别人度过的每一天，都是在他们未来的寿命里减掉一天。可他的每一天，都是多赚的。

一日复一日，每一个明日都是拼尽全力才能赚得的十二个时辰。

那些孤立无援的日日夜夜，他的脑海滋长出残忍嗜血的念头——即使不择手段，他也要一步步走到那个万人之上，无人胆敢触犯的位子，然后疯狂屠戮，杀掉所有欺负过他的人。

人人都欺负他，他见了谁都想赶尽杀绝。

可如今有一个人，愿意站在他身边，与他一荣俱荣，一损俱损。

像是势单力薄，孤军奋战的时候，终于有了队友，有了让他可以毫无顾忌地把自己的后背交付出去的人。

他问她是否敢以性命相托，又何尝不是在问自己？

曾经他毫无牵挂，所以做事随心所欲，恣意妄为，如今他这条烂命，不只是为了自己而活。

她这胆小的性子，怕是见不得血流成河，尸横千里。

她牵挂他，那他也可以试着为了她，压抑自己乖张嗜血的本性。

只要她要他。

宴会结束后，姜娆本想等爹爹一同回伯府。结果昭武帝身边的太监来传话，说她爹爹被留在了御书房探讨书画，要晚些回。

她便先回了漱湘宫。

去打听沈琇莹的明芍也回来了："姑娘，今日宴会上那位，是沈雀沈尚书的二女儿，名叫沈琇莹，是家中嫡出的二姑娘，只是……"

明芍顿了顿,同姜娆小声耳语:"沈雀一开始有个结发妻,在他还是穷书生时就跟了他。他考取功名,飞黄腾达没两年,她就病死了。而在她病死前一年被休的一个妾室,也就是沈琇莹的母亲,在这一年里认了个义父,换了身份,那正妻丧期一过,她就以续弦的身份重新进了沈家的门。"

姜娆心里一惊。

总有些高门大户,看上去风光体面,底下藏着的,尽是些伤天害理的腌臜事。

她怎么觉得,沈雀头一位妻子死得不明不白的?

"沈尚书的结发妻,是因何故去的?当真是病死的?"

"奴婢说了,您莫要害怕。"明芍的声音低得不能再低了,"京城都在传,她是被沈雀与沈琇莹她娘合谋毒死的。那位夫人刚去世时,她的家人从乡下赶来闹,手里头有证据,要讨个公道,却被他以闹事为由,抓起来打死了。后来,时间久了,大家也都忘了,没人再议论这件事了。"

姜娆攥紧了手指。

她心疼那位结发妻。

嫁沈雀这样的男人,当真还不如不嫁。

沈家也没有什么交际来往的必要,回去之后,她要告诉爹爹。

明芍又道:"姑娘,这沈家与我们伯府的关系有些微妙。"

姜娆仔细想了想,她祖父和她爹总不可能与沈雀这种人交好,那便只有仇了。

"难不成是有什么陈年旧怨?"

"倒没什么怨,只是沈雀常常巴结笼络姜家,大爷和他私交近了一些。"

姜娆:"……"

她闷闷不乐:"大伯糊涂。"

姜家是在金陵扎根了几代的名门望族,想要和姜家搞好关系,进而打通在金陵的人脉的人,不在少数。

姜娆宁愿听到明芍说姜家和沈雀有私仇,也不想听到这种忘恩负义的男人和她家走得近。

但眼下姜家掌家的人是她的大伯,姜行川。

姜行川和她爹同母同父,她祖母去世的时候,她爹年纪还小,是她大伯成天带着她爹，把她爹带大的。

姜行川脾气温和儒雅，不好争斗，是老好人，和所有人的关系都很好。即使他对她爹爹没有恩情，他的做法，也轮不到她这个做晚辈的来置喙。

姜娆愁眉苦脸。

这时，云贵妃抱着石榴进门来。

怕人不知道她的腰有多细一样，她的腰间系带上挂了两个小铃铛，走起路来叮当响，吸引着人的目光。

"年年怎么愁眉苦脸的？"云贵妃走到姜娆面前，拧拧她的脸。

小姑娘的肌肤就是嫩，滑溜溜的，和白豆腐一样，一捏脸上就有了红印。

云贵妃吓唬她："小心明日就生皱纹。"

"方才宴会上，我遇见了沈尚书家的二姑娘，不知怎的，她对我很不善。"

云贵妃的眼神立刻变了。"她欺负你了？"她杀气腾腾地问。

像是听到姜娆说是，她就要立刻拿刀冲出去砍人一样。

姜娆诚实地说道："她乱说话，就被我教训了。"

云贵妃满意地审视着姜娆。

姜娆又说："我把她气哭、气跑了。"

云贵妃拍手叫好："有的人，见你好了，她就不快。甚至只是你长得好看，她心里就会嫉妒。不过，犯不着为这种小肚鸡肠的人生气。"

云贵妃说着，抬了抬下巴："不然你我生得如此倾国倾城，要是总为了那些嫉妒我们容貌的女人生气，早死了七八百次了。"

姜娆被逗笑。

云贵妃嘱咐道："不过，防人之心不可无，那沈琇莹，你一定要好好留心着。那丫头我见过几次，心性太高，总想着飞上枝头变凤凰，及笄没两天，就总在男人堆里打转。我倒不是觉得她想往上走的心思不好，只是她那些手段，过于逢迎讨好，失却自尊，是我看不上的。听说落了次水，不知想通了什么，近日安分了许多。

"兴许是看着她娘讨男人欢心，翻身上位成了正妻，她就想攀个更高的高枝。可她娘这一路，指不定用了多少恶毒害人的手段，她万一也学上了呢？"

姜娆点了点头："我记得了。"

寿淮宫墙脚下,一道白影嗖地掠过,片刻后,石榴叼着一只耗子,翘着尾巴,洋洋得意地从墙脚走出来,走到了阳光底下。

司应神色匆匆地从外面走进来,没料到容淳竟然在院里坐着,吓得怔愣了一下。

少年手里把玩着一支簪子,目光却一直停在石榴嘴里叼着的耗子身上。

听到动静,容淳将目光缓缓地移到了他身上来,睨过来的这一眼带着审视,司应心虚,如寒芒在背,脊背无端一凉,身体微微一抖。

他垂眼,佯装镇定地去找怀青,让怀青去把那只白猫赶走。

怀青逮到猫后,却被容淳叫住:"把猫给我吧。"

他抱着石榴,轻柔地抚摸着石榴的脑袋,他的指尖修长,力道适度,石榴舒服得直呼噜。

不知是想到什么,容淳笑了笑,对怀青与司应说道:"以后在院里看到石榴,不必赶走,喊我过来,我会亲自送回去。"

司应一头雾水,怀青却是心领神会,司应解释道:"这是漱湘宫云贵妃养的爱宠,名叫石榴,我们这院子里耗子颇多,经常能看到它来抓耗子。"

再说了,去漱湘宫,指不定什么时候就能碰上姜四姑娘。

不过这点儿玄机,他就不同司应说了。

司应皱了皱眉头,"这院子里的耗子快被它捉光了吧?估摸着这猫日后不会再来了。"

他不喜欢这只白猫,尤其听到这是云贵妃养的。

如果不是这只猫,容淳就不会待在院子里,今日他偷偷出去,也不会被容淳逮到。

他总觉得,这只猫会坏了他的好事。

"你说得倒是没错,守株待兔,什么也等不到。"容淳道。

司应连忙点头。

容淳操控着轮椅往外走:"那你去学一下,怎么养殖耗子,多养几只不就行了?"

司应与怀青愣了一愣,待反应过来之后,面面相觑。

"主子也太玩物丧志了吧!"司应简直无法理解容淳的想法。

怀青只是笑了笑,什么话都没说。

姜行舟本来想着宫宴一结束就带女儿回姜府,谁料昭武帝逮着他就不放了。

说他这些年行游万里,见识又增益了不少,书画上的造诣定然也精进了许多,非让他作一幅画给他。

这是什么鬼道理!让一个不会画画的人天南地北走断腿,造诣也深不了啊。

不仅让他画画,还给他命题,简直和考官一样。

要不是对面是皇帝,他肯定直接甩袖子走人了。

但昭武帝就是皇帝,甩了袖子就可能掉头。

自由诚可贵,脑袋价更高。

他花了三日,紧赶慢赶,画了一幅水墨画的江山春景图出来。

本来画画就是个看心情的事,昭武帝居然还时不时来监工!

做皇帝的人果然了不起。

好不容易画完了,姜行舟心里唯一的念头就是回家歇着。再让他看到笔墨纸砚,他只想自戳双目,自废双手!

不过得把女儿一起带回宁安伯府。

姜行舟由一位太监领着,快步走向淑湘宫。

一个身着靛蓝衣衫的男子等在路上,见姜行舟出来,快步迎上来。

小太监对姜行舟说道:"给四爷介绍一下,这是四皇子。"

姜行舟道:"见过四殿下。"

四皇子笑着拱手行礼:"见过姜四爷。"

姜行舟等着眼前这青年人的下文。

四皇子脸上虽是温和带笑,看姜行舟的目光里,却带着怀疑与审视。

容浔回来了,不仅让嘉和皇后措手不及,让他也措手不及。

四皇子本来认定了容浔会死在邺城,没想到他不仅回来了,还搬出了嘉和皇后的锦绣宫。

季嬷嬷说,是姜行舟在帮他。

他今日就想来试探一下,到底是季嬷嬷在说谎,还是姜行舟真的要扶持容浔。

若是姜行舟真有扶持容浔的念头,摆在他面前的路只有两条:收买,或者想方设法除掉对方。他投其所好,捧着手中的卷轴说道:"难得见到四爷,可否请四爷看看我写的字?"

姜行舟内心：呵呵。

刚说了再看到笔墨纸砚就想自戳双目，东西就送过来了。

他一阵头疼，展开了四皇子递来的卷轴。他自然知道四皇子来这儿，肯定不是单纯为了让他品鉴字的。

皇宫里的人就是这样，说话、做事都要拐几个弯。

他无意搅和进朝堂争斗中，便只敷衍地评点了两句。

四皇子谢过姜行舟，缓缓卷起卷轴，紧盯着他说道："听说四爷是从北面回来的，这几日才回到金陵，不知是否还适应？"

邺城虽在北面，可姜行舟不想让人知道他与容渟打过交道，遂道："四殿下是从哪儿听到的传闻？草民从南方回来，刚给圣上画的画都是江南的小桥流水，殿下若感兴趣，不如去圣上的书房看看？"

这和自己打听到的可不一样。四皇子道："是我记错了。"

"嗯，就是你记错了。"姜行舟说着谎话，脸不红，气不喘，笃定从容。

待四皇子走后，他微微舒了一口气，心想着，和这些未来有可能成为皇帝的人，能少打交道，就少打交道。

不然，一旦站错队，就是全家遭殃。

除非只有与某个皇子结党，才能保全家人，否则，他断然不会蹚皇位争夺的浑水。

置身事外，明哲保身，才是正理。

他这么一想，忽然觉得自己对女儿有些狠心了。

容渟确实可怜，若非他是个皇子，他也不会如此提防。

女儿最近一直在她小姨这里待着，不知道是不是生他的气。

她也没提赶快回邺城的事，说不定是已经猜到，他不想让她回去了。

也不知道那小子的腿伤有没有好……

良心痛了。

就在这时，前方传来一阵轮椅的响动。

姜行舟停住脚步。

容渟停住轮椅。

两男一猫，六目相对，姜行舟的眼珠子都快瞪出来了。

九皇子不是在邺城吗？他也没听说过九皇子是双生子啊。见鬼了。

"你为何在这儿？"他问。

容淳也有些意外。

他近日想通了一件事。姜娆是被姜行舟带走的，给他传话，说他们一家再也不会回去的人，也是姜行舟安排的。不管是出于什么原因，姜行舟是厌烦他，不想让他的一对儿女同他走得太近的。

他摸不透姜行舟到底在想什么，只是他想到姜娆，待她的父亲倒是多了也几分真心实意的和善与耐心。

"父皇叫人带我回京养伤。"

"哪日回来的？"

"十二日前。"

比他回来得还早……

一想到他这回金陵的安排，正好又把女儿送到这臭小子身边来了，老父亲的心立刻就像下了油锅一样，身体也跟着摇晃了几下。

方才他还觉得这小子可怜，现在只剩下了可恶。

他扫到了容淳怀里的猫，整个人更加不好了。

秦云养的猫，不就是只蓝眼睛的临清狮子猫？

他女儿也喜欢这种毛茸茸的小动物。

那猫怎么会在容淳的怀里？

背后的可能性让老父亲警觉而又崩溃。

"这是不是漱湘宫里的猫？"他指着石榴问，手却在抖。

若换了旁人，容淳连一声"是"都懒得说。

但他想通了：年年的家人，对她来说不是旁人。那对他而言，也不该是旁人。

他垂着眼，语气里透着一丝可怜："这猫跑到了我住的寿淮宫里。寿淮宫空置多年，鼠患不休，只有两个太监与我这个残废住在那里，只能任老鼠横行。云贵妃的这只猫是跑到我那儿，帮我捉耗子来了。"

他低着头，像是怕人责怪一样，小声说："是这猫自己跑来的，我现在正要把它送回去。"

姜行舟心里还是觉得这小子可恶，却也不得不说他可怜。

他没法冲着一个残废发脾气，更没法冲一个如此可怜的残废发脾气："正好我要到漱湘宫去，你把这猫交给我便是。"

容凑犹豫了一下，还是把猫递了过去。

就在姜行舟低头看猫的时候，他的右手迅速剜进自己左边的胳膊，一连几下，苍白的手臂上立刻浮现出十几道红痕，其中半数以上破了皮。

"四爷当心。"他露出胳膊上的红痕，"它会挠人，您一定要当心着些。"

姜行舟的眉头一皱，低头看着怀里白猫的爪子，平日里有修剪过，不算尖利，但确实能将人抓出伤痕。

再看看少年的手臂，挠得还不轻，一道又一道，甚至还破了皮。

姜行舟皱起眉头："你宫里有药吗？"

容凑苦着一张脸，没说话。

姜行舟看他这模样，就知道问了相当于没问。

他那里既然是个耗子窝，估计是个荒废得不行的宅院，肯定没什么药。

这小子还真是挺可怜，宫里、宫外都没人照应。

他终究还是心软了，叹了一口气："那你随我来吧。"说完，转身先行。

容凑隐秘地翘了翘嘴角，乖乖跟上了。

姜娆午睡醒来，便喊来明芍为她梳好头发。

她要出门，立刻出门。

容凑身边的两个太监，底子虽然被她查清了，都很干净，可有些东西是很难查到的。方才梦里，她梦见其中一个太监是嘉和皇后的眼线。

是她没见过的那个头矮些的小太监。

司应，她记得那个小太监叫司应。

她得赶紧把这件事告诉容凑。

她正穿着披风，有宫女走进来说："姑娘，四爷来看您了。"

姜娆的小脸一垮。

她最近一直在等着她爹爹作完画来找她，好向他坦白她的决定。

可怎么偏偏是现在？

宫女又道："九皇子跟在四爷身后，一道来了。"

姜娆一怔："他们怎么凑到一起去了？"

宫女摇头说道："奴婢不知。姑娘这会儿可要出去见他们？四爷与九殿下在釉清亭内等着。"

姜娆立刻点头："带我过去。"

一想到她爹每次说"城西那小子"时的语气，还有他那吹胡子瞪眼的表情，她就觉得，让他们两个人凑在一起不是什么好事。

釉清亭内，画面难得和谐。

姜行舟的视线扫过少年病态苍白的胳膊上道道红痕，惨是真的惨，让他都不太好意思摆出一张臭脸。

他皱着眉，想起许多年前还在金陵时见过小容淳几面。

他曾经当真觉得那个瘦骨嶙峋的小孩儿活不下来。

嘉和皇后若没有亲生孩子还好，还可能将他视为己出，可她后来有了十七皇子。

昭武帝宠幸这孩子的母亲，与其说是一见钟情，不如说是见色起意，并没多少感情。他儿子又多，对这个孩子也没多少感情。

换了自己，有这么多孩子，恐怕都记不清哪个叫什么，只能编号一、二、三、四、五、六……称老大、老二、老三、老四、老五、老六……

姜行舟可怜了他半天，忽然想起一件要紧事，问他："你是否已经见过我女儿了？在宫中。"

先别管他可怜不可怜，这近水楼台的，很有可能啊！

容淳点头。

老父亲的心碎了。

早知道就不回金陵了！

要是他不回金陵，哪还有这档子事？

今日这局面，全是他搬起石头砸自己的脚。

那他闺女已经知道容淳是九皇子的事了，是不是也知道他就是那个差点儿和她定下娃娃亲的小子了！

姜行舟连忙暗示容淳："过去的事，就过去了。"

当年的婚约，定都没定下来，如今更不算数的。

容淳当他是在为从金陵不告而别的事情道歉，即使心中尚有不满，顾及他是姜娆的父亲，还是温和地应道："嗯。"

两个人维持着表面的和平。

姜行舟还是有些如坐针毡,他看着容淳,很想下逐客令。

这时身后传来清脆的一声:"爹爹。"

姜行舟转身,看见他那好几日没见的女儿,正拎着裙摆往这边跑!

女儿果真是块宝,不管长到多大年纪,看一眼都觉得高兴。

这才几天没见,他都惦记成这样,以后嫁了人,那还了得!

姜行舟扭头,对容淳下了逐客令:"九皇子请回吧,过会儿我让小厮将药给您送过去。"

他没直接说滚,还愿意给容淳送药,真是太不容易,心胸太宽广了!

"什么药?"姜娆已经跑到姜行舟眼前来了,她好奇地问道。

姜行舟道:"一点儿小伤,没什么事。"

容淳委屈巴巴地挽起袖子:"我被石榴挠了。"

他的动作不是很刻意,手臂上的伤痕却很惹眼,看起来红得更厉害了不说,有些破皮的地方甚至冒出了血珠。

姜娆倒吸一口凉气。

"石榴!"她抱起了石榴,"你是不是又跑去寿淮宫了?你怎么挠人呢?"

石榴浑然不知自己被嫁祸,喵喵地叫了两声。

姜娆喊明芍去把石榴抱了过来,天大地大,伤员为大。她熟门熟路地推起容淳的轮椅,对姜行舟说道:"爹爹,小姨那儿有药,这里离潇湘宫不远了,我带他去潇湘宫抹药。您忙了几天了,先回府上歇息着吧。"

说完,没等姜行舟回答,姜娆便推着容淳的轮椅离开了。

姜行舟是男眷,不请旨,进不了后宫。

因昭武帝邀他作画,得幸在皇宫内多留了几日,已属难得,但仍是进不了后宫的,最多只能在宫外的这处凉亭,等着女儿出来找他。

但容淳未满十六岁,还在宫内居住,若有宫女、太监跟随,在后宫中走动的范围大些。

姜行舟看着女儿的背影,一口老血堵在了嗓子眼。

他恨不得把石榴抱回来,也挠他两下,也叫女儿心疼心疼他这个老父亲。

这时姜娆匆匆跑了回来。

姜行舟简直感动得要流泪了,女儿心里还是有他这个老父亲的!

姜娆往姜行舟怀里递了一封书信,道:"差点儿忘了,爹爹,这信给你。"

"是很要紧的信。"姜娆说。

她的目光游移,不太敢注视姜行舟的眼睛,小步子已经开始往后撤了:"爹爹,您等我走了再看。看完告诉母亲,然后毁掉,莫要让别人知道。"

说完她就溜了。

姜娆思考了许久要怎样向爹爹说,她要帮扶九皇子一事。破坏了爹爹只想置身事外,坐观虎斗的计划,她爹爹肯定不高兴。

她想来想去,还是写信好了。这样,等爹爹看信的时候,她不在他身边,不会挨骂,也不会挨揍。

姜行舟看着她匆匆跑开的背影,直觉这不是什么好信。但因女儿语气郑重,回府之后,他遣散了屋里的下人,才拆开了这封信。

姜娆知道就算自己写了缘由,写清梦境中的事,别人只会当她在发疯。

所以她只在信上写道:"女儿不孝,想交九皇子这个朋友,望爹爹成全。"

她从小听话,我行我素,只这一回。

姜行舟看完信,气得吹胡子瞪眼。

不孝,她也知道她这叫不孝!

他用心良苦,想让她远离是非,她倒好,一意孤行,她知道这意味着什么吗?稍不留神,连命都没了!

姜秦氏在站姜行舟身旁,见他一脸郁色,劝慰道:"老爷,您宽宽心。"

她知道因为女儿六岁那年,被人拐走差点儿没找回来,她的丈夫从此对女儿的事格外谨慎小心。

可这谨慎,有些过头了。

她道:"儿女各自有命。"

姜行舟沉默了许久。

"罢了罢了,我不管了。"他忽然长叹了一口气,"她爱帮就帮,别把自己搭进去就行了。如今这世道,她一个女孩儿也成不了多大的事。退一万步说,如果事态真的不对,我再阻止便是了。"

不管是身有残疾这一点,还是皇族重子嗣,往往多妻妾这一点,容浔都不是他眼中好女婿的人选。

224

漱湘宫。

宫女将药膏送了进来。

姜娆接过药膏,知道容渟不喜欢他人的碰触,便很自觉地将药盒递到容渟手上,对他说道:"药给你,你自己涂上吧。"

容渟一时间想不到什么借口让她来帮他涂药,只得乖乖接过药膏,自己涂好。

而后,他拨弄着自己的长发,示弱地对姜娆说道:"颈后也有,我看不到。你帮帮我。"

他将长发拨到一侧,修长的脖颈露出来,上头确实有几道细细的红痕,压着那些纵横交错的旧伤痕。

即使之前已经看过他这伤痕累累的模样,姜娆还是没忍住倒吸一口冷气。

她从容渟手里拿过药,用一个洗净的白玉小勺刮了药膏出来,将药膏点涂在容渟颈后的红痕上。

她微微俯身,离他很近,温热的气息喷在他的脖颈上。容渟的目光沉了沉,情不自禁地想起了酒醉的那天晚上。

容渟觉得自己可能心里有病,只要她靠近一些,就觉得安心。

姜娆问他:"这都是石榴挠的吗?"

"嗯。"

"好奇怪,石榴之前从不挠人的。"

她和它待在一起也没几日,也没见它挠她。

不过石榴也不会说话,问也问不出什么,姜娆便没再细想,只是安排宫女抱起石榴,给它修一修爪子,免得它再出去挠人。

石榴本来趴在阳台睡觉,无缘无故就被宫女跑去剪指甲,一脸蒙。

见宫女抱着石榴出去了,屋里没有了闲杂人等,姜娆左右看了一眼,忽然凑到了容渟的耳边。

容渟不懂发生了什么,身体僵硬了一下,就听姜娆同他耳语道:"你身边那个叫司应的太监,个性奸猾,有点儿问题,很可能已经被皇后收买了。"

容渟一怔。却并非惊讶于姜娆所说的事,他惊讶的是姜娆竟然知道。

身边的奴才里有皇后的眼线,是再正常不过的事,所以,他故意睁一只眼闭一只眼,等人露出马脚。童年的经历让他格外懂得隐忍,即使他早就看到了司应有些不够忠诚的小动作,也一直没有发作,而是在等。等怀青是不是也会露出马脚,等司应把他假装出来的状态告诉皇后,让皇后无法准确地获知他这里的状况,等司应彻底没有利用价值的那一天,再找个理由除掉他,杀鸡儆猴,让那些存有异心的人不敢再犯。

容渟惊讶地看着姜嬈。

他只当她是那种被家人保护得太好、不知人心险恶的娇滴滴的小姑娘,毕竟她心地那么善良。

她并非他想的那么善恶不辨,也不像菩萨一样对所有人都好。

那她还对他那么好……难道在她的心底,他是个很好的人?

有那么一瞬间容渟差点儿忘记伪装自己的表情,身体微微颤抖起来。

察觉到姜嬈还在看他,他抬起袖子遮了遮脸,身体犹在哆嗦,但已经像是在害怕的样子了。

容渟放下袖子,脸上露出了难以置信的神色。

姜嬈看着他这模样,怕他被那个叫司应的太监骗得团团转,连忙说道:"你找个理由,趁司应还没有做什么坏事,将他赶出寿淮宫吧。"

容渟点头,心里最初的计划,却没有分毫变动。

"你宫里若是缺人,我会挑好人,让我小姨身边的宫女去敬事房那边说几句话,给你送过去。"

姜嬈小时候,被教习嬷嬷和姜秦氏教过不少内宅里管人、管事的法子。

她说道:"用人时,将水端平也行,给些小恩小惠也可以,看哪些人是容易被金钱诱惑的,贪图小利的,往往容易叫别人用更大的甜头收买了去。比如司应。"

她把容渟当成了没机会去了解人情世故的小可怜,一时说得多了些,最后又绕回她想帮容渟添几个下人的事上:"你的宫里,要不要我帮你挑人?"

这是很要紧的事。

姜嬈虽想要自己选人,这样选出来的人她也放心,但想到容渟性格多疑,又觉得她可能有些越界了,他可能不会答应,却没想到他应得十分干脆:"你若是想,我会答应。"

她提的事,但凡他能做到,都答应。

只是想到她对他的事如此上心,他的眼里就忍不住生出笑意,衬得一双好看的眸子熠熠生辉,那种高山枝头雪一般的出尘感弱了许多,身上有了鲜活的气息。

姜娆这才发现,原来他的左眼底下有一粒很小很小的泪痣,比头发的颜色要深一些,偏深红色,使得他那张本就精致漂亮的脸更加惑人。

姜娆一时看得有些呆住了,好一会儿才回神,慌忙别开视线,懊恼着自己竟然因为美色走神了。

明明事情还没说完。

梦里,司应被嘉和皇后收买,她让他往容渟吃的饭菜里下药,免得他有机会参加白鹭书院的入院考试,得到师从燕南寻的机会。

司应答应了。

姜娆连忙问容渟:"三月白鹭书院的入院考试,你可要参加?"

容渟点头。

白鹭书院是大昭最好的书院,但白鹭书院是燕南寻办的。燕先生才高气傲,不为五斗米折腰,之前白鹭书院对皇族来说,是一个随意能去的地方,但燕南寻不满意,他想让皇亲国戚和全大昭所有的平民百姓的孩子一样参加入院考试。

昭武帝虽说尚武,但也崇德,十分欣赏燕南寻的才华,大笔一挥,准了燕南寻的奏请。

从此之后,这白鹭书院,即使是皇亲国戚,贵为皇子,想进他的书院,也要通过了入院考试才能进去。全大昭最聪明的书生几乎全在那儿,若能进这个书院,结交这些日后的栋梁之材,之后的路便要广阔得多。

姜娆抿了一下嘴唇,神情里多了几分思量。

扳倒司应一个小太监,轻而易举。

但即使没有司应,嘉和皇后肯定还有别的法子阻止容渟参加入院考试。与其费尽心思和她斗来斗去,既担惊又受怕的,倒不如……

姜娆说:"你知不知道,除了入院考试,还有别的进书院的法子?"

第八章
天定良缘

姜娆说："燕先生每三年会收一个亲传弟子，偶尔见到才华惊艳的，会有破例，到现在，弟子也不过十余人。"

燕南寻是大昭最有名望的大学究，昭武帝都要给他几分面子，多少人挤破了头想做他的亲传弟子。

做了燕南寻的亲传弟子，科举时只要过了文试，殿试几乎没有落榜的可能。

皇子虽不用参加科举，但如果能得到燕南寻的教导，也是一件光彩的事。

"燕先生的弟子里，有一位叫裴松语的，是我的远房表哥。他那年从家乡来金陵参加白鹭书院的入院考试时，和赶路的马车夫起了争执，错过了入院考试，后来由我爹爹写了一封荐信，与燕先生面谈了一场，反而被破格录取为燕先生的亲传弟子。"

她爹爹虽然闲闲散散，没有上进心，年轻时浪荡不羁，醉心玩乐，却也不是没有真才实学的草包，在京中人脉颇广。

燕南寻是她爹爹的同窗好友。

虽说这两个人见了面就吵，燕南寻损她爹的字画，她爹损他的文章，将对方贬低得一文不值，但他们确实是好友。

小时候她见两个人吵红了脖子，生骂她爹爹的燕南寻的气，但她母亲告诉她，笑脸相对的不一定就是朋友，见面就吵的，也不一定是敌人。燕南寻和她爹还有着过命的交情，她爹爹写的荐信，燕南寻一定会看，也一定会找出时间见见她爹举荐的人。

"我可以想办法求我爹给你写一封荐信，但这只是一个见到燕先生的机会，能不能通过，还是要看你自己。"

姜娆回了一趟姜府，为姜行舟端茶倒水，捏肩捶背。

姜行舟一开始还能冷着脸，不理这个"不孝女"，心里想着，她这样殷勤，肯定是有事相求。但是耐不住他就吃这一套，很快就绷不住了："行了，别给我捶肩了，直说你要什么。"

"想要爹爹为女儿写字。"

姜行舟稍稍挑了挑眉。他的字在别人那儿一字千金，但他家里养的这一儿一女看多了他写字，就不怎么稀罕，今天怎么突然想要他的字了？

但这点儿小要求，姜行舟还是答应得很快的。他提起笔搁上的狼毫笔，往姜娆刚研好的墨水中蘸了一下，问道："写什么字？"

姜娆连忙掏出一张已经写好字的信纸来："写这些字。"

姜行舟拿眼一扫，气得胡子都翘起来了。

这小家伙，又给他捏肩，又帮他研墨的，竟是打算将他伺候好了，再让他给那臭小子写一封荐信。

"爹啊，"姜娆的声音软软的，"你一向是惜才的，不是吗？"

"我是惜才。"姜行舟摇头道，"他活着都那么不易，哪能有什么才华？"

姜娆又拿出一张纸："爹爹看看这个呢？"

姜行舟皱着眉头看着她的袖子。

把袖子当麻袋呢？藏这么多东西。

"这些都是九皇子写的。"姜娆说道。

她和爹爹也有同样的顾虑。

以容淳在宫里的处境来看，若是有人告诉她，他没受过启蒙，她都不意外。但让容淳写了张诗论给她，让她眼前一亮。

姜行舟接过去看了，沉默半晌后说了一句："这字写得还算好看。"

他对别人写的字一向只有挑刺的，还算好看，已经算是很难得的赞赏了。

至于内容，平心而论，肚子里没点儿墨水，写不出这种东西来。

这臭小子，是从哪里看的那么多书？

还是说，他天赋异禀，无师自通？

"荐信我会写。"

这等才华，埋没了确实可惜。

"我爹爹果然才高八斗，慧眼识珠！"

"别急着拍我的马屁，你得答应我一个条件。"

姜娆立刻点头。

姜行舟哭笑不得："你连什么条件都不知道，就答应了？"

姜娆笑道："爹爹又不会害我……"

姜行舟无奈地摇了摇头。

他说："还真不是害你。秦淮河边，有几家铺子是我们的，不在金陵这几年，一直交给你大伯帮忙打点着。你既然一日日闲来无事，不如将那几间铺子要回来，由你来经营，也练一练你的本事。"

不然，她这一天天，心思全部放在那个臭小子身上了。

再这样下去，就算没有感情，也要培养出感情来了！

虽说姜娆已经到了快婚嫁的年纪，可是相看夫婿不是小事，他得先细细看过，好好调查一番，找出合适的，再让女儿自己来选。

"怎么，怕了？"姜行舟看着姜娆。经营铺子可不是什么小事，很多掌家多年的妇人都经营不善，只能找掌柜代为打理。

谁料到姜娆眼眸一亮道："女儿早觉得自己长大了，可以去赚钱了！"

不过，她还有些迟疑："只不过……赚来的钱，归我吗？"一副很想把钱收入囊中的财迷模样。

"哈哈哈，你这个小财迷！"姜行舟被她逗笑，"你倒是深谋远虑，倒是胸有成竹。你怎么知道一定能赚钱呢？"

不过，他也乐得纵容她，反正他让姜娆去打点铺子的本意也并非赚钱。他宠溺地说道："亏了就找管家从府库里拿钱添补上。赚了，存进你的小金库里便是。"

姜娆喜滋滋地笑了："那我去看铺子，谢谢爹爹！"

稳赚不赔的生意，不做白不做。

尤其是，秦淮河边消息来源广，说不定她还能打听到一些有用的消息。

三日后，容渟半夜偷偷溜出宫门，与燕南寻彻夜长谈。

与此同时，宫中，嘉和皇后手执戒尺，站在十七皇子的桌案边。

她这日处理完后宫的大小事务，便一直守在十七皇子身边，看着他读书写字,可谓为他的学业操碎了心。

三月末白鹭书院举行入院考试,小十七到了可以应试的年纪。娴妃的儿子三皇子,当初就是十二岁进的白鹭书院,她不能让自己的儿子晚于他人。

虽说近日昭武帝对容渟的关注让她隐隐不安,然而他搬往寿淮宫后,昭武帝又像之前那样,对他不管不问了。

嘉和皇后这才稍微放心。无论如何,昭武帝是不可能让一个残废继承皇位的。

容渟双腿残废是事实,至于进入白鹭书院这事儿,她暗中拦了容渟几年,今年他也想都别想。不然,他进了白鹭书院,定然会盖过小十七的风头。

若是可以,她真想直接杀了容渟,可是,每次都差那么一点儿!

斩草除根的念头,在她脑海中挥之不去。

如若不斩草除根,就是给小十七留下后患。

那个从小冷漠阴暗,有人死在眼前都无动于衷的小孩儿,分明是个天生的坏种,只要给他机会,他一定不会放过她和小十七的!

她更加紧张地盯着小十七的书卷,说道:"母后看看你写的字。"

十七皇子闻言身体紧绷,将案上的纸递给嘉和皇后。

嘉和皇后看了一眼,脸色更加阴沉:"伸手。"

嘉和皇后举着戒尺,打向了十七皇子左手手心,连打三下,打得他的手心通红。她道:"你自己比比,你写的和白鹭书院里那些书生应试时写的,相差多少?都是一个脑袋、两只手,怎么就你不如人?"

十七皇子嗫嚅道:"先生说……我已经写得很好了。"

嘉和皇后恨铁不成钢地叫道:"为何非要和那些不成器的比较!这世上,傻子比聪明人多多了!到处都是傻子,比傻子聪明,你很得意吗?去年叫你去参加白鹭书院的考试,你闹头疼,考得连乡里的童生都不如。今年你可不会头疼了,能考好了吗?再这样下去,你甚至连那个残废都不如!"

"那个残废……"十七皇子浑身一震,竟然有些期待,"他今年会去考吗?"

"不会。"

"为何不让他去?若是他考不过,丢脸的就是他了!"

嘉和皇后气得直咬牙。

若容渟是个不争气的草包,她自然会利用这个机会让他丢脸。

可他不是！

不仅不是，反而极有慧根，聪明到让她怨恨老天的不公平。

那时候，为了不养虎成患，她常常让宫女去太师那里告假，说容溥身体有恙，不能读书，实则将他关在小柴房中。

却没想到他常常晚上偷溜出去，也许是跑去了藏书阁，又或许是别的什么地方，总之偷看了不少书。

如果不是她死死压着他的锋芒，她简直不敢想象今日会是怎样的情形！

还好，她让他成了残废。

嘉和皇后狠狠地瞪了十七皇子一眼，越发觉得他不争气。

如果他争气，也用不着她多年处心积虑，煞费苦心。

她恶狠狠地说道："你读你的书！今日还要多学两个时辰。一会儿出去练箭，哪一门功课都不能落下了。若是表现得好，燕先生今年又要收一个亲传弟子，指不定便是你呢。至于那个残废……"

说到这里，嘉和皇后笃定地笑了："他想去考试？做梦！本宫有的是法子让他考不成！"

"殿下，殿下，该醒了！再不醒，考试可要迟了！"司应跪在床榻边，不停喊着，床上躺着的人却像死了一般，沉睡不醒。

见状，司应卸下焦急的表情，窃笑起来："这可是你自己不醒的，错过了考试，怪不得任何人。"

算计着皇后能给的赏钱，再看看昏睡不醒的容溥，司应嘻嘻笑了两声，小声嘀咕："没想到昨晚用的迷药，药效这么好，看来你得过了午时才醒喽！到时候考试已经结束，黄花菜都凉了。"

迷药起效了，怀青也被他支开了，容溥注定考不成这场试，皇后的赏钱，已经在向他招手了！

他心底实在高兴，却假惺惺地哭嚷起来："既然您醒不来，那小的就只能去找桶凉水来把您泼醒了，殿下到时可不能怪罪我！小的都是为了殿下！"

说完他便出去找水桶，真打了一桶冰冷刺骨的井水上来。他一想到他这一桶水浇下去，皇后定然会给他更多的赏钱，脚步都快了几分。

司应提着满到即将要溢出来的水桶，推开虚掩的房门。

吱呀——门开了,他却像见了鬼一样愣住了。

他的脚步是停了,水桶里的水都在惯性的作用下往外晃,溅了他自己一身。

司应却顾不得理会,只是有些惊慌地看着榻上不知何时坐起来的容淳:"主子,你怎么醒了?"

不是该睡到日晒三竿吗?昨天他亲眼看着他把混了迷药的粥全喝下去了,那个药的药效特强,他一觉睡到傍晚都不足为奇,怎么可能这么早就醒了?

"刚醒,头有点儿痛。"容淳撑着额角,眯着眼睛看了一眼外面,目光透着几分茫然,"现在几时了?"

司应硬着头皮说道:"考试……赶不上了。"

是真的赶不及了,皇后的目的已经达到了。

不知道为什么,司应此刻有些惶恐,事情的发展稍微有些脱离预期,他总觉得哪里有些不对。

容淳当真只是刚醒?

容淳最终还是没赶上考试。

听闻这个消息,嘉和皇后高兴坏了。

她连忙问渔影:"小十七可回来了?考得如何?"

"小殿下回来了,不过……"渔影带回来了一个坏消息,"听闻入院考试之前,燕先生便已寻到了他的亲传弟子。"

嘉和皇后愣住了。

若燕南寻不收弟子了,那入春以来,她没日没夜地陪着小十七苦读……岂不是都成了无用功?

这该死的燕南寻,竟然是个说一套,做一套,说话不算数的!

她不由得暗自恼怒,可是气又无处撒,只能接受事实。良久之后,她又问:"燕先生今年收的新弟子是谁?"

"奴婢打听过了,不知道是谁。燕先生一向低调,估计得到了书院放榜那日才能知道。"

"放榜当日,派一个人去等着,看到燕先生今年的新弟子的名字,不管是谁,势必要赶在他人之前,给他送去第一份贺礼。"

虽然不满燕南寻说一套,做一套,可是,嘉和皇后的心里很清楚,燕南寻今年收新弟子的事情已成定局，但他收的那个弟子，恐怕也不是平凡之辈，这种能人贤士，提前笼络好关系，总没坏处。

"要备一份怎样的礼？"

嘉和皇后想了又想，慎重地说道："将那个寿山石云纹笔架摆件的套件送给他吧。"

渔影迟疑地说道："可那笔架，小殿下不是吵着想要吗？"

正巧这时十七皇子回来了，听说嘉和皇后要将他一早看中的寿山石笔架送人，脸立刻就垮了下来，不满地嚷嚷道："母后，说好了要给我的！"

嘉和皇后十分不悦："你又不是燕先生的新弟子，这笔架不是你的！"

"可……"十七皇子简直快要哭出来了，"这个笔架，世上独此一个，母后说好了要给我……"

显然是忘记了何时说过这种话，她皱着眉，否认道："我何曾说过这种话！"

"正因为这笔架弥足珍贵，才能显示出我们求贤若渴。"她不满十七皇子执着于外物，教训道，"日后若你能继承大统，想要什么，便有什么。一个笔架算什么？不过是收买人心的用具。记住，为了人生最重要的目标，其他的一切，该舍得时，便要舍得。"

放榜当日，正是四月春盛，满树翠碧，嘉和皇后与十七皇子在庭院内赏着花，等着派出去送礼的宫人回来告诉他们，今年燕先生的新弟子是谁。

却见早上笑吟吟出门的宫人，回来时一脸惶恐。

莫不是出了什么差错？

嘉和皇后心中立刻生出不祥的预感。

那宫人害怕得发颤，跪在皇后面前，说道："娘娘，燕先生的新弟子，是……是九皇子……"

晴天霹雳。

嘉和皇后目光溃散了许久，再开口时，像喉咙被撕裂了一般，声音沙哑难听："这是怎么一回事？他怎么可能有机会见到燕南寻？怎么可能？"她整个人都崩溃了，问道，"你……把那个笔架送过去了？"

宫人接连磕头："是皇后娘娘千叮咛，万嘱咐，说不管燕先生的新弟子是谁，要奴才赶在所有人之前，第一个把礼送去，还说不得有半点儿闪失，奴才不敢擅作主张啊！"

十七皇子"哇"的一声哭了："母后，那是我的笔架，怎么能给那个残废！"

嘉和皇后按着胸口，喉咙涌上一股腥味。

她竟然因为容淳睡过头没能去考试而沾沾自喜！

她竟然上赶着给他送了一份礼！还叫小十七忍一忍！

她气得头晕眼花，差点儿摔倒在地。

那宫人连忙搀扶住了她，连声劝慰道："娘娘，娘娘，您别气！"

"皇上得知九皇子得了燕先生青睐，龙心大悦，要给娘娘赏赐，奴才瞧着，就快到了！"

正说着，昭武帝身边的掌事公公就来了。

掌事公公道："九皇子学业有成，多亏了娘娘教导有方，皇上记挂着您的操劳，特意让奴才送点儿东西过来，是苏州那边刚进贡过来的布料，上好的苏绣，娘娘定然喜欢，可真是好福气。"

教导有方……好一个教导有方！

当真是讽刺极了。

她好好教导的小十七资质平平，百般阻挠，剥夺学习机会的容淳却聪慧过人！

她又扫了一眼布料，都是些素青色、缥白色，如此素净，半点儿都不适合她的颜色，她如何喜欢？真不是云贵妃挑剩了，才送过来的吗？

嘉和皇后只觉得喉头涌上了一口血，却还得强撑出笑颜谢主隆恩。

待到掌事公公走了，她脸上的笑容立刻变成了森然的恨意。

是她小看了容淳，之前的手段太温和了。

容淳，等着！

寿淮宫，夜半。

今夜是司应当值守夜，他却蹑手蹑脚地回到寝房戳了怀青几下，见怀青真的睡沉了没醒，才放心地笑了。

他晚上在怀青吃的饭里放了迷药，看来，药效很好。

司应匆忙出去，一刻不敢耽搁地来到了宫中一处偏僻的角落。

那里，早有皇后宫中一位不太起眼的小宫女在等着。

宫女看到司应过来,立刻上前给他了一个药包:"务必放入九殿下明日的早膳中。"

司应掂了掂药包:"这是什么药?"

"你问这么多做什么?"宫女道,"你只需知道,你是帮皇后娘娘办事的,做成这事儿,皇后娘娘便会将你调进十七殿下的宫里当总管。"

司应先是一惊,转而一喜。

他眼中显出几分贪婪,应道:"告诉皇后娘娘,奴才一定会把这事办好!"

第二日用膳时,司应胸有成竹地站在一旁,等着容渟动筷子。

为保万无一失,他在不仅在容渟的早膳中下了药,碗沿上、筷尖上都有。

只要容渟稍微尝一下,他总管的位子就稳了!

他屏住呼吸,盯着容渟,见容渟拿起筷子,他的目光中迸发出一丝狂喜!

快吃,快吃!他在心中无声地催促。

"啪"的一声,容渟的手指轻轻一动,两根筷子在他修长的手指间迅速旋转了好几圈,最后竟然直接插进了桌面,穿透了桌板!动作极快,力道也十分狠厉。

空气中,杀气弥漫。

司应看着插进桌子里的那两根筷子,惊得往后一退,却听到容渟慢悠悠问道:"今日的粥,是不是有些不对?"

司应方寸大乱,惨白着脸答道:"没有……没有啊。"

他欲盖弥彰地解释:"今日本该是怀青当值,可他许是昨夜睡得迟了,今早迟迟不醒,才换了我来顶班。这粥,是我像往常那样,从御膳房那儿拿过来的,怎么会有问题呢?"

容渟缓缓抬起了眼眸,直盯着司应的脸,目不转睛地看着。

司应心里有鬼,头上的冷汗顺着脖子掉进领口。

容渟却笑了起来:"你解释什么?我又没怀疑你。"

这须臾之间,司应简直像在鬼门关走过了一回,听容渟说没怀疑他,瞬间松了一口气。

司应刚松懈下来,后脑勺却被以极大的力道扣住,朝桌子摁了下去,"嘭"一声,脸正好贴着刚才插进去的那两根筷子。

只差一点儿，只差一点儿他就没命了！

司应被吓得整个身子都软了。

"我说我没怀疑你，是说，我从来都知道，你是个奸细。"摁着他脑袋的少年笑嘻嘻地说，"对自己的判断，我从未有过怀疑。"

"不过，粥怎么能有问题呢？皇后给的药，向来是无色无味的，这次是，上次入院考试那天的，也是。你们觉得我是傻子，察觉不到问题。"他笑道，明明说的话十分讽刺，却听不出半点儿讽刺语气。

"殿下，殿下！饶我一命！"司应涕泗横流道。

"我哪里想要你的命啊！你可真是误会我了。"容淳叹了一口气，一手掐着他的下巴，一手举着勺子，将碗里的粥往他的口里送，力道大得让司应的下巴脱了臼，"我只是怜你为了自己的主子殚精竭虑，忠心耿耿，实在辛苦，赏你一餐早膳罢了。"

他喂了司应一口粥饭。

"吃啊，多吃一点儿啊！"

又是一口……

司应不想咽，可容淳掐着他的下巴，按着他的穴位，他不得不咽！

泪水从他的眼角流淌了出来。

这药，会要人的命！他早就想到了，可是他只要给容淳下了这药，就能当主管……他太想当官了，拿一个残废的命换他的前途，他觉得值！可是为什么？为什么容淳能发现粥不对劲……

司应永远也想不明白了。

在他完全失去意识之前，隐约听到刚刚那个像地狱里爬出来的恶鬼一般的少年，换了副惊慌失措的语调，朝外大喊："救命！救命！有人下毒！"少年的声音听上去柔弱又可怜，甚至带上了哭腔，"母后，我要找我的母后！有人下毒害死了我宫里的人，呜呜呜！司应！快来人，快来人救救他的命！"

司应只觉得怒气上涌，一口浊气堵住喉头，再加上药效发作，登时没了气息。

白布裹着一具尸体，摆在了锦绣宫外头。

"死了人？"

"寿淮宫那边，又死人了！"

"不会是真的闹鬼吧？"

宫女们议论纷纷。

屋里，嘉和皇后听说寿淮宫死了人，脸上却露出喜色。

事情居然这么顺利！那个安排在容湻身边的小太监真的帮她除掉了容湻？

那下一步，就是要把这个小太监当替罪羊除掉，这样就永绝后患了！

她眼里闪过一抹狠厉，那司应如果喊冤，想要把她给供出来……她会在司应做出这些反应之前，先让他下黄泉。

死无对证，到时，这案子便也结了。

嘉和皇后嘴角勾出一抹笑，怕被人看出端倪，很快压下去笑意，哭哭啼啼地往外冲："儿啊！我的儿！"

她一路号啕，扑到那白色的尸布上，掀开白布的动作却是十分地迫不及待！

一张浮肿的死人脸陡然出现在她面前，嘴角还挂着稀饭。

人死之后，会在短时间内变得这么难看吗？

不……这好像不是容湻！

"儿……"她的哭声变得迟疑起来。

"娘娘，娘娘！那不是九殿下，是他宫里的太监。这太监忠心耿耿，好好保护住了九殿下啊，娘娘！"宫女见皇后误会了死者身份，连忙安慰她，"娘娘别伤心了，那不是九殿下！"

"什么？"嘉和皇后眼前一黑，简直无法相信。

是司应，不是容湻？

司应……忠心耿耿？

不，不可能。

那便只剩了一个可能……容湻他什么都知道了。

思及这个可能，嘉和皇后脸色惨白。

倒不是见了死人之后心生惧怕，她一步步走到这个位子，手上也沾了不少血，见过不少人死在眼前，死一个人和死一只蚂蚁，对她而言没什么区别。

但这次不一样。这次，是容湻在向她示威。

他想让她知道，他不仅知道她想害他，还有本事反杀！

就像他小时候，她让宫女放了掺毒药的点心在他的院内，装作要毒死老鼠，想要诱他服毒死掉。

可那个才六七岁的小童,没有死。

反倒是她的窗前晾上了几只干臭的死耗子。

之前是死鼠,这次是死人。

他一次又一次地逃脱了她的算计,不论年纪大小,他都有本事活下来。如今他还羽翼未丰,若是待他羽翼渐渐丰满……

嘉和皇后简直想不顾任何后果,直接亲手掐死容湸!

身后,宫门方向,一道带笑的清越少年音传了过来:"白布未揭,就开始喊我的名字,母后为何确信出事的是我啊?母后这么关心我,小九好开心。"

嘉和皇后浑身一震,指甲死死掐入掌心,冷声道:"未找宫人通报,直接闯进来,规矩何在?"

怎么也没人拦他?

可等她抬眸往那边看时,却是一怔。

少年的轮椅旁边,立着一道身影。那个人脸色阴沉,不怒自威。

"是朕陪着小九一道来的。"昭武帝有些不悦,"今日他宫里生此大变故,你为何对他如此苛刻?"

昭武帝如今对这个儿子比之前看重得多,容湸的才识入了燕南寻的眼,那便是真的才识过人。

他皱眉看着嘉和皇后,觉得她此刻的模样和平日里端庄大度的她十分不同,这点令他感到怪异。

容湸道:"父皇不要怪罪母后……母后只是心系儿臣的安危。但儿臣也十分好奇,为何母后那么笃定,是儿臣出了事?莫非这宫里有想要害死儿臣的人?"

他问得天真无邪,皇后却被吓出了一身冷汗。

而容湸一番话,更将昭武帝心中古怪的感觉挑拨放大了。

他质疑地盯着嘉和皇后,看得嘉和皇后遍体生寒!

二十多年了,她表现得再端庄贤淑,皇上仍然不能全然信任她!

她心里感到十分悲哀,可还是强撑起笑意来:"皇上怎么来了?也不告诉臣妾一声,有失远迎。"

"朕临时起意,想来看看你,来得匆忙。你同朕说说,方才,为何误会了死的是小九?小九宫中,又为何总是多生事端?"

昭武帝语气温柔,可皇后知道,他这是在打探!若是不给他一个让他满意的答案,怕是真的要怀疑上她。

不安的感觉蔓延全身,嘉和皇后慌了一瞬,却迅速找到了答案:"都怪宫人,传错了消息。"

她袖子底下的手指悄悄攥紧,瞥了渔影一眼。

渔影心领神会,赶紧跪倒在二人面前,将错担了下来:"都是奴婢的错,是奴婢听人说寿淮宫中出了事,就以为是九殿下。"

昭武帝皱紧眉头,显然动了怒:"皇嗣的生死,岂能妄议?"

"如此盼不得好,又如何担得起在一国之母身边伺候的要职?"

昭武帝冷冷地扫了一眼跪在地上的渔影:"逐了吧。"

嘉和皇后的身子一颤。

皇上……这是信了她的话,还是借驱逐她身边的得意助手来警示她?

圣心难测,昭武帝心里真正的想法,嘉和皇后不敢去猜。

她只知道,让司应去毒杀容渟这步棋,走错了。

欲速则不达,是她急于求成,反倒误了事。

"臣妾知道了。"她温顺地答道。

昭武帝的脸色缓和不少,转头看向容渟:"朕会加强寿淮宫周围的守卫,小九自可用心读书,切莫因今日之变故,耽误了学业,让燕先生失望啊!"

他谆谆教诲,殷切嘱咐。

这是他之前从没给过容渟的父爱与温情。

之前,他甚至不会多看容渟一眼……

容渟安静地听着,等昭武帝讲完,才轻轻笑着颔首,心中却是毫无波动。

他知道,昭武帝这番话,不是说给他听的,而是说给那个能得到燕南寻认可,能给皇族争光的儿子说的。

如果得到燕南寻认可的是别的兄弟,那他的父皇依旧不会注意到他,也不会管他死活。

倘若他真的被害死了,恐怕几日之后,父皇就不会再想起他这个儿子。

很小的时候,他就见识到了这个男人的冷酷与无情。

十皇子溺水身亡，他母妃受了刺激发疯，找到曾经最疼爱她的男人寻求保护，父皇却说她惊扰龙体，有碍皇家颜面，将她关入冷宫。

若非如此，他母妃不会那么早死去，他也不必经历那么多的坎坷磨难。

所以，如今再摆出这副慈父的样子有何意义？

他抓着一只朱砂小盒，笑吟吟地道谢："多谢父皇关心，儿臣定当加倍努力，不辜负父皇的教诲。"

昭武帝越看他越觉得满意，再看司应的尸体，忽然感到一阵后怕，严肃地说道："今日这事必须彻查下去！一而再，再而三，若非老天保佑，朕的小九岂不是要丢掉了性命？连皇嗣都护不住，若是传出去，让人如何看待我皇家的威严？"

嘉和皇后立刻点头，想将此事揽到自己身上，昭武帝却看向她道："不过，此事你就莫要插手了。"

"秋猎一事，许久未有结果，你又要操心小九与小十七的学业，不宜太过操劳，这案子，交给慎刑司去查吧。待到水落石出，朕必要严惩凶手！"

嘉和皇后心头重重一跳，等到昭武帝与容淳离开，她跌坐在地上，心里只剩了惶然。

离开了锦绣宫，送别了昭武帝，怀青推着容淳的轮椅往寿淮宫的方向走，他握着轮椅的手却微微发颤。

他原本只是个无忧无虑的小太监，却被卷入了不能理解的诡谲风云当中。

果然是皇宫深似海啊！

想到今早一醒来，就见到昨夜还和自己吃住在一处的司应死透了的尸体，怀青现在还忍不住犯恶心。

可一看容淳，他正垂眸，看着他手里那个朱砂盒子。

"殿下，您为何一直拿着这盒朱砂？"怀青忍不住问。

"你可知道开眼的说法？"

"自然是知道的。我们民间也有这个风俗，在孩子三岁时，父母往他额头点一点朱砂，所谓开了天眼，开了心智，日后就能读好书了。"怀青有些不好意思，"殿下，您别看我不怎么聪明，我小时候，我爹也给我开过天眼呢。"

"原来民间的父母，都知道给自己的孩子开眼……"容淳落寞地笑了笑，

"可我的母妃、我的父皇、我的母后……没有人为我点过朱砂。"

"到如今，我也不想让他们给我点了。"

"殿下，您要自己点吗？"怀青停住脚步。

容淳自嘲道："自己点的，还叫开眼吗？"

他笑得有些可怜，怀青一时间忘记了司应死时的惨状，情不自禁地说道："殿下，不然奴才来帮您点上？"

他听着容淳的话，觉得他好像就是这个意思。

"不用。"

他会错意了。

容淳说完，抬头看见前方枝繁叶茂的牡丹花丛旁，站在一道娇小的身影。

"姜四姑娘？"

"九殿下。"

姜娆跑过来，在容淳面前停下，焦灼地问："你宫里死人了？你有没有事？"

她微微喘着气，白净的脸颊上还渗出了细碎的汗珠，杏眼里透出惊魂未定的神情。

今日，她入宫来，本来是打算祝贺容淳的，哪料到听到寿淮宫出人命的消息。

她仔细看着容淳，又绕着容淳转了一圈，见他身上没有半点儿伤痕，又情不自禁地将目光投向了他的衣衫覆盖处。

那里她看不到，那里有伤吗？

"喀喀。"容淳咳嗽了两声，"年年，你……"

她关切的目光太直白了，虽然他知道，她只是关心他而已，没有其他想法。

可他心里有别的想法，他甚至不敢这么直白地看她。

倘若她发现了他心里那些想法……她会不会不要他了？

"我……死的不是我，是司应……可是，我差一点儿也死了。我……我好害怕。"

他轻轻仰起脸，苍白漂亮的面庞上覆着一层清浅的日光，长长的，密密的睫毛，在颤抖。

因为长久用药，他的肤色比常人的肤色苍白许多。下颌线绷紧时，脖颈处青色的血管隐约可见，和那些伤痕交叠在一起，像玉器上的碎痕，有种格外惹人怜爱的美感。

姜娆恍惚觉得他这副模样十分眼熟。

忽然想起来，原来是在梦里见过了。

梦里的他怕打雷。凡是雷声作响的夜晚，便没了不愿意别人碰他的规矩，两手紧扣着她的手腕，像把她当成了人形的暖炉，抱着才能睡着。

只是，梦里被他折磨得久了，他那冰凉的手指贴在她手腕肌肤上时，她心中的恐惧和厌恶远远超过了对他的同情。

更何况他一夜都握得牢牢的不松手，她就像是被巨蛇缠了一夜一样，没有一刻敢睡着，胆战心惊地蜷缩在这个活阎罗怀里，整夜颤抖。

白日醒了，折磨也还没有结束。手腕上的红痕几日消不下去，府上的其他丫鬟误会她和他的关系，明面上不敢说她，背地里却排挤、奚落……

还好，眼前的少年已经变了。

他和她梦到的那个暴君，不再是同样的人。

"没事了，没事了。"她轻声安慰着，甚至想抱一抱他，只是忽然间想起来金陵的礼教森严，又将手缩了回来，"别再害怕了，我来推着你到处逛一逛吧。"

见她收回手，容滟觉得分外遗憾，却乖顺地点了点头，一副十分依赖姜娆的样子。

姜娆从他的叙述中，了解到事情的全貌是这样的：司应受皇后指使，往容滟的早膳中下了毒，容滟今早胃口不好，反倒躲过一劫，而司应却不慎将毒药残留在手指上，之后误食，继而暴毙了。

姜娆不疑有他。

司应自作孽不可活，她不会去同情一个作恶之人。

"那你宫里岂不是缺人手？"姜娆道，"可莫要再让皇后安排了，要是让她安排，不知还要安排多少个司应进来。你若是没有门路，我帮你打点打点。我不会再给别人伤害你的机会。"

容滟心中暖暖的。

"嗯。"他点点头，又道，"年年可否再帮我一个忙？"

姜娆立马严肃起来："什么忙？"

243

能让他开口的，一定不是什么容易事，但也一定让他烦恼极了，才想让她帮忙。

容湷掀开了手里的朱砂盒子："之前我在邺城看到有孩子额头上点着朱砂，才知道孩童三岁时要开眼，我却未曾点过朱砂，心里有个遗憾。听说这朱砂，须得旁人点得才算数，年年，你可否帮我点？"

姜娆没有多想，立刻应了下来。

纤细白皙的指尖抹上一点朱砂，点在了容湷的额头，艳红的一点衬得他这张面孔艳丽了许多。他长得本就俊美，一点朱砂映衬，更叫旁边的牡丹都黯然失色，简直让人移不开眼。

姜娆看呆了，心跳亦是怦然。

后来某个时刻，她才猛然想起，这朱砂，确实得旁人点得才算数，只是，得要孩子身边要紧的人来点。

待到姜娆离开之后，容湷一脸得逞的笑。方才一直安静如鸡，不敢出声的怀青忍不住问："殿下，可是要回去了？"

容湷点了点头："回，当然要回。"

"年年帮我那么多，我得回她一份礼物才行。怀青，速速带我回宫。"

怀青本想问他，寿淮宫里刚死了人，要不要请人来做做法事，免得有些脏东西夜里作祟，看到容湷如此着急着回去准备，仿佛完全不记得早上发生了什么，怀青恍然大悟。

不必请人来做法事，只要容湷在那里，邪祟就不敢来。

他这主子，简直比邪祟还要邪性。他天真而又残忍，简直让人分不清，到底哪一面，才是真的他。

四月末，书院开课。

开课当天，书院门前站着不少看热闹的百姓。

"听说这次有两位皇子入院，一位是皇后所出，另一位也是皇后所养啊！"

"这非皇后所出，被皇后养大的，是九皇子，能得燕先生亲传，才气自然了得。皇后生的那位十七皇子稍稍逊色一些，但也卓尔不凡啊！"

"哎，那九皇子，得燕先生亲传是一回事，却是个不良于行的残废，日后恐怕难有大作为喽！"

"能被燕先生收为亲传弟子的残废，可比那种满脑子酒肉女人的草包强太多了！"

"可日后他的媳妇就有得受罪了，哈哈哈……"

"我还听说，这个九皇子从小性情顽劣，凶恶得很，得亏是个残废，不然秉性顽劣，头脑又聪明，那还了得！为祸人间啊！"

"这九皇子，长相似乎还格外丑陋，小孩儿看到他都得吓哭！"

议论越来越离谱，满街的人声嘈杂却忽然静了下来。

一个十几岁的少年，白衫纶巾，墨发高高束起，坐在木质轮椅上，被人推着，缓缓穿过人群。

他目不斜视，周围的人的目光却都不由自主地被他吸引过去了。

这等漂亮似仙人的人物，他们这辈子头一回见到。

"好生俊俏的少年郎……"

"方才是我眼花了吗？我好像看到仙人下凡了。"

"什么仙人？他是坐着轮椅过来的，好像还是个残废。"

"轮椅……残废？莫非……他就是九皇子？"

这等样貌，不仅和凶恶没有半点儿关系，反而俊美无俦，即使坐在轮椅上，也依旧光彩照人。别说吓到小孩儿了，小孩儿都爱看！

甚至有抱着小孩儿的父母，指着容渟，戳了戳自家孩子两条小胖腿说道："看那位九皇子，双腿残废了，年纪也不大，都能给燕先生当弟子。你两条腿可还是好好的，日后可要好好读书，比他还厉害！"

那小孩咿咿呀呀，在父母怀里晃荡着两条腿，目光却一直跟随着容渟，不想错过好看的哥哥。

赞叹声渐渐压过了那些贬损声。

人群里有位颇有声望的老先生目光淡淡地扫过周围众人，语气平缓地说道："说起来，这九皇子不仅是皇家做燕先生亲传弟子的第一个人，也是燕先生最小的弟子。那十七皇子也厉害，可他之前，三皇子和几个童生，也是十二岁就进了白鹭书院。谁优谁劣，一看便知。"

路人们纷纷点头，还有几个低下头去，一脸心虚。

老先生锐利的目光看向那几人："有的人白生了健全的四肢，却没有判断是非的脑子。不过,也有可能老朽说错了。说不定,是拿人钱财,替人办事呢!"

其他人不懂老先生话里的深意,容淳却听懂了,转头看了过去。

嘉和皇后向来喜欢搞小动作,那些说他丑、坏、性情卑劣的声音,他都听到了,心里也清楚,其中定有几个是嘉和皇后安排好的人,好让那些不明真相的百姓觉得他是个会为祸人间的坏种。

好事不出门,坏事传千里。

可他没想到,今日居然会有一位德高望重的老先生,站出来帮他说话。

思及某种可能,容淳愣了一愣,目光热切起来,努力往四周张望。

之前,他同姜娆提过,书院开课那日来围观的百姓会很多,让她不必来送。他不想让太多人看到她。

可是,他能见她的次数本就不多,少了这一次,下一次还不知是几时。

他的视线扫了一周,最终定在了街道对面的酒楼上。

那里,果然站着他的小姑娘。

二楼,姜娆抱着栏杆,正踮着脚探着脑袋。

容淳不让她来,她还是偷偷跑来了。他说街上人多,她就包了这酒楼的二楼。

容淳进书院读书这么重要的日子,她怎么能不来呢?

是她让她爹写的荐信,他今天的风光得分她一半的。

听到街上有几个丑八怪大声辱骂他是残废,她便让明芍找了位老先生去骂那些个丑八怪。老先生有学问,骂得真好!

她正得意着呢,没想到容淳会突然回头,精准地看到她。

她有种被抓包的紧张感,脑袋往下一缩,用栏杆挡着自己,却从栏杆缝隙里,看见他朝她微微一笑。

果然被逮到了……

姜娆尴尬地笑起来。

反正都被逮到了,索性光明正大地从栏杆上探出脑袋,没脸没皮地眨巴着圆乎乎的杏眼,眉眼弯弯,笑容里带着求他谅解的意味。

她没听话,但容淳也微微笑了起来,弯起的眼眸里,是藏不住的开心。

小姑娘笑嘻嘻地讨饶，一双杏眼里仿佛只装得下他一个人，他便觉得，世间再没有什么能比她此刻的笑容更美了。

她的笑容很干净，颊边有两个深深的小梨涡，眼睛弯成月牙，叫人一看心情就会很好。

他的视线移到少女轻微晃动的小脑袋上，一支玉簪插在她花苞一样的发髻当中。

容渟的目光变得灼热起来。

她戴着的，好像是……他前几日送给她的那支玉簪子。

和他留下的玉玦，恰好是一对。

他料想她戴着这支簪子极为好看，但未曾想过会这样好看。

这时，书院的门缓缓打开，从里面走出来一个蓝袍青年，脸庞消瘦，透出浓浓的书卷气。

他的身后是一个书童，身侧是三皇子。

"九殿下，在下裴松语，同三皇子一道，带您去见燕先生。"

容渟眷恋地收回视线。

裴松语顺着他方才的目光，看向酒楼二层，又很快收回目光："见过燕先生之后，在下会带您去看您在书院的卧房与书房，傍晚您还可以出来一次，之后十日，便不得外出了。"

裴松语……容渟记得他是谁——

由姜行舟举荐给燕南寻的，姜家的远房表亲。

尚未婚嫁啊……

"小九！祝贺你入学！"一直沉默着的三皇子出声道。

三皇子是娴妃所出，娴妃素日里行事低调，在后宫中没什么存在感，像一个透明人。

她一路走来，都是母凭子贵。因生下三皇子，晋升为嫔。后又因三皇子入了白鹭书院，晋升为妃。

三皇子学问做得好，嘉和皇后自然是看不惯他们娘俩的，可对着娴妃这种软硬不吃，不争不抢的，她也没什么办法。

三皇子与他母妃的性格很像，总是笑呵呵的，仿佛永远不会生气。

平日里，他和容渟并无交集，也从不在意自己这个弟弟。只是今时与昨日不同，容淳已经是燕南寻的弟子了，他们同在一个书院读书，若是不出来迎接一下未免太生分。

况且容淳竟然有能让燕南寻称赞的本事，那就只能交好，不能树敌，表面功夫必须得尽到，这是他母妃的处世之道，也是他的处世之道。

"以后你我二人在书院里，也有个照应。"

"谢过皇兄。"

容淳看着三皇子，语气客套疏离，身子却移动了一下。

三皇子琢磨着他这动作，像是在挡什么人。

三皇子往容淳身后看，却没看见什么人，心里纳闷极了。

都没人，何须挡着？

见他往身后看，容淳却是目光一沉，心里烦躁极了。

回金陵后，他一直在查是谁和姜娆差点定下娃娃亲。

可这事儿已经过去太久，宫人中无人听说。

知道的人可能就那么几个——他父皇、姜行舟、姜秦氏，个个都不好问。

不过，即使不知道是谁，也没关系。

不论是谁，他都不会将自己想要的东西拱手让给他人。

但那种想将对方碎尸万段的念头，依旧盘旋在他的脑海里。

三个人进入白鹭书院，裴松语带容淳去见燕先生。

容淳和燕南寻说话时，裴松语便等在燕南寻的书房外。

身边的书童问他："大人方才怎么一直在看酒楼上的那位姑娘？"

裴松语一愣，有些不好意思起来，温文儒雅地笑着说道："你倒是机灵，竟让你看到了。"

书童嘻嘻笑道："大人从来只爱看书，不爱看姑娘，我还是头一回见大人多看了哪家姑娘两眼，自然格外留心了。"

裴松语生得芝兰玉树，官运更是亨通，就像是天上的一轮皎皎明月，金陵里多少姑娘想追逐。

偏偏这月亮是个石头做的，没开情窍，眼里只有圣贤书。

所以当他头一回对书本之外的东西感兴趣，跟在他旁边的小书童一下就发现了。

他道:"虽然隔得远,没怎么看清,可那位姑娘生得可真好看,与大人您……"

"休要多说,唐突了人家姑娘。"

"大人莫非认得那是谁?"

"自然是认得的。"裴松语说道,"那是姜家的四姑娘,我恩人的女儿,我的表妹。"

他记得她的样子,即使她长大了,眉眼也长开了,他只需要再看一眼,便又记起来了。

新学生全部进了书院后,书院的门缓缓合上,围观的百姓渐渐散了,唯有一辆马车,迟迟没有离去。

沈琇莹坐在马车内,挑开车窗上的小帘往外看着,一脸困惑,喃喃低语:"不可能啊……"

她今日特意来看看容渟是否真的进了白鹭书院,没想到,他真的进了。

这是梦里没有发生过的事。

梦里,容渟是被人丢到了军营里,那时候所有人都说,九皇子一个残废,不等上战场,半路就得死。

可他活到了最后。即使两条腿不能行走,但他足智多谋,几乎战无不胜。到最后,兵权在握,登基为帝。

现在是什么情况?容渟竟然进白鹭书院读书去了?

沈琇莹心中生出一股莫大的不安来。

若这和梦境不一样,那她那个梦还算什么预知梦!

她掐着自己的手心,放下小帘之前,看到姜家的马车缓缓驶过。

沈琇莹的目光一沉。

宁安伯府,姜四爷唯一的嫡女,姜娆。

这等出身,她根本望尘莫及。

可她找丫鬟打听了一番,才知道她爹爹和姜行川的关系不错,这让她回想起了那场梦里她本来没留意的一些事情。

姜行川与她家一道投到了四皇子麾下,可随着四皇子落败,姜、秦两家,一并被容渟清算了。

姜行川的罪，累及九族。

她终于确认了，姜娆就是梦里跟在容渟身边的小丫鬟。

她眼里的妒恨，不停地翻涌。

只是她想不通，为何姜娆不止出生比她好，即使后来家族败落，做着差不多的伺候人的活，姜娆的命还是要比她好上那么多？

不过，这一世不一样了。

她先知后事，必能先发制人。

姜行川和她父亲提过，他并不希望姜娆一家回来。

未来的掌家人这么不喜欢姜娆一家，姜娆一家在伯府的日子，又如何好过？

沈琇莹不知道的是，姜行川正在为了铺子的事烦心。

那几家店铺虽是他弟弟的，可这些年，他没少从那几家位置绝佳的店铺里捞到油水。突然断了这条财路，简直是从身上往下割肉一样疼。

姜行川的嫡妻姜柳氏亦为此事烦恼着。

别看宁安伯府富丽堂皇，实际上这么大个宅子，养了那么多人，要花的钱一年比一年多，远远超过了家里几位爷的俸禄，每年入不敷出。

唯独四房一家，有姜秦氏带来的丰厚嫁妆，再加上姜行舟那随随便便画一画就值千金的字画，四房一家的钱，估计比整个宁安伯府的积蓄加起来都多。

他们大房一家，却只是表面风光，实际上，一年到头，就没有不缺钱用的时候！

这回看着姜行舟带着妻儿回来，本以为他们在外颠簸，吃尽苦头，谁能想到，他们回来时，依然光鲜亮丽。

姜柳氏看了，又是羡慕，又是嫉妒。

"你小时候带他到那么大，他就算将那几家铺子送你又怎么了？竟然还想要回去，实在小气。"姜柳氏恶狠狠地说道。

姜行川皱眉道："四弟送了我几张字画……"

"字画是死的，卖了也就进一次账。铺子是活的，若是握在我们手里，天天都有钱进来。"姜柳氏气恼地说，"老四要铺子回去，是想做什么？"

"四弟说要将这些铺子交给侄女打点。"

"侄女？他那个女儿？"姜柳氏气得差点儿背过气去，"这不是闹着玩儿吗？一个乳臭未干的小丫头，如何管得好那么要紧的铺子？！"

"让那半大的丫头管着，就等着看那几家铺子都亏死算了！"

她气得在亭子里头直打转，口无遮拦起来道："早知道这样，前些年就该让人贩子直接把她给淹死在河里！一个丫头，比儿子还金贵，这是什么养孩子的法儿！现在还要搭进去几间铺子给她玩儿！"

姜行川立刻捂住了她的嘴巴："你怎么能说这种话？"

姜柳氏抿了一下嘴唇，安静了一会儿，想到铺子，还是心中不快，嘀咕："谁能想到她的运气那么好，和她一起被拐的那小孩儿才多大点儿，居然能杀了人贩子，让那一群小孩儿全都逃了出来。这不是凑巧是什么？好事全让他们家给占尽了。"

还未等到姜行川开口阻拦姜柳氏，一旁的草丛中"嗖嗖"地飞出许多泥团子，犹如落雨一般。

泥巴点子甩到了姜柳氏的罗裙上，她尖叫着跳起来，看着那草丛，惊叫道："谁在那儿？"

这里是宁安伯府的后院，穿堂廊后，一处叫作小过山亭的凉亭。

这里离姜娆一家住的宅院很远，又见四下无人，姜柳氏才发泄了几句。

哪知道此处有人，想到刚才她说的话都被人听见了，她只觉得背后生寒。

她连忙指挥身旁的丫鬟和小厮："快去看看是什么人在那儿。"

丫鬟、小厮拨开草丛，只见墙角一个胖乎乎、圆滚滚的小孩儿趴在地上，气呼呼地瞪着眼睛！

丫鬟说："是六少爷。"

姜柳氏震惊地问道："他怎么在那儿？"

"卡……卡在狗洞里了。"

姜谨行一声不吭，圆溜溜的眼睛死死地盯着姜柳氏，眼里怒火丛生，喉咙里还发出低低的呜呜声，不是哭声，而是像要咬人。

但他的小肚子紧紧地卡在狗洞里，进，进不得；出，出不得。

姜谨行觉得非常丢脸。

他从小离开金陵，没有在宁安伯府生活的记忆。

但他天生胆子大，回来以后倒是不认生，小狗崽子圈地盘一样，天天在

251

宁安伯府转,能去的地方都要踩踩、看看,留下自己的足迹。

今天趁爹娘和大伯、大伯母说话的当儿,这小孩儿躲着丫鬟、小厮,一个人偷溜到这儿,蹲在北墙底下,盯着这个狗洞看了半天。

看着,看着,那洞仿佛有魔力似的,呼唤着他钻一钻,试一试。

他就试了。

然后,七岁的姜谨行今天明白了一个道理:不是所有地方的狗都是一样大小的。因为,不是所有地方的狗洞都是一样大小的。

只有他,不管是在邺城,还是在金陵,饭吃得一样多,圆滚滚的肚子永远是一样大小的。

呜呜呜,这个世界真的太残酷了。

他本来不想出声,不想让任何人发现他,饿上一两个时辰,指不定就钻出去了。

所以大伯、大伯母刚过来的时候,他也没出声。

但听到大伯母骂他爹,他就开始用还能动弹的两只手团泥巴。

听到大伯母骂他阿姐,他就开始用更快的速度团泥巴,团大泥巴!

等听到人贩子的事,他气得立马把团到一半的泥巴扔了出去。

现在即使草丛被扒开,露出了他的脸,扔泥巴的事被抓包了,但他姜谨行敢作敢当,没什么不敢认的!

他不仅不害怕被人发现,还敢继续团更多的泥巴往姜柳氏脸上扔。

但最后他被丫鬟拉着左胳膊,小厮拉着右胳膊,像只等着上烤架的小猪一样,被他们从狗洞里拽出来了。

他的手上、胳膊上都糊着黑黑的泥巴,留着刚才作案的证据。

姜行川看着姜谨行,不知道该怎么办,正想说一番好话糊弄糊弄,大事化小,小事化了,姜谨行却挣脱开丫鬟和小厮的手,扑到姜柳氏身上撕咬。

姜柳氏没有防备,一下被撞倒在地上,裙上又添两个黑泥手印。

"大伯母坏人!"姜谨行不知心里那股火气该用什么话来表述,脑袋里的词汇太少,憋得他发慌,憋着憋着更气了,说话都不利索了,"你赔钱!你全家都赔钱!没钱花!你的孩子才会被人贩子拐跑!"

姜谨行简直不敢相信,刚才还在他爹娘面前夸他姐姐出落得越来越漂亮的大伯母与大伯,背后居然说话这么难听。

他捶打着姜柳氏，自己先哇哇大哭起来："我阿姐遇不上人贩子！一回也遇不上！一辈子都遇不上！呜呜呜！"

姜柳氏抬手去挡，"唉哟，唉哟"地喊丫鬟和小厮："你们快来把他给拉开啊！"

下一瞬，姜谨行被姜行川抱了起来。

他的重量压得姜行川踉跄了一下，这给了他机会，蹬着腿又往姜柳氏身上踢了一脚。

他的两只小胖腿四处乱蹬，混乱间，也给了姜行川几脚。

姜柳氏连忙从地上爬起来，朝姜谨行扬起了巴掌，却被姜行川拽住了手腕："你别和一个孩子计较啊！"他厉声道，"这事儿要是闹到父亲那儿，怪罪的还是你。"

姜柳氏自知理亏，即使在气头上，还是缓缓放下了手。

姜行川拍了拍姜谨行的背："谨哥儿，你别恼火，方才你大伯母没说你阿姐会赔钱，也没说你阿姐被拐走，你听错了。"

姜谨行用他的衣领擦干净手。

姜行川没主意到他的动作，在心里打着自己的算盘。

一个才七岁的小孩儿，还不到明是非，分好坏的年纪，想糊弄他，想来并不难。

"你大伯母说的是担心你阿姐铺子赔了钱不高兴，庆幸的是你阿姐被拐那年又被找回来了。"

姜谨行之前没听说过姜娆被拐走的事，这会儿听了，想到自己差点儿就没有姐姐了，扑簌簌地直掉眼泪。

姜行川忙用手指给他揩了两下脸颊的泪珠，回身扫了一眼姜柳氏，姜柳氏心领神会，立即掏出帕子递给姜行川。

姜谨行没用她的帕子，自己用手背擦了擦泪，熟练地抹到了姜行川身上，然后直接扯起姜行川的衣袖擤鼻涕。

姜行川的脸色难看极了。

但眼看着孩子像是哄好了，他放心不少。

今天的事，应该不会败露了。

他轻声诱哄："回去别和你爹娘说这件事，大伯也不会把你钻狗洞的事

253

告诉你爹娘的,好不好?"

姜谨行的眼神微变,低下头,顺着姜行川伸过来的胳膊,继续用他的袖子擦鼻涕,小狗一样,一拱一拱的,像在点头。

见他点头,姜行川彻底放心了。

而姜谨行擦干净脸,撒丫子就往外跑,边跑边喊:"我要去找祖父!"

姜行川和姜柳氏骇然一惊!

这小子,出尔反尔,竟然要去告状!

姜谨行之前对"人前一面,人后一面"这八个字并不那么理解,但他被杨修竹坑了一回,后来爹爹和母亲就和他说了,家里人不让他吃糖是因为他在换牙,杨修竹明知道他在换牙,还给他糖吃,不叫好心,叫收买。

他以为自己在帮一个为人很好,对他也很好,与他投缘的大哥哥,实际上对方只是看上了他家的权势,想娶他的姐姐。他帮人家,是胳膊肘往外拐,蠢蛋做的事。

这回,大伯又用帮他保守钻狗洞的秘密这个好处诱惑他,但他不会再胳膊肘往外拐了。

他趴在狗洞里听到的那些才是真的!

大伯这不是好心,是收买。

大伯母还在背后咒他的姐姐!

当他这个弟弟是个死人吗?

姜谨行跑得比被狗追着还快,哪个丫鬟、小厮都逮不到他。

他一路小跑,进了祖父的院子。

老伯爷一向偏袒这个小孙子,听了姜谨行的哭诉,气势汹汹地把大儿子一家找了过来。

各自一身脏污的姜行川和姜柳氏自是极力解释,将错全怪在小孩子身上,说小孩子童言无忌,听错了,乱说话。

然而这种说不清的事,老伯爷心里偏袒哪个,就信哪个的。

他一直觉得自己的小儿子姜行舟才是所有儿子中,最有希望光耀门楣的。偏偏这个小儿子是几个儿子里,最扶不起来的那个,毫无担当,叫他又是偏爱,又是气恨。

可对姜行舟他到底是偏爱多一些。

这回小儿子一回来,就被喊进宫中为皇帝作画,回来后,隔天就收到了赏赐。即使他没有担当,可有才气,也是种本事。

老伯爷命令姜柳氏在三日内把所有铺子里用人、进货的事项理清,将铺子交还给四房一家,又以姜柳氏破坏家族和气为由,罚她到祠堂,面对着列祖列宗的牌位,抄十遍家规。

姜柳氏心里不满,却也不敢在老伯爷面前发作,只是暗暗咬牙,恨不得立刻看到铺子毁在姜娆手里。

姜谨行不仅告了状,又叫他祖父揉着他的肚子,哄他了好一会儿,才心满意足地离开。

不过,他并不觉得老人家是在哄他,反倒觉得,是他在哄自个儿的祖父。

刚才祖父帮他撑腰,骂了大伯母一顿,让他开心了,他也就想让祖父开心。他鼓着一张小包子脸做了不少鬼脸,还把怕痒的小肚皮贡献出来让祖父揉。

唉,做孙子的,真是太不容易了。

孝顺的姜谨行跑回到自家院里。

"爹,娘。"他噔噔两下爬上椅子,紧张兮兮地问,"阿姐小时候,遇到过人贩子?"

方才老伯爷那边的动静,姜行舟与姜秦氏也都听说了。

姜行舟此刻正板着一张脸,听儿子这么问,脸色更是十足难看。

"您别气。"姜秦氏拍了拍他的背,温柔安抚,实际上,她的脸色也不太好看。

女儿被拐,这事无论何时再提起,都是心里面的一根刺。

"你阿姐六岁那年去逛灯会时同丫鬟走散,迷路了,后来被人贩子拐走,好在三日后就找回来了。"姜秦氏省略掉了一些她觉得儿子可能难以理解的细节,"你阿姐那时受了惊吓,这事儿我们就不再提了。"

"阿姐她在哪儿?"姜谨行忽然很想念姜娆,"我要去找她。"

粮铺,姜娆正在内院的小房间里翻着账簿,姜谨行推开门,风风火火地跑进来："阿姐!阿姐!"

他飞快跑到姜娆身边,牵起她的手,眷恋地蹭了蹭:"阿姐,你没事,可真是太好了!"

姜娆一脸蒙,不知道这弟弟又在抽什么风。

"我给你带了样东西。"姜谨行忽然从怀里拿出一个卷轴,铺在姜娆的面前,"你可得好好看看。"

这卷轴铺开,是金陵的地图。

姜谨行一本正经道:"阿姐日后多看看地图,少看些无用的话本,可不能再迷路了。"他又强调道,"日日看,熟记于心。"语气和学堂里的老先生极其相似,就差手里没拿着根木戒尺了。

姜娆心道:完了完了,弟弟果然是疯了。

疯了的弟弟,还能要吗?

忽然间,福至心灵,姜娆想起一事,问:"你是不是知道我小时候被拐走的事情了?"

闻言,姜谨行的眼泪一下落了下来。

"呜呜呜!"他边哭边放狠话,"我要打死那些可恶的人贩子!"

还真是。

姜娆揉了揉姜谨行的脑袋,他的哭声小了许多:"阿姐可以同我讲一讲吗?我问了爹爹和娘亲,他们不肯告诉我到底是怎么一回事。"

他乖乖坐直身子,眨巴着湿漉漉的眼睛看着姜娆。

姜娆正要说什么,明芍进来了:"姑娘,九殿下有事找您,可要让他进来?"

姜娆愣了一下,察觉到内心的喜悦之前,笑容先出现在了她的脸上。

"让他进来吧。"她的语气也带着笑意。

"那奴婢去同他说一声。"

明芍出去了,姜娆想等容溥进来再和姜谨行聊天,姜谨行却等不及要听当年的故事了。

姜娆抵抗不住他的眼神,只好先同他说了一些事。

姜娆六岁那年的灯会,她记不清是怎么被丫鬟领着离开了父母身边,身边的丫鬟又是什么时候不见的,只记得她本来正在河边,兜里揣着一兜糖豆,看着满江的灯火,快快乐乐地吃着糖豆,突然被人从身后用布捂住了口鼻,再醒来，就在人贩子的怀抱里了。

迷药尚有药性残存，她即使挣脱了人贩子的怀抱，也逃脱不了。

视线里所有的事物都重重叠叠，好几道影。

荒郊野岭，黑灯瞎火，她被树枝绊倒，栽进了泥坑。

人贩子单手拎着她的后衣领，将脸上、身上全是泥的她从泥坑里拔出来，和从地里拔一根萝卜出来一样轻松。

人贩子一路将她拎到了城外的一间破屋，扔了进去，关门落锁。

屋子里还有几个小孩儿，他们蜷缩着身体，哆哆嗦嗦地挤在一起。一个个哭累了仍在低声啜泣。只有一个小男孩孤零零地坐在他们对面，不同任何人交流，也只有他没有哭。

他一脸是血，似乎是受了伤，呼吸声很重。

血糊了他一脸，月光又很暗，她看不清他的脸长什么样子，只觉得他的眼神看上去很凶，闻声抬眸看她那一眼，仿佛带着杀气。

那个人贩子见了他就骂骂咧咧，将她锁进里面后就离开了。

她想了半天办法，都逃不出去，绝望地哭了。

身后传来窸窸窣窣的声音。

那一直倚着墙，不声不响的小男孩儿走向了她。

她以为他要来陪她，却没想到他是来抢她的糖豆的。

一兜的糖豆，几乎全被他抢走了。

他好像是太饿了，她兜里的糖豆里都沾上了泥点子，他也不嫌弃，狼吞虎咽地吃着。

虽然她也饿，但见他这么饿，还是抹着泪，把剩下那几颗糖豆都给他了。

可是，吃了她的糖豆后，他不仅不感激她，反倒来抢她的簪子。

他抢走了她的簪子，找石头磨成了利器。

待次日人贩子开门看他们时，他手里偷偷握着尖端磨得无比锐利的簪子，虚弱地抱着肚子喊疼，要人抱，等人贩子弯腰看他时，他高高举起簪子，对准人贩子的喉管刺了下去。

人贩子反手掐住他的脖颈，力气大得手背上的青筋都鼓起来了，那个小孩子都没有撒手。

直到人贩子先没了气，松开了手，他才将握着簪子的手缓缓松开。

"到处都是血……如今再提起来,我心里依旧会害怕。"姜娆心有余悸道,"不久之后,我就得救了。"

姜谨行听得热血沸腾:"他是个勇士!如果当时我在,我也要保护阿姐。"

姜娆却很无奈地笑了笑:"他未必是想保护我……"

门外,忽然传来一些动静。

姜娆闻声看过去,看到容湷停在门口处。

他的眼神有些异样,应该是听到了她和她弟弟说的话。

不过,她和弟弟说的话,有让人觉得奇怪的地方吗?

此刻,她并不知道容湷心里掀起的惊涛骇浪。

容湷小时候也遇过一次人贩子,在他八岁那年。

那年秋天,皇宫里的人一起到猎场围猎,后来,所有人都回去了,却忘了带上他。

猎场邻近深山老林,常常有野兽出没,每年都能听说有附近的村民误入猎场,不慎被野兽咬伤、捕食的消息。他那时才八岁,又没有武器,如果走不出去,注定会成为野兽的食物。

他以为皇宫里的人会察觉到他没跟上,会来找他。

八岁的他一路磕磕绊绊,摔了一脸血,千辛万苦地从山里走出来,果然看到了在路边等着他的人影。

他满心欢喜地以为那是皇宫里派来的,带他回去的人。

但他错了。

他是被故意留在猎场的。

嘉和皇后给八岁的他安排了两条路:一条是被野兽咬死在深山里,啃食得骨头都不剩。另一条,即使他从猎场走出来了,也会被人贩子抓走,卖到不知道什么地方,不知日后会过什么日子。

人贩子老巢在城郊。

他被关了两天,有一天晚上,他透过墙上的孔洞,才知道金陵那边在办灯会。

那晚,人贩子带回了一个小女孩。

小女孩五六岁的年纪,脸上、身上都是泥。

他懒得看她长什么模样,但看到了她手里捏着的糖豆和鼓鼓囊囊的口袋。

他饿了太久……

时光流转,后来他又受了很多罪,吃了很多苦,被人贩子拐走的经历,在他的记忆里,变得不值一提。他早就忘记了那个被他吓坏了的小女孩,未曾想过,有一天,他们又会遇见……

容湞进了屋,姜娆见他情绪低落,还以为他是在书院里遇到了什么麻烦事,有些紧张地问:"殿下在书院,可还好?"

九殿下……自从回到京城,她对他的称呼就变了。

这微小的变化,令他有些惶然。他道:"一切皆好。"

有燕先生在,书院里没有谁敢待他不好,都待他极其客气,那客气中甚至带着几分讨好。

被踩在泥里的那些日子,别人看都不会看他一眼,不落井下石都算是好的。如今他才有微名,就赢得了讨好与奉承,实在是有些可笑。

唯独姜娆,不管什么时候都待她很好,连她五六岁时都待他很好。

容湞早就忘记了糖豆的滋味,此刻知道了那是她给的,竟从回忆中品出几丝甜味。

"年年……"他低喃。

他自认不是好人,骨子里头便是个恶的,也从来不会因此生出半点儿愧疚。

他生来如此,活该如此。

八岁的他只是想活下来,不择手段。

可若那时他便知道日后她对他而言这么重要,他一定不会再吓到她了。

他还会在晚上她冷得打战时抱住她,用他的体温给她取暖。

那时他们都是几岁的孩子,那样又不会坏了她的名声。

当时她多怕啊,哭累了才抽噎着睡着了,天气又冷,睡了一会儿,她就滚到他身边来了,想抱着他取暖。

她的身体小小的,但是很暖。又软乎乎的,像云朵。

但当时的他嫌她碍事,把她推开了。他厌恶别人的,甚至是所有活物的体温。

但没一会儿,她又黏上来了。

他再推开,她再黏,他再推……

259

如此反复,他推开了她三次。

第二天醒来的时候,视线里是一个毛茸茸的小脑袋。

小小的她手脚并用地缠到了他的身上,两只小手都伸到了他的怀里焐着,手心贴着他的胸膛。现在想来,当真是可爱极了。

但八岁的他用最快的速度,最狠绝的力道,第四次推开了她。

回忆起当时的细节,他的眼中多了几分遗憾与颓丧:"年年,我听到了方才你说,你小时候被拐走过……"

姜娆抬眸看了他一眼,只觉得他的眼神比她弟弟的眼神还要伤悲,仿佛身临其境,感同身受。

姜娆不想再让周围人担心她,粲然一笑,故作轻松道:"已经是好多年前的事了,我已经不在意啦。"

她又说:"而且我的运气真的很好,遇到了那个有勇有谋的小哥哥,我现在好好的呀!"

容渟不知道要说什么。他那时未曾想过要救人,只是被皇后戏耍,心里十分愤怒,才动了杀念,既救了自己,也泄了愤。

但若那时他留了那人贩子一线生机,那姜娆……

他不敢去想了。

"那个哥哥好厉害!"姜谨行却是拍手称快,对那个小小年纪就能杀死坏人的哥哥崇拜极了,"阿姐,我想见他,你知道他是谁吗?"

姜娆摇了摇头。

"方才,你是不是瞒了你弟弟什么?"待丫鬟将犯困的姜谨行带走之后,容渟出声问道。

刚才姜谨行问姜娆,记不记得那个孩子是谁,从姜娆的表情来看,她显然是记得的。

"他这么小,还是不要知道得太多了。我确实瞒了他。"姜娆道,"其实,我对当年那个孩子还有印象。"

容渟屏住呼吸。

姜娆道:"那个孩子杀了人贩子,颤巍巍地站起来,平静地推开门,头也不回地走了出去。但离开之前,他将那带血的簪子扔回了我面前说,'有借有还。'他的脸上满是血迹——干涸掉的血迹上面,又添上了新鲜的血迹。他的脸上满是血迹——干涸掉的血迹上面,又添上了新鲜的血迹,他的眼睛也是红红的,虽然他也只是个小孩子,却像是刚从尸山血海里爬出来的……"

再回想起那个画面,姜娆仍有些反胃,她顿了一顿,拍了拍自己的胸口,顺了一口气,才继续说道:"虽然看不清他的五官,但我记得他的脸部轮廓,精致秀气,像女孩子。不过,他那时年纪还小,容貌可能早有变化。若是我把这些告诉了谨行,他大概要满京城找人了。"

意识到自己没被认出来,容渟松了一口气。

又听姜娆说道:"我可不想再见到他了。他太残忍了,还说有借有还,明明是他自己抢的。他为什么要还给我啊?他还我的簪子上面,全是血啊!之后那几年我一见到簪子就腿软。"

姜娆拍拍胸口,心有余悸道:"他是用我的簪子杀的人,救了我。我们两个也算不亏不欠了,以后千万别再见面了。"

她会在心底祝福他一生平安的。

容渟的神情中有些窘迫。

半晌后,他轻轻"嗯"了一声,认同了姜娆的话:"不会再见面了。"

他绝对不会让她知道,那时候把她吓哭的那个凶恶残忍却又有借有还的小强盗,就是他。

第九章 少年心事

容淳拿定主意,日后绝不会在她面前提起此事。

姜娆平复了心情,重新打开账本,问他:"再有多久,你就要回书院去了?"

能进白鹭书院的书生,除了放榜当天,今日就是最风光的时候。

他们中大多数都有书童在身旁陪同,在街上行人和达官贵人们或羡慕或赞赏的目光注视下,昂首挺胸,意气风发地走进去。

"还有一个时辰。街上太闹,我不想去。"容淳垂下眼睛道,"但我没有别的地方去。皇宫……我不想回去。"

姜娆设身处地地想了想,若是换了她,她也不想回到那个皇宫。

皇宫外,他又只认得她一个。

那就让他待在她这儿吧。

可是……

"可我还有账要理,没时间同你说话,你待在我这儿会不会无聊?"

"你继续看账本,我自己待在这儿就好。"他乖巧地说道,"我会安安静静的。"

然后坐正了身子,安安静静的,果然不打扰她。

姜娆一开始还会留意他两眼,见他真的不需要她陪,也能自得其乐,便不再担心,很快便沉浸在自己的事情中去了。

她一专注起来,容淳便悄悄地将视线转移到了她的身上。

他的视线先是落在了她头上的簪子上。

那是他亲手为她做的簪子,这簪子像是某种隐秘的主权象征,心中生起了隐秘的喜悦感。

做簪子剩下的玉料，他做了一块玉玦，自做好之后，便一直佩戴在身上。

他倒是想昭告天下，这女孩是他的，且只能是他的。

可是时机不恰当。

倘若他此时太过张扬，只会让姜娆备受非议。

虽然他从来不忌惮非议，可她又如何受得了呢？

只因他活得卑微，只能将爱意秘而不宣地藏在自己的心中，让它在无人知晓的地方，悄悄地生长。

其实，姜娆对他毫不防备，他完全可以用一些卑劣的手段，坏了她的名声，让她这辈子只能属于他。

可他要的不止是这个。

容渟目不转睛地注视着姜娆。

她小时候的模样，定然是粉雕玉琢，极其好看的。他怎么就不记得了呢？

容渟极少为一件事后悔，此刻，确实悔了。

她沾着泥肯定也好看的。八岁时他有眼无珠，都没仔细看她一眼，他还把她推开了四次。现在，他连抱住她的机会都没有了……

这么一想，他甚至有些嫉妒当时的自己了。

他的视线太炽热了，姜娆没翻了几页账本，就感觉得自己被人紧紧盯住了。

但当她抬眸时，容渟的视线恰好移开。

姜娆好奇地问："你为何趴在那儿？"

容渟面不改色，轻轻皱了皱眉："我头疼。"

一副弱小可怜又无助的样子……

姜娆向来担心容渟的身体，闻言，立刻停下了拨算盘算珠的动作，问道："要不要去看一下大夫？"

"又……不是很痛了。"

"那你的腿伤呢？还会疼吗？"姜娆紧张地看着他。

容渟的眼里闪过了一分心虚。

他的腿伤，到现在完全好了，除了骑马射猎还不能做，已与常人无异。

但他两条腿恢复正常的事，除了他，目前只有他父皇知道。

错过了告诉她的最好的时机，又贪恋她对他的关心与照顾，他就不知要如何开口了。

如果他的腿伤好了，她还会像这样，把他记挂在心上吗？

所以，他不想说，也不能说。

"四姑娘，主子的腿伤还重着呢。"听见姜娆提起容淳的伤，一直在远处等着的怀青出声道。

宫里的人都知道，九皇子的腿废了。

针扎进了腿里，都没有知觉，不是废了，是什么？

容淳微微移开视线，心虚地咳了咳，对姜娆解释道："你不用太担心，比起在邺城时，已经好了许多。"

怀青都这么说了，姜娆哪里会信他的话？

"我看还是得找大夫才行。"她说着，扭头去看丫鬟。

"不用，我现在还吃着药呢。见了大夫，我更疼，头也跟着疼。"容淳简直像在耍赖皮了，"我只是有些累了，伏案歇一刻便好了。"

说完他立刻把下巴搁在桌案上，掀起眼皮可怜巴巴地看着姜娆，像一只扒着人的膝盖，摇着尾巴讨要骨头的小狗。

姜娆有些于心不忍。

她其实非常信不过他的话。

她弟弟生病不肯吃药的时候，也经常这么说！

但她到底只是个十几岁的小姑娘，面对弟弟还有几分长姐的威严，但她是把容淳当朋友看的，她尊重他的意见。

"那你若是疼得厉害了，记得唤我，不准疼了还忍着不说！"

她凶巴巴的样子，反倒更显得她娇憨可爱，灵动活泼。容淳愣了愣神，才缓缓笑了起来，轻轻答应了一声："嗯"。

见他如此乖巧，姜娆舒心了许多。没一会儿，却又皱起了眉头。

"账目有问题？"见她眉头紧皱，似乎是遇到了什么麻烦事，容淳坐起身，语气变得严肃了许多。

"有。"姜娆语气笃定，却没有细说。

她父母让柳氏帮忙照看铺子，说好了给她三成收益的分成，已经是看在是亲人的分上，给了极大的面子。

可这几年，铺子虽说经营得不怎么样，但占据了好地段，倒也还能盈利，只是这些收益，她家一分都没见着。

柳氏拿了里面的三成不说，还把剩下的七成也全吞了下来，给了她家一个年年亏账几千两的假账本糊弄他们，还要逢人就说她家小气。

这账本，前几页还好，到了后头，几乎每一笔都是错的！

好一个节俭持家的柳氏！

不过，姜娆忍着火气，没在容渟面前表现出来。

清官难断家务事，没必要让一个外人掺和进来。

她不知道的是，她一声"有"，让容渟的视线瞬间冷了下来。

姜娆满脑子想着账本的事，愁肠百转，并没有注意到容渟的眼神。

这事，要不要告诉她爹啊？

本来，她只想抓到点儿姜柳氏的小把柄，省得姜柳氏一天天在那里污蔑她家，结果，不小心抓到了个大的……

这事要是追究起来，两家可就真的和气不起来了。

她爹爹那么敬重自己的大哥，不知道得多难受。

可如果不说，放在姜柳氏天天搞些硌硬人的小动作吗？

姜娆想来想去，实在拿不定主意，轻轻叹了一口气，自己都不知道，眉头皱得有多深。

看她这么烦恼，容渟的神色更冷了。

等出了粮铺，没了姜娆在身边，他脸上温柔的表情消失得干干净净。

"带着长兴去查一查姜柳氏的底细吧。"他不紧不慢地嘱咐怀青。

怀青大惊失色。

姜柳氏……宁安伯府未来的掌家夫人，主子如今势单力薄，想对付她，未必能行啊！

"主子想好了吗？"怀青忍不住提醒。

"去查。"他的语气不容反驳。

姜柳氏是宁安伯府未来的掌家夫人，不是什么好对付的人物，他自然知道。

即使他心里对自己的本事有几分把握，要对付她怕也不是易事。

可是……那又如何？

大不了损及他自己罢了，又不会给他的小姑娘带来什么隐患。

他不想让任何一个人欺负他想保护的人。即使只是让那个人皱一下眉头，他都不允许。

他温声道:"路上蹿出来一条毒蛇想要咬我的人,总不能因它有毒,怕被咬到,又不好找到它的七寸,就放任它成为根除不掉的祸患吧?"

说着说着,小少年忽然轻笑了一声。

小姑娘瞻前顾后,有那么多想照顾的人,有太多的牵挂,所以下不去手了。

但他可不是。

他想照顾的,唯她一人。

回府后,姜娆去书房找她爹去了。

书房内,姜行舟正在翻看看京城适婚的男子的画像,听小厮说姜娆来寻他,他赶紧把这些画像藏了起来。

"怎么想起来看爹爹了?"一看到自己的漂亮女儿,姜行舟便眉开眼笑。

姜娆犹豫要不要把姜柳氏做假账侵吞他们家铺子收益的事直接告诉他,但又没想好,不敢贸然行动,便像小狗腿一样蹭到姜行舟身边,关切地问道:"爹爹看画看累了吧?我给爹爹捏捏肩?"

姜行舟心中立马警铃大作:"你又想帮那臭小子做什么?"

臭小子自然是容澕了。

姜娆:"……"

"不是啊。"

敢称呼一个皇子臭小子,估计也就她爹一个人。

不过,这回他可真是误会她了。

"我是怕爹爹太累。"她笑嘻嘻道。

姜行舟轻哼一声,看上去很受用。

"今日姜平和我说,你去秦淮河那边了?"

姜娆点了点头。

姜行舟便什么都明白了,问:"看到账本了吧?"

姜娆又点点头。

听爹爹这语气,他怎么像是什么都知道?

"其实爹爹都知道。"姜行舟见姜娆一副难以置信的样子,重复了一遍,"大房做的事,爹爹都知道。"

什么都知道……

"那为什么？"姜娆不理解了。

姜行舟却没有直接回答她，而是说："我还特意叮嘱了你娘，那几家铺子的账，等到大房送来再让你看。结果你自己跑去看了。"

他有些无奈。

姜娆有些糊涂了："接手铺子之前，查一查账，这不是应该的吗？"

"你做得没有错，只是，账不干净，是在我预料之中的。"姜行舟满脸无奈，"你且听我说件事。"

他缓缓说道："我娘走时，我年纪还小，身子骨弱，小时候生病，大哥总会形影不离地守在我身边，直到我病好，都不怕我把病气传给他。我那时候就想快点儿长大，早些报答大哥。姜柳氏吞掉那点儿银子，对我来说，实在不算多。我便想睁一只眼闭一只眼算了。只是损失一点儿银两，没有触及我的底线，就当是给大哥送了一份礼。"

姜娆撇撇嘴，还是觉得好气。

只是因为小时的感情，就要忍让一生吗？

"可是大哥和大嫂，开始将我的大度视为理所当然，甚至变本加厉，不把我当弟弟，反而把我当成了摇钱树，这该如何是好？"姜行舟的语气依旧柔和，目光却已然有了冷意。

他现在仍然想报答大哥，但他心里很清楚，大哥早就不是之前的大哥了。

六年前离开金陵，大哥骑马送了他三十里，满面难舍的泪水。

可是分别之后，他回头望了一眼，看到大哥明显松了一口气的表情。

大哥疼他，却也怕他。

大哥想要的是一个永远弱小，需要他照顾的弟弟，而不是一个比自己更优秀的弟弟。

"我虽不想和大房起冲突，但若你觉得受了气，不用考虑爹爹。"

今日姜柳氏重提姜娆被拐走的事，算是触及他的底线了。

姜柳氏做事时，也没顾念着他和大哥的感情。

再忍让下去，他怕对方再次触及他的底线。

姜娆沉默了许久，而后感动地点了点头。

有了爹爹这句话，她就没有后顾之忧了。

几家铺子的账多，极难算，再加上里面多是姜柳氏的人，清理起来并不容易。

姜娆将每家店关停了半个月之久，给自己留足了清点的时间。

她有时会做梦，有时不会，怕自己太依赖梦境，最后失去了判断能力，她私底下不敢偷懒，反倒比之前更勤快了，经常往铺子、宅子两头跑。

听到街上的人都在议论去年秋天庄稼收成不好，姜娆做了个决定——

粮店重新开张第一天，她要开仓赈粮。

当姜柳氏听到姜娆这个想法后，笑得前仰后合。

笑罢，她嘲讽道："果然是没吃过苦的丫头，开仓赈饥，若选在丰年，既能赚个好名声，又不会损失多少粮食。选在今年，缺粮食的灾民和饿死鬼一样，她怕是别想留下谷米卖钱了！"

听说姜娆拿走账本，姜柳氏惴惴不安了几日。姜娆那边却没有一点儿动静。到了今日，她直接松了一口气。

"这丫头，果然是被养废了，不食人间烟火，没脑子！"

不仅连账上的问题都看不出来，还过于天真。

"想做菩萨可赚不了银子。她那粮店哪天重新开张？快告诉我，我一定要去看她的热闹！"

白鹭书院。

怀青快步走进容淳的房间，从袖中掏出了一张纸，谨慎地递给容淳。

他与长兴跑了许多天，终于打听到了容淳想要的消息。

容淳放下手中书卷，接过那张纸扫了一眼，便将它在烛火中点燃了。

他想起姜娆教他的管下人的法子，给了怀青他半个月的月钱做赏银。

怀青受宠若惊。他本以为殿下只有在四姑娘身边时才有那么点儿人味儿。但现在，他捏了捏那颇具分量的赏银，心想，有九皇子这样一个主子也不错。

容淳烧着纸，忽然笑了一声："倒是不用费力捏造她的把柄了。"

火苗跳动着，他浓密的睫毛在眼窝处打上了阴影，眼底泛着愉悦的笑。

"这位姜柳氏十分贪财，最在意的就是她嫁妆里那一间铺子，完全属于她的那间铺子，是吗？"

"是。"怀青应道。

"那就毁了那间铺子。"

容淖云淡风轻道，声线透着少年人的疏懒，像在说玩笑话，但怀青知道他是认真的，应声说："是。"

姜柳氏出身于正二品官员家里，娘家虽有些没落，好歹是个嫡女，嫁妆里也有一间粮铺，地段不错，一年的收成很可观，至少比姜大爷的俸禄多了不少。

直接去铺子周边问，能打听到的消息不多。容淖便让他去找那些被辞退的小工问。

这倒是个好法子。

被辞退的小工对姜柳氏都是怀着怨气的，姜柳氏的铺子里有多少猫腻，他们简直是知无不尽。比如，去年的谷米被老鼠糟蹋了或霉变了，就洗一洗，晾一晾，掺在今年的谷米里卖。

这还是小事。

今年趁着粮食短缺，有几次偷偷将米价定得比官府规定的米价高。

这就是大事了。

私抬米价，是大昭严令禁止的事。

但因姜大爷是宁安伯府未来的伯爷，再加上定价定得高的时候也就寥寥几次，经常是见到这个客人给个高价，见到下一个又恢复原价，极其隐蔽。

怀青怀疑那些小工有夸大的成分，特意多问了几个人反复确认。

但听到刚才容淖那句"倒是不用费力捏造她的把柄了"，他才明白，自己不用费这功夫。

主子要的只是一个收拾姜柳氏的借口，不论真假。只要有用，这个少年郎根本不在意，是阴谋，还是阳谋。

"我会向我父皇禀告此事。"容淖道。

昭武帝得知他进白鹭书院，说要给他赏赐，问他有没有想要的东西。他当时没有，

他现在有想要的东西了。

"年年的店铺哪天重新开张？"

怀青心道：人家毕恭毕敬地称呼您九殿下，您好歹也依着礼数，称呼她一声姜四姑娘啊。

他眨了眨眼睛答道："这月初七。"

"在这之前,我会向燕先生请一天假回宫,和父皇提起这事儿,你帮我备好马车。"

"最好能在年年开张那天封掉姜柳氏的铺子。"容渟笑眯眯地说道,"算给年年的贺礼。"

怀青轻轻打了个哆嗦。

"可别告诉年年。"容渟转头看了他一眼。

这种手段,他还是不想姜娆知道。

怀青时常觉得自己知道得太多。

但容渟还不太满意,又问:"姜大爷不是还有几房小妾?"

他的话音一落,像看到了什么让他顶顶高兴的事一样,特别开心地拍着手笑了:"哎呀,他的后院准备了那么多柴,不就是等着后院起火吗?那我就帮他点把火!铺子没了,可一定得让那些妾啊,通房啊知道这是她们夫人太贪财惹下的错。"

少年笑起来时极其漂亮,怀青瞬间就明白了为何当年他的母妃只是个卑贱的宫女,却能得到皇帝的宠爱。

明明少年才是那个搬弄是非,玩弄人心的幕后人,却因这仙姿玉容,给人一种疏冷出尘之感。

玉面蛇心!

听听他现在说的这些话……

这世间,漂亮过头的,是不是都是妖精?

姜娆的粮铺重新开张当天,姜柳氏的马车才走到一半路,就被人拦住了。

来人惊慌失措道:"夫人,铺子……铺子那边出事了!抬高米价的事,被人奏到皇上跟前,铺子被封了,要接受审查!"

姜柳氏差点儿喷出一口血,也顾不得要去看姜娆的热闹了,连忙问:"谁奏的?"

那些官都比不得她丈夫的官大,更比不得宁安伯府的势力,谁敢管这事儿?

"是皇上直接下的圣旨,估计是心腹近臣上奏,但皇上不说,没人知道是谁。"

姜柳氏简直眼前一黑,赶紧打道回府。

姜娆的粮铺那儿，正热热闹闹地发着米。

姜娆没有露面，而是坐在二楼小雅间内，偶尔看一眼下面的场景。

开仓赈饥，在她眼里就是一件她能得到好处，缺粮的人也能得到好处的事。

她爹爹离开金陵太久了，在金陵的名声已不那么盛了，这一次开仓赈饥，她用的是爹爹的名义，免得姜柳氏一说他坏话，别人就信。

赈饥的场面可不小，连白鹭书院里的人都被惊动了，就是三皇子也想来凑个热闹，见一见姜娆。

见容渟在前面走，他连忙叫住了容渟："九弟！"

三皇子快步追上容渟的轮椅，同他攀谈道："怪不得父皇常说姜四爷的画恰如其人，飘逸自在得很。从他此次赈饥来看，为人果然高风亮节。听说他有个女儿快及笄了。我母妃前两日同我提起过，问我想不想见见她。我那时不想，现在却有点儿想见了。"

他之前从不会和容渟说这么多话，因为容渟是他所有皇兄、皇弟里最没存在感的那个。但现在不一样了，容渟可是燕先生的弟子啊！

他摸了摸脑袋，笑吟吟地问容渟："九弟觉不觉得，这种人家养大的姑娘一定心善？听说心善的姑娘格外好看。"

容渟本来笑吟吟的，听了他的话，一瞬间就成了皮笑肉不笑，看三皇子的目光犹如看死敌。

淑妃如此看重姜家，那小时候差点儿和姜娆定亲的，是不是就是眼前这个哥哥？

容渟心里恼火极了，笑容也不再温和。

他勉强扯起嘴角，尽量冷静地说道："我很早之前就见过了。"

三皇子激动地说道："你居然已经见过她了？那她怎么样？"

"她是我见过的最好的姑娘，温柔漂亮，心地善良。我与她相识颇早，更加知其品性。"

听容渟说姜四姑娘生得漂亮，三皇子的眼睛亮了亮，再听说两人相识颇早，他深知姑娘品性，三皇子忽然感觉有点儿不对劲了。

如果姜娆真的和他成亲，那岂不是，自己的媳妇和自己的弟弟有深厚情谊？

不对劲，非常不对劲。

三皇子只觉得自己的头上隐隐闪现绿光。

"她真的十分善良，见我伤病无人照顾，曾为我送饭送药，帮助颇多，至今仍十分担心我的腿伤。"容渟观察着三皇子的神色变化，心里有了把握，"不过，我知道，她只是怜我伤重，待我如待兄长，她的大恩大德，我无以为报。"

容渟顿了顿，一脸良善无辜的表情道："三哥，千万不要多想，误会了人家姑娘。"

三皇子脸上的神情渐渐变得微妙起来，眉头皱了起来。

九弟说不让他多想，但他真的越想越奇怪！

听九弟这么说，仿佛两个人之间有种特殊关系，旁人插足不得的那种。

真是越想越奇怪。

三皇子抬头看了容渟一眼，见到他幽深的眸子带着笑意，觉得自己好像惹上了什么了不得的麻烦。

他能不多想吗？

三皇子迟疑了，道："我母妃只是提了一句，问我想不想见，并不是一定要见……"

容渟善解人意地点点头："书院课业繁重，三哥潜心学业，自是没空见的。不论往日、今日，还是来日，三哥始终潜心学业，我说得对吧？"

三皇子尚未回应，他便赞扬道："三哥果然善学、勤学，令人敬佩。"

仿佛三皇子不说"是"，他后面那句话就不当真了一样。

三皇子只能不太好意思地抓了抓后脑勺，点头了。

但是等等……不去见姜娆了？

三皇子现年二十一岁，已有了一房妾室和一个女儿，倒是不急成亲。

只是，男人都是好女色的。

姜家出美人，他当真好奇姜娆的长相。

只是，这点儿好奇，还比不得他的名声重要。

"读书自然是最要紧的事，沉下心来才能做学问来。"他最终还是顺着容渟的话往下说了。

容渟的眉眼角弯得更明显了："我就知道，三哥一向说话算数的。"

三皇子："……"

容湜怎么又知道了？

但是，哪有人会直接说自己说话不算数？

三皇子只能说："是。"然后默默离容湜远了些。

不然他总有种被容湜蛊惑着说话做事的错觉。

"我们赶紧回宫吧。"他说完赶紧往皇宫方向走。

"三哥。"容湜却不让他走。

"三哥可还记得小时候，淑妃娘娘差点儿为你定下的那桩娃娃亲？"

"娃娃亲？没这回事啊。"

三皇子不想再和他聊天了，但还是耐心地停住了脚步。

他看向他身旁那位年纪稍长的太监，问道："你记得吗？"

那太监说道："奴才自三殿下生时就跟着三殿下，从未听说过有何人与三殿下定过亲事。"

容湜的眉梢显而易见地舒展了一下，戾气消失得干干净净，唇畔的笑意温和了许多。他道："是我记错了。"

此时的三皇子还不知道，就是因为他今日这片刻的耐心，让他避开了一场杀身之祸。

姜府。

老伯爷听说了姜柳氏的铺子被查一事，虽没有勃然大怒，但脸色很难看。

姜柳氏嫁过来没几天，贪财的毛病就被他看在了眼里。

他之前就提醒过大儿子，看好他这个媳妇，切莫让她惹出麻烦来。

他平日里在吃穿用度，还有月钱、赏钱上，都没少姜柳氏的，就是想让她大方得体一些。

没想到，她还是为了一点儿蝇头小利，闯出祸来了。

小厮说："夫人说是要找出告状的人是谁，老爷，这事儿……"

老伯爷重重拍了一下桌案："她犯的错，被人告了，她还有脸去打听告状的人是谁？蠢货！"

老伯爷若是想维护宁安伯府的名声，就得找一个人担着这事儿。

这是唯一能使得外头的人满意，又能护住宁安伯府名声的法子。

既然是姜柳氏犯的错，那……那个担着罪责的人，就是她了。

舍一人，护大家。不知姜柳氏是否能懂他的用心。若无这个觉悟，那她就不适合当掌家夫人。

"趁现在民间还无人知晓，立刻将姜柳氏的那间铺子里的米粮主动上交给国库，那铺子暂且关了，或者把粮仓开了，给灾民赈灾。"老伯爷试图亡羊补牢。

"赈灾……四爷近日里开了自己的粮仓，正在给灾民赈灾呢。"

老伯爷一惊。

本以为这次伯府名誉受损是板上钉钉的事，可若是小儿子在此之前就开仓赈灾，旁人倒也说不了伯府闲话，那抬高粮价之事真真只是姜柳氏一人的错了！

果然，小儿子才是那个有本事的，可惜悠闲散漫，软硬不吃，非要去做个闲云野鹤的浪子。这回赈灾，恐怕也是他看到灾民可怜，才有此举措吧。没料到竟无心插柳，帮伯府挽回了一波声誉。

只怪当年他们母亲病逝后，他忽视了他们兄弟，导致小儿子更听他大哥而不是他这个父亲的话，什么都不和哥哥争。

老伯爷沉思良久，最终说道："罚姜柳氏去寺里施斋一个月，这一个月，就让老四家管着中馈。"

他总得想点儿办法，让他这小儿子管点儿事。

姜行舟还不知老伯爷的打算。

他正在书房等着下人回禀秦淮河边那间粮铺的情况。

铺子开张之后，他派了好几个人在暗处盯着，每隔一个时辰跑回来向他报告那边的情况。

女儿年纪太小了，他总是放心不下。

几个时辰过去，听说铺子那边井然有序，他松了一口气。

他听回来的人说，姜娆是以他的名义开仓赈饥的，他这心里头暖暖的。

还是女儿关心他的名声。

女儿是天底下最好的女儿啊！

看着桌上那些男子的画像，姜行舟更觉得他们配不上她了。

这几日，姜行舟一直在为姜娆选婿的事忙活。

他想先多选几个备选,免得女儿哪个都不满意。

但时至今日,他看了几十张,一个满意的都没有,不管看谁都觉得配不上女儿。

姜行舟重新坐下,继续看画像,听身旁的小厮同他说这些公子的出身、品行等,不停地摇着头。

不满意,还是不满意,全都不满意。

长得好看的像有花花肠子,不行。

长得丑的,像是既丑又有花花肠子,更加不行。

姜行舟年轻时就是个浪子,正因为这点,他才看谁谁不行。

一旁的小厮已经说得口干舌燥。

看了这么多日,再好的青年才俊,在老爷眼里都和不入流的地痞流氓无二。

照这样下去,选到天荒地老也选不出,他家姑娘怕是得孤老终生了。

翻到一幅画像时,姜行舟忽地站起身来。

身旁的小厮终于松了一口气,以为老爷终于给姑娘找好了满意的姑爷。

结果,姜行舟深深皱着眉头,低头看着那幅画,哭笑不得。他的眼里隐约有几分怒火,问道:"这臭小子的画像,是谁给掺进去的?"

姜行舟明确说过,那些皇亲国戚,想都不要想做他家女婿。

世家公子就不错,现在局势这么不稳,嫁给皇亲国戚,选错了不就等于送死了吗?风险太大,他不能送女儿进火坑。

但这些世家公子的画像当中,怎么混入了容湻的画像?

再仔细一看,这幅画像的线条粗细不一,缺乏力道,纸面也不怎么干净,画工拙劣,是非常糟糕的一幅画。

姜行舟问一旁的小厮:"最近,有人进过我的书房吗?"

小厮们面面相觑,纷纷摇头。

姜行舟仔细看着那画,终于在右下方发现了一枚小小的墨手印。

很浅,很模糊,和猫爪子摁上的印子形状差不多,又小又圆。

是个小孩儿的手印。

姜行舟一下就知道是谁了。

"去将小少爷找过来!"他怒吼道。

小厮找到姜谨行的时候,小家伙还在大房院子附近溜达,弄猫逗狗,不

275

亦乐乎。

自从上回钻狗洞听到姜柳氏在背后说他家坏话,他就变得特别能溜达。

姜行川现在看见小侄子就头疼,他简直就像那些在金陵城内巡逻的京营御林军的幼年版,只要一逮到他们说他家坏话,就一阵风一样,跑到老伯爷那儿去告状。

偏生小侄子年纪那么小,老伯爷又是显而易见地宠他,若直接赶人,又显得他无情。

他只能生闷气。

姜谨行被带回到姜行舟面前,他指着那画问:"这画是不是你给放进来的?"

姜谨行看了一眼,毫不慌张地点了点头,一副"是我做的坏事,但是你能拿我怎么样"的样子。

他拍了拍画像,手指恰巧和画纸右下方那个模糊的猫爪一样的手印,重叠在了一起。

姜行舟又问:"这画是你画的?"

姜谨行又点了点头。

如果是七岁小孩画的,倒是没那么拙劣了。

姜行舟的脸色和缓了一点儿,说:"为何要将九殿下的画放在里面?"

姜谨行理直气壮地说:"爹爹要给阿姐相看夫婿,可爹爹的眼光……"他的视线从那些男子画像上扫过,像挑猪肉一样挑剔:"太差了。"

他大言不惭道:"我的眼光要好一些,不……是好很多。爹,你不行。"

姜行舟沉默了一瞬,片刻后,姜谨行被他追得满院子跑!

这小子就是三天不打,上房揭瓦!

姜谨行一路狂奔到了姜秦氏身边,躲到了她的身后,紧贴着她的身体,紧攥着母亲的袖子,怕极了。

姜秦氏连忙护着他,问姜行舟:"怎么又动火气了?"

姜行舟怒道:"这小子又偷偷溜进我书房,偷用我的笔墨!"

姜行舟倒不是真的想打儿子,只是姜谨行的脾气和他从前一样,他总得给他点儿厉害的瞧瞧,这小子才能记事:"我得教教他,别拿着他姐姐的婚事胡闹。"

"我没有胡闹。"姜谨行偷偷从姜秦氏身后探出头,替自己辩解,"我只是把九皇子的画像混在那些歪瓜裂枣里头了,也没逼着爹爹去选。"

姜秦氏大概知道了怎么一回事,忙叫丫鬟去将姜谨行带到一旁,又拍了拍姜行舟心窝,说道:"在邺城那段时间,谨行、年年和九皇子来往甚多,至于金陵的那些贵公子,谨行又没见过,心里自然是觉得九皇子要更好一些的。你倒也不必同他这个小娃娃置气。"

姜行舟扫了姜谨行一眼。

小孩儿正蹲在墙边,小手里握了根小木棍,气鼓鼓地在院子里的地上画姜行舟的脸,把他的脸画得五官错位,挤成一团。

养儿子就是受气的!

姜行舟故意说道:"即使是找不到令我满意的人,我也绝对不会将年年嫁给任何一个皇子。"

姜谨行看上去更生气了,又一次用小木棍画人脸,这次直接没画五官。

姜秦氏叹着气问:"那令你满意的,你可找到人了?"

姜行舟无言以对。

他和儿子一样,觉得全金陵的小子都是些歪瓜裂枣。

但问题是,皇子什么的,都算不得个枣啊!

姜秦氏了然,无奈地摇了摇头。

"二十几天后,老夫人寿辰,妾身叫人给金陵里适龄的贵公子都递上请帖,到时寿宴上,您留心着点儿,看看何人合适,也留心着年年欢喜何人。"

姜行舟一想到女儿和别的臭小子站在一起的画面就有点儿想拿刀,但还是憋了一口闷气说道:"便依你说的。"

"但别把请帖发给皇子、王爷、世子一类的。"这是他最后的坚持,"尤其是九皇子。"

白鹭书院,燕先生执教的青山塾内。

裴松语合上手中的请帖,递给了一旁的书童,说道:"月底要去给宁安伯府的老夫人祝寿,去备一份贺礼,要用心些。"

"裴兄为何如此重视宁安伯夫人的寿辰?"

说话人是与裴松语同寝的于荫学。

他比裴松语晚两年进书院,是大理寺卿家的庶子,通房所出,在家中不怎么受重视。

于荫学坐到石桌另一侧,调侃道:"从未见过裴兄对读书以外的事如此用心。"

"姜家对我有恩。"裴松语神色坦然,看到于荫学身后的书童手里也有请帖,说道,"你既也收到了请帖,待到寿宴那日,不若我俩一同前去?"

"自然极好,不过……"于荫学叹了口气,烦恼地说道,"我从未和宁安伯府打过交道,去了之后,还有劳裴兄引荐。"

裴松语答应了。他笑道:"多谢裴兄。"

闲聊几句后,于荫学的话锋一转:"刚回京城的姜四爷,是否有个尚未婚配的女儿?"

裴松语想起前几日抬眸所见,一时恍了神,点了点头。

于荫学见裴松语恍神,心中不免琢磨了起来。

他脸上还是文雅的笑容,试探着问道:"裴兄是她的远房表哥吧?姜四爷有意给他的女儿相看夫婿,裴兄可有心思?"

裴松语眉头微皱,又坚定地摇了摇头,说道:"建功立业之前,不思成家之事。"

"裴兄一心向学,在下自愧不如。"于荫学轻松了许多。

于荫学是家中的庶子,一向不受重视,要想之后的路顺一些,就要想办法为自己谋一门好的亲事,最好是妻子的娘家能为他助力。

"这回老夫人的寿宴,姜四爷指不定会借着这个机会,为女儿相看夫婿。"他之前未怎么了解过姜家,正想从裴松语的口中多问出一些信息,忽觉寒芒在背。

他回头一看,树荫下的轮椅上坐着一个人。

于荫学与裴松语都站了起来,拱手行礼:"九殿下。"

容㳙微微颔首,视线扫过这二人身后的书童手中拿着的请帖。

他回头看了一眼怀青。

怀青硬着头皮说:"殿下,我们没有收到。"

他确定,于荫学刚才的话,主子一定都听到了。

就以他主子睚眦必报的性子,这个姓于的,活不长了。

容凔吩咐道:"带我去找燕先生吧。"

怀青诧异了。

那个于荫学,主子就这么放过他了?

燕南寻正在他书斋二楼的阁楼内,一手执书卷,另一手执朱笔,圈圈点点。听闻叩门声,他头也不抬地说了一声"进"。

"先生。"容凔将手中拿着的书卷递了过去,说道,"先生让弟子背的这册史书,已背熟了。"

燕南寻随意挑了两页问了问,见他果然已经熟记于心了,一时有些诧异。

这才几天工夫……

皇后前几日派了一个太监来和他说,九皇子生性顽皮懒惰,若是有任何问题,请他不用看着她或者是昭武帝的面子,不要吝于重罚。

燕南寻本来就是个气性大的,管他皇不皇子,有时连皇帝的面子都不给,更别说皇后。

只是他也确实担心自己看错人,他宁愿教一个笨一点儿的勤快学生,也不愿意教一个懒惰的天才。

燕南寻微微侧目看着他:"你是从小就过目不忘?"

容凔摇头,眼下可见淡淡的鸦青。他道:"弟子愚钝,自知比不得其他师兄弟,是背了好几个日夜才勉强背熟的。"

怀青:"……"

他亲眼看见殿下晚上在烛火下照着从首饰工匠那儿弄来的册子,要么在玉石上敲敲打打,要么铸金铸银的,根本没背书。

最近还开始琢磨起了糖豆要怎么做,反正就是没背书。

"是了,读书要下苦功夫,不只是看一时的聪明。"

燕南寻笑了起来,心底那点儿被嘉和皇后勾起来的疑虑,彻底打消了。

他从书架上找了几本新的史书,递给容凔:"这些书上有我的批注,你既然早早背完了,就先看着这些。"

容凔谢过他,又道:"先生,今日外面天气晴朗,云天似海,又似万马奔腾于天际。我来先生这里时,在路上看了很久。我真想知道,天之外是什么?是鹊桥?是银河?是数不尽的星汉灿烂?那鹊桥和银河之外呢?星汉灿烂之外呢？先生，你要不要也看一眼，解答弟子的疑惑？"

"天之外……"这个问题，燕南寻曾经想过，现在仍然会想，只是没有答案。

但他始终心怀探索天之外的渴望。

没想到，教了这么多学生，读书都只求个功名，唯独这个小弟子向他提出了这个问题。

燕南寻看着少年微微露着个虎牙牙尖，干干净净的笑容，忽然间意识到，这是他所有弟子里，年纪最小的那个。

小孩儿看天看地的，思维烂漫，简单赤诚。

燕南寻生出惜才之心，笑道："那我看看。"

容渟笑得更加天真烂漫了："先生，从北窗看，那边的云彩好看。"

书童立马打开北面的窗。

燕南寻立于窗边，抬眸望去，见到云彩之前，先看到了于荫学和裴松语书在石桌旁闲聊。

那于荫学脸上带着浓浓笑意，嬉皮笑脸，没个正形。

燕南寻生气了："站在那儿谈天说地，是这天底下的书都看完了吗？有什么好聊的？"

这个于荫学虽说脑子机灵，但是机灵总用不到正处去，总想找捷径。但他又很油滑，不会给人教训他的机会。

"是说裴师兄和于师兄吗？"容渟适时问道。

"是说他们。你刚才从那边过来，听到他们聊什么了吗？"

"弟子……只顾看天了，未曾留意……"容渟有些愧疚。

明明听到了啊……

怀青正奇怪，容渟看向了他："怀青，你听到什么了吗？"

怀青："……"

他又一次明白了。

九殿下找借口让燕南寻看窗户外面，好让他看到于荫学不务正业，然后再让他这个做奴才的打小报告。

而九殿下，自始至终，莲花一样出淤泥而不染，只是个爱看天的少年。

"两位公子是在聊去宁安伯府赴宴的事。"跟在容渟身边久了，怀青觉得自己也练出来了，"他们书童手里拿着的，就是请帖。"

燕南寻扫了一眼那两个书童手里的请帖,和他桌上的一样。

他压不住脾气,怒气冲冲地从桌上捞起戒尺,朝着于萌学的脑门扔去:"宴会宴会,宴会能教他们学问吗?!还知不知道勤恳治学了?"

"你的请帖呢?"燕南寻回过头来,有些好奇地问容渟。

按理说,容渟年纪最小,该最期待宴会这种场合才是。

即使容渟因为要赴宴会玩乐而心浮气躁,他也不会太过严苛。毕竟,他这个年纪,就是贪玩的,太压抑着反而不好。即使容渟玩过头,他也只会借此机会,加以正确的引导。

却不料,容渟垂着头,有些无措道:"我……我没有请柬。"

"姜四爷不是很喜欢我。"他说,"怀青,是不是?"

怀青完全不知道要怎么接话了。

主子不是应该向别人表现他和姜家人的关系都不错吗?

他表情木木的,一时摸不着头脑。

燕南寻看了一眼容渟,见他一脸难堪,又看了一眼怀青,见他表情古怪,两人都是一副欲言又止的样子,好像真是有什么难言之隐。

燕南寻愣了:"当初是姜行舟为你写的举荐信,不应该啊……"

"不过,"他像是想起了什么一样,皱了皱眉,说道,"他在信里倒也没怎么夸你。"

"四爷向来觉得弟子是不好的。"容渟说,"他能推荐弟子,是四爷高风亮节。实际上,私底下,他确实不喜欢弟子。"

"我的弟子哪里不好了?"作为姜行舟的冤家对头,燕南寻本能地想与他抬杠,"姜老四满口胡言。"

容渟眉目低垂道:"应是弟子哪里做错了,才使得四爷对我不满。"

他将错全部揽在了自己的身上,眼神里满是藏不住的落寞。

燕南寻可怜他,问道:"想去?"

容渟似是想说又不敢说,脸上露出了为难的表情。

燕南寻倒有些忍俊不禁,不自觉就有些宽容,以为是刚才他训于萌学的模样吓到容渟了,想去都不敢说。

只是小孩儿单纯,心思都写在脸上,让别人一眼就看透了。

他心里不自觉地生出几分怜爱。

"既然这半个月要学的史书你已经熟记于心,想去赴寿宴也未尝不可。姜老四这人脾气古怪,他能给你写举荐信,就说明他看得起你的才气。"

"可弟子没有收到请帖,姜四爷每每见了我都是一副不悦的模样。若贸然去了……"容淳道,"弟子不想不请自来,坏了做客人的礼节,亦不想惹得四爷不快,还是不要去了。"

惹姜行舟不快?

燕南寻脱口而出道:"为什么不惹?"

燕南寻拍案大笑:"妙啊,妙啊!寿宴那日,我带你进去。给姜老四添点儿礼。"他快活地说道。

"也添点儿堵!"

容淳一脸愕然:"先生,这不太好吧……"

"你就是太懂事了。"燕南寻怕他不愿意去,下了死命令,"不论如何,寿宴当日,你一定要随为师一同前去。"

此时,怀青终于摸着了头脑。

燕南寻和姜行舟表面不睦,这是全金陵众所周知的事。

主子就是利用的这点……燕南寻面子这么大,他带的客人,谁人敢拦?

再看主子,迟疑了几秒,坚定地点了点头,说道:"一切都听先生的。"

仿佛是师命难违,不得不从。

当真是,出淤泥而不染啊!

他是不是真的知道得太多了?

姜娆被云贵妃唤进宫来,这会儿正陪她在池塘边喂鱼。

"你祖母的寿辰,我不便出宫,一会儿将寿礼交给你,到时你帮我转交给你祖母贺寿。"

云贵妃闲闲地倚着栏杆站着,抛着鱼食,逗着池中的红鲤与青鲤,说道:"是一套带流苏的头面,十三四岁的小姑娘戴着最好看。"

姜娆:"……"

十三四岁……小姨怕不是糊涂了?

"知道是你祖母的寿辰,"云贵妃慵懒地抬眉,直截了当地说道,"可我送的这礼,表面是给她的,实则是给你的。"

"你那祖母是个继室,又不偏心你家,我何必给她送有用的东西?送一套头面给她,在外人面前将表面功夫做全,已是给了她极大的面子。"

云贵妃哼了一声,说道:"她要是看不懂我的意思,不把这头面赏赐给你,而是自己留着,或者赏了别的什么人,往后,我连这点儿表面功夫上都不做。说起来,老伯爷让你娘掌管着中馈,大房的那个婆娘不得气死了?"

她忽而展眉笑了:"听说那妇人如今正在山中寺庙里施粥是吧?要不是我如今待在宫里,出宫不易,真想去庙里上香,看看热闹。"

"小姨就是爱看热闹。"

云贵妃睨她:"不看白不看。我虽出不了宫,可你和你母亲,总能去看看吧?"

"去不了的。"姜娆摇头。

她母亲不比小姨,性子骄纵,做事不顾后果,只顾自己开心。

"中馈重任突然落在我娘手里,她这个月几乎忙得脚不沾地。"姜娆抛干净了手中的鱼食,又从小宫女的手里接过新的,说道,"寿宴的事,我还得帮帮她的忙,哪有工夫去庙里上香?"

"还知道要帮你母亲,你也是个乖孩子。"云贵妃笑着看向姜娆,越看越喜欢,"指不定,到最后,宁安伯府还是会落到你父亲头上,到时够你娘亲忙的。"

"我爹爹肯定不愿意。"

云贵妃正想说什么,池塘那边走过来一群人。

是嘉和皇后,正由宫女簇拥着,往这边走来。

"云贵妃好有闲情逸致,在这里赏鱼。"

云贵妃一向不爱给嘉和皇后面子,脸色冷下去,不情不愿地拉着姜娆,按着宫规给她行了礼。

姜娆只在宫宴那次,远远看过嘉和皇后几眼,今日算是第一次离她这么近。

看着这个蛇蝎心肠的女人在她面前笑得如沐春风,她心里瘆得慌,想到这个女人狠毒的手段,又想到容渟受的那些罪,她心里憋着。

嘉和皇后打量了姜娆半天,才缓缓开口:"云贵妃,这便是你的小外甥女吧?真是个标致的小人儿。"

她嘴上这么说，心里却有些泛酸。

都是投胎，凭什么有的人天生容貌就比旁人要出挑得多？

秦云是，她的外甥女居然也是。

都有一副迷惑人心的好皮囊，到时候轻而易举嫁到好人家去，又会成为秦、姜两家的助力。

"是宁安伯府的姜四姑娘吧？"她又问了一次。

云贵妃警惕地看着嘉和皇后，觉得她似是话里有话，便将姜娆轻轻拉到她的身后，回答道："是。"

"果然如此。小姑娘身段虽好，可看仪态……我便知晓没在金陵久待过。"嘉和皇后一副温柔教导的语气，叮嘱云贵妃，"云贵妃既有喂鱼的工夫，不若多教一教她。"

被一国之母挑剔仪态，这话传出去，怕要惹得金陵贵女笑话。若是被人添油加醋传得邪乎了，婚事都可能被耽误。

云贵妃冷冷地"呵"了一声，说道："本宫外甥女的仪态，是由她的阿娘秦倾善教出来的，本宫当年也是倾善姐姐手把手教出来的。皇后娘娘觉得不满意？可是连皇上都说本宫的仪态是宫中数一数二，怎么着，皇后这是想挑剔皇上的眼光？"

挑剔昭武帝眼光这种帽子，嘉和皇后当然不能戴。

"方才是皇后眼花了吧？"云贵妃一副不讨个说法不罢休的态度，"您看仔细些，我外甥女的仪态，可有一点儿不对？"

她见嘉和皇后不说话了，不屑道："若皇后看不出来，不然，由本妃去请皇上来评评理？"

嘉和皇后本就是在鸡蛋里挑骨头。

即使姜娆不在金陵，可有姜秦氏教她，仪态自是一点儿错都挑不出。比之其他大多数闺中少女，见识又多得多，眼里多了一份难得的通透与清亮，娇憨的面容，只是稍点红妆，就叫人移不开眼睛。

听云贵妃要请昭武帝来评理，嘉和皇后便有些退缩了。

别的宫妃可能没有让昭武帝一请便来的本事，但秦云不一样！

她只能咬着牙认错："是本宫看错了。"

云贵妃稍稍满意了一些，不过，还不是十足满意："那您再看仔细些，只是标致?"

"是极其标致吧。"云贵妃笑着说,"比我年轻时都要漂亮。"

"哦,忘了。"云贵妃顿了顿,更加娇媚地笑道,"在皇后娘娘面前,本宫也还是年轻的,怎么能说刚才那种话,惹娘娘您不高兴呢?"

她佯装自责,做作地缩了缩脑袋,问道:"娘娘不会责罚妹妹我吧?"

嘉和皇后怎敢罚她?罚了她,她肯定又要给昭武帝吹枕边风,将受过的委屈一点点儿讨回来。

这样的亏,嘉和皇后已经不知道吃过多少回了。

嘉和皇后被她短短几句话激出了满腔怒火,却只能隐忍不发,只好掐着手心,将恨吞了下去。她淡淡地笑道:"云贵妃无心之失,本宫岂会是那种不讲道理的人?"

"皇后娘娘果然大度。"云贵妃悠然道。

嘉和皇后刚才怎样紧盯着姜娆不放,她就怎么紧盯着嘉和皇后不放。她上下扫了嘉和皇后一眼,笑着夸赞道:"皇后娘娘,您这身素青色的衣裳可真好看。"

嘉和皇后略微有些得意,笑容不禁深了一些:"是皇上赏的布料,又是宫里最会裁衣的宫女做的衣裳,自然是好看的。"

云贵妃频频点头,却不像嘉和皇后期望的那样,目光中流露出艳羡与嫉妒。

她勾唇坏笑了一下。既然嘉和皇后在意外貌,那她就知道要说什么了。

"是呀,制衣的宫女手巧,做的这衣裳刚好能扬长避短。皇上的眼光也真好,料子的颜色素净,最适合您的年纪。"

嘉和皇后被噎。她就说秦云的嘴里怎么可能有好话。

这是在讽她身材不好,要用衣服遮掩缺点,上了年纪!

嘉和皇后脸上的笑意淡去,看着云贵妃。

云贵妃毫无惧意,微微仰起下巴看着她笑。

她笑得妩媚,一副恃美行凶,你奈我何的模样。

嘉和皇后抚了一下自己的心口。

待在云贵妃身边不过片刻,她就有些压不住自己的脾气。

她原本是想从云贵妃这里套出一些话来,现在却怕自己再待下去,会被气个半死。

"本宫还要回去打点后宫事务,就不在此陪你们赏花喂鱼了。"

她还是想扳回一局,借此向云贵妃炫耀,后宫事务,只由她管着。

可云贵妃又不稀罕那些。

她叹气道:"皇后娘娘,听妹妹一句劝,您为了整个后宫如此劳心费力,更要勤加保养。看您,华发都生了。不像我,没有什么要操心的事,每日大把的时间都用来赏花喂鱼,心情大好,自然不容易老,皇上还把我当成年纪小,不懂事的小姑娘,好心烦哟。"

她的声音听上去无比诚挚,嘉和皇后脚底一滑,差点儿跌倒,却只能在心里怒骂:不要脸!

此时,身后轻飘飘传来一句:"皇后娘娘,留心仪态啊。"

嘉和皇后难堪得话都说不出来,抬起戴着尖尖金护指的手,抚了抚脑后鬓发,步伐有些凌乱地走了。

嘉和皇后走后,云贵妃冷笑:"要什么端庄贤淑,有气都不能发作,迟早有一天,自己就把自己气死了。"

想起姜娆还在身边,云贵妃咳了咳,收敛了一下,"年年可是觉得我这样有些无礼?"

姜娆却直接摇头道:"不会。"

"从皇后的行为举止来看,你若让她一回,明日她定是要得寸进尺,来犯十回、百回,倒不如一次也不让,斗个痛快。"

云贵妃哈哈大笑:"想不到你看起来纤弱娇小,胆子却一点儿都不小!"她对姜娆喜欢得不行,"年年放心好了,正如同我动不了皇后,皇后也动不了我。"

世家之间的牵扯羁绊,远比常人想象的深,胜券在握之前,谁都不能轻举妄动。

姜娆垂眼看着水中的鱼儿,心里想着的,却是皇后刚才的样子,还有容渟。

皇后不痛快了,她心里却觉得痛快,像是为她梦里见到的那个躲在树后的小孩儿,长大后身上遍布伤痕的少年出了一口气。

只是,还不够。

"皇后娘娘为何特意找到这儿来?"她问云贵妃。

云贵妃往池塘里投了一把鱼食,不屑道:"自找不痛快罢了。"

姜娆蹙眉回想着刚才嘉和皇后对她的打量，觉得有些不对劲。

被她小姨当面说老还能保持着得体的笑容，丝毫不发作，心机藏得这么深的女人，总不会像她小姨说的那样，跑过来一趟，只是为了自找不痛快。

她有种敏锐的直觉："为何我觉得……她像是知道了点儿什么？"

"小小年纪，怎么这么操心？"云贵妃侧眸看着姜娆，语气里带着一贯的骄纵，"就算嘉和皇后找过来是为了打探什么，她的心思藏得那么深，你我也猜不出来。既然猜不出，她来一次，我们接一次，让她不痛快就好了。"

云贵妃说着，却有些败兴，郁闷地将手中的鱼食一把甩了出去。

水面被砸起密密麻麻的水纹，像是下起了雨，红的、绿的鲤鱼先惊散开，而后又聚集过来。

她懒洋洋道："皇上心里，一国之后的位子，就该是徐兰若来坐。后宫妃嫔里，没人比她更合适。不论是她的个性，还是出身，这皇宫里都找不出第二个人比她更符合他心中一国之后的样子。"

"只因她是徐家的女儿。"

姜娆回到金陵后，留心打听才知道，嘉和皇后的父亲，如今的徐家家主，八年前以身体不适为由辞官，要不是昭武帝挽留，他可能就直接告老还乡了。

他只留了个国丈的虚名，远离权力旋涡，成天在家侍弄花草，行事低调。

外戚倘若有这样的分寸，昭武帝即使不说，心里也一定是满意的。

但问题是，是真的有分寸，还是假装出来的？

姜娆没有忘记在郏城遇到的为皇后效力的徐家死士，偏偏一点儿证据也无。

云贵妃叹气："反正呢，几方势力此消彼长。今日我扳不动嘉和皇后的根基，但说不定，哪日便能扳动了。但若是哪天她真的成了太后……"她扭头看向姜娆，认真地问，"年年，我叫你去找的最好、最贵的棺材板，可有着落了？"

云贵妃语气沉痛："到时就用上了。"

姜娆有些无语了。

"用不到的。"姜娆把自己的鱼食塞到了云贵妃的手里，给不知道是真伤心还是假伤心的她找点儿事做。

云贵妃果然是假伤心，立刻笑了："年年果然心疼小姨。小姨努力长命百岁，一直陪着年年。"

姜娆微微别开脸,轻轻"嗯"了一声,掩饰眼中浮现的伤感。

她虽然未梦到过小姨最后的处境,小姨甚至从未在她梦境中出现过。将来小姨过得是好是坏,是生是死,都不得而知。可她家都成了那样,小姨又能好到哪里去?

姜娆心里难过,但还是勉强笑了笑:"小姨一定要长命百岁,陪着年年。"

"看看你,伤心成这样!不吓唬你了,真没意思。"云贵妃见她像是当真了,不再逗她,正儿八经地说道,"嘉和皇后日后做不做得成太后,可不一定。就算她处心积虑,可十七皇子在所有的皇子中,不论文才还是武略,都不是最卓越的那个。再者,君心难测,谁知道皇上看好的是谁?更何况,年年不是还给小姨找了个帮手吗?"

姜娆疑惑不解地看着她。

"九皇子啊!"云贵妃解释道,"皇上是个好面子的人,你找你爹给九皇子写荐信这事儿,当真做得极好,在他那儿为九皇子赢得了不少好感。而九皇子双腿残疾,不论皇上多欣赏九皇子,九皇子都不会……"

姜娆明白了,点头接话道:"都不会影响继任者的皇位。"

"是了,他最后顶多是个有实权的王爷。好多皇子会想与他拉拢关系。"云贵妃笑着说,"嘉和皇后这也是搬了石头砸自己的脚。她那时大肆宣扬九皇子难以管教,用来彰显她做母亲的不易,却使得别的宫妃都觉得九皇子和她关系不睦,最近有些妃子就生了笼络九皇子,让他帮自己儿子的心思。但好在……"

"九皇子是站在我们这边的。"云贵妃拉了拉姜娆的手,说道,"他待人虽冷一些,可我听宫女说,他与你情谊深厚,似是亲兄妹一般,也非嘉和皇后所说的,古怪难驯,不懂是非的样子。"

"待日后嘉和皇后看到在她养大的孩子,站到了她的死敌这边……我简直等不及想看那场景。"云贵妃笑眉眼弯弯地看着姜娆,"年年真是我的小福星。"

后花园,秋千高高荡起。

嘉和皇后行至此处,听见后花园内有耳熟的人声,命宫人放慢了脚步。

她的脚步也轻了许多,悄无声息地踏入后花园,见四皇子正推着十七皇子荡秋千,脸色顷刻间冷了下来,在秋千前,两步开外站定。

十七皇子灰溜溜地从秋千上跳了下来,垂着眼睛不敢看人,只叫道:"母后。"

四皇子也忙走过来:"表姨母,您怎么会来这儿?"

嘉和皇后径自走到十七皇子面前,冷声责问:"再这样荒废下去,你当真要连那个残废都比不过了!"

十七皇子的脸色更加难看了,深深地低着头,下巴几乎要贴到胸口上。黯淡无光的眼睛里,透着对容渟的恨意。

嘉和皇后不再多说什么。

她让宫女将十七皇子带回了锦绣宫去,又转身看着四皇子:"让你去接小十七回来,为何将他带到了这儿?"

四皇子有些难堪。

方才他从白鹭书院里接十七弟回来,路过芗南宫时,看见宁嫔正陪着她九岁的女儿和然郡主荡秋千。

一路耷拉着脑袋、一脸疲惫的十七弟盯着那对母女看了许久,告诉他,他从来没玩过秋千,他也想试试。

所以他便把十七弟带来了这里。

"只是玩会儿秋千。十七弟在书院里学得疲累了……"

"他喊累,旁人喊累了吗?"嘉和皇后恼怒极了,"你十七弟年纪尚小,莫要引诱他贪图玩乐,不务正业。长久下去,习以为常,就成了根深蒂固的毛病,改不掉了!"

四皇子尴尬地点头。

"正巧,本宫有事要同你说。"

回锦绣宫后,嘉和皇后命闲杂人等退了出去,唯独留下四皇子。

她道:"本宫知道容渟是怎么进的白鹭书院了。"

四皇子的目光变得精锐起来。

她道:"宁安伯府的姜四爷冬天就在邺城,是他把汪周弄进监狱的。"

四皇子摇头否认:"可姜行舟亲口告诉我,他是从江南回来的。"

"这点我先不与你争论。本宫今日得知,是姜行舟给容渟写的荐信,让他有机会私下见燕南寻一面。"

289

"私下里只见一面就被燕南寻收为亲传弟子……"

四皇子想问容淳是从哪里学得的真才实学,抑或是,姜行舟哪来的本事。看嘉和皇后此刻在气头上,他也不敢问了,愁眉不展地附和说:"九弟有了姜四爷相助,怕是有些难以对付了。"

"担心什么?"嘉和皇后冷笑着不以为意道,"宁安伯府的掌事权最后只会落在姜家大爷的手上。姜四爷只是字画厉害一点儿,手里并无实权。他的本事,也就只够把容淳送进白鹭书院了。"

打听到是姜四爷在帮容淳时,嘉和皇后松了一口气。她说:"没必要对付这样一个没多大用处的人。"

"皇上如此喜欢他的字画,公然与他为敌,还会惹皇上不高兴。更何况,云贵妃和姜四爷的嫡妻关系紧密,还可能是云贵妃借姜四爷的荐信,在挑衅本宫。"嘉和皇后有些妒恨地说道,"可惜秦云看似嚣张跋扈,实际上,心思也严密得很,本宫今日去了她那里一趟,套不出半句话来。"

四皇子忧心忡忡。

"都说了不必担心,你还在担心什么?京城里头,谁不知道姜行舟自由散漫,不得老伯爷喜欢。他又在外那么多年,在京城早就没了根基,宁安伯府的掌事权哪有他的份儿了?"

四皇子听嘉和皇后这样说,也安心了。

他四下扫了一眼,殿内空空,既没有渔影的身影,也不见季嬷嬷。

四皇子知道渔影被赶出宫,暂且被收留在徐府。

那季嬷嬷呢?

他问:"季嬷嬷呢?"

嘉和皇后却只是喝茶,并不答话,反倒说起不想干的:"本宫知你胆子小,日后莫要带着小十七在宫里瞎逛。这宫里的水井里,可是有冤魂的,万一哪个和你有仇有怨,你又不小心碰上了呢?"

她的语气轻飘飘,漫不经心的,却让四皇子遍体生寒。

季嬷嬷……死了?是自己投井,还是被人投进去的?

季嬷嬷将近一生都在为徐家效力,他本以为季嬷嬷叛变一事未彻底查清之前,嘉和皇后至少会念在季嬷嬷伺候她多年的分上,先留她一条性命。未料到短短几日不见,那老仆就成了井底幽魂。

再一想皇后的话，四皇子心里一阵不舒服："前几日遇见外祖父，我提到季嬷嬷时，外祖父还说，那是他一手培养的，应是不会做错事。"

四皇子的外祖父，就是嘉和皇后的亲生父亲，告老辞官的徐家家主。

"父亲也会有看错人的时候。"嘉和皇后眼中无半点儿风波，极其自信地说道，"但我没有看错。"

她缓缓抬眸，金护指叩着茶杯外壁，不容辩驳地说道："有叛心者，宁肯错杀也不能放过。用人不疑，疑人不用，所以我留不得她。"皇后眼底寒光毕现，"更何况季嬷嬷确有二心，死有余辜。"

很快就到了老夫人寿辰这天。

因为书院距离宁安伯府有很长一段路，为了不错过时辰，从白鹭书院里出来赴宴要早起一些。

怀青一早就按照容淳的吩咐，先去知会了燕南寻的贴身小厮，又将马车和马车夫都找好，在书院门口等着他出来。

春末夏初，即使天气已慢慢热起来了，太阳还没出来时，还是有些凉的。

容淳穿着一身单薄的白衣，操控着轮椅缓缓出来，怀青看了就觉得冷，问他："殿下，时辰尚早，您要不要回去添件衣物？"

"不必。"

容淳怀里抱着一个木盒，将那长盒递给怀青："将它放进马车。"

怀青接过木盒，担心他受风寒，继续劝道："殿下，四姑娘特意叮嘱过奴才，您身子骨弱，不能受风寒，您听奴才一句劝，回去换身衣裳吧。"

容淳的目光原本还是阴冷，不耐烦的，听到这句话，目光陡然温和了几分。

"她当真这么说的？"

"当然。"怀青说道。

九殿下身子骨弱，不能受风寒。姜娆说的这话，怀青记得一字不差。

姜娆不仅给了他足有他半年俸禄那么多的银票当赏钱，还安排人将他远在乡下的弟弟接进了京城，让他用那些赏银租了间宅子给弟弟住着，还想办法让他弟弟进了金陵的学堂。

他甚至想都没想过，这辈子还能见弟弟一面。深宫里的太监，有几个能有这种和家人团聚的福分？

更何况，他最牵挂的弟弟如果有书读，有学上，日后可能还要当大官呢。

即使是收买人心，能做到这种程度的也是少有。

因此即使见过容渟凶残一面，时常觉得自己知道的事情太多，可能早晚得惹上杀身之祸，怀青也还是尽职尽责地伺候容渟。

他这是在还姜娆的人情。

"您若冻坏了身体，四姑娘是会担心的。"他又道。

容渟眼中的笑意溢了出来。

"我会听她的话。"他声线悦然道。

"那奴才回去给殿下拿件披风出来？"

容渟却道："不必。"

说完他操控着轮椅，顺着那块为了方便他的轮椅上下而搭上的长木板，上了马车。

习武之人，没那么畏寒。

更何况以前那么多个冬天最寒冷的时候，他都是一身薄衣衫。

怀青有些无奈。

这算哪门子听话？

不管是左眼还是右眼，他都没看出来九殿下这是听话了。

离宁安伯府还有一条街时，闭目假寐的容渟忽然睁眼朝车夫喊："停车！"

怀青忙提醒："殿下，还没到宁安伯府。"

"停车。"容渟却很固执。

怀青有些急了。

衣服穿那么少，还非要下车，这是非要折腾出病来才肯罢休？

他对不起四姑娘的嘱咐。

只怪他说四姑娘知道了会担心，又让主子又利用上了这点。

怀青有些郁闷。

容渟离开马车，怀青见他同几个陆续从宁安伯府方向走来的下人交谈了一会儿，却不知道他是去问了些什么。之后，他重新回到了马车里，朝怀情伸手："将木盒给我。"

他便将木盒递了过去。

他看着容淳从木盒中取出了一件玄青配深红色的外衫，从容不迫地披在身上。

　　少年虽日日坐在轮椅之上，可他身上的病态几乎全来自他苍白的肤色，与身量无关。

　　他肩宽腰窄，已有来日高大挺拔的身形轮廓。玄、红两色极衬他的面容，即使坐在轮椅上，也有一种冷傲矜贵的气质。

　　怀青的视线下垂，见那木盒中整整齐齐叠着几件外衫，式样都差不多，只是颜色略有不同。

　　怀青看着那几件外衫，心道，他又一次猜错了九殿下的想法。

　　他根本没有猜中过九殿下的心思。

　　马车内，容淳正垂着眼，慢条斯理地束着腰带，束好后，他忽然打量起了怀青。

　　怀青不明所以，紧张地咽了一下口水："殿下，您有什么吩咐？"

　　容淳笑眯眯地看着他："我这么听话，她又看不见，若你不说，她怎么知道我听她的话呢？"

　　怀青明白了。

　　这是要让他当着姜娆的面，夸他听话啊！

　　是不是……还有点儿让他不要乱说话的意思？

　　怀青不敢细想了。

　　又过了一个多时辰，燕南寻的马车才出现在这儿。

　　燕南寻今日也起了个早。

　　宴会客人来得太早，主人要提前招待，会添负累。

　　燕南寻就是因为知道这点，才故意早来的。他就是想看姜行舟手忙脚乱的样子。

　　他还给姜行舟带了份好礼——一支上好的花鸟纹小楷狼毫。

　　这支举世无双的狼毫笔他珍藏已久，送给姜行舟刚好讽刺他用着好笔，也写不出好字，作不出好画。

　　见容淳比他还早，他还懊悔没让容淳早点儿喊他起来。

　　递了请帖后，容淳跟随燕南寻进入宁安伯府。

同一时间，于荫学与裴松语同乘一辆马车从白鹭书院出发。

于荫学将自己收拾得格外干净、光鲜，马车内，他和裴松语套着近乎："裴兄，我这是第一次去宁安伯府，只能仰仗裴兄了，到时可否让我跟随在裴兄身边，在裴兄身边落座？"

他这一番话，将别人捧得高高的，将自己的姿态放得足够低，裴松语也没细想，点头答应下来。

于荫学连忙道谢："多谢裴兄。"

金陵人都知道燕南寻和姜行舟的交情深厚，而裴松语又是燕南寻最得意的门生，坐在裴松语身边，便是坐在燕南寻身边了。

只要能坐在燕南寻身边，便一定会被姜行舟看到。即使不能被姜行舟看到，也能被其他贵人看到。若是能成为其中一人的女婿，他的前程就是一片光明了！

进入设宴的花厅后，燕南寻对容淳说道："你自己找个你喜欢的地方坐吧。"

他转身出门去寻姜行舟，准备将他手上这份大礼送出去，再带姜行舟来看看他带来的弟子。

燕南寻一想到姜行舟看到容淳的样子，心情就十分愉快。

"先生。"容淳唤住了他，"弟子没有喜欢的地方，弟子想在先生身边待着。"

燕南寻驻足回眸，问道："为何？"

"弟子自小身体不好，即使宫里举办宫宴，也鲜少参与，因此不懂宴会的规矩，怕做错什么，丢了先生的面子。"容淳解释道，"若是能由先生看着，定然出不了错的。"

看他如此不安，燕南寻想都没想就答应了："既是为师带你来的，为师自然是要照顾你的。宴席开始之前，你先跟在为师身边，开始之后，就在为师身侧坐着。"

容淳似乎有些不好意思，却不忘谢过燕南寻："多谢先生。"他低下头去，说道，"弟子若是离了先生，便不知如何是好了。"

这话说得……

燕南寻原本是不爱听这种话的，但听到容淳这么说后，他都不知道自己的目光变得有多温和。

他看着容浔,就像看到了一只还没学会飞的小雏鸟,爱护之心油然而生。

"那你便紧紧跟着为师。"他说。

燕南寻一向不是话多的人,但对容浔越来越纵容,话也多了一些:"我本来是想将那狼毫笔送出去后,再带姜行舟来看看你。不过,你与我一同前去,倒也未尝不可。到时你也有机会谢他为你写了荐信。"

容浔闻言,却迟疑说:"可若是姜四爷见了我就生气,要赶我走,不给我开口的机会……"他的语气听上去惴惴不安,"弟子不想见到先生与多年好友因弟子起争执。到时他若是赶我走,我走还是不走?"

"赶你就是赶我!"燕南寻是典型的吃软不吃硬,看着这个柔弱单薄的小弟子,竟生出了几分护犊子的脾气,安抚他道,"他肯定不会赶我的,若真赶了,我们也就断了这几十年的交情。只要为师还在,你便不用走。"

青石板路中央,忽见一小童跑来。

怀青指着那小童说:"那不是姜四爷家的小少爷吗?"

怀青看着姜谨行身上红彤彤的小褂,又看了看容浔玄衣红领,似乎明白了什么。

怀青见着了姜谨行的小褂颜色,差不多也就想到了四姑娘今日会穿怎样的衣裳。

除桃红、淡粉这样的颜色,小少爷身上衣裳的颜色,通常与他姐姐差不了多少,就仿佛是用给姜四姑娘做衣服剩下的料子做的。

主子这么处心积虑,又是早起,又是找人打听,原来只是为了看上去和四姑娘般配一点儿啊……

这海底针一样的心思。

怀青招了招手,唤姜谨行过来。

姜谨行自然而然就将手放进了怀青的手里,让怀青拉着他暖乎乎的小手。

他认得容浔,却不认得燕南寻,便扯了扯怀青。

怀青会意,给他介绍道:"这是白鹭书院的燕先生。"

作为姜行舟的嫡子,姜谨行不会不知道燕南寻,那个总写信骂他爹的人。

但经常有人告诉他,燕南寻和他爹爹的关系其实很好,再加上容浔和他在一起,姜谨行爱屋及乌,松开了拉着怀青的手,规规矩矩地行礼:"谨行见过燕先生。"

他的动作憨态可掬,燕南寻盯着他看了一会儿,问他:"你想进白鹭书院吗?"

姜谨行立刻说道:"想!"

阿姐总想打听白鹭书院里的消息,但她又不得门路。他就想帮帮忙。但他努力了,还是没能……没能找到通往白鹭书院里的狗洞。

姜谨行点完头后,又诚实地补了一句:"可我不想读书。"

偏偏这话中了燕南寻下怀。"不想读书是吧?"燕南寻大笑道,"等我问过你爹娘,过两天就让你读你不想读的书。我那书院,一半屋舍里全是书,够你读个几十辈子的,等你哪天看完,就让你结业。"

姜谨行一脸震惊,仿佛看到自己的好日子就这么到了尽头,嘴一撇,胖乎乎的脸上流下两行泪。

燕南寻见状哈哈大笑:"谁让你投胎当了姜老四的儿子!父债子偿啊!哈哈哈!"

姜谨行遭受无妄之灾,双眼含泪一脸迷茫。他忘了自己原本要做什么,仿佛都不知道自己是谁了。

怀青对他格外爱护,提醒他:"小少爷,您原本是要去哪儿?可别忘了您自己的事。"

姜谨行这才乍然想起自己要做什么,赶紧跑开:"我要去找我阿姐。"

姜娆正在梳妆台前坐着,为她施妆的丫鬟正在往她额头上点着花钿,画桃花妆。

老夫人的寿辰是喜事,姜娆今日的耳坠上挂着红穗,腰间扎着红色腰带,襦裙上绣了红色海棠,脚上穿的绣花鞋也是红面。

虽不是一身的红,却一眼看去就会觉得精致与喜庆。

明芍在一旁托腮看着姜娆,忽然笑道:"姑娘的衣服用的料子是越来越多了。"

姜娆不解其意,见明芍的目光落在她锁骨以下两寸的位置,不太正经的样子,她就明白了。

她捞起了桌上的扇子,作势要打明芍,被明芍躲开:"姑娘派人去核对今日厨房的食谱，奴婢去看看那个人回来了没。"

姜娆气呼呼地放下了手中的团扇。

明芍回来后说道："核对食谱的人回来了，今日的菜里没有甜汤，姑娘让人去检查这个，是要让厨子添上这道菜吗？"

姜娆摇了摇头："并非此意。"

她昨夜睡得不太安稳，睡着的时辰很短，梦也浅。

为了早早起来帮她母亲的忙，丫鬟未等到寅时天亮，就将她唤醒了。

她被叫起来时，梦刚做到一半。

她梦到了一碗甜汤，一双戴着青镯子的手捧着甜汤要往嘴边递。

那手腕纤细，看上去是女子的手腕。

可她既没看清梦中的地方是哪儿，也没能看到那位要喝甜汤的女子的样貌。

她醒来后，想着这做了一半的梦，心里有些不好的预感。

今日这宴席，旁人都知道是她母亲经手操办的。若是出了什么错，到时候也会怪罪到她母亲身上。容不得马虎。

听了明芍的回禀，她稍稍放心了，可还是警惕着。

上午请了戏班子唱戏给老夫人听，戏班子试乐器的丝竹声隐约从外面传了进来。

姜娆穿戴得差不多了，就想先到听音院看看。

她梦里那个捧着甜汤的女孩儿有一双骨骼纤细，肌肤细腻的手腕，应是年纪不大，还戴着个一看就价值不菲的青镯子，来头恐怕不小。

若她是今日客人中的一位，姜娆总得小心留意一些，看未梦到的那一部分到底是怎样一回事。

进听音院后，姜娆便一直仔细留心着宾客中有没有手腕上戴着青镯子的女子。

听音院。

宾客未来之前，姜柳氏就先到了。

一想到她在山上受苦，姜秦氏却有了出风头的机会，她就要气疯了。

她费尽心思想，想要找出姜秦氏安排得不周的地方，好让人觉得姜家最好的媳妇是她。

可她环顾一周,竟然找不到一点儿疏漏之处,越发恨得牙根痒痒。

这时,请来的戏班子抱着道具往台子上走。

姜柳氏身旁的丫鬟感叹道:"夫人,这是金陵最好的戏班子,想不到竟然给请来了,今日有咱们眼福了。"

姜柳氏看着登台的戏班子,眼神却忽然冷了下来,多了几分阴狠。

她道:"金陵最好的戏班子,不提前两个月去请根本请不动。"

丫鬟道:"是有这个惯例。"

姜柳氏竟笑了:"秦倾善只顾着出风头,竟然让我发现了这点。她才掌事二十余日,就请来了他们,莫不是早就谋划好了什么?"

"老伯爷呢?"

姜柳氏一想到她上山前,被老伯爷训话说要维护妯娌间的和睦,再想到她这二十余日吃斋念佛,受寺庙里蚊虫叮咬之苦,心里就只剩了委屈。

早就暗中争锋,不顾妯娌间和睦的人分明是秦倾善!

"我要去找他!"她愤愤不平道,"好一个秦倾善,她早就想要取代我的位子了。看起来与世无争,实际比谁都要肮脏、贪婪。"

"伯母。"身后传来一道冷冷的声音。

姜柳氏回头,看到姜娆站在她身后,霎时乱了心神,不免有些失态。

姜娆冷眼看着姜柳氏。听到姜柳氏和丫鬟谈论她母亲请的戏班子时,她便直觉姜柳氏说不出什么好话,遂停下来。

她扫了一眼姜柳氏和那丫鬟的手腕,见她们的手腕空空,都没有青镯子,只有蚊虫叮咬后的红印。

察觉到姜娆的目光,姜柳氏先是有些难堪,而后恼羞成怒,恶声道:"让开!"

姜娆一步都未移动。她一身盛装,桃花妆与正红色的花钿弱化了她脸颊软软的婴儿肥,原来的娇憨之态被正红色装点得丰盈大气,即使年纪小,气势也丝毫不逊于姜柳氏。

她道:"金陵最好的戏班子是难请,可我阿娘是谁?她是秦家的女儿,戏班主给秦家面子,一请就来。伯母只知片面,就出言不逊,辱我阿娘,该去找祖父告状的人是我才对,为何我要让开?"

她的话句句在理。

姜柳氏捂着心口，跌坐回座位，一副被气得胸闷的模样。

想到老伯爷对四房一家的偏宠，她越发生气，索性撕破脸皮，指着姜娆骂道："我没见过这么目无尊长的晚辈！"

她嚷嚷的声音有些大，将周围人的目光也吸引了过来。

听音院内男女分席，男子席位离女子那边较远。

可姜柳氏闹出的动静比较大，加上这会儿人少，男子席位那边已到场的零散十几个人，也把目光投向了她们。

容渟也看了过去。

虽说小姑娘脸上的表情没什么变化，看上去一点儿都不生气，他却是真的生气了。

燕南寻见小弟子的神情和平日里有些不太一样，以为容渟不认得姜娆，便向他介绍："那就是姜老四的女儿，比你小两岁。"

方才两人去见了姜行舟，姜行舟见到容渟不请自来，气得和燕南寻吵了起来。

燕南寻仗着自己是客，非得把容渟留下给姜行舟添堵。

姜行舟即使心里极不情愿，但读的圣贤书没燕南寻多，说不过他，虽气急败坏，但还是同意让容渟留下来了。

燕南寻多看了几眼，意识到姜柳氏在朝姜娆撒泼之后，他皱着眉起身："我得看看我的侄女。"

他不再称呼姜娆为"姜老四的女儿"，而是称之为侄女，已然维护上了。

容渟的手指搭在轮椅的轮子上，早有了动身的意图："先生，弟子……"

"先生，弟子随您过去。"身后有人与他异口同声。

于荫学站了起来，抢在容渟之前，阔步跟随到燕南寻的身后，还回身看了容渟一眼，目光中含着一些敌视的情绪。

他因为容渟占了他觊觎的位置不快已久。

不就是仗着自己年纪小，双腿又有伤，讨得燕南寻怜爱，燕南寻才把他带在身边的！

这会儿，见容渟没跟上来，他心里又有了些得意。

还好，他是个残废，行动不便，即使有些心机与手段，也只是个可怜虫。

但容渟是皇子，于荫学不敢得罪，可对他也没那么尊重，毕竟容渟只是个残废。

他回头看容渟的那一眼,眼神格外耐人回味,容渟自然是看到了,动作停了下来。

怀青悄悄为于荫学捏了把汗。

有心打听的人都知道,今日的宴会,姜四爷有心为他女儿相看夫婿。

以于荫学的出身,若能得到姜四爷的助力,今后的仕途定然会顺畅许多。

怪不得要抢在九殿下之前过去。

可一山难容二虎。

怀青手插在袖子里,安静地站在一旁,等着坐山观虎斗。

今日第一眼,看到姜娆时,他就知道,自己猜对了。

四姑娘今日是红妆红衣。

他主子今日穿的是红领玄衣。

郎才女貌,可谓般配。

即使被一身竹青色长衫的于荫学抢了先。九殿下气定神闲,不慌不忙,反而莫名被衬托得气场十足。

而此刻,容渟的视线又转回姜柳氏身上,不经意地轻挽袖子,长眸中已见杀气。

藏在袖子里的暗器悄然移到了他的指尖,发作只在一瞬间了。

第十章 入骨相思知不知

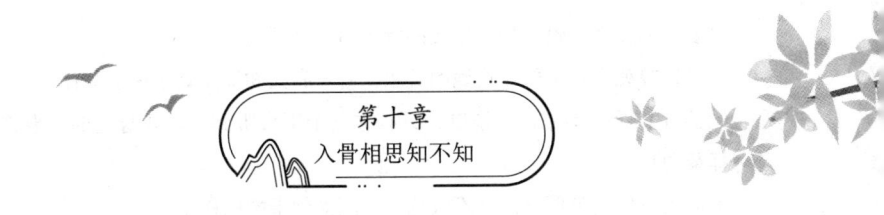

见周遭客人的目光落在了自己的身上,姜柳氏一反刚才凶煞的模样,却以一副受害者的口吻说道:"好个牙尖嘴利的小丫头片子,年纪不大,却已学会了血口喷人的本事!"

戏班子能来是秦家面子,姜娆一句话,就刺痛了姜柳氏。

她憎恨地看了姜娆一眼:"上来就说我要污蔑你娘,可怜我好心,想看看你娘忙不忙得过来,想来帮帮忙,还要叫人误会成。"

她微微抬手,抹了抹眼睛,泫然欲泣道:"可怜我为了整个宁安伯府的名声,在庙里忙了近一个月,回来还要受这种污蔑。我这是什么命!"

当真是黑的说成白的,白的抹成黑的。

以她在宁安伯府,在金陵的声望和地位,她说出来的话,总有一些人会信。

她看着围拢过来的人,只想快点儿离开这个让她丢脸的地方。

但她要走,也得让别人知道,她是自己走的,不是因为心虚,或者别的什么。

"念在你年纪小,今日就不同你计较了。"

她一副宽宏大量的样子,说完,甩袖就要离开这里。

"我呸!"明芍气坏了,朝着姜柳氏的背影啐道,"我呸、呸、呸!"

明芍不会说话,没有姜娆的命令,不敢擅自冲上前打姜柳氏的脸,怕自己太过冲动给姑娘惹祸,气得原地跺脚,朝着姜柳氏的背影说道:"大夫人刚才说了什么,奴婢刚才可听得一清二楚,别想着诬陷我家姑娘!"

姜柳氏闻言,步伐一缓,却丝毫不慌。

方才,十步之内,只有姜娆、明芍、她和她的丫鬟。那些客人又能听到些什么?

只要他们什么都没听到,她要颠倒黑白,轻而易举。

一旦她咬死了是姜娆在泼她的脏水,就没有人知道她真正说了些什么。

她的气势丝毫不减,"别以为只有你一个下人听到了,我身边的丫鬟也是有耳朵的!"

姜柳氏身后的丫鬟一声都不敢吭,一副受制于她的样子。

明芍气得脸都红了,姜娆却始终很平静。她在这一瞬间明白了,为何梦里的宁安伯府,最后会倾颓到那种地步。

梦里,她爹将宁安伯府拱手让给了大伯,姜柳氏成了伯府里的掌事夫人。姜柳氏和大伯却把她一家都当成了眼中钉,肉中刺,天天窝里斗,却不知道外面危机重重。

简直愚不可及!

"伯母说不愿同我计较,可我若非要计较呢?"

既是姜柳氏先撕破了脸皮,她也就不愿再给这位长辈半分面子。

身为长辈,却没有长辈应有的样子。更何况姜柳氏骂的是她母亲,今日若吞了这口气,就是她不孝。

她倒要看看,若是她要计较到底,到底能不能把谁对谁错说清楚!

姜柳氏完全没想到,姜娆一个十几岁的小姑娘,竟然那么难对付,吓也吓不住,躲也躲不开。

她有点儿不耐烦了,怒气冲冲地指着姜娆的鼻子:"你!"

容淳也不耐烦了。

他死死盯着姜柳氏立领上方露出的那截脖颈,目光里没有半点儿的怜悯,像菜市场的屠夫在看手中那只待宰杀的鸡。

扫到姜娆身影时,他想起宁安伯府老夫人的寿辰,小姑娘帮着她母亲筹备了很久。

不宜见血,她也会害怕。

容淳纠结极了。

突然,他的视线被一道身影阻隔——燕南寻走到了姜娆跟前。他站在姜娆与姜柳氏之间,看似不偏袒任何一个,身体却微微将姜娆挡在了身后,同姜柳氏说道:"柳夫人。"

姜柳氏认得燕南寻，不敢怠慢，赶紧朝他福了福身子："燕先生。"

她看了一眼被燕南寻挡在身后的姜娆，心里恨得要命，可在燕南寻面前，只能装得贤惠大方："家里小辈不懂事，让燕先生见笑了。"

明芍已经想打人了！

只听见燕南寻冷笑了一声："小孩子年纪太小，尚可谅解……"

"是啊！"姜柳氏应声道。

"那已为人妻，做人母亲的长辈不懂事，是否就不必谅解了？"

姜柳氏怔了一下，脸冷了下来："燕先生什么都没听到，岂能乱说话？"

"谁说我没听到？"

燕南寻确实没有听清最开始姜娆与姜柳氏的争执，只听到了姜柳氏说姜娆血口喷人，又"宽容大度"地表示不和她计较。

但这并不妨碍他睁眼说瞎话。

圣贤书虽然读得多，但也不是每时每刻都要照着圣贤书行事的。

有句话说得好，人非圣贤嘛！

"不巧，老夫耳力甚好，柳夫人从头至尾说了些什么，我都听得清清楚楚。"

他侧眸看向于荫学："恐怕我的弟子也听到了，是吧？"

于荫学看着姜娆，正惊艳于对方的姿容，听见先生拖长了声调唤他，当即心领神会，忙道："弟子也听清楚了，是柳夫人的错。"

虽然他什么都没听到，可他账算得明白。

不管是为了讨好姜娆，还是为了讨好先生，不论谁是谁非，他都要说是姜柳氏错了。

姜柳氏气得直发抖。

完了，她的名声完了！

燕南寻可不是普通人物。

他的学问登峰造极，追随者众。若指着他的鼻子说他血口喷人，单是他的追随者一个人一口唾沫，就能将她淹死。

这都是姜娆给她惹来的祸！

姜柳氏疯了一样去拽燕南寻身后的姜娆："你们都被她骗了！她只是看起来单纯善良罢了！"

她的指甲尖尖的，手高高扬起，既像是要把人拉出来，又像是举着巴掌要打人。

可她的手才伸出去,手腕处突然像裂开一般疼痛不已——她的袖子被什么东西划开,袖子底下,手腕血淋淋的。

"啊啊啊!"姜柳氏尖叫起来,重重地跌坐下在戏台前的地上,脸色苍白,惊慌失措地垂眸,看见自己手腕上穿了根长针,就像是看见了鬼一样,面无人色。

正在此时,姜行舟脚步匆匆,脸色阴沉地踏进了这个院子。

他听下人说姜柳氏在找他女儿的麻烦,来到院子里,却看到了她的袖子被血染透,狼狈至极的样子。

院子里有人会使暗器?

姜行舟上前看了一眼,愣住了。

穿喉针?

他在民间见过,但京城子弟,谁有这等本事?怕是见都没有见过。

可他扫了院中人一圈,没有一个人身上带着杀气。

要找人搜吗?

抬袖的瞬间暗器射出,容溥随即端起了桌上的茶盏,仿佛他抬手只是为了端起茶盏而已。

容溥喝着茶,冷冷地看着姜柳氏手腕处汩汩涌出的血,心头还是有些不痛快。

他终究还是忍下了一二,不想给他的小姑娘招惹麻烦。

不然暗器刺中的,就不会是姜柳氏的手腕,而是她的喉咙。

在场无人注意到容溥方才指尖异动,更是没人看到他在伤了姜柳氏之后,默默地动了动指尖,将袖里藏着的其他暗器,尽数射向了院里高高的梧桐树。

飞针钻入树干,声响被风吹树叶的沙沙声遮盖了过去。

他身上没了暗器,即使有人来搜查,也没人知道是他所为。

连站在他身边的怀青都不知道,遑论在场的其他人。

不过,怀青还是下意识地看了容溥一眼。

似乎是察觉到了怀青在看他,容溥缓慢地抬起头来。他看了一眼姜行舟,他似乎也在打量他。

容渟垂下眼睑,睫毛似在微微颤抖,声音也有点儿发抖:"好多血……好可怕啊。"他用袖子挡住口鼻,皱着眉头,像是食草动物闻见了血腥味,恶心又害怕。

怀青有些无语。

他没听错吧?害怕?

司应是怎么死的,他听说过。

怀青揣着满肚子疑惑又往姜柳氏那边看了一眼,原来姜娆正看着这边呢,怪不得主子又变得奇奇怪怪的。。

"这事儿就查不清楚了吗?"

姜柳氏手腕上裹一圈白色药布,刚施了药的伤口令她痛苦不堪。

一想到大夫说这伤至少两个月的工夫才好,天气一热,还会疼得更加厉害,姜柳氏心里的恨意就更深了。

丫鬟说:"夫人,伤您的锐器查不出是何来路。老伯爷已派人将它交到府衙了。府里所有的下人都被搜了身,没人身上带着锐器。夫人,您再等等……"

"等等?"姜柳氏冷笑道,"在场的还有那些来赴宴的王公贵族、青年才俊。怎么不搜查他们?"

"你这是说的什么话?得罪那些王公贵族、青年才俊对宁安伯府可有半分好处?"姜行川迈进屋来,看着闹脾气的妻子,斥道,"今早的事,我都知道了。"

姜柳氏怕他生气,忙道:"老爷,方才是妾身一时的气话,不会当真让人去查贵客。"

她只是不满老伯爷明明白白地偏心,四房家的事是大事,到她这儿,凭什么就让她忍气吞声?

姜行川坐到床榻上,柔声道:"我知道你吃了二十多天的苦,受了委屈。"

姜柳氏一听这话,眼眶都红了。

"可你为何如此不知分寸?"

姜柳氏不知所措:"妾身何曾不知分寸了……"

"在我面前你也要隐瞒吗?"姜行川厉声道,"四弟已经同我说了。"

"要不是我撞见了四弟,拦住了他,他就要去找父亲,这事儿该如何收场,你有没有想过?"他有些埋怨地说道,"四弟多在乎他的妻子儿女,你又不是不知道。你动谁不好,偏要动年年,非说他女儿有错,这事儿要是闹大了,你真以为会有人相信你的一面之词?"

姜柳氏被说得脸上红一阵白一阵,但她面上不仅不见半点儿的愧疚,反而高声说道:"是,那丫头没错。可妾身又有什么错?"

她的语气中充满愤恨:"秦氏持家有方,还能请来倾梨园的戏班子,父亲与母亲一定会高兴。他们高兴了,妾身便不高兴,妾身替老爷感到难过。父亲本来就偏向四房,若是从此更加偏袒,老爷您该如何是好?"

姜行川面色稍缓,却还是皱着眉说:"可你也不能污蔑她……"

"妾身也不想这样。可我若不这样,那牙尖嘴利的丫头就要到父亲那里告状,到时候我吃了亏,老爷也跟着丢脸!妾身想着法子让父亲看到四房的不好,还不是为了让父亲记着我们这一家的好,让你的爵位万无一失?老爷,我这都是为了你啊。"

姜行川的脸色微微变了。

他看着泪湿脸庞的妻子,皱眉半晌,终是不忍再责怪她。

但起身离开之前,他还是告诫姜柳氏:"你静心养伤,今日这寿宴,就莫要抛头露面了。"

姜柳氏咬紧了牙关,老夫人寿宴这么重要的日子,她不出席,外人真的以为宁安伯府当家的是秦氏了。一传十,十传百,到时候,她的脸面要往哪儿搁?

"我伤的只是手腕,并非腿脚!"

姜行川却对她的话置若未闻。

他留了一个小厮在院子里,吩咐道:"好好照顾夫人,别让夫人出去。"

姜柳氏委屈的泪水夺眶而出。

姜行川身影从眼前消失后,姜柳氏脸上的悲伤渐渐消失了,眼神变得阴毒起来。

"老爷就是太糊涂,妇人心肠。"她低声骂道,扭头看向自己的贴身丫鬟,攥了攥拳头,"我本来不想走到这一步的。"

丫鬟心领神会:"夫人昨天提到的那甜汤……"

姜柳氏抬眼看向窗外,外头花开如锦绣,她心里却像泼了一桶水一样冰凉。

丈夫不知她的苦心,可怜她一介妇人,还要为了丈夫的爵位,用尽手段谋划。

若再不想办法防着四房,迟早有一天,会让四房成为心腹大患。

如此一想,她恨恨地说道:"安排上吧。"

宾客渐渐来齐,听音院内,戏班子也已然准备妥当。

用午膳还早,老寿星到了听音院以后,戏班子就开始唱起了戏,台子上锣鼓喧天,院子里一下子热闹了起来。

于荫学无心听戏,视线时不时转向女眷的那边,看两眼姜娆的背影。

姜娆也无心听戏。

她留心看着每个人手上戴着的首饰,寻找她梦里戴着青镯子的那个女子。

可女孩儿都穿着广袖的衣裳,手腕被挡住,她看不见。

姜娆更加纳闷了,没做完的梦到底是要梦些什么。

戏班子在戏台上唱念做打,她心里也像是有个戏班子。戏台子吵,心里也吵,姜娆悄悄起身离席,到了听音院外的小凉亭,心里才稍稍静下来。怕自己有所疏忽,她让明芍去拿来画笔与画纸,画了那青镯子上的花纹,又让她去告知其他丫鬟,留心查看,宴会上有没有哪位姑娘是戴着青镯子来的。

明芍离开之后,姜娆就想等母亲陪祖母听完戏之后,请她去核对一遍这日寿宴上的膳食是否有问题。

如此想着,姜娆就在凉亭等着戏唱完。

耳边传来一声稚气的"阿姐",姜娆张开双臂抱住弟弟,皱眉道:"你怎么变轻了?"

她再盯着他的脸仔细看了看,脸好像也没之前那么肉乎乎的了。

姜谨行一板一眼地说道:"入乡随俗。"

"嗯?"

这算什么入乡随俗?

姜谨行用手掐腰,然后伸手比了比,道:"谁让这里的狗洞只有这么小?"

姜娆哭笑不得,原来他这胖瘦还是照着狗洞来的。

姜娆看向姜谨行身后的小厮："多看着点儿小少爷，别让他再钻狗洞了。"

"还有，"姜娆又想起一件事，"去找块薄毯子，送给九殿下盖在腿上。"

方才听音院里因为姜柳氏受伤的事乱作一团，她的目光扫到容浔，看他抱着杯热茶，畏畏缩缩地缩成一团，想到他身子骨弱，本来就比常人怕冷，衣衫又单薄，还受了惊吓，就想让人送毯子过去。只是事情太多，一时耽搁了。

姜谨行自告奋勇："阿姐，我去。"

燕南寻的玩笑话，却被姜谨行记在了心里，当了真。

他以为自己很快要被关进书院里，读那读不完的圣贤书，就如同啄米山的鸡，要做一件根本完不成的事，被从人关成鬼，也永远出不来。

本来想好好长大，长大后给阿姐撑腰。

但他做不到了。

被关进去之前，总得帮他阿姐做点儿什么。

跑开前，他留恋地看了姜娆一眼。那一眼就像诀别。他扭过头去就有点儿想哭。

他还想帮他阿姐做好多好多事，可再见面，恐怕他就已经成了鬼弟弟，阴阳两隔，人鬼殊途，他帮不到了！

姜谨行跑得飞快，心里淌了足一缸的泪，边跑边想：阿姐，我只能帮你到这儿了。

于荫学见姜娆离席，心里就打起了鬼主意。

他也想找个借口离开，然后制造机会与姜娆偶遇。

方才在姜柳氏面前帮姜娆说话，再给老夫人送上寿礼，发现姜四爷果然是如传言中一样的爱女如命，对他的态度就比对旁人客气了一点儿。

于荫学心里大受鼓舞，打算再想办法接近姜娆，不一会儿，就借口如厕，起身离席。

但他走出听音院没两步，就听到身后有人道："师兄留步。"

他回眸一看，见是容浔。

"于师兄。"少年一脸人畜无害的笑容，看上去毫无攻击性。他今日穿玄衣衣领红得招摇，又格外衬他的肤色。

于荫学方才就对容浔占了他的位置心生不满，他姿容好看到这等程度，心头更是不爽,语气冷淡地招呼了一声:"九殿下。"

他隐忍着心中的不悦问:"九殿下这是要去哪儿?"

"师兄去哪儿?"

于荫学自是不能说自己是去找姜娆的。

若让人知道了他的心思,就会受制于人。

他在家中地位低微,格外懂得人言可畏的道理。

他正要说点儿别的掩饰,却见容渟一脸天真地问:"是去找姜四姑娘吗?"

于荫学一怔,他怎么知道?

想要掩藏的心事被戳破,他的眼神不免有些慌乱。

容渟见状,心里的戾气更重了,却装出单纯的模样道:"真巧,我也要去找姜四姑娘。"

他也要去?

于荫学有些纳闷,他怎么也要去?难不成,他这个残废,也看中了姜四姑娘?

于荫学的目光里透出一丝嘲讽。

"她姨母是云贵妃,我与她年纪相仿,之前在宫中时常见面。我们自幼相识,我待她如妹妹一般。我听那戏班子唱的戏实在无趣,这里又只认得她⋯⋯"

自幼相识?难不成,容渟和姜四姑娘的关系,比裴松语和她的关系还要好?

于荫学仔细想了想,方才听音院里,满院子青年才俊,姜四姑娘谁都不关注,唯独只关注容渟。

甚至连裴松语,都没得到她一个目光。

容渟没骗他!

思及此,于荫学看容渟的目光陡然变了。

尤其是,容渟看上去,心性比裴松语单纯得多,对姜四姑娘又比裴松语那个只知道死读书的书呆子了解得多⋯⋯

"不过⋯⋯"容渟一顿。

于荫学立刻追问:"不过什么⋯⋯"

"我忽然不想去找她了,是了,绝不能去找她,我怎么把这事忘了!"容渟猛地拍了一下自己的大腿。

于荫学疑惑地问:"为何不能?"

"四姑娘呢,从小就容易一个人生闷气,别看她在人前不生气,那只是教养好,没发作而已。"他皱着的眉头说,"她独自生闷气的时候,见了谁都不高兴。我可不想惹她不高兴,之后还得哄好几日,还是回去吧。"

于荫学就不敢继续往前走了。

要是惹了姜娆生气,他可没机会哄啊!

可是……

于荫学又想起来,容凎好像是皇后养大的啊!

云贵妃与皇后势不两立,那么姜娆与容凎合该分属两派,水火不容才对,怎么还自幼交好?他说的话,能信吗?

正在这时,一只白球一样的东西远远跑了过来,跑近了才发现是个抱着狐绒毯子的小童。

小童在两个人面前收住步子,从绒毯后露出两只圆溜溜的眼睛看着他们。

于荫学这个人,姜谨行不认识,视线从他身上一扫而过,停在容凎身上:"九殿下,我阿姐怕你着凉,让我送条薄绒毯来给你。"

怀青忙上前接过他手中的绒毯。

姜谨行心里把送毯子当作他最后能帮姜娆做的事,特别重视,比画着小手催促怀青:"快将绒毯盖上,我好快些回去告诉我阿姐,她也能安心。"

于荫学怔住了,算是相信了容凎的话。

他想着要给姜谨行留个好印象,温柔地打招呼道:"小少爷,您真是好心。"

姜谨行却有些警惕地往后退了退。

这时,容凎朝姜谨行招了招手:"过来。"

姜谨行忙不迭跑到他身旁。

于荫学明显被冷落。

容凎笑了一声,对于荫学说道:"他怕生,师兄不要介意。"

于荫学干巴巴笑了两声:"哦,哦。"

见姜谨行和容凎十分熟络的模样,他开始懊恼自己一开始找错了人。

裴松语什么都不知道,哪比得上容凎?

怪不得容凎和姜家姐弟二人连衣衫颜色都相似。

看姜谨行一直向着戏曲声传来的方向望，容溥对怀青道："听音院里的戏唱得正热闹呢，怀青，你带小少爷回四爷和秦夫人身边去吧。"

和一个孩子在一起，可比和容溥这种长了八百个心眼、智多近妖的人在一起轻松得多，怀青如释重负，连忙拉起姜谨行的小胖手："小少爷，听音院里正唱着《定军山》，好威风，我们走吧？"

姜谨行明显心动了。

于萌学心想，连容溥身边伺候的太监都和姜家小少爷那么要好，容溥定然是没有骗他了。

虽说其中的隐情他此时还想不通，但没关系，日后若是真能成为姜家的乘龙快婿，自然就什么都知道了。

他看着容溥，心情有些复杂。

容溥倒是还是那副单纯的模样，玩着盖在腿上的白色绒毯，还挺显摆的。

"师兄还想去见一眼年年吗？"他见于萌学似乎还在思量什么，又一次发问。

"年年？"

"啊，是我的疏忽。从小喊她的小字喊习惯了。"容溥有些懊恼地说道，"师兄可不要这么唤她，让她知道了，定然饶不了我。"

"自然。"于萌学点头。

不过，他暗暗将姜娆的小字记在了心里，十分窃喜。

他才不管容溥会不会被姜娆骂，这等宝贵的信息，让他听到了，便是他的。

他现在已经不再怀疑容溥的话是真是假了，完全相信他。

"那……师兄可是要回听音院了？"

"嗯。"于萌学很感激地对他说，"今日，多谢你了。"

虽说容溥与姜娆从小相识，青梅竹马，但他看容溥提起姜娆时，目光过于澄澈，看不出半点儿别的心思，倒也不忌惮什么。

而且如果容溥对姜娆存有什么心思的话，也不会这么帮他了。

于萌学是真的有些感激他。

不过，他今日这么利用容溥，日后等容溥经历更多一些，更懂事一些，会怨恨他吗？

容溥好歹是个皇子，即使是个残废，他也得罪不起啊！

"啊，谢我？我也没做什么。"少年一脸茫然。

一张脸虽然白皙漂亮，干干净净，却有几分傻傻愣愣的样子。

于荫学便不再担心了。

他这个同门师弟真的太傻了！根本辨不清人世间的善恶忠奸，简直像白纸一样单纯。

被人骗了还得帮人数钱吧！

他有些想不通燕南寻为何对容湉如此偏爱，宴席上还要亲自带在身边。

可能同他一样，判断错了。

等容湉日后出了错，被人笑话，燕先生就会同他今日一样，感慨自己之前看错人了。

他和一个傻子计较个什么劲儿呢？

此时，他的身后，容湉忽运了三分内力，使自己额头上逼出一层薄汗，他皱着眉头，痛苦地说道："师兄，我……我不能陪着师兄一起回去听戏了，我肚子疼。"

于荫学扭头看了他一眼，见他看上去确实有些痛苦，挺可怜的。

他并不怀疑他，却没那个好心送他，但表面的功夫总要做到，便道："要我帮你吗？"

"怎么好意思麻烦师兄……"容湉苍白一笑。

于荫学当然不是真心想帮他，他还要忙着回到宴会上与那些大人物交际，听容湉这样说，立刻松了一口气，怕待会儿容湉又要求他帮忙，赶紧走了。

待他走后，容湉脸上痛苦的神色瞬间消失，他看着于荫学的背影，目光一寸寸冷了下来。

虽是在白日，他身上的气息，却像是一只走在夜色里，提着把血刀，浑身是血，欲索人命的恶鬼。直到他的视线移往腿上盖着的薄毯，才缓缓地添了点儿暖意。

他把绒毯拿起，将脸埋进了绒毯里，像小狗蹭主人的手那样蹭了蹭。

然后，容湉移动着轮椅，朝着姜谨行刚刚跑来的方向走去。

他知道姜娆在哪里。

明芍正拿着姜娆画好的画，去给其他的下人看，在路上遇见容湉，忙朝他行礼:"九殿下。"

容湙扫了一眼她手中抱着的画轴,问道:"这是何物?"

明芍略加思索,觉得姑娘吩咐的事,同九殿下说也没关系,都是自己人。

她将画递给了容湙:"姑娘吩咐奴婢,让奴婢把这画拿给院里的下人看,让他们帮忙留意,今日哪位来客是戴着这样的镯子的。对了,镯子的颜色是青色,比荷叶的颜色还要青两三分。"

容湙颔首,状若不经意地问:"找的是女人?"

他的脸色有些不好看。

明芍笑了:"戴镯子的,自然是女人。还能是男人不成?"

"是了。"容湙笑了起来,像是笑在自己,又像是有什么开心事。

他看着画上那镯子的纹路,像是想到什么。

半晌后,他将画轴递回给明芍,问道:"你家姑娘在哪儿?"

明芍答道:"在小过山亭那儿。"

容湙点头,与明芍分别,往小过山亭的方向去。

小过山亭内。

姜娆正昏昏欲睡。

她这几日既操心着自己的铺子,又操心着祖母的寿宴,每晚睡觉的时间少得可怜。今日更是起了个大早,这会儿好不容易得了空闲,遥遥听着听音院那里乐音,越听越困,便支了丫鬟帮她去厨房弄杯浓茶过来,想醒醒神,自己则在亭子里等着。

容湙转过拐角,来到小过山亭下,看到的就是姜娆手肘撑在石桌上,左手托着左腮,闭着眼睛,脑袋点啊点,要睡着的样子。

他那些在旁人面前的算计、心机在这一刻悄然收敛了起来。

他垂眸看着自己腿上搭着的绒毯,心忽然变得格外软。

小过山亭的台阶,共有四级。

容湙皱眉想着要如何把轮椅弄上去,忽然看到凉亭内的小姑娘脑袋点着点着,下巴突然顺着手心滑了下去,眼看着就要磕上又凉又硬的石桌边缘。

眨眼工夫,轮椅空了,只有薄绒毯凌乱地扔在上面。

待容浡意识到自己在做什么时，人已经站到了姜娆身旁，用手掌托住了她的下巴。

他的胸膛起伏，微微喘着气，右手垫在姜娆的下巴和石桌之间，指骨磕到了桌面，有些疼，他却松了一口气。

还好，她没有事。

姜娆迷迷糊糊感觉到自己的下巴砸到了什么硬邦邦的东西，硌得慌，又有些温暖。

苦涩清冽的药味萦绕在鼻尖，她吸了一下鼻子，缓缓睁开了眼睛，歪歪头，在模糊的视线中，她看到了一道逆着光，站在她面前的熟悉的人影。

她仰起头，整个人愣了一愣，眼里忽地盈起了水光，"哇"的一声哭了："你能站起来了？"